OKO JELENIA
DREWNIANA TWIERDZA

fabryka słów
WWW.FABRYKA.PL

ANDRZEJ PILIPIUK

OKO JELENIA

DREWNIANA TWIERDZA

Ilustracje
Rafał Szłapa

fabryka słów

Lublin 2008

Bergen, 2 listopada 1559

Pokój nie był duży. Miał ze cztery metry długości i nie więcej niż dwa szerokości. Wsparty na grubych belkach sufit wisiał nisko. Łóżko wpuszczono w ścianę. Wystarczyło przesunąć boczną klapę, by poczuć się komfortowo. To znaczy jak nieboszczyk w trumnie...

Światło wpadało do wnętrza przez niewielkie okno oszklone gomółkami oprawionymi w drewno, a nie w ołów. Z posłania widziałem prymitywną umywalkę, miedziany czajnik na łańcuchu, pod nim stolik z misą wpuszczoną w blat. Na kołku wisiał płócienny ręcznik, a obok drzwi moja kurtka. Innego wyposażenia nie zauważyłem.

Dni były krótkie, jesienne. Niemal każdego ranka budził mnie plusk deszczu. Wieczorem pod uderzeniami wiatru cały budynek drżał i skrzypiał. Lodowate podmuchy przebiegały przcz cały pokój, okno było nieszczelne.

Przez pierwsze dni tylko leżałem. Każdy ruch powodował, że ciało oblewał zimy pot. Choroba straszliwie mnie osłabiła. Zauważyłem też jeszcze jedną niepokojącą rzecz – wydawało się, że nie mam na sobie ani grama tłuszczu. Suche węzły mięśni pod zwiotczałą i poszarzałą skórą. Może to nanotech potrzebował energii i aby ją pozyskać, wypalił zbędne tkanki? Z trudem mogłem utrzymać łyżkę w dłoni. Nogi i ręce nie bardzo chciały mnie słuchać.

Uszkodzenie mózgu? Wstrząs? Wylew? – dumałem w czasie długich godzin spędzanych na posłaniu. Hans wpadał kilkanaście razy na dzień. Przynosił jedzenie, podawał mi wodę. Parokrotnie zmieniał opatrunki na głowie i głośno wyrażał zdumienie, że wszystko goi się jak na psie. Nie był zbyt rozmowny, zawsze spieszył się do jakichś obowiązków. Oceniłem jego wiek na dwanaście, może trzynaście lat. Kulał, lewą nogę miał odrobinę krótszą, ale mimo to poruszał się szybko i z pewną gracją. Spod brązowej grzywki błyszczały zawadiacko niebieskie oczy. I tylko strasznie pokancerowane dłonie zdradzały, że wie już, czym jest ciężka praca.

Wreszcie pewnego dnia ocknąłem się w znacznie lepszej formie. Poruszyłem stopami, potem dłońmi. Nie czułem bólu ani mrowienia, a jedynie ten rodzaj zmęczenia, który często towarzyszy wstawaniu z łóżka. Jednak nie miałem odwagi, by po prostu wstać i przejść przez pokój. Wreszcie, czepiając się ściany, dotarłem do okna i szarpnąłem zasuwkę. Bergen... Tyle się o nim nasłuchałem podczas pobytu na północy. Siedziba jednego z trzech kantorów hanzeatyckich, miejsce, gdzie obraca się milionami, gdzie mocno bije puls życia. Spodziewałem się czegoś w rodzaju Gdańska. Bogato zdobionych kamienic, może dachów krytych miedzianą blachą...

Pomiędzy domy wcinała się wąska uliczka. Miała nie więcej niż trzy metry szerokości. Jej długości nie zdołałem oszacować, wysokie budynki stały trochę krzywo, a nie byłem na tyle silny, by zaryzykować wychylenie się z okna. Domy zdawały się na siebie napierać, zahaczać dachami, sprawiając, że uliczka zmieniała się w mroczny drewniany tunel. Nawierzchnię zaułka także wyłożono drewnianymi dylami, zniszczonymi i rozbitymi przez buty oraz kopyta zwierząt.

Patrzyłem długo na ściany obite klepką mocowaną na zakładkę. Dachy pokryto gontem. Tu i ówdzie widniały niewielkie drzwiczki, sterczały belki zaopatrzone w prymitywne bloczki. Dźwigi? Chłonąłem obraz, starając się go uporządkować.

Jestem w porcie. Budynki bez okien to magazyny. Uliczka prawdopodobnie prowadzi na nabrzeże. Ulokowano mnie w pokoju na tyłach części mieszkalnej, w pomieszczeniu, które zapewne wykorzystywane jest tylko latem. Cóż, chorego należy izolować...

❧ Wiatr ustał. Śnieg padał cicho i miękko, pokrywając tropik namiotu coraz grubszą warstwą. Staszek zadrżał z zimna. Świece, choć grube, nie dawały dużo ciepła, zresztą już dogasały. Korciło go, by zapalić jeszcze kilka, ale wiedział, że trzeba oszczędzać. I tak zużyli znacznie więcej, niż się spodziewał. Hela leżała półprzytomna, miała wysoką gorączkę. Chłopak zagryzł wargi.

Uświerknie mi tu, pomyślał. Musi się rozgrzać...

Narzucił na towarzyszkę swój śpiwór. Hm, a gdyby tak... Czytał kiedyś jakąś książkę o kowalach. Do przekuwania miękkiego żelaza używali ognia z kory brzozowej. Ona coś tam zawiera, nie pamiętał co, jakąś łatwo palną substancję. W każdym razie grzeje jak diabli. A gdyby zamiast świec spalić trochę zwitków? Wzuł buty i założył kurtkę.

Dotknął ramienia dziewczyny. Uchyliła powieki i popatrzyła na niego prawie zupełnie przytomnie.

– Wyjdę na zewnątrz, poszukam kory na opał – powiedział.

– Dobry pomysł – wymamrotała.

– Śpij spokojnie, nic ci nie grozi, a ja niedługo wrócę. W pobliżu nie widziałem brzóz, zejdę kawałek w dół doliny.

– Bądź ostrożny... – Przymknęła oczy.

Ostatnia świeca zaskwierczała i zgasła. Staszek wyszedł ostrożnie na zewnątrz namiotu, zawahał się. Z nieba sypał śnieg. Ciemność wydawała mu się obca i groźna. Zimowy las dla mieszczucha był przerażający...

Zasypie ślady. Zabłądzę i zamarznę, przemknęła mu przez głowę trwożna myśl.

Zaraz jednak się opanował. Dość tego! Nie ma się czego bać. Namiot stoi pomiędzy czterema niewysokimi, ale rozłożystymi świerkami. To ostatnie drzewa tej części doliny. Trzeba iść wzdłuż zagajnika. Nawet w gęstej zadymce i po ciemku nie zgubi drogi. Las to tylko las. Wampiry i duchy nie istnieją. Ludzi nie było tu od miesięcy, może od lat.

Poszedł. Wszystkie mijane drzewa okazywały się iglaste. Szukał brzozy... Bał się przemoczyć buty, całe szczęście spory odcinek szedł pomiędzy drzewami. Na ściółce nie leżało wiele śniegu... Czuł liźnięcia mrozu na twarzy, ale nie obchodziło go to.

Wydelikatniałem, żyjąc w mieście, myślał. A przecież nasi przodkowie nie z takimi problemami borykali się co dzień. Jestem zdrowy i mam łeb na karku. Poradzę sobie, tak jak Marek. Zresztą nie ma innego wyjścia.

Po lewej otworzyła się rozległa przestrzeń wolna od drzew. Polana? Raczej górska łąka.

– Co za dzicz – mruknął. – Ani stogów siana, ani przytulnej bacówki, gdzie można siąść pod dachem i przeczekać złą pogodę przy ciepłym piecu. Herbaty „z prundem" też jeszcze w te strony nie dowieźli... – ironizował gorzko.

Wyobraził sobie drewniane ściany, ogień pełgający na kominku, kubek herbaty z odrobiną rumu, owcze skóry na oparciu drewnianej ławy. Żal złapał go za gardło, w oczach poczuł łzy.

A potem nagle wzbudził w sobie nowe siły. Otrząsnął się.

Dość tego mazgajstwa, rozkazał sobie. Za pięć lat wybudujemy z Helą własną bacówkę. Będzie herbata, kominek i skóry. Rum sprowadzimy z Karaibów. Albo sam zrobię coś podobnego w smaku.

Wreszcie w ciemności zamajaczyły białe pnie. Brzozy. Wpiły się korzeniami między kamienie. Dobył noża i zaczął ciąć głęboko korę. W dotyku wydała mu się wilgotna. Zapali się czy nie? Może trzeba by najpierw rozniecić ogień i wysuszyć? Pomyśli o tym, jak wróci.

Martwiło go, że Hela została w namiocie sama. Z drugiej strony dziewczyna ma szablę i czekanik, jest grubo nakryta, więc nie zmarznie. Śnieg też trochę chroni wnętrze przed mrozem. Poradzi sobie przez tę godzinę czy dwie, zanim on wróci... Zresztą zadymka już ustawała.

Pokąsania, pamiątka starcia ze sforą wilków... Nanotech powinien odtworzyć zniszczone tkanki. Chyba. Dziewczyna poleży dwa lub trzy dni i ruszą dalej. Nawet najgorsza droga wreszcie się skończy.

Minęło może dwadzieścia minut, może godzina. Stosik pasków kory urósł. Staszek spojrzał bezradnie na niebo. Nie był w stanie ocenić upływu czasu.

Za bardzo przywykłem do takiej głupoty, westchnął w duchu. Brak durnego zegarka dokucza mi jak ucięta ręka.

Wyobraził sobie naraz, że ma zegarek, a opodal w solidnym namiocie Alpinusa Hela leży sobie w grubym śpiworze i czyta książkę w świetle latarki. A w zasięgu ręki ma telefon komórkowy i w razie czego może zadzwonić... Znowu aż go skręciło z żalu. Z drugiej strony...

Gdy żył w XXI wieku, żadna z dziewczyn, które znał, nie pojechałaby z nim zimą w góry pod namiot. Ba, on sam w życiu nie wybrałby się na tak idiotyczną wyprawę! Już nie mówiąc o tym, że nie miałby dość pieniędzy na namiot do wypraw górskich i profesjonalny śpiwór. Nie byłoby też go stać na bilety lotnicze do Trondheim.

Spojrzał na stosik kory. Nieźle, jeszcze drugie tyle i można wracać do obozowiska. Odetchnął głęboko ostrym górskim powietrzem. Noc, ciemności słabo rozświetlane blaskiem księżyca. Między uciekającymi chmurami, z których przestał już prószyć śnieg, cudownie wygwieżdżone niebo. Masywy górskie zamykające dolinę wznosiły się wokoło. Skały wydawały się zupełnie czarne, ale mimo to odcinały się wyraźnie od jeszcze głębszej czerni nieboskłonu. Staszek czuł się szczęśliwy. Pił życie każdą cząstką swego ciała. Wyszlachtowali całe stado wilków. Uratowali się. Wykiwali śmierć. Czeka ich jeszcze długa walka ze śniegiem, mrozem i górami, ale wygrają. Zresztą mają mapę...

Urżnął jeszcze kawałek kory i naraz zamarł. Poczuł, że właśnie tu, w tych górach, przestał być chłopcem i stał się mężczyzną. Twardym, zaradnym, potrafiącym zapewnić obronę kobiecie, której los złożono w jego rękach. Co więcej, uświadomił sobie, gadał z Iną jak równy z równym. Jak Marek. Stawiał warunki, wysuwał żądania, odmawiał wykonania bezsensownych poleceń. Dzieciństwo się skończyło. Od dziś sam pokieruje swoim życiem.

Nagły dźwięk przerwał jego rozważania. Dziwny, odległy metaliczny warkot. Staszek odłożył kozik i zamarł, nasłuchując. Co to jest, do diabła? Kosiarka spalinowa? Piła łańcuchowa? Nad skalną barierą błysnęły dwa światełka. Patrzył oniemiały. To nie było UFO. W jego stronę nadlatywał niewielki helikopter. Zaraz przeskoczy nad doliną i zniknie... Chyba że...

Puścił się pędem przez krzaki, przedzierał przez chaszcze, aż wypadł na białą połać zasypanej śniegiem łąki.

– Hej! – ryknął najgłośniej jak potrafił, choć nie miało to wiele sensu.

Helikopter poleciał dalej, w stronę przełęczy.

Ogień, myślał chłopak gorączkowo. Gdybym mógł rozpalić ognisko...

Krzesiwo zostało w namiocie.

Maszyna pojawiła się znowu, leciała nisko, widocznie załoga czegoś szukała. Zamachał energicznie rękami.

Zauważyli go wreszcie. Śmigłowiec zatoczył łuk nad ścianą lasu i zniżył lot.

Ciekawe, kim są, pomyślał. Podróżnicy w czasie? Na pewno... Zabiorą nas do XXI wieku, a może później. Widać mimo zniszczeń na skutek antymaterii cywilizacja przetrwała. Będę sobie mieszkał z Helą i...

Podmuch uderzył Staszka w twarz. Maszyna powoli siadła na ziemi. Była faktycznie malutka, w kabinie mieściły się trzy osoby. Stał, chłonąc spojrzeniem każdy szczegół. Elektryczne lampki, wirujące coraz wolniej śmigło, blask zegarów kontrolnych, kombinezony lotnicze załogi. Na burcie wymalowano czerwoną gwiazdkę i jakieś chińskie oznaczenia.

Chińczyków jest miliard, wszystkich nie zabijesz – z głębin pamięci wypłynęło idiotyczne powiedzonko. Wreszcie koniec gehenny. Do domu. Zabiorą ich do domu. Do prysznica, telewizji, Internetu...

Drzwi otworzyły się i na śnieg zeskoczyli dwaj wojskowi. Jeden trzymał w dłoni wydruk na lśniącej folii. Na przegubie miał zegarek. Porównał zdjęcie z twarzą chłopaka.

– Tak, to on – powiedział do swojego towarzysza.

Staszek omal nie fiknął koziołka ze szczęścia. Rozumiał go.

– Gdzie jest dziewczyna? – zapytał drugi po rosyjsku.

Jednocześnie uniósł pistolet maszynowy. Czar prysł w jednym ułamku sekundy. Staszek zrozumiał, jakim był idiotą.

– *Ne panimaju ruskoho* – bąknął, chcąc za wszelką cenę zyskać na czasie.

– Nasze wilki jej nie zagryzły – mruknął drugi do swego towarzysza. – Ale w dolinie jej nie ma, noktowizor by pokazał.

Chłopak myślał gorączkowo. To oni wysłali wilki, żeby zagryzły jego i Helę. Dlaczego? Na czyje polecenie? Mają wydruk z jego podobizną, zatem tak jak myślał, widzieli go oczyma bestii. Musieli mieć jakiś namiar, z radioboi czy czegoś takiego, polecieli na przełęcz, obejrzeli truchła, a potem zaczęli szukać sprawców. Po co? To chyba jasne... Wilki nie dały rady, trzeba dokończyć dzieła.

Jakimś cudem jeszcze nie znaleźli Heli. Namiot jest przykryty śniegiem, dziewczyna leży pod grubą warstwą skór. Nie mają psów, ale jeśli zaczną jej dokładnie szukać, to znajdą...

Zabiją. Jego i ją. Oboje. Po to tu przylecieli. Wilki pokpiły sprawę, więc należy naprawić ich „błąd”... Zastrzelą. Starał się opanować rosnące przerażenie. Zacisnął dłonie w pięści.

– Gdzie jest dziewczyna? – Chińczyk powtórzył pytanie, kalecząc nieco szwedzki.

Staszek odetchnął. Czuł, że strach odpływa. Wiedział już, co mówić. Wiedział, że trzeba grać głupka, że nie może się zdradzić, że wie...

– Napadły nas wilki. Całe stado. Zdołaliśmy je pozabijać, ale mocno nas poharatały. Ona umarła z ran wkrótce potem, wykrwawiła się – skłamał. – Pogrzebałem zwłoki w górach. Wyposażenie straciłem, gdy pękł pode mną lód. Próbowałem znaleźć tu w lesie opał, ale nie mam nawet krzesiwa. Przybyliście mi, panowie, na ratunek w ostatniej chwili...

Drugi z żołnierzy spokojnie pociągnął za spust. Huk wystrzałów obudził echo wśród skalnych ścian. Staszek pochylił głowę, patrząc na cztery dziury w swojej piersi. Piąta kula chybiła. Nie czuł strachu, tylko zdziwienie. To już? Tak to wygląda? Nagle zrobiło mu się ciepło, przyjemnie i jakby sennie.

Wcale nie boli, pomyślał. Wyliżę się. Poleżę sobie spokojnie, poczekam, aż się wyniosą i...

Świat przekręcił się dziwnie, jak gdyby ziemia nagle podniosła się do pionu. Zdążył jeszcze zrozumieć, że leży na wznak, i myśli zgasły.

🙦 Zwlokłem się z łóżka. Wzułem swoje adidasy. Przeszedłem kilka kroków, stanąłem na jednej nodze, potem zrobiłem jaskółkę. Ciało działało. Nie było sprawne jak dawniej, ale czułem, że dochodzę do siebie. Jeszcze kilka dni i może nawet będę biegał... Poskładałem wyleniałe skóry służące mi za przykrycie i uporządkowałem posłanie. Następnie skorzystałem z wody, by choć trochę obmyć ręce i twarz oraz przepłukać usta. Odwinąłem opatrunek. Włosy na potylicy wygolono mi w czasie operacji, pomacałem szwy. Strupy już odeszły. Skóra była chłodna i gładka.

Hans wszedł do pokoju parę minut później.

– Już wstaliście, panie? – zdziwił się.

– Już pora – wyjaśniłem.

Głupio. Pora, na co pora? Powinienem wykorzystać sytuację, poleżeć jeszcze z tydzień, wypocząć... Ale nie potrafiłem. Bezruch był dla mnie torturą.

– Chodźmy do pana Edwarda – zaproponował chłopak.

– Chodźmy – zgodziłem się.

Zeszliśmy po pierońsko wąskich schodkach. Hans zatrzymał się i spojrzał na mnie z troską, niepewny, czy dam sobie radę. Uspokoiłem go gestem. Czułem lekkie osłabienie i zawroty głowy, ale jednocześnie wszystkie dolegliwości trapiące mnie przez ostatnie dni ustąpiły. Nie powiem, spodobał mi się ten nanotech...

Znaleźliśmy się w wąskim korytarzyku. Przez uchylone drzwi zobaczyłem izbę podobną do tej, w której leżałem. Cztery identyczne łóżka wpuszczone w ścianę i zabezpieczone przesuwanymi drewnianymi klapami. Tu jednak mieszkało chyba kilka osób, na kołkach wbitych w ściany wisiały ubrania, u powały ktoś zaczepił latarenkę ze świecą.

– Nasz pokój, czeladzi znaczy – wyjaśnił chłopak. – Spać tu teraz będziecie. A tutaj nasz pryncypał mieszka.

Zapukał do drzwi.

– Wejść! – rozległo się ze środka.

Spodziewałem się starszego mężczyzny, tymczasem ujrzałem człowieka mniej więcej w moim wieku. Był niższy, ale szerszy w barach. Twarz miał zupełnie przeciętną. Licha broda ledwo zakrywała policzki.

– Ach, żyjecie. – Uśmiechnął się. – I widzę, nawet już na nogach... Edward Wacht. – Uścisnął moją dłoń.

– Marek Oberech. Mark, Markus, mówcie, jak wam wygodniej.

– Pan Kowalik przepowiedział, że się wyliżecie. Nie bardzo chciało mi się wierzyć. Widziałem w życiu wiele ran i mniemałem, że raczej trumnę trza szykować, ale jak widać, miał rację. Cieszy mnie to niepomiernie. Spocznijcie, proszę.

Usiadłem na krześle. Spore okno wychodziło chyba na port. Zlustrowałem pospiesznym spojrzeniem cały pokoik. Zamiast parapetu nachylony lekko pulpit do pisania. Obok w przegródkach spoczywały zwoje, zwitki i karty papierów oraz pergaminów. Biuro? Coś w tym stylu... W jednym kącie umieszczono stół, nad nim zatknięte za kij stały drewniane i cynowe talerze. Przed pulpitem postawiono ciężki drewniany fotel, pod ścianami kilka krzeseł. Była i umywalka, podobna do tej, którą już widziałem.

– Chciałem podziękować za opiekę i gościnę.

– Biblia nakazuje wspomóc bliźniego w potrzebie, a z panem Hansavritsonem przyjaźń długoletnia mnie łączy, więc rad byłem, mogąc mu się przysłużyć. Teraz sprawy najważniejsze... – Podszedł do skrzyni w rogu pomieszczenia. Otworzył ją i chwilę grzebał, aż wyciągnął worek.

– Wasze rzeczy przyniesione z pokładu „Srebrnej Łani" – wyjaśnił. – Jest i sakiewka oraz ten dziwny przyrząd, czasomierz, jak mniemam?

Trzymał w dłoni zegarek wykonany przez Feliksa.

– Tak, czasomierz – potwierdziłem. – Pamiątka po towarzyszu, który zmarł w Nidaros.

– Zdumiewający zaiste. Jest tu jeszcze jedna rzecz, której lepiej ludziom na oczy nie pokazujcie, bo może ferment wywołać... – Wyjął woreczek.

Zajrzałem do środka. Różaniec, znak rozpoznawczy Bractwa Świętego Olafa, pamiątka po księdzu Jonie...

– Jestem luteraninem – wyjaśnił – ale nie obawiajcie się. Choć uważam, że w błędzie trwacie...

– Tu, w Bergen...

– Jesteście w dzielnicy Tyska Bryggen, na terenie kantoru Hanzy. Prawa wymyślone przez władców Danii tu nie obowiązują. Jeśli chcecie iść do kościoła, Hans wskaże wam świątynię, gdzie katolicy swoje msze odprawiają. Spraw jeszcze kilka pozostało. Ta sakiewka jest dla was od kapitana Petera. – Podał mi skórzany mieszek. – Mniemam, że chcieliście gdzieś dalej płynąć, jednak los sprawił, iż port jest już zamknięty.

– Jakie są możliwości opuszczenia Bergen lądem?

– Konno przez góry szlakiem na wschód. Droga to jednak ciężka bardzo, zimą zwłaszcza, wy za słabiście jeszcze. Myślę, że najlepiej będzie, jeśli do wiosny u mnie w gościnie zostaniecie.

No cóż, pomyślałem. To chyba nie jest złe wyjście. Odnajdę Alchemika, a wiosną pomyślę, jak szukać Hansavritsona.

– Nie chciałbym darmo waszego chleba jeść. Jeśli pomóc w czym mogę...

– Pracy zimą wiele nie ma. Magazyn uporządkujemy, księgi muszę sprawdzić i tyle. Aż do wiosennych Igr

Bergeńskich spokój i cisza. Może Saami przyjdą ze skórami, to trochę ruchu będzie, a może się w tym roku nie pojawią. Trudno orzec.

– Saami?

– To dziki lud. W górach żyją i lasach daleko na północy.

– Lapończycy – odgadłem.

– Tak też ich czasem zowią. Pomożecie zatem przy magazynie, a z Hansem do kuchni chodzić będziecie, bo on w nodze słaby i pomoc mu się przyda.

– Widziałem, że kuleje.

– Medycy oglądali, twierdzą, że nic się zrobić nie da. Ot, dwu cali brakuje...

– Spróbuję coś z tym zrobić.

– Jesteście medykiem? – zainteresował się.

– Trochę z medycyną do czynienia miałem. Jednak co innego chodzi mi po głowie.

– Niech tak będzie. Tu obok posłanie wasze przenieść każę, zima idzie, tam pod dachem latem tylko wytrzymać można. Wybaczcie, do pracy wracać mi trzeba... – Wskazał gestem księgi rachunkowe leżące na stoliku.

Wyszedłem z pokoju. W korytarzyku zerknąłem jeszcze raz do worka. Spoczywał w nim jakiś tubus z dokumentami. Nie oddałem go panu Edwardowi, bo na metalowej zatyczce zauważyłem misternie grawerowany wizerunek łasicy... Coś mi mówiło, że to wiadomość przeznaczona tylko dla mnie. Ale skąd się wzięła? Łasica musiała podrzucić ją, kiedy leżałem nieprzytomny, albo raczej zanim wsiadłem na statek. Podszedłem do okienka na końcu korytarza i rozwinąłem wiotki listek przezroczystej folii. Zdumiałem się treścią. Wiadomość nie była przeznaczona dla mnie, trzymałem w ręce ułaskawienie dla Alchemika.

Hans mościł mi posłanie w pomieszczeniu obok.

– Jak mogę wyjść na zewnątrz? – zapytałem.

– Po schodkach na parter, przez magazynek i kantor. Płaszcz weźcie, panie, słabiście jeszcze po chorobie, a od morza wieje.

Podał mi złachaną tkaninę.

Zarzuciłem pelerynę na ramiona, znalazłem sprzączkę i zapiąłem pod brodą. Podreptałem po wąskich, przypominających drabinę schodach. Przeszedłem niewielkie pomieszczenie i pchnąłem ciężkie drzwi.

Wiatr wyrwał mi klamkę z ręki. Morska bryza uderzyła w twarz i oszołomiła. Przed sobą miałem nabrzeże oraz rozległą zatokę. Oddychałem pełną piersią, czując, jak wracają mi siły. Zamknąłem drzwi i oparty o nie plecami chłonąłem widok cumujących wzdłuż pomostów okrętów... Teraz dopiero zrozumiałem, że po raz kolejny wywinąłem się kostusze. Będę żył.

❦ Maksym Omelajnowicz uderzył konika piętami w boki. Szkapa popatrzyła na niego z wyrzutem, ale przyspieszyła. Ledwo widoczna ścieżka wiła się po zboczach góry Fløyen. Kozak z odrazą oglądał szare granitowe skały, liche drzewka czepiające się korzeniami szczelin między kamieniami.

– Kraina plugawa, jałowa i skalista niczym bisurmański Krym – powiedział do szkapy. – Szczęściem długo miejsca tu nie zagrzejemy. Aby do wiosny jakoś przebiedować, a potem, jak Bóg da, do dom wracamy.

Stąd, z góry, Bergen widać było jak na dłoni. Trzecią godzinę Kozak błąkał się po zboczach, szukając odpowiedniego miejsca na wykopanie ziemianki. Trafił już na trzy lub cztery, ale przeczucie podpowiadało mu, że nie należy zadowalać się byle czym. Notował w pamięci, gdzie rośnie dobra trawa. W kilku miejscach zeskoczył z konia, by przeżuć łodyżkę lub dwie ziela. Rośliny w tych stronach były inne niż na Ukrainie, ale znalazł co trzeba. Dróżka, którą obecnie podążał, spodobała mu się już na pierwszy rzut oka. W miarę szeroka, co świadczyło, że kiedyś jeżdżono tu furką, lecz jednocześnie zarośnięta.

– Prrr... – osadził klaczkę.

Na szerokiej półce skalnej ktoś kiedyś mieszkał. Maksym zeskoczył z siodła. Maluśki domek wzniesiono z kamiennych ciosów spojonych gliną. Dach zapadał się do wnętrza. Stare, rozeschnięte drzwi wisiały na sparciałych zawiasach. Obok chaty ział otwór groty zabezpieczony resztkami palisady.

Wszystko dawno zarosło chwastem. Błona zaciągająca okno była pęknięta. Kozak wszedł do środka domu. Najpierw poczuł charakterystyczny trupi zapach, co skłoniło go, aby w pierwszej kolejności zlokalizować jego źródło. Na całkiem jeszcze porządnym łożu pod zetlałą derką spoczywał szkielet.

– Tfu! – splunął z dezaprobatą. – Co za kraj pogański, że nawet szczątków zmarłego ziemi nie oddali...

Rozejrzał się po wnętrzu. Nikt od lat tu nie zaglądał. Piec był pęknięty, wiszący na haku miedziany kociołek pokrył się wykwitami śniedzi. Maksym przejrzał wszystkie kąty, znajdując zardzewiały kozik, dziurawy worek, kilka drewnianych misek stoczonych przez robactwo.

Pozbierał kości, zawinął w derkę, a następnie wyciągnął na zewnątrz. Odszukał drewnianą łopatę, której koniec okuto żelazem i nie spiesząc się, wykopał w kamienistej ziemi grób.

Złożył w nim szczątki, przykrył siennikiem z łoża. Następnie zdjął papachę i przeżegnał się nabożnie.

– Przyjacielu drogi a nieznajomy, dziękuję ci z całego serca mego prawosławnego za twój dom, łoże, kociołek i inne sprzęty, którymi mnie ubogiego wędrowca poratować raczyłeś. Spoczywaj w pokoju, a Bóg niech twą duszę przygarnie.

Z metalowej buteleczki zaczerpnął święconej wody i chlapnął na szczątki, a następnie zasypał mogiłę.

– Chrystus zmartwychwstał, tak i my z martwych powstaniem... – Wbił u wezgłowia krzyż.

Rozkulbaczył klaczkę i puścił ją wolno, aby poskubała zeschniętej jesiennej trawy, a sam zaczął przepatrywać ruinę, planując jednocześnie kolejność prac.

Za domem jest zbiornik na wodę ściekającą po skałach, należy go oczyścić. Dach zniszczony, wymieni się bieżmo, a potem pokryje go korą. W jaskini ulokuje konika. Trzeba tam nową ścianę wznieść i to nie z drewna, a z gliny i kamieni, bo wichry od morza tu z pewnością dokuczliwe... Ścieżkę w dół doliny należy zbadać, bo niepodobna drogą naokoło chodzić za każdym razem, gdy zechce szynk odwiedzić... Niektóre sprzęty już do niczego, trzeba znaleźć odpowiednie drewno i porobić sobie nowe. Na skalnych półkach sporo trawy rośnie, pójdzie z sierpem i pościna, wiatr przesuszy, a dużo musi na strychu zgromadzić, bo to i jedzenie dla konika na zimę, a i cieplej będzie. W głąb doliny pojedzie, tam lasy, bo krzaków na skale niewiele, a tu potrzeba na mrozy sąg drewna naszykować...

Wrcszcic zadowolony z życia siadł przy rozklekotanym stole. Przygotował papier i inkaust. Jednym zręcznym ruchem kozika przyciął gęsie pióro.

Drogi batko atamanie!

Jeśli list mój dotarł do rąk twych, wiesz już, iż rozkazy twe wypełniając, z pludrackiego miasta Stockholmu drogę na zachód obrałem, aby na miejscu zbadać legendy o skarbach i fortunie kupców Bergenu. Po przygodach licznych i część gotówki strwoniwszy, przybyłem oto na miejsce, o czym spieszę donieść.

Droga ma przez wysokie góry wiodła, gdzie mimo iż Oktobrus kalendarium moje pokazało, mrozy i srogie śnieżyce pokonać mi przyszło. Okolica ta dla Kozaków wielce przykra, jako iż wzrok nasz przywykły, by swobodnie hulać po stepie, tu co i rusz na górę skalistą natrafia, przez co oko się męczy, a i rozum tęsknota za ziemią ojców paląca ogarnia. Osobliwością tej krainy są wąwozy, które tubylcy fjordami zwą, a które na dnie swym głębokim wodę mają, ponoć morza odnogi, co dla onej wody słoności prawdopodobnym mi się wydaje. Drogi brzegami ichnimi się wiją, jako że przebyć ich mostem dla szerokości niepodobna.

Przebywszy jednakowoż te trudy i znoje, zjechałem w doliny, gdzie nad zatoką wlaną między dwie góry, jako bełt wbity pomiędzy pośladki, miasto owo się rozłożyło. Bergen to gród dziwaczny, ni do pludrackich, ni do lachskich, ani nawet do turczyńskich zgoła niepodobny. Niepodobieństwa te spisać spróbowałem. Tedy pierwsze jest takie, iż lud tu durny wielce, w jednym miejscu miasta wznieść nie potrafił, tedy w kawałkach je rozrzucił. Na zachodzie zamek wzniesiono, by nad wejściem do zatoki czuwał. Obok, na gruncie podmokłym, choć kamienistym, stocznię ulokowano. Dalej na wschód idąc, Niemce siedzą, co do Hanzy należą. Domy ich z drewna pobudowane, do naszych kureni siczowych podobne, jeno ze trzy razy wyższe, a i w długości także inne. Ognia w nich palić zakazano, nawet zimą dla ogrzania. Dachy ich gontem drewnianym miast słomą kryte. Rzędem stoją wzdłuż brzegu zatoki, co ją Vågen zowią, a frontem do niej zwrócone, gdzie na parterach kantory kupieckie umieszczono. Pomiędzy nie wąskie uliczki biegną dla towarów cyrkulacji, jako iż domy te od boków i tyłu magazyny na wszelakie dobro posiadają – o czym niżej dokładnie napiszę. Od strony zamku kościół wspaniały z kamienia wzniesiony, jako żywo łacińskie chramy w Kijowie przypominający, tamże ku żałości wielkiej luterańskie heretyki bałwochwalnię sobie uczyniły, łacinnikom tylko kościółek mały, starożytny wielce i przez czas zniszczony, pomiędzy domy wciśnięty zostawiwszy, którén pod wezwaniem św. Mikołaja. Za domami uliczka biegnie, drewnianym płotem od kantoru odgrodzona, a po jej drugiej stronie w domkach niewielkich małp wszetecznych siedzi całe zatrzęsienie. Luboć wiele widno zarazę polską w sobie nosi, bo na ryjach krostami zsypane. Mniemam, iż takie ich nagromadzenie tym

spowodowane, że wśród kupców ni kobietom, ni dziew-
kom żyć nie dozwolono. Dzieci takoż z tej przyczyny tam
nie uświadczysz, nie wiem tedy, jak się te Niemce mnożą.
Może wodą przybywają z krain odległych?

Dalej ku wschodowi miasto kolejne leży, które jedna-
kowoż częścią kantoru nie jest, ani władza jego nad Niem-
ców nie sięga. W nim Duńczyki i Norweżcy siedzą, a jesz-
cze dalej na wschód i ku górom postępując, leprozorium
niewielkie, gdzie trędowatych trzymają, wymienić należy.
Przy szlaku w góry klasztor pobożnych sióstr franciszka-
nek zacny się znajdował, ale lutry już przed paru laty mo-
naszki do ożenku zmusili, część wymordowali, a budynki
rozwalili, bojąc się widno, aby bogobojne życie nikogo nie
kusiło. Kaplica jeno dla grubości murów się ostała.

Tamże piwniczkę półzwaloną sobie upatrzyłem, coby
kozackim zwyczajem osiąść i zimę jako kret w ciepłej zie-
mi przeczekać, lecz mnie starzec jeden ostrzegł, że pomysł
to zły nad wyraz, a raz z powodu tego, że lensmann miej-
scowy włóczęgów nie lubi i łapie wszystkich, których za
takowych uzna, dwa z powodu tego, iż ruiny klasztoru
władze na oku mają i mogliby pomyśleć, iżem mnich ka-
tolicki, a takowych tu topią, kamienują, na stosach palą
i inne jeszcze męki zadawać im lubią, trzeci zaś powód, że
ponoć duchy pomordowanych monaszek mocno tam noca-
mi dokazują. Tedym rad nierad mieszkanie sobie na sto-
ku góry wyszukał, gdzie wiatry ostre wieją, by za kąt do
spania i dach nad głową srebrem nie płacić...

Obyczaje mieszkańców plugawe wielce. Po domach ni
obrazów świętych, ni ikon złotem na drewnie pisanych
nie uświadczysz. Spać chodzą nago, dla chłodu uprzednio

gorzałkę pijąc, którą ja żem też skosztował. Mocna jest ona diabelnie, w łeb wali niczym młot, z niezrozumiałej jednakowoż przyczyny zielsko jakoweś obrzydliwe w niej mocząc, które sprawia, że smak psuje się kompletnie i jedynie odrazę siłą woli żelazną przełamując, napitek ten w gardło lać można. Okoliczność ta tym bardziej jest przykrą, iż beczułka, którą batko na drogę mi przysposobił, dawno już dno pokazała i w górach żem ją ostawił, uprzednio wodą źródlaną napełniwszy, aby deski moc oddały, a jeśli droga powrotna przez okolicę tę prowadzić będzie, tedy zawartość spożyję.

Ubiór mieszkańców do naszego podobny, jednakowoż buty noszą skórzane w miejsce łapci, spodnie wąskie a obcisłe w miejsce szarawarów, koszule ich takoż bliżej ciała przylegają. Płaszcze dla odmiany szersze i bardziej obfite, a papach całkiem nie znają, głowy czapami lub kapeluszami ze skóry nakrywając. Różnica ta jeszcze, że między koszulą a płaszczem odzienie jakoweś noszą, do żydowskich chałatów lub szlacheckich żupanów żywo niepodobne, a które germańskim przyodziewkiem jako i w Kijowie na Niemcach zobaczyć można. Mężowie zniewieścieli ze szczętem, po mieście tylko mało który z bronią chodzi, zwady karczemne kułakami miast szablą prostują, a ponoć siadać do stołu z bronią za srogi grzech przyjęli.

Lud tu mieszany jako we Lwowie. I Niemców tu multum, i Duńczyków, których namiestnik władzę tu sprawuje, i Norweżców, do których ta ziemia należała, a może i nadal należy, i Walonów nieco, którzy w górach rud mądrych szukają, Flamandów, Brabantów, Fryzyjczyków i temu podobnych nacji po mendlu luboć tuzinie ledwie,

Polaków może garstka, co katolickiej są religii, kilku, com ich pochodzenia nie rozpoznał. Taka jeszcze okoliczność zdumiewająca, o której wspomnieć dla jej niezwykłości trzeba, kraj ten od naszego odróżniająca, że Żydów wcale tu nie ma. Ponoć lutry skutkiem pism swego proroka wyjątkowo cięci na nich i żyć Mojżeszowej wiary ludziom nie dają, a gdy któregoś złapią, męki straszliwe mu zadają, a potem w wodzie zatoki topią.

Dziwnie się w tych krainach oszukaństwo zwane polityką rozpleniło. Na ilem się rozpytać zdołał, dni kilka przed moim przybyciem bitwa morska na morzu się odbyła, w której statków kilka udział wzięło. Sprawa tak wyglądała, iż kupiec, którego dom w Szwecji, a któren do związku Hanzy należy, pochwycony został przez piratów na morzu, a przez okręty Hanzy uwolnion, złożył protest, jako że pochwycić go Duńczycy próbowali. Protest tenże Duńczykom wręczył, bo innej władzy tu nie ma i skarżyć się przed nią niepodobna. Takoż widzi mi się, iż w tym kraju szalonym nie tylko kupcy, przeciw swej władzy występując, obcemu pomogli, ale że ten jeszcze skarżyć się tejże władzy próbował. A namiestnik miejscowy twierdzi, że to omyłka być musi, bo żaden Duńczyk z piratami nigdy przyjaźni nie ma. Łże w żywe oczy, czy może kupiec kłamie? Nie na mój to rozum rozsądzać, ale dziwnym się wydaje.

Bogactwa głównie w rękach niemieckich tu spoczywają, a choć wydają mi się znaczne, to, co widać, trudnym do zrabowania wielce. W magazynach ich po dach sięgają zwały suszonej ryby zwanej sztokfiszem, która choć gorsza niż nasza, smak miejscowej gorzałki nieźle zabić w ustach potrafi. Po wtóre, zboża pszenicznego wory, po trzecie, skór trochę ze zwierza renem zwanego, który do jelenia podobny, jednakowoż mniejszy i bardziej kudłaty. Po czwarte luboć po piąte, bom chyba numera w wyliczeniu zmylił, beczki z winem reńskim i takież z tłuszczem cuchnącym wielce, któren się z ryb wytapia, i jeszcze innych towarów bez liku.

Atak na miasto wydaje mi się wykonalnym, należy ze czterdzieści czajek na zatokę wprowadzić, bo choć murów obronnych nie ma, jeno palisady od strony lądu, z braku odpowiedniego nabrzeża trudnym by to było. Atak tenże wydaje mi się bezcelowym raz z uwagi na oddalenie niezwykłe tego miasta od Siczy, dwa jako towar tu zebrany ciężki jest a objętościowy i gdyby czajki nim napełnić, w niewielkiej ilości wartości specjalnej nie przedstawia. Złota mieszkańcy na sobie noszą niewiele, jeden turecki wielmoża dobrze obskubany przyniósłby łup lepszy jak trzydziestu Niemców. O zamku zapominać też nie należy, zdobyć go nijak, a armaty jego naszej flocie dokuczyć by mogły. Tedy, drogi batko, myśl o złupieniu Bergenu porzucić trzeba, a ja tu jeszcze do wiosny zostanę, gdyż jechać zimą przez góry niepodobna. Wiosenną porą z kupcami do Gdańska się zabiorę, a stamtąd, jak Bóg da, na Ukrainę już ruszę. Chyba że okazja będzie Londyn po drodze zbadać, choć powodu nie widzę, bo miasto to jeszcze dalej krom Bergenu leży, tedy czajkami płynąc, dosięgnąć go ciężko, co w rabunku przeszkodą.

Tedy kreślę się, waszeci syn, podnóżek i niewolnik najwierniejszy

Maksym Omelajnowicz

Kozak poczekał, aż atrament wyschnie, i odwrócił pismo na drugą stronę. Naszykował sobie nowe pióro, z juków wyjął mały kałamarz napełniony sokiem cebuli.

Przybywszy do Stockholmu, odnalazłem wspomnianego człowieka. Żelazny komar pojawiał się tu ubiegłego lata i na samym początku jesieni bieżącego roku. Widziało go co najmniej siedmiu ludzi, ustaliłem ich listę i postarałem się wszystkich przesłuchać. Wykonane przez naocznych świadków szkice wykazują zbyt wiele podobieństw, by zrzucić to na karb przypadku, jednak jego gniazdo musi być odległe. Postaram się zużyć część funduszy na pociągnięcie za język bywalców portowej tawerny i pobliskiej karczmy. Będę próbował wkręcić się do domu zebrań Hanzy, może przyjmą mnie na posługacza. Tak czy inaczej, czuję, że choć w niewielkim stopniu, zbliżyłem się jednak do serca tajemnicy. Nie zdołałem nawiązać kontaktu z Peterem Hansavritsonem, gdyż odpłynął ledwie pięć dni przed moim przybyciem, ale zimuje tu ponoć jego okręt „Srebrna Łania" i dwaj jego ludzie, Sadko i Borys. Spróbuję ich podpytać o pochodzenie metalu, z którego wykonano łyżki. Prawdopodobnie zostanę w Bergen co najmniej do wiosny. Jeśli poszukiwania tutaj nie przyniosą rezultatu, ruszę na północ.

Poczekał, aż cebulowy sok dobrze zaschnie, i pomachał kartką, by choć trochę rozwiać jego zapach. Następnie złożył papier w ciasny zwitek, natarł po wierzchu woskiem i włożył do tulejki z cienkiej miedzianej blaszki. Z małej klatki wyjął ostatniego gołębia. Założył mu list na nóżkę.

Westchnął ciężko i wyszedł przed dom.

– Daleka droga przed tobą – powiedział – ale musisz dolecieć...

Ptak zatoczył koło nad zapadniętym dachem, a potem wzbił się w górę i po chwili krążenia obrał kurs prosto na wschód. Maksym przeżegnał się. Jeszcze przez moment jego sokoli wzrok śledził śnieżnobiałą plamkę na tle szarych skał, a potem ostatecznie stracił posłańca z oczu.

🎋 Hela ocknęła się, gdy było już jasno. Poruszyła ostrożnie stopą, potem zgięła nogi w kolanach. Wszystko działało bez szwanku. Ból prawie minął. Widocznie Staszek i Marek mieli rację: to, co płynęło w ich żyłach, rzeczywiście potrafiło leczyć rany i stłuczenia. Spojrzała na posłanie chłopaka i z miejsca poczuła, jak w żołądku rośnie jej wielka kula lodu. Śpiwór był pusty.

Wyskoczyła spod skór jednym gibkim ruchem. Wciągając pończochy, liczyła szybko. Świece paliły się około trzech godzin. Pamiętała, że gdy wychodził, już dogasały. Co oznacza, że opuścił schronienie jeszcze przed północą. Teraz jest ranek, a świt przychodzi tu bardzo późno. Minęło wiele godzin, od kiedy Staszek wyszedł. Gdyby znalazł lepsze schronienie, wróciłby po nią. Są dwie możliwości. Zginął albo został przez kogoś porwany. Gdyby złamał nogę albo utknął w jakiejś rozpadlinie, to do tej pory z pewnością umarł z zimna. Ale może...

Może jest cień nadziei? Może gdzieś tam jeszcze dycha, ostatkiem sił czekając pomocy?

Wygrzebała się na zewnątrz. Namiot, mimo że chroniony przez rozłożyste gałęzie, przypominał śnieżny pagórek. Wszystko pokryte było cudnym białym puchem. Kryształki lodu lśniły w słońcu jak brylanty. Gałęzie i igły drzew pocukrzył szron. Dokąd mógł pójść Staszek? W dół doliny, to jasne... Pomaszerowała przez zagajnik. W kilku miejscach natrafiła na ślady odciśnięte w śniegu. Znalazł brzozy. Musiał spędzić tu dłuższy czas. Spojrzała na spory stosik pasków kory. Wycinał je pracowicie przez dobre dwa kwadranse, a potem? Co sprawiło, że porzucił robotę? Ba, nawet nóż zostawił... Podniosła kozik i ruszyła tropem przez krzaki.

On coś usłyszał, pomyślała, kładąc jednocześnie dłoń na rękojeści szabli. Coś, co zafrapowało go tak bardzo, iż biegł przez zaspy...

Zatrzymała się i nasłuchiwała. Bała się popełnić błąd. Może zastawiono tu na nich pułapkę? Dolina była jednak spokojna i cicha. Nic nie zdradzało obecności człowieka. Na śniegu widniał jedynie trop dzikiego królika.

Wyszła na skraj łąk. Zrozumiała w jednej chwili. Zamknęła oczy i osunęła się na kolana. W uszach zabrzęczały jej dzwoneczki. Z głębin pamięci wypłynęła tamta koszmarna noc, gdy zobaczyła na polanie trupy członków partii swego brata... Z gardła Heleny mimowolnie wyrwał się szloch. Ból w piersi prawie ją zadusił. Wreszcie opanowała się na tyle, by unieść głowę i popatrzeć raz jeszcze. Nawet z tej odległości widziała, że Staszek jest martwy. Nie ruszał się, nad jego ustami nie było widać mgiełki oddechu.

Przyczajona na skraju krzewów, długo obserwowała otoczenie. Chłopak zginął w zasadzce. Ktoś wywabił go z lasu, a potem zamordował. Czy teraz czatuje, by z nią zrobić to samo? Badała wzrokiem stoki gór. Ujrzała trzy kozice skubiące sterczące spod śniegu badyle. To ją uspokoiło. Zwierzęta z pewnością wyczułyby człowieka. Wstała, opierając się na szabli, i ruszyła naprzód.

Zatrzymała się nad ciałem. Staszek dostał kilka kul w piersi. Potem maczugą, a może kolbą karabinu, roztrzaskano mu jeszcze tył głowy. Niemal natychmiast zorientowała się, że śmierć chłopaka nie była zwyczajna. Coś jej się nie zgadzało. Była jednak zbyt roztrzęsiona, by zebrać myśli. Zamknęła oczy i odmówiła trzy dziesiątki różańca. Modlitwa trochę ją uspokoiła. Dopiero teraz zauważyła, że stoi niemal dokładnie pośrodku wielkiego koła. Na polanie prawie nie było śniegu, za to dalej usypały się pokaźne zaspy.

Zupełnie jakby tu pośrodku wybuchł szrapnel, pomyślała. Ale podmuch był zimny, bo śniegu nie stopił. Tego nie zrobili ludzie stąd... A zatem kto?

Zamknęła oczy i tym razem policzyła do dziesięciu. A potem wyjęła z kieszonki w pasku papier i pałeczkę ołowiu. Spostrzeżenia trzeba zanotować. Teraz, na gorąco, zanim własny osąd sprawi, że przestanie dostrzegać detale niepasujące do tego, co sobie wyobrazi...

W resztkach śniegu odcisnęły się dwie linie. Każda miała około czterech arszynów długości. Coś jak ślady nart, ale zbyt szeroko rozstawionych, aby ktokolwiek był w stanie na nich jechać. W jednym miejscu leżała zgnieciona gałąź. To, co tu stało, musiało być zatem ciężkie, co najmniej kilkadziesiąt pudów. Sanie? Nie. Nigdzie dalej nie ma śladu. Tylko tu. W miejscu, gdzie to coś stało. Obok odcisk butów. Ktoś wyskoczył z tego czegoś. Ten pojazd przyleciał, uświadomiła sobie nagle. Spuścił się z nieba, gwałtownie jak pikujący na kurczę jastrząb, dlatego podmuch skrzydeł rozgarnął śnieg.

Buty... Badała tropy zabójców dłuższą chwilę. Potem obejrzała podeszwy adidasów Staszka. Różniły się, ale dostrzegła także pewne podobieństwa.

– Podeszwa została podobnie nacięta i wyżłobiona, by lepiej trzymały się podłoża – powiedziała półgłosem. – Został uśmiercony przez ludzi z jego czasów. Było ich co najmniej dwóch. Mieli broń. Obaj nosili takie samo obuwie. A zatem może to być ich strój regulaminowy. Czyżby żołnierze?

Pochyliła się raz jeszcze i możliwie jak najdokładniej odrysowała wzór protektora. Teraz dopiero przystąpiła do fachowych oględzin ciała. Przyczyna śmierci? Kule... Zacisnąwszy zęby, obejrzała otwory wlotowe. Tkanina kurtki była osmalona – strzelali z niewielkiej odległości. Cztery rany bardzo blisko siebie. Rewolwer albo podobna broń. Wielostrzałowa. Te pociski uderzyły Staszka niemal jednocześnie. Z drugiej strony... Kula pistoletowa ma potężną energię. Już pierwsze trafienie przewróciłoby go w śnieg. Poza tym coś za małe te dziurki... To nie był rewolwer.

Hela znowu wybuchła płaczem. Łkała, trzęsły nią spazmy. Nie mogła się powstrzymać. Cały chłód i opanowanie, z jakim próbowała zbadać miejsce zbrodni, gdzieś wyparowały. Chłopak... Towarzysz wędrówki, przyjaciel. Odszedł. Pozostała dojmująca samotność. I jeszcze to wrażenie, jakby świat po raz kolejny rozsypał się na kawałki.

Rozpacz dusiła ją w piersi. Staszek był trochę dziki, trochę źle wychowany. Starał się, ale niezbyt mu to wychodziło. A jednak stał obok. Znała go tak krótko, a przecież... Dopiero teraz uświadomiła sobie, jak bardzo stał się jej bliski. Otrząsnęła się powoli. Będzie jeszcze czas, by go opłakać.

– On stał tutaj, a oni tam, metr od niego – szeptała do siebie, ocierając rękawem mokre od łez, zmrożone policzki. – Kule uderzyły w ciało i przeszły na wylot... Dopiero potem Staszek padł na wznak.

Rozbryzgi krwi były dobrze widoczne na śniegu. Znalezienie wystrzelonej kuli zajęło jej dwadzieścia minut. Oglądała w zdumieniu czubek pocisku.

– Estero? – rzuciła pytanie w głąb swojej głowy. – Co to jest? Od czego to? Widziałaś coś podobnego?

Musiała minąć dłuższa chwila, nim druga dusza obudziła się i popatrzyła oczyma Heleny.

– Kula z karabinu maszynowego? – odpowiedziała. – Dziwnie to wygląda – dodała, przenosząc wzrok Heli na ciało. – Wypruli mu serię przez pierś. Biedny chłopak...

Hela stoczyła kilkuminutową walkę, by odepchnąć Esterę znowu w głąb. Zanotowała to, co usłyszała. Karabin maszynowy – ciekawe, co to za wynalazek? Marek jej wytłumaczy... W śniegu błysnęło coś jasną barwą polerowanej miedzi. Podniosła z ziemi łuskę. Powąchała. Ostra woń spalonego prochu zakręciła ją w nosie. Co, u diabła? Sądziła, że to ładunek, ktoś wyjął z kieszeni, otworzył, przesypał proch do komory, ubił, dołożył kulę, przybitkę i tak dalej...

Sprawdziła, czy znaleziona kula pasuje średnicą do łuski. A może oni wkładają to w całości do lufy? No nic, Marek będzie wiedział. Umieściła oba przedmioty w kieszeni. Marzyło jej się znaleźć coś jeszcze, coś, co potwierdziłoby przypuszczenia. Coś, co umożliwiłoby identyfikację łajdaków... Guzik, jakiś emblemat z munduru... Cokolwiek. Niestety.

Pochyliła się ponownie nad Staszkiem. Zrobiło jej się niedobrze i słabo, ale wiedziała, że musi to sprawdzić... Przetoczyła ciało na bok i zajrzała do wnętrza czaszki. Mózg rozcięto kilkoma pociągnięciami noża. Scalak najwyraźniej zabrano. Znów dostała spazmów. Z największym trudem wzięła się w garść.

Chcieli nas zabić, rozważała. Wysłali wilki, by nas rozszarpały na przełęczy. Stawiliśmy jednak odpór i zabiliśmy wszystkie. Jeśli Staszek miał rację, jeśli widzieli nas oczyma zwierząt, wobec klęski postanowili zamordować nas osobiście. Dopadli jego. Z jakiegoś powodu nie odnaleźli mnie. Jest wielce prawdopodobnym, że nie zniechęci ich chwilowe niepowodzenie.

Spojrzała na ciało. Westchnęła ciężko i znowu załkała... I nagle błysnęła nadzieja. Przecież zabrano scalak. Gdyby tak udało się go odzyskać i dać Inie... Tylko gdzie szukać? Sama sobie nie poradzi. Musi odnaleźć Marka. W Bergen...

Pochyliła się i przeszukała kieszenie towarzysza. Ku swojemu zaskoczeniu natrafiła na sakiewkę ze złotem. Mordercy jej nie zrabowali. Zawahała się, ale zzuła Staszkowi buty. Ściągnęła mu polar. Sczyściła krew śniegiem.

– Przepraszam – powiedziała cicho, gładząc zimną, sztywną dłoń. – Myślę, że gdybyś żył, zrozumiałbyś i wybaczył...

Pogrzebanie ciała w zamarzniętej ziemi było niemożliwe. Nakryła je odkopanymi z zasp skalnymi odłamkami. Długo nosiła je zgrabiałymi z zimna rękami. Wreszcie wbiła pomiędzy kamienie krzyż z dwu brzozowych gałęzi. Zmęczona dowlokła się do namiotu. Południe już minęło. Czuła jednak, że musi ruszać. Natychmiast, zanim zapadnie noc, bo nocą tamci mogą wrócić. Zrzuciła śnieg z tropiku. Będzie musiała pozostawić większość wyposażenia. Zagryzała wargi, selekcjonując rzeczy. Świece, krzesiwo, śpiwory... Zapakowała plecak, przypięła do niego zrolowany namiot, zarzuciła na plecy. Sapnęła z wysiłku. Nie. Nie zdoła tego unieść. Za ciężkie. Jest tylko dziewczyną...

– Zrób tobogan – doradziła jej Estera. – Jak Fridtjöf Nansen.

– Kto? Co?

Zamiast odpowiedzi napłynął obraz lekkich sanek używanych w wyprawach polarnych. Hela wyciągnęła stelaż z plecaka. Narty Staszka w sam raz posłużyły za płozy. Kilka solidnych drewnianych dyli wycięła w lesie. Ponacinała zamki i ściągnęła łączenia zwilżonymi rzemieniami. Pocięła jedną skórę na pasy, połączyła, uzyskując długą linę. Zapakowała całe wyposażenie

na sanki. Potem jeszcze na chwilę usiadła. Wytrzymały ciężar. Obwiązała się w pasie uprzężą i przypiąwszy rakiety śnieżne, ruszyła pod górę. Wiedziała, że przed nią potwornie trudna i daleka droga. Wiedziała, że choć wiąże się to ze śmiertelnym niebezpieczeństwem, musi wrócić do Nidaros...

Pierwszy krok był najgorszy. Gdyby się nie udał, Hela musiałaby się przyznać do klęski. Kolejne stawiała już łatwiej. Na przełęczy raz jeszcze odwróciła się, by spojrzeć na dolinę. Zmierzchało, ale nawet stąd widziała kopczyk kryjący ciało przyjaciela. Wiedziała, że przed nią ciężki marsz. Będzie szła przez wiele godzin. Musi oddalić się z tego miejsca. Dopiero gdy księżyc zajdzie, rozstawi namiot i zdrzemnie się kilka godzin...

✤ Szedłem ulicą wzdłuż nabrzeża, chłonąc widoki. Dochodziło południe; choć od wody wiało chłodem, słoneczko nawet nieźle przygrzewało. Kantor składał się z kilkudziesięciu drewnianych domów. Wszystkie zwrócone były frontem do zatoki. Pomiędzy nie wcinały się wąskie, wyłożone deskami uliczki. Budynki ciągnęły się w głąb traktu dziesiątkami metrów.

– Z przodu są sklepy i biura, a z tyłu magazyny? – upewniłem się.

– Tak, panie.

Budynki wzniesiono z grubych belek i obito cieńszymi deszczułkami na zakładkę. Musiały mieć swoje lata, stare drewno wychłostane wiatrem od zatoki nabrało niemal srebrzystej barwy. Jedynie niektóre fasady pomalowane smołą były czarne. Tu i ówdzie lśniła bielą świeża deska: remonty robiono na bieżąco. Większość okien oszklono gomółkami, ale często trafiały się też małe szybki w kształcie rombu. Gdzieniegdzie wisiały szyldy. Jedne ozdobione wizerunkiem przedmiotów handlu, inne tylko prostymi geometrycznymi znakami – zapewne gmerkami kupców. Napisów nie było nigdzie. Społeczeństwo analfabetów? Chyba nie, ostatecznie kupiec musi umieć czytać i pisać.

Ludzi na ulicach było sporo. Większość spacerowała lub gdzieś spieszyła. Tylko nieliczni dźwigali worki czy toczyli beczki. Martwy sezon... Patrzyłem na ten obraz coraz bardziej zdezorientowany. Coś mi się nie zgadzało, ale nie potrafiłem powiedzieć co.

– Chwileczkę. A gdzie, u licha, są kobiety?!

Wszyscy przechodnie byli ewidentnie płci męskiej. Pozamykali żony i córki w domach?

– Nie wolno. – Hans pokręcił głową.

– Jak to?

– Takie jest prawo Hanzy. W kantorze nie wolno przebywać kobietom. Jeśli która pracuje u kupca jako służąca, musi przed wieczorem opuścić dzielnicę.

Poczułem się nieco skołowany.

– To co, wszyscy jak mnisi złożyli śluby czystości?! Nie zakładają rodzin czy co?

– Ależ zakładają. – Uśmiechnął się. – Większość starszych kupców ma żony. Tylko daleko stąd. To jest Bergen. Kantor – tłumaczył jak komuś nierozgarniętemu. – Ludzie przybywają tu wiosną, by prowadzić interesy, jesienią wracają do swoich miast cieszyć się szczęściem rodzinnym przez całą zimę. Zostają tylko niezbędni do handlów zimowych i pilnowania towarów, który w magazynach leży. Albo tacy jak ja, co na przyuczenie poszli, a którzy i zimą są potrzebni.

Zakręciliśmy w wąski zaułek. Długo szliśmy wzdłuż drewnianych, obitych klepką ścian. Teren wznosił się lekko. Wreszcie dotarliśmy do muru oporowego i po schodach wspięliśmy się na skarpę. Wzdłuż ulicy biegł wysoki płot. Przy furtce stał strażnik.

– Tu przebiega granica kantoru? – domyśliłem się.

– Tak. Dalej miasta prawa obowiązują. I tylko dom wspólny jeszcze do nas należy, choć nie na ziemi Hanzy go postawiono.

– Aha.

Po drugiej stronie uliczki stała masa kiepsko skleconych chałup i lepianek. O ile przed chwilą wędrowaliśmy przez krainę zamieszkiwaną wyłącznie przez mężczyzn, o tyle teraz znaleźliśmy się w miejscu urządzonym zupełnie na opak. Z okien wyglądały prawie wyłącznie kobiety. Sądząc po roznegliżowanych strojach, wszystkie zajmowały się wiadomą profesją. Jakaś półnaga nastoletnia dziewczyna wyjrzała przez okno i puściła do mnie oko. Koniuszki piersi pomalowane miała na czerwono. Cóż, co kraj, to obyczaj. Widząc, że nie jestem zainteresowany „usługą", pokazała mi język i schowała się do wnętrza chałupy.

– Pewnie bez koszuli zimno jej się zrobiło – zażartowałem, szczelniej otulając się płaszczem.

– Lepiej tu nie chodzić, panie – ostrzegł mnie towarzysz. – Większość z nich brzydka choroba zżera...

– Masz rację.

Drobne ranki i pęcherze szpecące skórę prostytutek były tego aż nazbyt widocznym dowodem. Jakiż samobójca zaryzykowałby takie kontakty?

Spory budynek o grubych kamiennych murach wznosił się jeszcze kawałek wyżej. Weszliśmy przez niskie drzwi i skręciliśmy na lewo. W twarz buchnął mi dym, woń gotowanego jedzenia, gwar.

Weszliśmy do rozległej sali. Przez jej środek biegła długa sztaba sklepana z kilku żelaznych płaskowników. Pod nią umieszczono szeroką rynnę wyłożoną kamieniami. Sztaba obwieszona została łańcuchami, na których zaczepiono kociołki. W rynnie poniżej płonęły niewielkie wiązki chrustu i grubsze polana. Pod ścianami znajdowały się długie stoły, podzielone barierkami na małe blaty robocze o szerokości jakichś pięćdziesięciu centymetrów. Nad nimi wisiały szafki, każda z wypalonym gmerkiem właściciela.

– To nasza wspólna kuchnia – powiedział chłopak. – W Tyska Bryggen nie wolno ognia palić, wszyscy tu gotują.

Spod blatu wydobył swój kociołek, z szafki wziął brzozowe pudełko z mąką i miskę. Poprosił, żebym wbił jajek, a sam pobiegł do stągwi z wodą w kącie. Zagniótł klusek, w tym czasie woda w kociołku powoli się gotowała. Hans nawrzucał tam mięsa i dodał jakiegoś gnata oraz przyprawy. Stanąłem tak, aby nikomu nie przeszkadzać, i obserwowałem. Ludzie pracowali szybko, gadając i dowcipkując. Było trochę dzieciaków, przeważały nastolatki. Czeladnicy kupieccy? Uczniowie? Hans wymienił grzeczności z kilkoma znajomymi.

Wydawało się, że wszystko zorganizowane jest niemal idealnie. Ale jak? Nie bardzo mi się chciało wierzyć w samoorganizację takiego tłumu. I wreszcie wyłapałem. Był tu mężczyzna, może osiemnastoletni, to on dokładał do ognia i co jakiś czas donosił w cebrzyku świeżą wodę. Najwyraźniej pilnował porządku.

Hans skończył gotować polewkę. Wrzucał do niej teraz kluski i mieszał drewnianą łychą. Wreszcie, gdy zmiękły, zlał potrawę do dwojaków i nakrył drewnianymi klepkami. Umył kociołek i miskę, zmiótł okruchy ze swojego blatu, schował pudło z mąką do szafki, skorupy jaj zgniótł w dłoni i wrzucił do skrzynki na stos podobnych. Zbierali je w jakimś celu? Może dadzą kurom...

– Masz wprawę – pochwaliłem.

Uśmiechnął się, widać nieczęsto słuchał komplementów. Wracaliśmy inną drogą, też wąskimi zaułkami. Dechy trzeszczały nam pod nogami, wiatr od morza szczęśliwie nie był w stanie wedrzeć się do tego labiryntu... Docierały do nas tylko pojedyncze, słabe już podmuchy. Szedłem zamyślony. Podobało mi się to miejsce. Może niegłupio być kupcem, żyć sobie tu w drewnianej chałupie, prowadzić interesy...

Myć się w zimnej wodzie, do kibla chodzić dwa piętra w dół, zaśmiał się mój diabeł. A na deser zafundować sobie syfilis u jednej z tych panienek.

Może miał rację. Ja jednak widziałem sens i celowość egzystencji tych ludzi. Sens i celowość, których od dawna brakowało w mojej karierze belfra z liceum. Może to jest moje przeznaczenie?

– Ile kosztuje taki dom? – Klepnąłem ścianę mijanego budynku.

Hans zadumał się.

– Nie wiem. – Pokręcił wreszcie głową. – Chyba z kilkanaście tysięcy dukatów. Ale żeby kupić, najpierw trzeba zdobyć prawa mieszczanina w jakimś mieście należącym do Hanzy, a i potem nie jest lekko.

No tak. Cechy. Zapewne wkręcenie się w tę społeczność było trudniejsze niż w dwudziestym pierwszym wieku zrobienie aplikacji adwokackiej.

Ta droga okazała się nieco krótsza. Niebawem byliśmy w domu. Usiedliśmy do stołu. Polewkę rozlano do glinianych misek, grubo ukrojone pajdy chleba oraz napoczęty bochen leżały na środku stołu. Pan Edward, Hans, Klaus i ja... Gospodarz przeżegnał się i wypowiedział słowa modlitwy. Dopiero wtedy ujęliśmy łyżki.

Ci trzej przy stole to Niemcy. Przyjęli mnie do swego domu. Mówię ich językiem. Ich opiece zawdzięczam to, że żyję. Jem chleb, którym się ze mną dzielą. Ich przodkowie padli na polach Grunwaldu z ręki moich przodków. Ich potomkowie zbudują Auschwitz, Treblinkę, Sobibór, Majdanek i zamkną tam mojego dziadka... Straciłem apetyt.

– Widzisz, wędrowcze – odezwał się pan Edward. – Zima idzie i kantor się wyludnia, zostaliśmy tu tylko we trzech, by pilnować magazynów... Aż do wiosny niewiele będzie roboty.

– Rozumiem. – Kiwnąłem głową. – Sezon żeglugowy się skończył.

Rozmowa zawisła w powietrzu. Chłopcy wylizali swoje miski i cicho zniknęli.

– Napijmy się – zaproponował pan Edward. – Ciężko mi jakoś na duszy...

Usiedliśmy w jego gabinecie. Sądziłem, że będziemy pić wino, lecz on postawił na stole pękatą butelkę z ciemnego szkła. Obdłubał lak. Jak się okazało, korek był przewiercony, przez dziurkę przeciągnięto sznurek, który następnie zamotano wokół szyjki. Polał do dwu kubków jakiegoś zajzajeru. Mój nos złowił woń anyżku. *Aquavit*...

– Abyśmy żyli i aby Dania sczezła – wzniósł toast.

Pociągnąłem z kubka. Płyn miał może trzydzieści procent mocy, czułem wyraźnie leciutki posmak acetonu – widać przetrzymali za długo zacier... Ale grzał, że hej.

– Myślisz, że będzie coś z chłopaka?

– Z Hansa?

– Tak...

– Wydaje mi się bardzo bystry.

Gospodarz pociągnął łyk gorzały. A potem drugi i w milczeniu dopełnił kubki.

– Jest jak dziewczyna. Nie brak mu pilności, wytrwałości, ale ma problem, gdy musi zarżnąć kurę na obiad. Nie lubi zabijania. A na morzu bywa różnie. Zresztą sam wiesz. Walczyłeś z piratami pod wodzą kapitana Hansavritsona.

– Ja też nie lubię zabijać. – Wzruszyłem ramionami.

– Ty nie musisz być kupcem.

– Czy to takie ważne? Ta mroczna sztuka, umiejętność niesienia śmierci innym?

– Sam się nad tym zastanawiam. Bo może rzeczywiście nie jest to takie istotne. Miną lata, nim swoje udziały zdoła spieniężyć i nabyć choćby najlichszy statek. Do tego czasu nabierze hartu, albo i zginie... Jesteście mądrym człowiekiem. Może podszkolicie go trochę w rachunkach?

– Nie znam tutejszych miar ani wag – bąknąłem.

– Tym zajmę się osobiście, sumować go nauczcie i procenta obliczać.

– Oczywiście.

– To dobry chłopak, tylko trochę jak *Eulenspiegel* – rzucił słowo, którego nie zrozumiałem.

Błyszczący zadek – usłyszałem podpowiedź scalaka. Pocałuj mnie w tyłek. Sowie lustro... – podawał kolejne interpretacje. Sowizdrzał – wreszcie chyba ustalił wersję ostateczną.

– *Eulenspiegel?* Coś mi się w głowie kołata...

Spojrzał zdziwiony.

– Taki bohater z wierszyków. Z pewnością słyszeliście nieraz, jak ktoś deklamuje je na targu. To opowiastki o sprytnym parobku, który uwielbia wycinać swojemu panu psikusy...

– Jasne – udałem, że sobie przypominam.

Wypiliśmy. Wódka, choć niezbyt mocna, rozebrała mnie błyskawicznie. Chyba po prostu byłem zmęczony.

– Wiedza, cudzoziemcze, wędrujesz po świecie, zbierając jej okruchy... I na co to wszystko? – dumał Edward. – Ja wędrowałem po świecie, gromadząc złoto. Dwa razy kupowałem własny okręt, dwa razy mi go topili, teraz trzecim mój wspólnik pływa... I też się zastanawiam, po co to wszystko.

Spojrzałem na niego spod oka. Depresja? Jesienna chandra? Chyba tak. Ma wielki dom, magazyn pełen towarów, własny okręt, a przynajmniej udziały w okręcie. Ma co jeść, ma książki... A ja...?

Tkwię w epoce, która poraża mnie swoim prymitywizmem. Mięso widuję na talerzu raz na kilka dni. W wychodku podcierać się muszę pakułami, bo ci ludzie nie znają nawet gazet, że o papierze toaletowym nie wspomnę. Myję się w zimnej wodzie. Całego majątku mam tyle, co na grzbiecie, kilka ubrań w worku, dwie sakiewki monet. Gdzieś daleko mam dwójkę przyjaciół. Do tego wszystkiego otrzymałem zadanie, które wydaje się niemożliwe do wykonania...

Co dalej? Będę się miotał po Skandynawii, aż wreszcie ktoś mnie zarżnie? A może kupię sobie mieszkanie w jakimś cuchnącym zaułku i zapiję się na śmierć? Albo przyjdzie łasica i upitoli mi głowę...

– Gdy byłem młody, marzyły mi się krainy leżące za horyzontem – ciągnął gospodarz. – Odwiedziłem je. Byłem z Flamandami w Kalkucie, gdzie mężczyźni przyczepiają sobie dzwoneczki do fujarek... – Dopiero po chwili załapałem aluzję. – Byłem w hiszpańskich koloniach w Afryce. Mogłem płynąć za morze do Nowego Świata, ale pomyślałem, że po co mi to... W domu najlepiej. Tylko jedno mnie pytanie gryzie, dlaczego się nie ożeniłem? Przecież tyle było możliwości... A dziś skapcaniał człowiek do cna. Trzydzieści lat skończone, późno trochę...

Co on, zgłupiał?

– Nadal przecież możecie ułożyć sobie życie na nowo – odparłem, zastanawiając się jednocześnie, dlaczego akurat mnie wybrał na powiernika. – Przecież ładnych, porządnych, a ubogich dziewczyn jest na świecie tyle, że tylko przebierać.

– Może i tak...

– Albo poszukajcie sobie wdowy w swoim wieku – doradziłem. – Wasz problem zamknięty jest w waszej głowie.

– Może rację macie. – Zapatrzył się w dno kubka.

A może kłamie? – zastanawiałem się gorączkowo. Tylko po co? Co chce ukryć? Na geja w każdym razie zupełnie nie wyglądał. Wypiliśmy czwartą szklaneczkę. Tym razem poszło mi w nogi.

Łóżko podobne do krypty rodzinnego grobowca. Siennik z grubego workowego płótna, wypełniony trawą morską. Koc z czegoś w rodzaju grubego filcu, nieco wyleniała skóra z renifera do przykrycia. Można zasunąć klapę, zagrzebać się pod skórami i spać. Powietrze nagrzewa się od oddechu. Pościel była zimna, a poduszka lekko wilgotna w dotyku. Ułożyłem się na szorstkim prześcieradle i nakryłem skórami. Zasunąłem klapę, naciągnąłem kołdrę na głowę. Długo chuchałem, by się trochę zagrzać. Czułem narastający lęk. Zima jeszcze tu nie dotarła. Miasta nie zasypał śnieg, wód zatoki nie skuł lód. A mimo to w izbie czeladnej było zimno jak w psiarni. Co będzie w grudniu? Czy w ogóle zdołam to jakoś przetrzymać?

A przecież trzeba. Obróciłem się na drugi bok.

– Spać nie możecie, panie? – usłyszałem przez deski głos Hansa.

No ładnie, sam nie śpię i jeszcze chłopaka obudziłem.

– Naszły mnie ponure myśli – westchnąłem.

– Może *aquavitu* jeszcze kropelkę – zaproponował. – Migiem skoczę, pan Edward nie obrazi się przecież.

Jeszcze? Nie ma mowy! Już teraz solidnie kołysało mi się we łbie.

– Nie, dziękuję. Spróbuję zasnąć...

Rozgrzałem się trochę. Wciąż tylko drażniła mnie ta parszywa ciemność. Gdy budzę się w nocy, chciałbym odruchowo zapalić światło. Gdy budzę się o świcie, chciałbym spojrzeć na zegarek. A tu, w szesnastowiecznej Norwegii...

Świeczkę sobie zapal, zaśmiał się mój diabeł stróż. A co do czasu, spraw sobie astrolabium, za jego pomocą można nocą określić, która jest godzina. O ile oczywiście gwiazdy widać...

Nie wiem, który już raz od czasu odtworzenia pomyślałem o supermarkecie. Bałwochwalnia handlu wydawała mi się w tym momencie szczytem marzeń. Wspomnienia regałów zawalonych rozmaitym dobrem budziły poczucie bezpieczeństwa. Aż tak nisko upadłem? Nie rozpamiętywałem scen z dzieciństwa, nie myślałem o rodzinie, przyjaciołach. Sens całego życia w dwudziestym i dwudziestym pierwszym wieku sprowadziłem do potrzeby kupowania, obłąkanego konsumpcjonizmu... Zamiast dywanu w domu rodziców szara gumowa podłoga. Zamiast starego roweru, na którym jeździłem do sklepu, by pić tam słodką landrynkową oranżadę, błyszczący wózek na kółkach toczący się z cichym szmerem przez wielką halę pełną wszelakich wspaniałości w kierunku półek z colą. Nie było zakurzonej żarówki, sznurkowego abażuru i półmroku, wszystko jasno oświetlone, widoczny każdy szczegół. Chyba byłem obłąkany, ale... chciałbym tam wrócić. Chciałbym znów pogrążyć się w swoim dawnym, jałowym życiu, by móc zarabiać pieniądze i wydawać. Nie, przecież nie wrócę tam nigdy. Ale... trzeba myśleć pozytywnie, bo jeszcze się tak wkręcę, że podetnę sobie żyły.

Nie ma supermarketów? No to będą. Zbuduje się z pomocą Hansavritsona. A co, pokażemy tubylcom, jak wygląda prawdziwy handel! Zachichotałem jak szaleniec. Hans już chyba zasnął, bo nawet się nie poruszył.

Może jednak trzeba było napić się tego ich podłego bimbru? A może i nie. Alkohol zazwyczaj pobudzał mnie, a nie usypiał. Poza tym mam objawy klinicznej depresji. W takim stanie wódka przyniosłaby ulgę, ale jeżeli będę pić za każdym razem, gdy dopadnie mnie chandra, szybko popadnę w alkoholizm.

Zamknąłem oczy i spróbowałem sobie wyobrazić coś przyjemnego. Starałem się wyrzucić ze świadomości widok ogromnego centrum handlowego. Odniosłem połowiczny sukces. Zasypiałem, mając w głowie wspomnienie starego, kiepsko zaopatrzonego wiejskiego sklepiku, który w dzieciństwie odwiedzałem podczas wakacji. W kieszeni miałem tysiąc złotych z Kopernikiem, który dała mi babcia. Czując się niczym szczodry władca, resztę pozostałą z zakupu woreczka soli wydałem na gumy Donald i podzieliłem się z kolegami z sąsiedztwa. Gdy jednak odpakowałem swój papierek i wyjąłem „historyjkę", okazało się, że przedstawia sceny egzekucji kaczora. Na ostatnim obrazku sinopióry, sinodzioby zewłok ptaka kołysał się na grubej pętli szubienicy w Horg.

🦞 Minęło raptem kilka dni i w trakcie spacerów poznałem cały teren kantoru. Zadomowiłem się, zajrzałem we wszystkie kąty, czułem, jakbym mieszkał tu od lat. Zresztą po prawdzie nie był to żaden wyczyn. Kilkadziesiąt uliczek równoległych, dochodzących z jednej strony do nabrzeża, z drugiej do palisady stanowiącej granicę kantoru. Z góry całość zapewne przypominała monstrualnych rozmiarów grzebień. Prawie wszystkie budynki były identyczne, różniły się drobnymi detalami i stopniem zniszczenia fasad. Wszystkie zaułki tak samo wąskie, wykładane drewnem. Tylko zapachy z rynsztoków płynących pod deskami i dobiegające z niektórych magazynów pozwalały je odróżnić. Też nie do końca. Co najmniej dwie trzecie kupców handlowało suszoną rybą i ta woń kładła się na miasto ciężkim całunem.

Przywykłem do pogody. Z reguły ranki były mgliste lub deszczowe, popołudniami za to wychodziło słońce. Czasami prószył paskudny wilgotny śnieg, jednak przeważnie leżał tylko kilka godzin. Czasem z głębi lądu wiał wiatr podobny do tego, który poznałem już w Trondheim – ciepły, ale męczący i wywołujący ból głowy jak polski halny. Pan Edward, widząc, że doszedłem do siebie, zlecił mi pracę. Razem z Hansem i Klausem porządkowaliśmy magazyny, robiąc przy okazji coś w rodzaju kontrolnego spisu towarów. Robota okaza-

ła się upierdliwa, męcząca, ale najgorsza była jej jedno-
stajność... Mój gospodarz praktykę handlową prowadził
dziwnie, w magazynach poniewierało się niemal wszystko. Bele tkanin napoczęte przez myszy, kamionkowe
butle reńskiego wina, worki zapleśniałych skórzanych
kapci, które wyglądały, jakby spoczywały tu od dobrych
pięciu dekad. Były też kilkunastokilogramowe bryły wo-
sku, skóry z reniferów, cuchnące i pełne moli, suszone
dorsze oraz beczułki jakiegoś świństwa, chyba tranu
albo oleju wytapianego z ryb. W niewielkiej komórce
zrzucono na stos trochę broni: kilka zardzewiałych ta-
saków, jakieś poszczerbione miecze i zdekompletowane
kusze... Znalazł się też muszkiet i kiszka z zawilgłym
prochem oraz woreczek kul wyraźnie przeznaczonych
do broni o zupełnie innym kalibrze.

Żadne znalezisko nie przykuło na dłużej mojej
uwagi. Żadne nie wywołało mocniejszego bicia serca.
Szmelc... Im dłużej tam grzebałem, tym większe miałem podejrzenia.

Coś mi się tutaj nie zgadzało. Jakby ten człowiek tylko grał kupca. W razie jakiejś kontroli, choć nie wiedziałem, kto, u diabła, mógłby ją przeprowadzać, pozornie wszystko się zgadzało. Ma kamienicę? Ma. Ma
towar w magazynie? Oczywiście. Na górze w gabinecie
widziałem księgi handlowe. Ale jednocześnie to wszystko było jakieś nieprawdziwe. Jakby nie chciało mu się nawet dobrze udawać. A może, skoro Peter Hansavritson
mnie tu ulokował, pan Edward jest jego agentem? Jeżeli kapitan rzeczywiście jest tajnym, niekoronowanym
królem Hanzy, nie da się wykluczyć, że posiada siatkę

wywiadowczą. Sam przecież z powodzeniem udaje niezbyt majętnego kupca.

Może i mój gospodarz jest szpiegiem. Nie miałbym żadnych obiekcji, gdyby nie to, że mieszkałem z nim pod jednym dachem. Jeżeli ktoś dobierze mu się do skóry, to będę miał przechlapane. Z drugiej strony kto niby ma go zdekonspirować? Duńczycy? Kantor jest eksterytorialny. Hanza? Podlega Peterowi...

❧ Tego ranka lało jak z cebra. Ochłodziło się. Po śniadaniu poszedłem z chłopakiem do magazynów. Rozwieszałem skóry na drągach, by się przewietrzyły, Hans zabrał się do robienia butów. Z długiego pnia zdarł korę, a teraz odrywał cienkie i długie paski łyka. Siedząc na zydlu, z wprawą zaczął splatać rogożę w rękach. Skończyłem swoją robotę i siadłem naprzeciw.

– Widzicie, panie, jakie to proste? – rzekł z zadowoleniem.

Obserwowałem go jeszcze przez moment, a potem spróbowałem powtórzyć. A gdzie tam. Spod jego palców wyskakiwały supły tak równiutkie, jakby wykonała je maszyna. Nim zrobiłem kawałek, on już wykańczał całą podeszwę kapcia. Ile czasu mu to zajęło? Może dwadzieścia minut. Przypomniałem sobie zdarzenie z pozoru inne, a jednak podobne. Wtedy, na szlaku do Nidaros, ksiądz Jon wycinał z kawałka konaru łyżkę dla Heli.

– Muszę się tego nauczyć – mruknąłem.

– To łatwe, trza tylko trochę wprawy – wyjaśnił, biorąc się do robienia wierzchu. – Tak z rok czasu.

– Aha...

Odłożyłem nieudaną „robótkę" i zacząłem od początku. Hans, widząc nieudolność moich prób, podpowiedział mi parę razy. Dziwny dzieciak – oczekiwałbym raczej, że będzie puszył się jak paw i robił łaskę, lecz on po prostu życzliwie instruował.

Lepszy byłby z niego belfer niż z ciebie, zarechotał mój diabeł stróż. Za dużo w tobie pychy.

Co gorsza, diabeł jak zwykle miał rację. Lubiłem umieć. Lubiłem górować nad otoczeniem. Lubiłem pokazać uczniom, że jestem od nich mądrzejszy. Słabość... Dopiero teraz zrozumiałem, że to jak grzech.

Muszę wzbudzić w sobie więcej pokory, pomyślałem.

Diabeł nic nie odpowiedział, ale siedząc obok, śmiał się w kułak.

– Pokaż mi jeszcze raz – poprosiłem chłopaka.

Pokazał. Siedzieliśmy, plotąc, to znaczy on plótł, a ja knociłem.

– Jesteście, panie, uczony – zagadnął z uśmiechem Hans.

– Skąd to przypuszczenie? – Spojrzałem na niego zaskoczony.

– Po rękach poznałem. Wyście, panie, niewiele w życiu pracowali dłońmi, a to znaczy, że musieliście pracować głową.

Mało nie parsknąłem śmiechem. A to mędrek, ludzi po dłoniach ocenia...

– Przyjmijmy, że jestem uczonym – stwierdziłem ostrożnie. – Co z tego?

Spoważniał.

– Potrzebuję kogoś, kto będzie mnic uczył. Chcę zostać kupcem. Pan Edward wieczory woli spędzać nad kuflem piwa. Dał mi książki i kazał czytać, a ja nie rozumiem... Powiedział, że was namówi, żebyście pomogli.

– Tak. Rozmawiał ze mną w tej sprawie. Skoro chcesz się uczyć, pomogę ci. Pokaż...

– Najpierw targu dobijmy.

– Targu?

– Zapłacić wam nie mogę, a przecież jakoś muszę, tedy dogadajmy się, czego w zamian oczekujecie.

– Gdy zostaniesz kupcem – rzekłem po namyśle – chcę mieć miejsce na twoim statku. Gdziekolwiek płynąć będziesz, jeśli zażądam, zabierzesz mnie ze sobą. Jeśli po drodze zechcę wysiąść, zawiniesz dla mnie do mijanego portu. I żywić będziesz mnie w drodze.

– Na wszystkich moich statkach będzie dla was kajuta – zapewnił uroczyście.

– Na wszystkich...

– Bo ja chcę mieć całą flotę.

Ależ ambitna bestia! W cerowanych portkach łazi, a w planach ma własną firmę. Chociaż... kto wie? Młody, twardy, ambitny, w głowie ma dobrze poukładane. Może rzeczywiście za kilkanaście lat czegoś się w życiu dorobi? Poszliśmy do naszego pokoju.

– Podaj książkę – poleciłem. – Zaraz poznamy jej sekrety.

Spod swojej poduszki wyciągnął opasły buch oprawiony w wytłuszczoną, poprzecieraną skórę. Przekartkowałem. Tabele miar i wag używanych w poszczególnych miastach, spis praw różnych portów, wysokość ceł, przykładowe ceny. Do licha, wyglądało to niemal jak skrypt akademicki!

– Dobrze, zaczniemy od początku – powiedziałem. – Znasz tabliczkę mnożenia?

– Jaką tabliczkę, panie? Bo mnożyć trochę się nauczyłem...

Hm, no tak. A czego się spodziewałem? A może inaczej to nazywają?

– Daj jakiś papier.

Przyniósł łupkową tabliczkę i rysik. Naturalnie papier jest zbyt drogi, by go marnować... Wypisałem mu po kolei od 1 x 1 do 10 x 10.

– Musisz opanować to wszystko. Zapamiętać raz na całe życie – wyjaśniłem. – To podstawa obliczeń. Potem przejdziemy do trudniejszych zadań.

Usiadł pod oknem i korzystając z resztek dziennego światła, od razu zaczął uczyć się na pamięć. Ja tymczasem wertowałem księgę. Zasady przeliczania jednych miar na inne, kursy walut, przepisy podatkowe miast. Mętne to było jak cholera. Mniej więcej godzinę później zameldował, że już się nauczył. Przepytałem go. Pomylił się tylko trzy razy. Byłem niewąsko zaskoczony. Zastanawiałem się, dlaczego poszło mu tak szybko. Czy umiał tak dobrze mnożyć już wcześniej, czy to wynik kolejnej różnicy kulturowej. Być może dla tych ludzi opanowanie pamięciowe materiału było naturalne... łatwiejsze niż dla dzieciaka, który rozprasza swoją uwagę pomiędzy komputer, telewizor, zabawy i naukę?

Pewnie z powodu braku dostępu do taniego papieru i długopisów musieli bardziej polegać na swojej pamięci.

Wytłumaczyłem, jak się mnoży pod kreską. Sądząc z jego zdziwienia, nie znali tu tego. Posiłkując się tabelami, wymyśliłem kilka zadań. Ot, takich prostych. Kupić czterysta łasztów pszenicy w Gdańsku, przerzucić do Antwerpii i sprzedać. A potem obliczyć zysk z uwzględnieniem ceł. Przeliczał polskie talary na holenderskie dukaty. Ja starałem się rachować w pamięci. Później poproszę pana Edwarda o drugą tabliczkę. Muszę nadrobić zaległości w stosunku do własnego ucznia.

꙳ Po obiedzie postanowiłem zabrać się wreszcie do problemów zdrowotnych Hansa. Przeszliśmy do drewutni umieszczonej na samym końcu ciągu magazynów.

– Pokaż mi nogi – poleciłem.

Ściągnął spodnie. Pod spodem miał coś w rodzaju majtek. Popatrzyłem na jego nogi. Od razu zrozumiałem, że chodzi o lewą.

– Sądząc po bliznach, otwarte złamanie kości piszczelowej – mruknąłem.

Zrobił głupią minę – chyba użyłem zbyt fachowej terminologii.

– Kawałek kości wyszedł przodem, a drugi tyłem – wyjaśnił. – Medyk mi to złożył i obwiązał w łubki, ale noga rosnąć już nie bardzo chciała. I palce u stopy gorzej się ruszają od tamtej pory... Z roku na rok większa jest różnica i chodzić coraz trudniej.

Obmacałem miejsce złamania. Pod skórą wyczułem gruby blok kostny. Coś tam chyba zwyrodniało.

– Nic tu nie zdziałam – powiedziałem.

– Szkoda. – Posmutniał.

Spojrzałem na jego sylwetkę.

– Biodra cię nie bolą?

– Czasem prawe... I plecy w krzyżach.

Próbował chodzić na krótszej nodze. Różnica rzędu trzech centymetrów spowodowała przekrzywianie się miednicy, a co za tym idzie, nadmierne obciążenie stawu zdrowej nogi i kręgosłupa...

– Można coś na to poradzić – powiedziałem. – Ciała nie poprawimy, można jednak uzyskać pewne efekty i wyeliminować ryzyko dalszych powikłań.

– Boli, bo krzywo chodzę – przełożył sobie moją wypowiedź na bardziej zrozumiały język.

Wybrałem odpowiednio grubą dechę, odrysowałem jego stopę, a potem zabrałem się do roboty. Wyciosałem podkładkę. Kazałem mu stanąć na niej i ponownie oceniłem sylwetkę. Talerze miednicy były chyba równo.

– Przybić do podeszwy? – zrozumiał, o co mi chodzi.

– Tak. W ten sposób dodamy nodze brakującej długości.

Znalazł się młotek i długie, cienkie gwoździe. Przytwierdził kopyto do trzewika i wzuł but.

– Naprzód! – poleciłem.

Przeszedł kilka kroków, a potem uniósł głowę. Nigdy do tej pory nie widziałem jego twarzy rozjaśnionej takim uśmiechem.

– Ciężkie trochę... – zauważył.

– Można nieco podłutować. Wytnij ze środka drewno, tylko zostaw dość grube ścianki, żeby nie połamało się pod twoim ciężarem. Teraz wiesz, o co chodzi. Dalej musisz eksperymentować sam.

– Poradzę sobie, panic.

– Cały czas rośniesz, za rok to już nie wystarczy. Trzeba będzie sprawdzić, jaka jest różnica, i wykonać nowy but – wyjaśniłem.

– Dziękuję.

– Opiekowałeś się mną w chorobie, to skromna odpłata. – Wzruszyłem ramionami. – Żałuję, że nie umiem ci nogi naprawić...

W moich czasach to pewnie byłby stosunkowo prosty zabieg, myślałem, wspinając się po wąskich schodkach. Ale coś udało się jednak zrobić... Może ci ludzie za mało szukają, a może to ta cholerna protestancka doktryna, w myśl której jak się komuś nie wiedzie w życiu, to znaczy, że utracił łaskę Pana...

Siadłem sobie na zydlu. Otworzyłem drzwi, by wpuścić do pomieszczenia więcej światła. Patrzyłem na zatokę Vågen i górę po jej drugiej stronie. Wyraźnie widać było małe domki oblepiające zbocze. Pomiędzy obiema częściami miasta sunęło kilka łódek. Po niebie wiatr gnał kłaczkowate chmurki. Widok tchnął niezwykłym spokojem. To nie jest mój świat. Swój utraciłem i nie wrócę tam nigdy...

Za moimi plecami Hans krzątał się po magazynie. Zamiatał, rozstawił pułapki na myszy. Drewniana podkładka pod butem stukała głucho o dechy. Widać było, że chłopak nie ma specjalnie nic do roboty. Martwy sezon... Silniejszy podmuch wiatru wtargnął pomiędzy budynki. Owinąłem się ciaśniej w płaszcz. Ponure myśli znowu atakowały. Siedzę tu w cieple i syty. To będzie długa, nudna i spokojna zima. Wiosną popłynę na Bałtyk. Odnajdę Petera Hansavritsona, zdobędę Oko Jelenia, przekażę je łasicy. I co dalej? Nie ma powrotu do przyszłości, zresztą nie ma dokąd wracać. Garstka złota w kieszeni nie wystarczy na długo. Poszukać sobie pracy? Jakiej? Gdzie?

Westchnąłem ciężko.

– Smutno wam, panie? – zapytał Hans.

– A tak jakoś źle na duszy – wyjaśniłem. – Rozmyślam o tym, co ze mną będzie.

– Los wam, panie, z pewnością dobry pisany – powiedział z ogromnym przekonaniem. – Mądry człowiek zawsze sobie poradzi. A że smutno... Ta ziemia jesienią i zimą często rodzi takie humory.

– I pewnie wiosną przejdzie – zakpiłem łagodnie.

– Oczywiście – odparł z niezachwianą pewnością. – Słońce wyżej będzie stało, to i złe myśli pierzchną. Bardziej się o siebie martwię... – wyznał. – Wiosna to czas Igr. Ciężko będzie. A i zginąć można... Jeśli pan Edward uzna, że jestem gotów, przyjdzie i na mnie czas.

– Co, proszę? – zdziwiłem się.

– Igry Bergeńskie – rzekł. – Jeśli przeżyję trzy próby, zostanę kupcem.

O czym mówił? Próby? Jakiś hanzeatycki rytuał inicjacyjny?

– Opowiedz mi o tym – poprosiłem.

– Igry urządza się w ostatnim tygodniu przed otwarciem sezonu żeglugowego. Składają się z trzech prób. Pierwsza to próba wody. Wszystkich kandydatów wywozi się łódkami na środek zatoki Vågen i wyrzuca w fale. Należy dopłynąć w ubraniu do brzegu. Trzeba przy tym minąć kupców, którzy w łodziach siedząc, wiosłami walą, żeby nieostrożnych przytopić.

– Przecież sezon otwierany jest wiosną! – zdumiałem się. – Ta woda będzie lodowata!

– Nikt nie mówił, że będzie łatwo – zauważył chłopak filozoficznie. – Ale oberwać wiosłem jest niebezpieczniej. Niektórzy naprawdę mocno walą...

– Przecież mogą pływaków po prostu zabić!

– Czasem i tak bywa. – Wzruszył ramionami. – Są lata, kiedy nawet i cztery, pięć trupów się trafia. Potem jest próba ognia. To już łatwiej przetrzymać, zwykła chłosta rózgami w zadymionej łaźni. No, czasem ktoś sobie głowę rozbije o ścianę. Trzecia jest próba dymu. Na dachu kuchni wiąże się kandydata do komina i podwędza dymem, a jak już trochę zaczadzieje, ściąga i egzaminuje... Czasem ktoś się dymem zatchnie, ale to nieczęsto bywa.

Milczałem wstrząśnięty. Fala w wojsku czy próby jej naśladowania w gimnazjach wydawały mi się niegdyś poważnym problemem. Teraz jednak stanąłem wobec czegoś okrutniejszego...

Rozumiałem, dlaczego u plemion pierwotnych występują rytuały inicjacyjne. Czytałem o tym. Niezmiernie surowe warunki życia wymuszają weryfikację, czy ktoś nadaje się do założenia rodziny. Stąd badanie odporności na ból, sprawdzanie odwagi i wytrzymałości, do tego narkotyki umożliwiające kontakt z duchami przodków i plemiennymi bóstwami. Indianie, Eskimosi, Aborygeni, Murzyni... Ale przecież to jest Europa. No i mamy szesnasty wiek!

Nie – zreflektowałem się, to chyba jednak nadinterpretacja. Nie znałem tych ludzi ani obyczajów wystarczająco dobrze, by ich oceniać. Może zachodzą tu analogiczne procesy społeczne, co u ludów pierwotnych? Jak to mówił nasz gospodarz? Nie był pewien, czy Hans jest wystarczająco twardy? Bo czasy takie, że czasem trzeba złapać za broń i odeprzeć atak.

Próba zracjonalizowania ich zdziczałych obyczajów niewiele mi dała. Dalej odczuwałem obrzydzenie...

⅊ Edward i Sadko spotkali się koło katedry.

– Jakie nowiny, panie? – zapytał Rosjanin.

– Mój gość... Myślałem, że zemrze, ale on nie tylko do przytomności powrócił, lecz już władzę w rękach i nogach nawet odzyskał. Siły przerażająco szybko mu wróciły – odparł kupiec. – Powiedziałbym, że to cud, gdybym nie znał źródła tej strasznej mocy...

– Obserwujcie go, panie, uważnie – polecił konus i spojrzał w zadumie na morze. – Pan Kowalik nakazał nie spuszczać go z oka i chronić w miarę możliwości. Będzie nam potrzebny...

Powiał wiatr. Żagle rybackich łódek wypełniły się, okręty stojące przy nabrzeżu podskoczyły na fali.

– Powiedzieliście, że to sługa łasicy. Czy nie lepiej byłoby go zabić? Jeśli to niebezpieczne lub boicie się odwetu demona, sam mogę... Choć gościa przyjętego pod własny dach nie powinienem – zafrasował się.

– Nie. Skoro na nogi wstał, znaczy, że żyć musi. Taki los mu widać pisany. Stanowi zagrożenie, ale wiedza, która drzemie w jego czaszce, jest zbyt cenna. Życie kapitanowi Peterowi uratował, więc ścieżki losów jak węzłem stuły związane. On już do Hanzy należy, choć o tym nie wie, a i Hanza do niego poniekąd...

– A łasica? Jeśli się pojawi...

– Nie wiem – zadumał się Sadko. – Jeśli uznasz, że jest szansa łasicę uśmiercić, zrób to. My, jeżeli ją spotkamy, zrobimy tak samo. Zgładzenie demona jest najważniejsze.

– Skoro jej sługa tu przybył... Czy to oznacza, że Bergen czeka niebawem zagłada?

– Trudno unicestwić miasto. Z pewnością jednak klęska jakaś mu niebawem pisana. Marius Kowalik i Peter Hansavritson są o tym głęboko przekonani.

– Więc może lepiej... – Przesunął dłonią po gardle.

– Nie. Wiemy niewiele o łasicy, a jeszcze mniej o jej sługach. Nie można wykluczyć, że to właśnie ich śmierć popycha demona do straszliwego odwetu.

– Zatem stoję u wylotu lufy armatniej, nie wiedząc nawet, czy lont się pali – mruknął kupiec.

– Musimy zakładać, że właśnie tak jest. Żarna przeznaczenia w młynach czasu wprawiono już w ruch.

– Ci słudzy... Jakie zadania wykonują?

– Nie wiemy – zełgał Sadko.

Milczeli.

– Cóż, zatem będę obserwował, a gdy zajdzie potrzeba, chłopaka przyślę z raportem...

🐾 Gdy się zbudziłem, Hans już nie spał. Siedział koło okna i wykorzystując blask sączący się przez mętne szkło, studiował księgę.

– Uczysz się? – wymamrotałem.

– Tyle mam do zapamiętania, a czas tak szybko biegnie – westchnął. – Dopiero co dziesięć lat miałem. A tak dumam, że jeszcze ze dwa lata i trzeba będzie iść na swoje.

– Poradzisz sobie – powiedziałem. – Przecież chcesz mieć swoją flotę.

– Z tym też nie będzie łatwo. Nie ma po kim odziedziczyć statku ani udziałów. Nie mam swojej kamienicy. Kto mnie weźmie na wspólnika?

– Co zatem planujesz?

– Zaciągnę się na okręt jako młodszy pomocnik. Za oszczędności będę kupował udziały, a jak przyjdzie czas na zyski, to powoli z czasem dobiję się lepszych sum. Kupię jakąś krypę, poszukam załogi, na początek starych marynarzy, których nikt nie chce brać, bo słabi. A potem... – Jego spojrzenie stało się dziwnie świetliste.

– Co zrobisz potem? – zainteresowałem się.

– Za horyzont – powiedział. – Po towar, którego nikt nie ma. Do krain, gdzie jeszcze nie dotarła sława Hanzy. Tylko że stary okręt nie pokona oceanu – znowu się zasępił. – Ponoć w Nowym Świecie znaleziono złoto. Gdyby się tam dostać, wykopać trochę i wrócić szczęśliwie. Bo tu kruszców nie ma. Norwegia jest bardzo jałowa, jeśli chodzi o metale.

– Daleko na północy, w kraju Saamów, jest żelazo – powiedziałem, przypominając sobie resztki wiadomości z liceum.

– Czyste?

– Ruda żelaza – sprostowałem.

– Transport na wybrzeże jest kosztowny. A potem jeszcze trzeba przewieźć ją tutaj i przekuć. To dobry interes, gdyby mieć setki ludzi, flotę, można w tamtą stronę zawieźć drewno bukowe albo węgiel, przetopić na miejscu i wrócić już z metalem... Ale skoro nikt tego nie robi, pewnie się nie opłaca. Nie wiem, gdzie można popłynąć, by szybko dobić się fortuny.

– Może nie ma takich miejsc? – zauważyłem. – Może to wszystko mrzonki?

– Gdzieś są ludy, które nie znają wartości kruszcu czy pereł. Trzeba tylko się tam dostać. Może mądre księgi ukrywają tajemnice takich krain, ale sądzę, że raczej samemu trzeba szukać – dodał jakby do siebie.

– Czemu tak myślisz?

– Bo jak jeden to w księdze opisał, to i inni przeczytać mogą. I skarby rozdrapią. Tu trzeba własnej drogi szukać...

– Za horyzont... – powtórzyłem.

– Dobry okręt to podstawa. Nie będzie potrzeba dużego. Znacie, panie, „Srebrną Łanię".

– Znam.

– Płynęliście na jej pokładzie. Jest węższa niż statki kupieckie, jest szybka. Bierze mniej towaru, ale w pierwszych wyprawach chodzi o to, by szlak przetrzeć. Zresztą zboża nie będziemy tam wozić. Za daleko. Chyba żeby dobrą cenę dali. Tak dumam, „Łania" nawet za duża jest. Widzieliście panie „Jaskółkę" z Bremy?

– Nie.

– To statek Heinricha Sudermanna. Niezwykle szybka i zwrotna. Kilka razy piraci się na niego zasadzali i zawsze im uciekł. W dodatku trzech ludzi zaledwie wystarczy, by prowadzić ją po morzu.

– Da radę przebyć Atlantyk?

– Co?

– Ocean, który widzisz za oknem, nazywa się Atlantycki.

– To słyszałem. My mówimy po prostu ocean, bo innego tu nie ma – zaśmiał się z własnego żartu. – Sudermann pływał „Jaskółką" na Islandię i Hebrydy. Zatem i do Nowego Świata da się dotrzeć. Tylko pewnie nie użyczy...

– Pewnie nie – zgodziłem się.

– Hanza kiedyś miała swój fundusz, pożyczała pieniądze na niski procent dla tych, którzy dopiero zaczynali handel. Tylko potem kupcy się zmówili, żeby konkurencja była mniejsza, przestali pożyczać i przeszkody różne robią tym, którzy chcą wejść w interesy.

Kolejna grupa zawodowa, która umyśliła sobie, że najlepiej przekształcić się w zamkniętą korporację...

– Coś się zepsuło.

– Nie jesteśmy już tymi ludźmi, co kiedyś. Słyszałem, jak pan Edward rozmawiał z Peterem Hansavritsonem. On mówił, że Hanza przegrywa. Przegrywa dzień po dniu, tydzień po tygodniu, rok po roku. A przegrywa dlatego, że odeszła od dawnych zasad. Od braterstwa, od prawa, że za jednym skrzywdzonym staną murem wszyscy. Ludzie spostrzegli, że nie szanujemy się wzajemnie, i sami przestali nas szanować. Czy mam rację?

– Tak sądzę. Choć mogą być jeszcze i inne powody. Może to wrogowie są dziś silniejsi i lepiej zorganizowani niż dawniej?

– Anglia zamyka przed nami wiele portów. – Skinął głową. – Francja i Hiszpania dopuszczają na swe wody tylko Flamandów. My za to próbujemy blokować im dostęp do Bałtyku. Co też jest złe... Lepiej byłoby przyjaźnić się i wspólnie handlować na wszystkich wodach, tylko że ciasno by się zrobiło, bo towaru jedynie określoną ilość sprzedasz.

– Po prostu trzeba wymyślać nowe towary. – Wzruszyłem ramionami.

– Dlatego i myślę, żeby mieć rzeczy, których nie mają inni – ucieszył się, że mimowolnie wróciłem do poprzedniego wątku, zarazem potwierdzając jego przemyślenia. – Nowe zioła, by leczyć i mięso przyprawiać... Jak myślisz, panie, rosną takie w Nowym Świecie?

– Z pewnością. Wanilia na przykład – zapaliłem się.

– Cudny korzeń. – Kiwnął głową. – To tam rośnie?

– A skąd ty znasz wanilię?! – zdumiałem się.

– Pan Edward kiedyś pokazywał mi kawałek.

– Trzeba tylko zaplanować, jak dotrzeć do źródła tych wspaniałości...

– Trza będzie.

Spodobała mi się jego zacięta mina.

Do kuchni tego dnia poszedł Klaus. Ja przespacerowałem się po nabrzeżu, spróbowałem kawałek przebiec. Wyglądało na to, że organizm odzyskał dawną sprawność. Wróciłem w porze obiadu. Dom stał cichy i pusty. W głównych pomieszczeniach od frontu nie zastałem nikogo.

– Hej! – krzyknąłem.

– Tutaj! – usłyszałem głos gospodarza dobiegający z tylnych pokoików.

Wszedłem i natychmiast zrozumiałem, że stało się coś złego. Hans leżał na podłodze wyciągnięty na sienniku. Twarz dziwnie mu poszarzała. Patrzyłem na krwawą plamę znaczącą posłanie. Smród kału wykręcał nos na drugą stronę. Krwotok z kiszki stolcowej? Spokojnie... Gorączka krwotoczna? Zrobiło mi się zimno ze strachu. Poczułem pot na skroniach. Nie, dość tego. To przecież nie ebola!

– Niech to licho, dopadło go – mruknął pan Edward.

– Dopadło? – zapytałem.

– Przywlekli zarazę do Bergen jeszcze w lecie. Tli się od tego czasu i coraz kogoś trafia. Źle się poczuł, upadł w magazynie na dole i prawie od razu czucie stracił. Tuśmy go z Klausem przynieśli. Już po nim...

Zdusiłem przekleństwo. Co to może być? Cholera? Raczej czerwonka albo coś podobnego. Co mogę zrobić bez antybiotyków czy sulfonamidów? Moment. Ścisnąłem skronie dłońmi. Odwodnienie. On się odwodni i to go zabije. Trzeba uzupełniać ubytek płynów i elektrolitów. Przegotowana woda, albo lepiej roztwór soli fizjologicznej...

– Spróbuję go ratować – powiedziałem.

– Znacie się na tym? – Łypnął podejrzliwie.

– Trochę. Będę potrzebował soli.

– Tego akurat nam nie brakuje.

Zawahałem się chwilę. Przypomniałem sobie smak tego gówna, którym posypywali potrawy. Nieczyszczona, warzona z wody morskiej.

– Ta jest na nic. – Pokręciłem głową. – Potrzebuję czystej soli. Kamiennej, warzonej i oczyszczonej.

– Fiu, fiu! – gwizdnął.

– Proszę przejść się do mydlarza – poradziłem. – Musi mieć różne gatunki. Może trafi mu się polska, z Wieliczki. Niech rozpuści funt w cebrzyku z wodą, zleje do czystego, pobielonego cyną kociołka i gotuje aż do odparowania.

– Koniecznie tak? – Poskrobał się po głowie.

– Bezwzględnie. To bardzo ważne.

Kupiec spisał instrukcje na kartce i poszedł. Klaus pomógł mi przenieść Hansa do pomieszczeń na tyłach. Położyliśmy dzieciaka na posłaniu z dwu worków trocin. Przypuszczałem, że będzie co chwila robił pod siebie, i jak się okazało, miałem rację. Organizm się czyścił. Chłopak ciągle był nieprzytomny i miał wysoką gorączkę. Nakryłem go starą derką, a na czoło dałem zimny okład.

Zmusiłem Klausa, by starannie umył ręce i wyszorował pazury. Kazałem mu też zagotować wiadro wody. Napoiliśmy nieprzytomnego przez lejek. Edward wrócił w towarzystwie mydlarza.

– Najlepsza sól, jaką mam – pochwalił się gość. – Dwukrotnie warzona, biała niczym mąka.

– Dziękuję. – Odebrałem mu zawiniątko.

Roztwór... Muszę przygotować roztwór.

– Potrzebuję naczynia miarowego o objętości jednej kwarty – powiedziałem. – I najdokładniejszą wagę, jaką uda się zdobyć...

Przyniesiono w ciągu minuty. Zważyłem naczynie najpierw puste, potem napełnione wodą. Teraz sprawdziłem wagę woreczka z solą. Dobra nasza. Wystarczy policzyć, jaka ilość soli będzie potrzebna, by zrobić jednoprocentowy roztwór... Klaus zniknął, gospodarz też wyszedł. Tylko mydlarz stał i w zadumie patrzył przez okno. Kończyłem wyliczenia. Podszedł i spojrzał mi przez ramię.

– Nic tu po panu, a choroba jest najprawdopodobniej bardzo zaraźliwa – spróbowałem go spławić.

Mruknął coś i wrócił na swoje miejsce pod okno. Przypatrzyłem mu się. Starszy facet, gdzieś tak pod sześćdziesiątkę. Szpakowaty, miał starannie przystrzyżoną capią bródkę, wygolone gładko policzki. Krzaczaste brwi prawie całkiem posiwiały.

Czego tu szukał, do cholery? Był ciekaw tego, co robię? Proszę bardzo, jeśli mi się powiedzie, niech plagiatuje moje metody na zdrowie, więcej ludzi się uratuje. Sprawdziłem smak przyniesionej substancji. Żadnej goryczy. No i świetnie, uspokojony nabrałem łyżkę.

– Ciekawy sposób na uzyskanie soli fizjologicznej, chłopcze – zauważył po czesku.

Zamarłem i uniosłem wzrok. Stał trzy kroki ode mnie, z palcem na spuście małej myśliwskiej kuszy. Celował mi w pierś. Z tej odległości nie mógł nie trafić. Jak na złość nie miałem się czym zasłonić, szaflik stał ciut za daleko. Zresztą bełt pewnie przebiłby drewniane naczynie bez problemu. A gdyby uskoczyć za drzwi? Ta broń jest jednostrzałowa. Zanim naciągnie...

– Nawet nie próbuj – powiedział. – Zdążę.

Domyśliłem się momentalnie. Ależ ze mnie dureń. O kogo pytałem? O przybyłego z Nidaros Alchemika Sebastiana. Spryciula zmienił imię, profesję i już. Nie ma człowieka. Ci ludzie nie mają dokumentów – tu łatwo jest stać się kimś innym. To on. Przybysz z moich czasów.

Popatrzyłem na niego i naraz zachciało mi się śmiać. Wielki Alchemik, śmiechu warte. Na skroniach perlił mu się pot. Nie strzeli. Stara się wyglądać groźnie, ale od razu widać, że to jakiś inteligent. Tacy nie zabijają. Zazwyczaj.

– A więc...? – Poprawił chwyt spoconej dłoni na kolbie.

– Idź się pan wyswaźbnić – burknąłem w tutejszym narzeczu.

Dodałem sól, wymieszałem starannie i podałem choremu do picia. Poprzednia porcja wody już zdążyła przelecieć przez jego organizm. Spojrzałem na gościa. Nadal trzymał mnie na muszce, to znaczy celował, bo kusza muszki oczywiście nie miała. Co robić? Ignorować, lekceważyć, zagadać...

– Dobra. – Usiadłem na zydlu i zacząłem mieszać kolejną porcję. – Przejdźmy do konkretów. Pan Alchemik Sebastian, nieprawdaż?

– Tego imienia używałem w Trondheim.

– To chyba degradacja – zakpiłem. – Przekwalifikować się z alchemika na mydlarza to jak z lekarza ordynatora spaść na stanowisko szpitalnego ciecia.

– Chyba mnie, chłopcze, nie lubisz – obraził się.

– A za co? Trudno lubić faceta, który celuje do ciebie ze spluwy, no, prawie ze spluwy.

– A nie uczyli cię, że to głupota kpić sobie w otwarte oczy z człowieka, który chodzi pod bronią?

Coś w nim było nie tak. Sposób wysławiania się? Elegancja gestów? Nie pochodził chyba z mojej epoki.

– To może to pan odłoży? – zaproponowałem. – Tak mądrzej będzie.

– Jeszcze mi życie miłe.

Milczeliśmy.

– A może mój prześladowca raczy się przedstawić? – zagadnąłem wreszcie z przekąsem.

– Naprawdę nazywam się Ivo. – Wzruszył ramionami. Kusza gibnęła się w lewo. – Sebastian mam na drugie.

– Marek, choć w tym teutońskim mieście raczej należałoby powiedzieć Mark. Jestem Polakiem. Pan, zdaje się, nie?

– Jestem Czechem... Z Pragi. Zamknij oczy. Dziabnę cię w serce. Jeden strzał i po sprawie.

– Jak się pan domyślił? – dyplomatycznie zmieniłem temat. – Przyleciał pan tu już z konkretnymi podejrzeniami, skoro przytargał ze sobą to mordercze ustrojstwo.

Chyba niepotrzebnie wspomniałem o tym, co trzyma w ręce, bo znowu we mnie wycelował.

– Po zleceniu się zorientowałem. Za dokładne było. Ci ludzie nic używają tak czystych odczynników. A jeszcze pan Edward mi powiedział, że przyjechałeś z Trondheim i że chcesz kogoś tym leczyć. Od razu się domyśliłem, że próbujesz zrobić roztwór soli. Szkoda tylko, że na surowej wodzie, powinna być destylowana.

– Ma pan destylowaną?

– Nie mam. Ale zrobić nie kłopot. Jakość oczywiście nie będzie najlepsza, ale mam tu tylko prosty aparat do pędzenia bimbru, a nie kolumnę rektyfikacyjną.

– Zrobiłem na gotowanej. A swoją drogą, to głupio pan zrobił.

– Niby dlaczego?

– Nietypowe zlecenie, a pan od razu kuszę pod pachę i kłusem sprawdzać, kto soli potrzebuje. To mogła być pułapka. Mogłem tu siedzieć z łasicą i szykować stryczek.

– Bez łasicy. – Pokręcił głową. – Gdyby przybyła tu osobiście, dopadłaby mnie sama i wypatroszyła. Ba, żeby tylko wypatroszyła. Lubi się nad człowiekiem poznęcać.

Hmm... Coś z racji w tym było.

– Więc złapał pan kuszę i pobiegł mnie zabić? – wróciłem do tematu. – Ot tak...

– Tak. A może chcesz, chłopcze, przepaskę na oczy? Bo zabić muszę. Nie mam wyjścia.

Wbił sobie to do głowy naprawdę mocno. Co z tym fantem zrobić? Pogadać. Niech zobaczy we mnie żywego człowieka, a nie cel do likwidacji.

– To nawet przepaskę pan przyniósł?

– Tak właściwie to nie. – Zaczerwienił się jak burak. – Ale coś by się wymyśliło. A może jednak zamkniesz oczy?

– I jeszcze może mam się odwrócić tyłem? Będzie się pan wtedy czuł pewniej? – zakpiłem.

– Tyłem nie, bo nie umiem od tyłu w serce trafić – bąknął. – Tam są łopatki i inne takie.

– To chyba będzie cholernie bolało. – Uśmiechnąłem się krzywo. – To bardzo wrażliwy punkt, zwłaszcza gdyby nie trafił pan za pierwszym razem...

– Bolało pewnie będzie – przyznał markotnie. – Ale jakoś to trzeba przetrzymać. Ina znajdzie twój scalak i ożywi. Odtworzy. A ja do tego czasu będę daleko.

– Nie odtworzy. Po pierwsze, są problemy z ładowaniem ogniw, po drugie, zna pan to wredne stworzenie. Uzna, że zawiodłem, i po prostu obudzi kogoś następnego. Jeżeli mnie pan zastrzeli, to koniec przygody...

Z wrażenia opuścił kuszę, zaraz jednak opamiętał się i znowu wziął mnie na cel.

– Wybacz, chłopcze, ale mając do wyboru własną śmierć albo cudzą...

Ma za miękkie serce, by mnie zastrzelić, pomyślałem, ale nie ma co przeciągać struny.

– A co pan powie na propozycję amnestii? I nie brakuje ludzi. Jest skłonna wybaczyć. Miałem pana odnaleźć między innymi po to, by przekazać jej propozycję.

– I miałbym w to uwierzyć?

– Proszę pójść do pokoju dla czeladzi, pan Edward pokaże moje posłanie. Pod poduszką jest skórzana kaletka, w niej znajduje się list od Iny. Albo proszę przynieść całą torbę, sam poszukam.

– Ja wyjdę, a ty w tym czasie zbiegniesz?

– Przez okno z trzeciego piętra? Tu nawet nie ma piorunochronu. Poza tym chciałbym zwrócić pańską uwagę, że jestem zajęty. – Wskazałem Hansa.

– Po dachach? Choć trochę stromo...

Hans znowu się wypróżnił. Podałem mu kolejną porcję roztworu. Nie wyglądało to dobrze. Gorączka nie spadła, stan nie ulegał poprawie... Wykończy się chyba.

– Klaus! – zawołałem.

Stanął zaraz w drzwiach.

– Przynieś, proszę, torbę z mojego łóżka – poleciłem. – Leży pod poduszką.

Chłopak zniknął.

– Nie mam pojęcia, co jest grane. – Brodą kiwnąłem w stronę Hansa. – Ci ludzie też niewiele wiedzą o medycynie. Widział pan kiedyś takie objawy? – zapytałem. – Co to może być? Cholera?

– Chyba nie. Może czerwonka. Objawy są mi znane. Więcej naszych chłopców poległo od tego niż od rosyjskich kul. Tak czy inaczej, trafia się tu ostatnio. Dwa, trzy przypadki na tydzień, ale pewnie nie o wszystkich słyszałem.

– Przeżył ktoś z chorych?

– Tak, trzecia część zarażonych.

Chłopak odzyskał na chwilę przytomność. Popatrzył na mnie, a potem znowu odpłynął. Wrócił Klaus. Odebrałem torbę i delikatnie, acz stanowczo wypchnąłem go za drzwi. Wsadziłem rękę do środka. Ivo nerwowo poprawił chwyt na kolbie kuszy.

– Niczego nie próbuj.

– A co niby mogę wyciągnąć z torby? – prychnąłem. – Rewolwer? Nie ta epoka. A nóż mi przy pasku wisi. Jakbym chciał panu gardło podciąć, to już bym to zrobił.

Znowu się zaczerwienił, ale nic nie odpowiedział. Odłożył broń na stolik. Wyjąłem list od Iny z tubusu i wręczyłem Czechowi. Ujął plastikową kartkę, przeleciał tekst wzrokiem.

– A niech mnie – mruknął. – Musiało ją naprawdę przycisnąć, skoro się zgodziła. Chyba że kłamie. Choć mówiła mi kiedyś, że jej nie pozwala coś, co nazwała programem.

– Zastanawiam się, czy ten elektromagnes jej zanadto nie sponiewierał – powiedziałem. – Ma chyba kłopot z akumulatorami.

– No tak... Idę – podjął nagle decyzję. – Wrócę za parę godzin. Muszę przygotować tę wodę destylowaną. I węgla by mu można podać.

Wyszedł. Sądziłem, że widzę go po raz ostatni, że natychmiast kupi konia i pomknie przez góry, byle dalej od Bergen, ale po jakichś trzech godzinach wrócił. Stan Hansa w tym czasie nie poprawił się. Miał bardzo wysoką gorączkę.

– Przyjmijmy, że destylowana. – Alchemik postawił na podłodze blaszaną bańkę z wodą. – A tu masz zmielony węgiel drzewny.

– Dziękuję.

– Nie ma za co. Pewnie ze trzy dni ci przy nim zejdzie, ale kiedy, chłopcze, będziesz miał chwilę, zapraszam w odwiedziny, pokażę, jak się tu urządziłem.

– Z przyjemnością.

– Przyjemności też będą – obiecał, uderzając się kantem dłoni w szyję. – Piwa zrobiłem. Nie tak dobre jak nasze, ale to jedyny zapas czeskiego piwa w Bergen.

– Doceniam. – Puściłem oko. – Gdzie pana szukać?

– Na stoku nad kantorem. Każdy ci wskaże mydlarnię. Albo sam przyjdę i cię przyprowadzę.

Hansa złapało naprawdę mocno, lecz w nocy gorączka spadła i przestał robić pod siebie. Momentami nawet odzyskiwał przytomność. Wreszcie jego oddech się wyrównał. Byłem cholernie zmęczony. Wezwałem Klausa i kazałem mu siedzieć przy chorym, a sam położyłem się na pryczy. Trochę brakowało mi zaufania do tego łebka, ale gdy parę razy budziłem się z drzemki, widziałem w blasku świecy, jak czyta modlitewnik.

Dniało już, gdy Hans obudził się wreszcie.

– To pan? – Spojrzał na mnie prawie przytomnie. – Strasznie chce mi się pić.

Gorączka i biegunka telepały go jeszcze przez kilka dni, ale w końcu wyzdrowiał.

Hela brnęła niestrudzenie na zachód – w stronę Trondheim. Nie zabłądziła. Poznawała drogę przebytą wraz ze Staszkiem. Śnieg prószył delikatnie, stopniowo zasypując jej ślady. Grubą warstwą osiadał na ramionach. Płaszcz przemókł, ale polar po chłopaku zatrzymywał wilgoć z dala od ciała. Szła i szła, byle dalej od fatalnej doliny, byle dalej od nieznanego niebezpieczeństwa.

Dwa razy Hela napotykała wilki, lecz tym razem były to zwykłe zwierzęta. Na widok człowieka podkulały po psiemu ogony i pospiesznie umykały. Dziewczyna porzuciła narty. Nie radziła sobie z tymi dziwacznymi deskami. Marsz w rakietach śnieżnych był wystarczająco trudny. Nie chciała też wzywać Estery.

Nagle poczuła, że nie da rady zrobić już ani jednego kroku więcej. Potykała się, nogi ciążyły kamieniem. Buty przemokły na wylot. Znalazła wykrot, stary, gruby świerk runął przed kilku laty, obalony widocznie przez wichurę. Pod jego pniem było wystarczająco dużo miejsca, by urządzić sobie legowisko. Nałamała gałęzi i oparła je jednym końcem o ziemię, drugim o pień. Ognia bała się rozpalić.

Wykorzystała tropik i płótno namiotu, by osłonić szałas. Oceniła krytycznie swoją kryjówkę. Jeśli przyprószy ją śnieg, nikt jej nie wypatrzy, nawet gdyby przeszedł metr obok. Wciągnęła do środka zaimprowizowany tobogan. Ułożyła na saniach słomiankę. Jeden śpiwór wsunęła do drugiego. Śnieg był wilgotny, temperatura musiała oscylować w okolicy zera. Rozwiesiła przemoczony płaszcz. Wilgoć na mrozie zetnie się w kryształki lodu, po wytrzepaniu będzie prawie suchy. Gorzej z butami.

Ściągnęła mokre i przetarte na piętach pończochy. Skóra na łydkach od kilku dni była zaczerwieniona i lekko piekła. Hela pogrzebała w plecaku, wyciągnęła smalec i natarła nogi. Ze zmęczenia przed oczyma latały jej mroczki. Zmusiła się, by zjeść trochę zmarzniętej na kość kiełbasy i garść surowych zacierek. Strawi to podczas snu i obudzi się silniejsza. Pożywienie dostarczy ciału energii. Nie zamarznie...

Zapaliła cztery świece. Rozebrała się, odzienie wetknęła pomiędzy warstwy posłania. Szablę i czekanik położyła na podorędziu. Była tak zmęczona, że aż ją mdliło. Odpływała. Zakryła jeszcze głowę, by nie odmrozić uszu...

Mimo śmiertelnego zmęczenia dręczyły ją koszmary. Znowu widziała stosy trupów na polanie, znowu uciekała przez zasypany śniegiem las. Z głębin umysłu wypływały też wspomnienia Estery. Drobna śniada dłoń rąbie kuchennym tasakiem ostatni stołek, by podtrzymać nikły płomyk w piecu. Zasypane śniegiem getto, zamarzające zwłoki staruszki leżące w bramie kamienicy. Głód wykręcający żołądek na drugą stronę.

🌿 Hela ocknęła się. Śpiwór spełnił swoje zadanie. Wewnątrz kryjówki panowało jednak dojmujące zimno. Świece, rzecz jasna, dawno wygasły. Z niechęcią wygrzebała się z ciepłego posłania. Powietrze w śnieżnej norze stało nieruchome, panował półmrok. Ile to już dni błąka się po górach? Straciła rachubę. Wyjęła hubkę i krzesiwo, zapaliła dwie kolejne świece. Ciepły żółty blask dawał jej nierealne poczucie bezpieczeństwa.

Obejrzała nogi. Bolały przy każdym ruchu, miała potworne zakwasy. Nadal były lekko zaczerwienione, skóra nieco spuchła. Odmrożenie? Prawie... Posmarowała je kolejną warstwą smalcu i zziębnięta ponownie nakryła się skórami. Sierść renifera kleiła się do łydek. Swędzenie powoli ustawało. Gdyby tak mieć trochę wywaru z żywokostu...

Wysunęła z posłania jedną rękę. Przyciągnęła i obejrzała buty. Trzewiki były mokre i sztywne. Nie będzie mogła w nich iść... Z żalem ponownie opuściła ciepły schowek. Nie ma rady, trzeba się ubrać i tyle... Pończochy, długa halka. Suknia... Hela westchnęła, patrząc na nią. Wykonana z cienkiego jedwabiu, dobra, by chodzić po domu. Fatalna na zimowy dzień wysoko w górach. Zakutała się w serdaczek.

Wyciągnęła z plecaka adidasy Staszka. Miał większą stopę. Na grubą skarpetę będą prawie dobre. W czubki wepchnęła wyschniętej trawy wygrzebanej spod pnia. Przymierzyła. Sporo luzu, ale nic na to nie poradzi. Zatem nie ma się co zasiadywać.

❧ Wreszcie nadszedł dzień, w którym mogłem zostawić chłopaka bez opieki. W towarzystwie mydlarza przeszliśmy przez furtkę. Uliczka zamieszkana przez prostytutki mimo wczesnej pory tętniła życiem.

– Tu pan mieszka? – zdziwiłem się niepomiernie.

– Najtaniej – wyjaśnił. – Towarzystwo nieszczególne, ale już mnie nie zaczepiają. Rozpuściłem plotkę, że jestem ukrywającym się katolickim księdzem.

– Ryzykowne...

– Nie przeczę. Pastor zrobił u mnie ze trzy razy rewizję, ale nie znaleźli niczego podejrzanego, to dali spokój. Z drugiej strony miejsce na mydlarnię idealne. Kilka dziewczyn udało mi się przekonać, że jak się czasem umyją, to ładniej będą wyglądały. Potem poszła fama, że mydło rewelacyjnie pomaga na choroby skóry.

– A pomaga?

– Ano nie pomagało, ale skoro pojawiły się klientki, to specjalnie dla nich zrobiłem siarkowe. Mocno antybakteryjne, nawet świerzb się go boi. No i trochę Niemców się u mnie zaopatruje. We Włoszech i Francji bywali, podłapali zwyczaje higieniczne.

Przypomniałem sobie, jak ze Staszkiem próbowaliśmy zrobić mydło w Nidaros...

– A oto i moje królestwo. – Otworzył kłódkę spinającą wrota bramy i weszliśmy. Podwórze może pięć na pięć metrów. Malutki domek, obok komórka. Otworzył kolejne drzwi, weszliśmy do chatki. Jedno pomieszczenie służyło jednocześnie za kuchnię, sklepik i sypialnię. Na szerokim stole leżało kilkadziesiąt kostek szarego mydła.

– Proszę bardzo. – Wyszczerzył zęby w uśmiechu. – Mam cztery zapachy. Mydło różane, wrzosowe, ziołowe i sosnowe. Jest też szare mydło do prania i wspomniane już siarkowe. Z kolorystyką na razie nie wychodzi, nie umiem go ani wybielić, ani zabarwić. Ale jeszcze poeksperymentuję. Czasu mam pod dostatkiem, gorzej z surowcem...

– Z czego je pan robi?

– Ze smalcu. O olej kokosowy tu ciężko. Próbowałem też z sadłem wieloryba, ale za bardzo rybą capi.

Zachichotałem.

Przeszliśmy do jego pracowni. Wielki miedziany kocioł stał na wygasłym w tej chwili palenisku. Obok znajdowała się aparatura destylacyjna zmontowana ze szklanych rurek. Deflegmator, chłodnica, całkiem jak u mojego dziadka w piwnicy. Szkło było grube.

– Sam dmuchałem – pochwalił się. – Odzyskuję olejki eteryczne z wywarów ziołowych – wyjaśnił. – W każdym razie substancje zapachowe.

– A nie myślał pan o tym, by robić perfumy?

– Myślałem. Ale kiepsko schodzą. Pierońsko trudne w produkcji, zrobiłem na bazie spirytusu, zapach jest nietrwały. Poza tym zbyt nikły. Kupcom niepotrzebne, tym panienkom też nie. Zresztą są tak ubogie, że wzdragam się z nich zdzierać.

– Ale daje pan sobie radę?

– Owszem, to niezły interesik. Da się wyżyć, coś nawet odłożyłem, ale nierozwojowy. Żadnych perspektyw. Jestem w Bergen absolutnym monopolistą, jeżeli chodzi o mydło. Pytałem w Bryggen, czy ktoś by nie kupił większej ilości na handel, lecz nikt nie podjął wyzwania. Wybacz, chłopcze, zaprosiłem cię nie po to, żeby zanudzać tajnikami produkcji wyrobów toaletowych...

– Myślałem, że chce się pan pochwalić.

– Tak, ale nie tym...

Odchylił kotarę zasłaniającą wnękę w głębi pomieszczenia.

– No, a teraz zgadnij, proszę, co to jest! – Uśmiechnął się triumfalnie.

Spirala z miedzianego drutu, zalakowane butelki z jakimiś metalowymi elementami wewnątrz. Solidny gar i kolejne druty...

– Radio! – oświeciło mnie nagle.

– Zgadza się – oznajmił wyniośle. – I to jedyne w Bergen.

Załapałem po minucie.

– Chce pan powiedzieć, że w tej epoce, w tym świecie, istnieją odbiorniki radiowe? – ważyłem każde słowo.

– Tak – spoważniał. – Nie tylko odbiorniki. Co najmniej jeden silny nadajnik stacjonarny. Czasem odzywa się też drugi. Może przenośny... A skoro ktoś nadaje, to pewnie po to, żeby ktoś inny odbierał.

– Kto?

W pierwszej chwili pomyślałem o Staszku. Ale przecież nie zbudował radia od naszego rozstania.

– Nie wiem. Nie mam pojęcia nawet, czy to przekaz foniczny, czy jakiś inny. Nie zdołałem zrobić dobrego głośnika. – Zawstydził się. – Próbowałem zrobić wedle patentu Machalskiego. Wiesz, najprostszy węglowy mikrofon.

– Nie wiem – westchnąłem. – Jak to wygląda?

– Płaska metalowa puszeczka wypełniona miałem węglowym, wokół uzwojenie, całość nakryta membraną. Próbowałem i z mielonym węglem drzewnym, i z odtłuszczoną sadzą. Chcesz posłuchać?

Wyjął dwa pudełka, zaopatrzone w dziurkowane pola, połączone kablem. Drugi kabelek podpiął do maszyny elektrostatycznej i zakręcił korbką.

– Jak mnie słychać? – rzucił do pierwszego, trzymanego w dłoni.

– Hyyy muuu yycha – powiedział drugi głośnik.

– O kurde! – ucieszyłem się. – Pierwszy krok zrobiony. Za rok będziemy mieli telefon!

– A gdzie tam – prychnął. – Ja to pół roku udoskonalam i nic...

– Mówił pan, że radio...

– A tak... – Podpiął kabel od głośnika gdzieś głęboko w trzewiach urządzenia.

Usłyszałem trzaski i buczenie, ale nie układały się w żadną sensowną całość.

– To tak zwany biały szum. Słyszałem dotąd tylko kilka razy sekwencje dźwięków, wśród których z trudem można domyślać się słów – wyjaśnił. – Z reguły wieczorem, jakby ktoś komuś składał raporty. Wymiana trwa zawsze około piętnastu, dwudziestu minut. Na audycję radiową za krótko, na przekaz danych za długo. Dlatego sądzę, że rozmawiają. I że gdybym zrobił lepszy głośnik, dałoby się może usłyszeć o czym.

– Skąd jest nadawany ten sygnał?

– Gdzieś ze wschodu. Może Szwecja, może Rosja... Mniej więcej wyznaczyłem kierunek.

– W jaki sposób? – zdziwiłem się.

– Kręcimy anteną i gdy dźwięk jest najczystszy, oznacza to, że stoimy przodem do stacji nadawczej.

– Ciekawe...

– Ustalenie odległości to już wtedy nie problem. Trzeba wykonać drugi pomiar, najlepiej daleko stąd. Wyznaczyć azymut i poprowadzić linie na mapie. Tam, gdzie się przetną, powinien być punkt nadawczy.

Gwizdnąłem z podziwem.

– Oczywiście oprócz radia należy do tego mieć bardzo dokładny kompas, mapę oddającą faktyczny kształt Półwyspu Skandynawskiego i inne takie drobiazgi – uzupełnił.

– Cholera. A gdyby wejść na ich zakres i coś nadawać na przykład morsem? Nawet jeżeli to przekaz foniczny, to regularne zakłócenia zwrócą ich uwagę.

– Myślałem o tym, ale... wcale nie jestem pewny, czy mam ochotę, żeby to oni znaleźli mnie. W każdym razie najpierw chciałbym wiedzieć, kim są.

– Zastanawiałem się już nad podobnym problemem. Ina regularnie i na długo znika. Twierdzi, że chce naładować baterie, ale coś mi się wydaje, że po prostu ma tu jeszcze innych agentów i od czasu do czasu kontroluje ich, tak jak nas.

– Doszedłem do podobnych wniosków. – Skinął głową. – Zastanawiam się tylko, czy to radio zbudowali aby na pewno nasi.

– A jakie są pana zdaniem inne możliwości?

– Cała masa. Mogą go używać potomkowie uczestników wcześniejszych misji, kosmici, niekoniecznie rasy Skrata, albo i podróżnicy w czasie inni niż my.

– Może ktoś przeżył? – zadumałem się. – Amerykańce i Rosjanie mieli masę naprawdę głębokich schronów. NATO w czasie zimnej wojny ryło w Alpach całe podziemne miasta. W Rosji gdzieś na Uralu była cała rezerwowa stolica ZSRR.

– Ale podróże w czasie...

– Nasz przykład pokazuje, że są możliwe. – Wzruszyłem ramionami. – Może ktoś poradził sobie i bez pomocy Skrata.

Milczeliśmy, patrząc na siebie bezradnie.

– Tak czy inaczej, należałoby sprawdzić, kim są ci kolesie od radia – powiedziałem. – Ja panu w tym nie pomogę. Nie rozbierałem nigdy radia na części... Nigdy nie widziałem mikrofonu od środka.

– Ciekawe, czy dysponują maszyną czasu i zabiorą nas do domu – mruknął z powątpiewaniem.

– No, może raczej do tego, co tam zbudowali na zgliszczach – dodałem sarkastycznie. – A może mają w swojej siedzibie kabinę prysznicową i wannę z jacuzzi? Albo na przykład polopirynę i jednorazowe chusteczki do nosa? – zakpiłem. – Co do sprawdzenia, trzeba by zbudować urządzenie do precyzyjnego namierzenia sygnału i zakraść się możliwie blisko...

– Zgliszczach? – zainteresował się.

– No, zagłada planety, rój meteorytów z antymaterii...

– Wygląda na to, że orgia zniszczenia, której świadkiem byłem, niczego was nie nauczyła.

Jestem idiotą. Założyłem sobie, że on wie... A przecież...

– W którym roku pan się urodził? – zapytałem.

– W tysiąc osiemset siedemdziesiątym – wyjaśnił. – Ty zaś, chłopcze, jak mniemam, znacznie później?

– Prawie sto dwadzieścia lat... Ta orgia zniszczenia, o której pan wspomniał. Pierwsza wojna światowa?

– Mówiliśmy na to „wielka wojna". Pracowałem w Pradze jako furman, a potem spedytor w browarze – zaczął opowiadać. – Jeszcze grubo przed wojną firma kupiła ciężarówkę, więc nauczyłem się prowadzić auto. Gdy zaczęła się ta nieszczęsna zawierucha, poszedłem na front jako kierowca ambulansu.

– A radio?

– Gdy nie było roboty, pomagałem rozstawiać anteny i podłączać wszystko. Radiowcy niejedno mi pokazali. Stąd i trochę znam się na tym. Wojna... – Zapatrzył się w coś, co widział tylko on. – Trzeba było robić wszystko. Gdy sanitariusze nie nadążali, opatrywałem rannych. Asystowałem przy operacjach. Przygotowywałem chemikalia. Grzebałem trupy. Naprawiałem motor ambulansu, a i nieraz kozaków odpierać nam przyszło. Na przedpolach twierdzy przemyskiej w furgon trafił szrapnel. Wszyscy zginęli, ja miałem urwaną nogę, wykrwawiałem się. Próbowałem założyć opaskę zaciskową, ale nie byłem w stanie odpowiednio mocno skręcić. Miałem też połamane żebra i chyba jakieś obrażenia. I wtedy właśnie zobaczyłem Skrata. A ty, chłopcze? Jak znalazłeś się tutaj?

Opowiedziałem pokrótce.

– A niech mnie – szepnął, gdy skończyłem.

– Nie mam dokąd wrócić, zakładając oczywiście, że przeskok do przyszłości jest możliwy. Pańska epoka...

Zachmurzył się.

– Ja niby mam dokąd wracać, ale nie mam po co. Oni nie żyją... – Domyśliłem się, że mówi o swoich bliskich. – Nie powiedziałem ci jeszcze jednego – odezwał się cicho. – Nie powiedziałem, dlaczego nie próbowałem nadawać. I czemu włączam tę zabawkę rzadko i ostrożnie.

– Żeby nas nie namierzyli? – Spojrzałem na niego zaskoczony.

– Tak. Problem polega na tym, że dwa tygodnie temu złapałem sygnał z trzeciego nadajnika. Niezwykle silny sygnał.

– Chce pan powiedzieć, że...

– Tak. Jestem prawie pewien, że nadano go stąd. Z Bergen.

🦊 Maksym Omelajnowicz szedł nabrzeżem. Spokojnie i chłodno lustrował kramy oraz kantory. Koń prowadzony za uzdę dreptał posłusznie za właścicielem. Kozak krzywił się niemiłosiernie. Przywykł do stepów, przywykł do ciszy i przestrzeni. Miasta zawsze wywoływały u niego przygnębienie, źle się w nich czuł. Co kilka chwil odrywał wzrok od szyldów i pozwalał, by spojrzenie hulało po przestworzu zatoki Vågen. Zapytał mijanych chłopców o kapitana Hansavritsona, wszyscy zgodnie twierdzili, że odpłynął, ale dwaj dodali też, że gdzieś w porcie został jego okręt i paru ludzi. Maksym szedł więc dalej, przyglądając się mijanym łajbom.

Jego strój przyciągał przelotne spojrzenia zaciekawionych ludzi. Plecione łapcie, szarawary, haftowana soroczka i papacha na głowie... Nieczęsto widywano tu taki przyodziewek. Jednak mieszkańcy kosmopolitycznego miasta nie dziwili się specjalnie.

Wreszcie zagadnięty tragarz wskazał mu dobry trop. Kozak przyspieszył kroku. Za domami, na łąkach oddzielających miasto od twierdzy, stały rzędami okręty wyciągnięte na ląd. Ruszył wzdłuż nich. Łacińskim alfabetem władał średnio, poruszając wargami, odczytywał jednak nazwy statków. Te, które nie miały napisów malowanych na burtach, starał się identyfikować po godłach.

„Srebrnej Łani" wśród nich nie było. Zaklął pod nosem. Peter ma na pieńku z Duńczykami, więc zostawiając statek pod ich nosem, musiał go jakoś zamaskować.

Strażnik stał, grzejąc się przy ognisku.

– Wybaczcie, panie – odezwał się Kozak, stając przed nim.

– O co chodzi?

– Rosjan szukam, tych, co z kapitanem Peterem przybyli...

– Na „Gryfie" siedzą, a jak tam ich nie ma, to do szynku poszli – wyjaśnił i ponownie popadł w głęboką zadumę.

– *Spasybi!*

Już po chwili Maksym stanął przed statkiem. Przypatrzył się uważnie pociemniałym burtom. Tylko raz widział takie drewno, dawno temu, gdy świętobliwy Iłarion, mnich w Ławrze Peczerskiej, pokazał mu deskę pochodzącą ponoć z Arki Noego. Cedr... Stare cedrowe drewno. To pasowało do opisów „Łani".

– Czekaj! – rozkazał konikowi, a sam po drabinie wspiął się na pokład. W tylnym kasztelu ktoś siedział, przez gomółki sączył się słaby poblask świecy. Maksym zapukał do drzwi.

– Otwórzcie, ludzie prawosławni! – zakrzyknął wesoło.

W tym momencie poczuł, jak coś szturcha go w plecy. Obejrzał się. Stał za nim drobny, konusowaty człowieczek. Szturchał go lufą muszkietu.

– Yyy... – wykrztusił Kozak.

Drzwi za plecami Maksyma rozwarły się i jakaś straszliwa siła wciągnęła go do środka.

Niedźwiedź, zdążył pomyśleć.

W następnej chwili wisiał już głową w dół. Gruba rzemienna pętla unieruchomiła mu kostki stóp, reszta stryczka zaczepiona została o solidny hak wbity w belkę. Ręce, nie wiedzieć czemu, zostawiono mu wolne.

Maksym rozcjrzał się nieco skołowany. W kącie dostrzegł wiszącą ikonę, zdjął więc czapkę, która jakimś cudem nadal trzymała się głowy, a potem spróbował wykonać ukłon i znak krzyża.

– Cóż cię tu sprowadza, Kozacze? – Potężnie zbudowany mężczyzna ujął w dłoń wielki majcher.

– Sprawę mam – wybąkał Maksym.

– Sprawę – wycedził niższy. – A nam się coś widzi, że ty jesteś tym wyjątkowo dociekliwym typkiem, który wiosną śledził nas w Gdańsku i próbował wypytywać o nasze sprawy.

– Tak, to ja – w głosie wisielca zabrzmiała nieskrywana duma, jaka ogarnia czasem człowieka na wieść, że ktoś możny i władny jednak o nim słyszał.

Obaj przybysze z Nowogrodu spojrzeli po sobie. Ich twarze nadal były poważne, ale entuzjazm, z jakim niespodziewany gość się przyznał, musiał choć trochę ich rozbawić.

– I co my mamy z tobą zrobić? – zadumał się Sadko.

– Może zaczniecie od opuszczenia mnie na ziemię, bo już mi się wc łbic miesza – poprosił.

– Raczej planowaliśmy ci osełedec świeczką przypalić – wyjaśnił dobrodusznie Borys. – A potem trochę juchy byśmy wytoczyli. Na koniec stryczek albo kamień do szyi i w morze. Albo na ten przykład...

– Opuść go. – Sadko wzruszył ramionami. – Bo to rzeczywiście niezdrowo tak wisieć. Ale nóg mu na razie nie rozwiązuj.

Po chwili Maksym siedział na deskach podłogi.

– A zatem czym możemy służyć? – Drobny Rosjanin wyciągnął tasak i leniwie zaczął wodzić osełką po klindze.

– Pan Peter Hansavritson przywiózł zeszłego roku trochę łyżek wykonanych z lekkiego srebra – wyjaśnił Maksym. – My zaś...

– Kto wy?

– Kozacy atamana Bajdy! – Wyprężył się dumnie. – My zaś mamy żal do ludzi, którzy się tym metalem posługują. Jeden z nich zabił Kozaka, który bydełko wypasał nad Dniestrem, a jego żonę wziął siłą i zamordował. W naszym prawie stoi zaś, że nikt nie skrzywdzi Kozaka i nie będzie żył, aby się tym chwalić. Tedy ataman zebrał dziesięciu najlepszych, którzy przy tym pludrackie języki znają, i posłał ich w różne strony świata, żeby pomścili brata. W nadbałtyckich krainach trafiliśmy wreszcie na pierwszy dobry trop. Na wasz trop. Mam w ładance pismo od atamana do kapitana Hansavritsona z prośbą o pomoc w naszej sprawie...

Sięgnął do skórzanej sakiewki wiszącej mu na piersi i ucałowawszy, wydobył zeń ciasno złożony niewielki zwitek pergaminu. Pokłonił się i podał go Sadce.

Ten przeleciał wzrokiem koszmarne kulfony. Ataman, jak się okazało, nieźle władał niemieckim.

– Skąd masz ten papier? – zdziwił się. – Skoroś nas śledził... Do Siczy po pismo wracałeś?

– Znalazłem wasz towar i dowiedziałem się, kto go przywiózł. Zasięgnąłem języka, kim jest kapitan Peter, i widząc, że progi to dla mnie zbyt wysokie, napisałem list do atamana, żeby posłał mi czym prędzej do Gdańska listy uwierzytelniające. Nim dotarły, dowiedziałem się, iż najpewniej będzie odnaleźć was w Bergen, a że i tak było mi po drodze...

– Po drodze? – zdziwił się olbrzym.

– Bom jedną z łyżek u złotników zobaczył i wypytałem, do kogo należy gmerk wytwórcy na niej wybity. Tu ją wykonano.

– A toś chwat! – pochwalił Borys.

– Rozwiąż mu nogi – polecił Sadko bratu. – I daj woreczek.

Ujął wypchaną skórzaną sakwę i rozsupławszy rzemień, wysypał na deski kilka garści szarego pyłu. Zdjął krzyż wiszący nad drzwiami, zacisnął go w dłoni, zrobił krok do przodu.

– Ja, Sadko, syn Iwana Aleksandrowicza, człek wolny i z urodzenia obywatel Nowogrodu Wielkiego, stoję oto na ziemi rodzinnego miasta i trzymam krzyż w dłoni na znak, że mówił będę prawdę – wyrecytował uroczyście.

Borys obnażył głowę.

– Metal lekkim srebrem nazwany pierwszy raz oczy nasze ujrzały zeszłej wiosny w górach nad miastem Bergen, gdy polując na zające, zapuściliśmy się ku dolinom wyżej położonym. Tamże ujrzeliśmy ślad spalonego szałasu, a opodal resztki beczki uczynionej z metalu i pokrytej tłustym a cuchnącym kopciem. Przy niej ciało spopielone spoczywało. Pogrzebawszy nieszczęśnika, obejrzeliśmy znalezisko, a zorientowawszy się, iż metalu takiego nigdy wcześniej nie widzieliśmy, wyzbieraliśmy wszystkie kawałki i oczyściwszy piaskiem oraz popiołem, przywieźliśmy tu, do Bergen, gdzie łyżki z nich uczyniono. Amen.

Odwiesił krucyfiks.

– Czy możecie mi wskazać to miejsce? – zapytał Maksym.

– Tak.

– Być może człowiek, którego szukam, już nie żyje. Jak był odziany?

– To był Saam. Lapończyk – wyjaśnił Sadko. – Mniemam, iż znalazł gdzieś tę beczkę, otworzył i z przyczyny jakiejś nieznanej jej zawartość zapaliła się, a płomień go pochwycił...

– Saam? – zadumał się Kozak. – Twarze płaskie mają, a o człowieku, którego szukam, powiadali, że z Kitaju przybył. Ludzie tam gęby płaskie i do tatarskich podobne noszą.

– Chińczyk to nie był. – Borys pokręcił głową. – Widziałem onegdaj jednego w Antwerpii. – Ten, któregośmy pochowali, miał na sobie ubrania resztki, takiego jak tu dzicy noszą. A i szałas spalony widać on wzniósł, a podobny do ich domostw bardzo...

– A widzieliście może coś podobnego?

Maksym wyjął z porzuconej w kącie torby niewielki tubus z papierami.

– O krucafuks, a cóż to za machina dziwaczna? – zdumiał się Borys.

– Człowiek, którego szukam, latać tym potrafi – bąknął Maksym. – Bez tego dawno byśmy go na koniach dostali, gdy uciekał...

– Latać? – zdumiał się olbrzym. – Co da siłę tak wielką maszynie? Widziałeś to na własne oczy?

– Z daleka tylko – wyjaśnił Kozak.

– Pan Kowalik o czymś takim wspominał – odezwał się drugi Rosjanin. – Na własne oczy nie widział, ale gadali ludzie, że podobne diabelstwo widywano gdzieś koło Sztokholmu.

– No to szczęścia nie mam – zasępił się Maksym.

– Cel twój szczytny, pomożemy ci – zaofiarował się Sadko. – Zwłaszcza że kto wie, może kiedyś i na Ukrainę nas zaniesie, dobrze tedy w waszym atamanie mieć przyjaciela. A ty w zamian pomożesz nam w naszych zadaniach. Przysługa za przysługę.

– Zgoda, ale tylko do wiosny. Jeśli nie odnajdę Chińczyków w tych stronach, muszę ruszać dalej.

– Niech będzie tak.

Uścisnęli sobie dłonie.

– A teraz popatrz. – Borys zaprosił gościa do stołu i położył przed nim szkic. Sadko przyniósł gąsiorek miodu i kubki. – Ten człowiek, Markus... A może i nie do końca człowiek...

Kozak uważnie przyjrzał się rysunkowi.

– Co z nim? – zapytał konkretnie. – Czemu nie wiecie, czy to człowiek?

– Słyszałeś legendę o łasicy?

– O tej, co to potrafi przegryźć kamienną ścianę, miasto całe spopielić, po wodzie biegać i zarazę sprowadzić? – upewnił się.

– Tak.

– Piąte przez dziesiąte, tylko tyle, co po szynkach w Kijowie gadali, a i potem w Gdańsku beznogi starzec o tym po polsku śpiewał.

– Ten człowiek jest jej sługą.

– A więc demon naprawdę istnieje?

– Tak.

– Czyli zarżniemy Markusa, gdy tylko go spotkamy?

– Nie – odezwał się Borys. – Był już raz w naszych rękach, torturowaliśmy go dla wydobycia tajemnic... Nawet coś tam zdążył powiedzieć, ale wtedy właśnie ulegliśmy napaści piratów. Uwolniliśmy go, a on stanął w bitwie po naszej stronie, ratując od niechybnej śmierci najpierw kapitana Petera, potem jego kuzyna Mariusa. Wreszcie zasłonił naszego pryncypała własnym ciałem. Kula z muszkietu ugodziła go w głowę i rozłupała czaszkę.

– Zatem umarł? Boicie się, że jako duch potępiony wróci? – zdziwił się przybysz z Ukrainy.

– Problem w tym, że nie umarł – westchnął Sadko. – Nie dość, że żyje, to już się z ran wylizać zdążył, a trzy niedziele jeszcze nie minęły.

Na twarzy gościa odmalowała się zgroza.

– Co zatem wypada nam czynić? – zapytał.

– Pan Kowalik udał się do Visby z kapitanem Peterem. A chciałby, gdy wróci wiosną, jeszcze z tym człowiekiem pogadać, tym razem bardziej po przyjacielsku. Kazał nam tedy uważać na niego, by go kto nie usiekł i by nie zniknął niespodziewanie.

– Rozumiem. Pomogę wam. Opowiedzcie bardziej szczegółowo, co planujecie...

– To będzie długa opowieść... Ale że o sprawy nasze zatrąca, najpierw musimy cię zaprzysiąc...

🜂 Wstałem późno. Byłem trochę niewyspany, spotkanie z Alchemikiem sprawiło, że długo nie mogłem zasnąć. Hans też już się obudził. Mył ręce w misce.

– Jak się czujesz? – zapytałem.

– Już dobrze – odparł.

– Przez najbliższe parę dni nie przeciążaj żołądka – poleciłem.

– Co? – zdziwił się.

– Jedz rzeczy, które łatwo strawić – dostosowałem się do jego poziomu percepcji.

– Aa... Rozumiem. Pan Edward polecił, żebym dziś kurę w mieście kupił, rosołu nagotował, to na jakie trzy dni będzie. I kluski do tego zrobię.

Wzdrygnąłem się. Trzymać rosół trzy dni bez lodówki?! Przypomniały mi się próby wyhodowania penicyliny. Nic dziwnego, że ich co rusz biegunka łapie... Choć właściwie co za problem wystawić na zewnątrz? W domu też nie mają przecież ogrzewania!

– Co jest dziś do roboty? – zmieniłem temat.

Chłopak zamyślił się. W normalnym domu pewnie trzeba by narąbać opału, wyczyścić piec, wynieść popiół... A tu proszę, kuchnia jedna dla wszystkich.

– Nic nie robimy, niedziela dziś – rzucił odkrywczo. – I dobrze, bom słaby jeszcze. Ale i kury nie kupię.

Straciłem poczucie, jaki mamy dzień tygodnia.

– Na mszę pójdę, jak pan Edward wstanie. O ile wstanie. – Uśmiechnął się porozumiewawczo. – Należy za uratowanie życia Bogu podziękować. Ale pan, jako heretyk, to pewnie do Świętego Mikołaja się wybierze. – Puścił oko.

– To wy jesteście heretycy – burknąłem.

– Odprowadzić was? Bo samemu nie traficie chyba – zatroskał się naraz.

Ciekawy smarkacz, najpierw wyzywa od heretyków, a potem proponuje pomoc w trafieniu do, w jego mniemaniu, heretyckiego kościoła...

– Do mydlarza pójdę – zadecydowałem. – I razem się wybierzemy. Jakby pomóc trzeba było, przyjdź po mnie, pewnie u niego dziś posiedzimy.

– Dwaj uczeni mężowie z pewnością mają wiele spraw do przedyskutowania... Ale może śniadanie wpierw przygotuję? Przegryźć co przed wyjściem wypada, żeby sił na pół dnia starczyło.

– Mądrość prawdziwa a głęboka przez ciebie przemawia – pochwaliłem. Pff... udzielił mi się ten dziwaczny sposób mówienia.

Hans przyniósł chleb i pokroił, na pieczywo rzuciliśmy po plastrze jakiejś wędzonki. Żułem „kanapkę", patrząc, jak chłopak zagryza swój posiłek dorodną cebulą. Mnie na sam widok robiło się słabo. Rozumiem jeszcze pokroić w cienkie plastry i przysmażyć na masełku, ale tak surową?! Zrugałem go, miał oszczędzać żołądek, ale upierał się, że surowa cebula zawsze dobrze mu robiła...

Jeszcze tylko chwila, aby się ogarnąć. Na szczęście tego dnia nie padał deszcz ani śnieg.

Za to w nocy chwycił mróz.

Wędrowałem pod górę wąskimi zaułkami. Po kilkunastu stopniach dotarłem do furty i przekroczyłem granicę kantoru. Wesoła uliczka spała. Okna, przez które zazwyczaj wyglądały panienki, zawarte były na głucho. A może w niedziele miały wolne nawet przedstawicielki tej profesji? Przeskakiwałem zamarznięte kałuże. Wreszcie stanąłem przed drzwiami domu Alchemika. Zapukałem.

– Proszę! – krzyknął ze środka.

Wszedłem.

– Witaj.

– Dzień dobry. Tak myślałem, że to ty. Cały ranek dłubię przy tym, no i znowu klops – mruknął Ivo.

Przed nim na stole poniewierały się pierścienie z blachy, druty, miseczki z proszkami, kilka kartek pergaminu i kawałki szarego, kosmatego papieru.

– Próbowałem różnych przeróbek, ale brzmi jeszcze gorzej – poinformował mnie. – Po prostu osiągnąłem granicę, której nie mogę już przebyć.

– A gdyby tak naokoło?

– Co masz, chłopcze, na myśli?

– Igły. Zrobić coś takiego, aby drgania przenoszone były na igłę, potem woskowy wałek, jak w fonografie Edisona. Tam chyba nie było trzeba elektroniki...

– Przecież to zupełnie inny mechanizm! To urządzenie służyło do nagrywania i odtwarzania dźwięku!

– Ale ma tubę, czy to by nie zastąpiło mikrofonu?

– Nagrasz na wałek trzaski i odtworzysz trzaski. – Uśmiechnął się pobłażliwie.

Milczeliśmy przez chwilę. Dwaj przedstawiciele cywilizacji technicznej, zagubieni w obcej, prymitywnej epoce, pozbawieni nie tylko udogodnień, do których przywykli, ale i wiedzy, jak je skonstruować.

– Bell i Edison zaczynali od zera i szli w ciemno do przodu. My znamy chociaż podstawy... – zadumałem się.

– To nie takie proste! Oni mieli surowce i narzędzia, o jakich możemy tylko pomarzyć. Oni mieli w razie czego z kim konsultować swoje pomysły. To i owo mogli obliczyć. Poza tym to byli geniusze, a my, niestety...

– Jest wyjście – westchnąłem. – Znaleźć tych agentów, co tu siedzą, nadając komunikaty. Zakraść się, dać w łeb i wynieść maszynę. Przełączyć na odbiór albo chociaż głośnik wykręcić.

– A masz pomysł, jak ich namierzyć?

– Nie.

– Ja siedzę tutaj kilka miesięcy dłużej niż ty. Od dawna wiem, że pracuje tu radio. I też jak do tej pory nic...

– A tak właściwie po co zbudował pan ten aparat? – zainteresowałem się. – Bo przecież nie wiedział pan, że ktoś tu jeszcze grasuje.

– Nie żartuj. – Spojrzał na mnie jak na skończonego wariata. – Naprawdę nie wiesz, chłopcze, po co mi radio?

– Po mojemu nawet jakby je pan zbudował, to o kant dupy... – za późno ugryzłem się w język. – Dla mnie to bez sensu.

– A wiesz, tumanie, ile to jest warte? – zdenerwował się.

– Radio, które nic nie odbiera? Chyba niewiele – zakpiłem.

– Matołku! – powiedział niemal czule. – Jedno radio, owszem, niewiele. Ale jeśli masz dwa zestawy, nadajnik plus odbiornik, to trzymasz w ręce klucz do fortuny. Każdy poważny dom kupiecki za możliwość komunikacji ze swoimi statkami da ci tyle złota, ile ważysz! Zamiast się bawić w wysyłanie posłańców czy gołębi pocztowych, słuchawki, mikrofon...

O kuźwa...

– A to jest niezła myśl – pochwaliłem.

– Tylko że jak na razie sam radia nie zbudowałem, a jeszcze do tego odkryłem, że ktoś mnie ubiegł – prychnął rozeźlony.

– No właśnie, a może to oni? – podsunąłem.

– Co za oni?

– Tubylcy. Może ktoś już zbudował radio?

– Leonardo da Vinci. – Roześmiał się. – Albo Witelon. Nie utrzymaliby tego w tajemnicy. Chociaż... – Zamyślił się. – Wiesz co? Ta teoria ma chyba ręce i nogi. Ale nie przyjmuję jej do wiadomości.

– Dlaczego?

– Jakoś mi nie pasuje. Przeczucie... Poza tym to kompletnie nie ten etap rozwoju technicznego.

– A może zrobił je ktoś taki jak my? Podróżnik któréjś z wcześniejszych ekip.

– Hmmm...

– Forsa... Wiem, na czym można by zarobić – zmieniłem temat.

– Mów zatem, a otrzymasz uczciwy procent. –
Uśmiechnął się kwaśno. – O ile to będzie dobry pomysł.

– Umie pan zrobić związki fosforu? – zapytałem.

Spojrzał na mnie zaciekawiony.

– Nie bardzo. Może coś by się dało wydestylować
z moczu. Albo z kości. A czemu pytasz? Zapałki chcesz
zrobić?

– Mieszkam w Bryggen.

– Wiem...

– Przez całe noce robaczki gryzą dechy, tylko próch-
no się unosi. Korniki albo coś jeszcze gorszego.

– Ciekawe. Myśmy to truli karbolem.

– No właśnie. Nie tylko na korniki. Latają tu mole,
wszyscy mają wszy, wołki zbożowe siedzą w mące.

– Ciężka sprawa. Marni z nas chemicy. Pamiętamy
zaledwie okruchy.

– Ale mydło jednak umiał pan zrobić.

Westchnął ciężko.

– Umiałem. Ale nigdy nie mówiłem ci, dlaczego po-
siadam tę wiedzę ani gdzie się tego nauczyłem.

– Sądziłem, że w pańskiej epoce...

– W mydlarni się kupowało. Masz, chłopcze, kompletnie spaczony obraz przedwojennej Pragi.

De facto nie miałem żadnej wizji przedwojennej
Pragi. Bo i skąd? W dzieciństwie czytałem „Szwejka"
i tyle.

– Zamieniam się w słuch.

– Gdy moja prababka skończyła dziewięćdziesiąt
dwa lata, nabrała przekonania, że mydła kupowane

w drogerii są robione ze zdechłych krów, a pachną tylko dlatego, iż producenci perfumą zapach padliny zabijają.

– Jeżeli dobrze zgaduję, sama zaczęła sobie robić? – Z trudem stłumiłem histeryczny rechot.

– Twoje przypuszczenia są trafne, chłopcze. Kiedy się nią opiekowałem, przy okazji sam się nauczyłem. Wiele razy musiałem mieszać te jej dekokty.

– Tak się zastanawiam – wróciłem do wcześniejszego wątku. – Ci, którzy ewentualnie mogli szukać Oka przed nami. O ile, rzecz jasna, takowi byli... Słyszałem swego czasu w knajpie taką pieśń...

– Nie mam co do tego żadnych wątpliwości. Byli tu. Niejeden raz. Poszukiwania Oka trwają od stuleci.

– O!

– Istnieje pewien traktat. Tajna księga. Czytałem tylko fragment odpisu w tłumaczeniu na język niemiecki. To coś w rodzaju zbioru legend. Nosi tytuł „Księga Łasicy".

Przełknąłem ślinę.

– Czy nazwa...

– Wszystkie te opowieści są niezwykle do siebie podobne: znikąd pojawiają się ludzie... A nawet wątpi się, czy ludzie, czy też jaka siła nieczysta. Wykonują polecenia demona pod postacią łasicy.

– Sądzi pan, że chodzi o Inę?

– Tak myślę. Chyba że jest więcej niż jedna... Pomyśl, skoro istoty z kosmosu umieją nagrać osobowość na krążek tworzywa, to co mogłoby powstrzymywać ich przed skopiowaniem zwierzęcia?

– Odnotowano jej pojawianie się?

– Wielokrotnie. Ktoś kiedyś wytężył umysł i rozesłał do wszystkich miast Hanzy coś w rodzaju tajnej ankiety. Otrzymawszy wyniki, zebrał w jeden wolumin relacje dotyczące okresu, jak wyszło na jaw, około trzystu lat. Odpisy z kronik, bajania starców, legendy opowiadane przez bardów. To wszystko, co prawdopodobnie nie doczekało do naszych, mam na myśli wiek dwudziesty, czasów.

– Jak to wygląda... Wyglądało... – zacukałem się.

– Ustalono, iż łasica i jej ludzie pojawiają się z reguły przed jakimś nieszczęściem, katastrofą, klęską. Może to być najazd, oblężenie, pożar...

– Ile...

– Co: ile?

– Ile razy żyłem? – Przypomniała mi się dyskusja, którą kiedyś toczyłem ze Staszkiem.

– Nie wiem, chłopczc – westchnął. – Jednak muszę przyznać, że też nad tym wiele przemyśliwałem. Może tylko raz? Może łasica zabrała ze sobą cały woreczek scalaków i to nie my byliśmy tymi, których pojawienie się odnotowano?

– Gdyby fotografia była już wynaleziona, nie byłoby kłopotu. Poszukalibyśmy się na starych zdjęciach.

– Fotografia – zadumał się. – W sumie czemu nie. Trzeba soli srebra, użyć mocznika jako utrwalacza... Można spróbować. Z tego może być niezły pieniądz.

– Alchemia...

– Trochę przeszacowałem umiejętności – westchnął. – Alchemik, który nie umie zrobić złota, ani nawet nie próbuje prowadzić badań nad uzyskaniem kamienia filozoficznego, nie może liczyć na szacunek. Dlatego tu, w Bergen, miast stroić się w cudze piórka i zgrywać ważniaka, od razu zabrałem się za mydło.

Gdzieś daleko uderzył dzwon.

– Pora na mszę. – Dźwignął się ciężko.

– To nasz?

– Nie, w katedrze biło, ale i nasza msza niebawem.

No i poszliśmy. Kościółek ustawiono dość dziwnie, prostopadle do reszty zabudowy. Może stał tu, jeszcze zanim otoczyły go magazyny kantoru? Budowla była wiekowa. Na kamiennej podmurówce opierały się grube, sczerniałe belki. Deski ścian nosiły ślady osmalenia ogniem. Drzwi okuto żelazem.

– To nasza świątynia – powiedział Ivo. – Ostatni katolicki kościół na północ od Gdańska... Przetrwał tylko dzięki temu, że kantor w Bergen ma autonomię. A i tak większość Niemców to już lutry.

– W Norwegii jest przepis...

– Wiem. Każdy ksiądz katolicki, który postawi nogę na tej ziemi, powinien zostać zabity w miejscu schwytania. Ale tu rządzi Hanza. Dlatego nasz proboszcz chodzi swobodnie uliczkami Bryggen, nie może jednak przekroczyć granicy. Chyba że potajemnie i w przebraniu, a wtedy ryzykuje życie.

– Dedukuję, że czasem musi?

– Po wsiach zostało trochę ludzi starej wiary. Nie wszyscy mogą dotrzeć na mszę, więc niekiedy powinien iść kogoś wyspowiadać czy udzielić sakramentów.

Patrzyłem na drewniane ściany.

– Szalał tu ogień?

– Co dwa lub trzy pokolenia miasto to wypala się równo z ziemią, pogorzelcy je odbudowują. Kościół przetrwał pożogę. Może zdążono zburzyć część najbliższych magazynów, dzięki czemu powstała wokół wolna przestrzeń, przez którą ogień nie zdołał się przerzucić? A może deszcz spadł i w porę ugasił... Gadają też, że kościół wzniesiony jest ze specjalnego drewna.

– Specjalnego?

– Raz w roku, gdy księżyc jest w odpowiedniej kwadrze, przypada noc szczególna. Jeśli ściąć wtedy drzewo, drewno zeń nie będzie się paliło.

W pierwszej chwili uśmiechnąłem się, ale zaraz spoważniałem. Przypomniała mi się tamta noc, gdy nawiedził mnie koń śmierci.

– Mój racjonalny światopogląd doznał ostatnio poważnego uszczerbku – mruknąłem.

– Mój także – westchnął. – W coraz więcej bajań jestem skłonny uwierzyć.

Milczałem. Wystarczyło kilkadziesiąt dni bez telewizji i Internetu. Wystarczyło kilkadziesiąt nocy, gdy człowiek budzi się w ciemnościach i nie może zapalić światła elektrycznego, by odżyły lęki, wydawałoby się, pogrzebane na zawsze przez cywilizację. Szybko poszło.

– Witam panią dobrodziejkę – odezwał się Ivo po polsku.

Odwróciłem się zobaczyć, z kim rozmawia. Polacy. Poczułem lęk. Nie, co za bzdura. Trzeba tylko wymyślić odpowiednią legendę. Jestem od wielu lat w podróży, więc mam prawo mówić inaczej niż oni. Zresztą żyjemy w epoce, w której nie ma czegoś takiego jak jeden literacki język polski. Różnice regionalne mogą być znaczne.

Przed nami stała niewysoka dziewczyna. Miała sympatyczny wyraz twarzy, zadarty lekko nosek dodawał jej tylko uroku. Brązowe oczy patrzyły na świat z dziecięcą ciekawością. Gruby warkocz barwy słomy, przerzucony do przodu, sięgał jej prawie do pasa. Za nią stał wyższy o głowę mężczyzna. O ile jej wiek oceniłem na mniej więcej dwadzieścia lat, o tyle on musiał być nieco młodszy. Licha broda i wąsiki miały mu chyba dodać powagi.

– To Marek, uczony mąż przybyły niedawno z Nidaros – przedstawił mnie Alchemik. – Przyjacielu, poznaj panią Agatę Ferber i jej brata Artura.

– Słyszałam o was, panie – uśmiechnęła się Agata. – To wyście zasłonili własnym ciałem kapitana Hansavritsona. Ponoć kula głowę wam strzaskała i bez życia na ląd was zniesiono?

– Nie tak do końca strzaskała, pani – odpowiedziałem. – Medyk opatrzył i już ozdrowiałem. Zaś co do mojego bohaterstwa, przypadek to zwykły. Gdy piraci uciekali, z kapitanem rozmawiałem i krok w bok się przesunąłem, gdy któryś z tych wieprzy wystrzelił.

– Losu to w każdym razie zrządzenie szczęśliwe...

– Wybaczcie, pani, ale i tu z błędu was wyprowadzę. Wyższy od kapitana Hansavritsona jestem, tedy kula, która mnie ugodziła, jemu by nawet nie trąciła kapelusza.

– Skromność przesadna przez was przemawia – odezwał się towarzyszący pannie Agacie mężczyzna.

Drzwi otwarto i weszliśmy do środka. Wreszcie normalny kościół, z obrazami, rzeźbami świętych. Ciasny, ale przytulny. Swojski. Ksiądz starowina stanął przy ołtarzu. Nie wiedziałem, gdzie się ustawić, lecz Artur stanowczym gestem zaprosił mnie i Iva do swojej ławki. Przez chwilę nie mogłem zrozumieć, co się dzieje. Wierni, gniotąc się niemiłosiernie, zajęli jedynie lewą połowę kościoła. Po prawej, zupełnie pustej, siadła samotnie Agata. Domyśliłem się po chwili. Najwyraźniej obyczaj nakazywał, by kobiety i mężczyźni siadali oddzielnie. W tym męskim świecie pojawiła się jedna tylko przedstawicielka płci pięknej, ale tradycję trzeba było uszanować. Nawet kosztem rozpychania się łokciami. Zaczęła się msza.

Czułem, że to koniec, że w tej świątyni od dawna nie chrzczono dzieci, od dawna nie udzielono nikomu ślubu... Topniejąca z roku na rok garstka wiernych. A ksiądz? Żal mi go było. Z pewnością święcenia odebrał przed laty, gdy katolicyzm w tej części świata płonął jak jasna pochodnia. Na jego oczach wszystko poszło w gruzy.

Nikt nie zbierał datków na tacę, więc wychodząc z kościoła, rzuciłem monetę do skarbony. Choć tyle mogłem zrobić.

Wypogodziło się, mróz szczypał w policzki. Po błękitnym niebie wiatr przetaczał białe obłoczki. W powietrzu czuło się już zapach śniegu z wysokich gór. Mroźny wiatr rozwiewał mi włosy, smagał policzki. Lada moment i tu dotrze zima. Ciekawe, co dzieje się z moimi towarzyszami, myślałem. Czy zostali u pana Nilsa, czy też wypłynęli gdzieś na polecenie łasicy? Tu sezon żeglugowy już zamknięto. Oby zdołali bezpiecznie dotrzeć do celu.

Nie wiedziałem wtedy, jak straszliwy los ich spotkał...

Wesoło rozprawiając, zeszliśmy nad zatokę, zapach wiatru znad gór przegrywał tu z ostrą wonią ryb i wody morskiej. Spienione grzywy fal rozbijały się o nabrzeże, mocząc łodzie i deski pomostu.

– Zapraszam do nas na kielich reńskiego wina. I nie radzę prośbie mojej odmawiać. – Agata ujęła się groźnie pod boki.

– Ustępuję wobec waszej przemocy, panno...

– Pani – poprawiła mnie. – Jestem wdową.

Wdowa? Wyglądała niemal jak maturzystki z mojego liceum... Ale tu ludzie inaczej dojrzewają. No ładnie... Dziewczyna w takim wieku może tu być mężatką albo starą panną. Na szczęście się nie obraziła.

Ivo wyglądał, jakby miał ochotę się ulotnić i wrócić do swojego laboratorium, ale powędrował razem z nami.

– Miło rodaka spotkać w tych dalekich krajach – mówiła kobieta, zręcznie przeskakując kałużę. – Zostajecie do wiosny w Bergen?

– Takie mam plany. Jednak gdy tylko otworzą sezon żeglugowy, chcę ruszyć na Bałtyk – wyjaśniłem.

– Takoż i my planujemy wiosną sprzedać nasze udziały i płynąć do Gdańska. Możecie się zabrać z nami, raźniej będzie w morskiej przygodzie.

– Dziękuję. Rozważę waszą propozycję.

– A i mąż dzielny, w walce z piratami zaprawiony na pokładzie się przyda – dodał Artur. – Czasy nastały parszywe, niepewne, aż strach na morze się puszczać.

– Nie jestem wojownikiem. Raz jeno z korsarzami broń skrzyżować mi wypadło, a i to przecież w walce ulegliśmy i tylko traf szczęśliwy oraz poświęcenie ludzi kapitana Petera sprawiły, iż cało z przygody tej uszliśmy. A i to nie wszyscy, bo w walce sześciu marynarzy „Srebrnej Łani" padło. A potem jeszcze piraci chłopaka okrętowego na naszych oczach zamordowali...

Wspomnienie rozbryzgującej się na kawałki czaszki, niechciane i znienawidzone, znowu stanęło mi przed oczami.

– Jesteśmy na miejscu.

Jak się okazało, nasi nowi znajomi mieli małe mieszkanie przy jednej z uliczek Bryggen. Byłem ciekaw, jak się to stało, że mimo zakazu pobytu kobiet na terenie kantoru zrobiono wyjątek dla pani Agaty. Postanowiłem potem podpytać Iva. Weszliśmy po schodkach na galeryjkę, a z niej do pokoju. Niski sufit, grube belki... Pomieszczenia mieszkalne powstały chyba przez zaadaptowanie magazynów. Przez niewielkie okienka sączyło się trochę światła, gospodyni jednak zaraz zapaliła świecę.

Rozejrzałem się dyskretnie. Wdówka mieszkała nieco lepiej niż pan Edward. Cztery krzesła miały oparcia obite skórą tłoczoną w lwy. Gdańskie? Kto wie... Stół nakryty był obrusem. Wnętrze wydało mi się bardzo przytulne. W kącie stała umywalka, a obok na półce leżał kawałek mydła.

– Trzeba dbać o reklamę swoich wyrobów – szepnął Ivo.

Na ścianie wisiał obraz przedstawiający jakąś scenę religijną. Przyjrzałem mu się. Chłopiec otoczony tłumem ludzi, w tle korynckie kolumny. Chrystus nauczający w świątyni?

Nasza urocza gospodyni znikła na chwilę i zaraz wróciła, niosąc chleb i glinianą faskę. Jej brat wyciągnął kamionkowy dzban oraz kubki.

– Powiedzcie, panie, czym się zajmujecie w tych ponurych północnych krainach? – zagadnął Artur, krojąc grube pajdy pieczywa.

Zamarłem. Co mu odpowiedzieć, żeby nie wzbudzić podejrzeń?

– Przede wszystkim interesuje mnie, jak się tu żyje ludziom, co wytwarzają i jakie skarby wiedzy zdołali zgromadzić – odparłem z namysłem.

– Rzemiosło nie stoi tu na specjalnie wysokim poziomie – westchnął. – Daleko miejscowym złotnikom do kunsztu mistrzów naszych gdańskich czy krakowskich...

– Złotnictwo to nie wszystko. Oto w Nidaros spotkałem pewnego młodego człowieka, który taki przyrząd skonstruował. – Wyjąłem zegarek, rozłożyłem i podałem mu. – Służy do określania czasu.

– Zdumiewające – mruknął, oglądając go uważnie. – Idea niewątpliwie ciekawa... Norwegiem był?

– Flamandem.

– Takaż i moja wiedza, ku Niderlandom trzeba się było udać i miast szukać okruchów po świecie rozsianych, z samej krynicy zaczerpnąć. Tam i szkła szlifują, i urządzenia mądre budować potrafią...

– Jednakowoż i w Norwegii dla człowieka zdolnego a przemyślnego perspektywy szerokie się otwierają, czego nasz przyjaciel Ivo dowodem najlepszym – rzuciła Agata.

– Ambicje moje na mydle się nie kończą – odparł mój towarzysz. – Z Marka pomocą planuję krok kolejny uczynić.

– Częstujcie się, panie. – Wdówka wskazała bochen z wbitym weń nożem oraz faskę z dziwną mięsną zawartością. – Najlepsza paszteta, sama przygotowałam.

W tej epoce to był wyraz rodzaju żeńskiego? Spróbowałem. Niczego sobie, choć jak na mój gust zbyt hojnie użyła pieprzu i chyba jakichś orientalnych przypraw.

– Doskonała – przyznałem. – A was cóż w te zimne kraje przygnało?

– Interesa rozliczne – wyjaśniła. – Liczyłam, że brat mój będzie mógł prawo miejskie przyjąć, ale starsi kantoru zgody nie wyrazili. Ja zaś, jako kobieta, kupcem w Bryggen być nie mogę. Udziały tedy sprzedać musimy i wiosną do dom wracamy.

Wyglądało, że jest wściekła, oczy jej pociemniały. Zaraz jednak opanowała się.

– Pojmuję. – Kiwnąłem głową, choć naprawdę niewiele z tego rozumiałem.

– Szkoda, że jedziecie – powiedział Ivo. – Moja mydlarnia mała, wydajność ma nikłą. Gdyby się w przestronniejszym miejscu ulokować i pieniędzmi nieco zasilić, pomocników zatrudnić...

– Jedźcie z nami do Gdańska, rzecz tę można by przeprowadzić – zaproponował Artur.

Oczy mu błyszczały podnieceniem, chyba zwietrzył interes.

– Powiedzcie, panie, co sądzicie? – Agata zwróciła się do mnie.

– Nie wiem, pani. Ludzie tu mydlnicy używają, a dłonie popiołem z piaskiem lub ługiem szorują. Mydło jest w użyciu wygodniejsze, ale lat by trzeba, nim się do niego przekonają. W Gdańsku z pewnością mydlarnie już istnieją.

– Jeden Italczyk coś podobnego warzy – wyjaśniła. – Ale i tam zbyt jest nikły... Jakby z nim siły połączyć... Ale przy niedzieli lepiej odpocząć, niż mówić o interesach. – Zrobiła surową minę.

Odprowadziłem Iva do furtki.

– Poważnie myśli pan, że na mydle da się zrobić w Bergen interes? – zapytałem.

– Skalkuluj to, chłopcze. Nikt wcześniej tu tego nie robił. Mam opracowaną technologię produkcji. Oczywiście wymaga udoskonalenia. Popracujmy jeszcze nad wzbogaceniem masy środkami zapachowymi i jakimś medykamentem dla wygubienia bakcyli. I jak na razie mamy monopol. Norwegia, Szwecja, może Dania, Islandia... Trzy kraje leżą nam u stóp!

– Ale sprzedawać mydło? Tu? Wśród tych brudasów?

– No właśnie. Te brudasy to nasi potencjalni klienci. Im brudniejsi, tym lepiej. Trzeba ich tylko przekonać –

upierał się. – Pierwszy krok już zrobiłem. Mam kilkudziesięciu stałych odbiorców moich produktów. Jeden nawet wziął partię mydła na wieś, dla rodziny.

– Czyli ma pan zaczątek sieci dystrybucji. W Amwayu zrobiłby pan karierę... – zażartowałem.

– Nie pojmuję, o czym mówisz.

– Ach... To taka firma z moich czasów. A gdyby podejść od innej strony? – zaproponowałem.

– Co masz na myśli?

– Ubrania.

– Co ubrania?

– Brudzą się potwornie, a prane są w ługu, co niszczy tkaniny. Gdyby tak namówić ich do prania w płatkach mydlanych?

– Próbowałem. Płótno nieźle czyści, ale z suknem gorzej. Niszczy się. Te ich filce, no wiesz, sukno z folowanej wełny, nie wytrzymują dobrego środka piorącego. Nitki skleja owczy tłuszcz, jak się go wypłucze, to katastrofa.

– Aha...

– Dobry pomysł, tylko tkaniny za liche.

– Nie ugryziemy tego...

– Ano nie – zasępił się. – Chyba że stworzymy podstawy przemysłu i kto wie, może nasze wnuki w XVII wieku po wielu latach doświadczeń dojdą do tego...

– Wnuki? Niby skąd?

– Odnoszę wrażenie, że panna Agata okaże ci wkrótce swoje zainteresowanie.

– Chyba pan żartuje. Młoda, ładna, majętna wdówka z pewnością może przebierać w propozycjach. Zresztą jest już chyba zaręczona? Ma pierścień...

– Po mężu – spoważniał. – Zginął przed trzema laty. W Antwerpii chyba albo Amsterdamie. Mam wrażenie, że innowiercy go usiekli. Dyskusje teologiczne bywają obecnie gorące, a gdy słowo nie pomaga, w ruch idą pięści i broń. Panna Agata odziedziczyła udziały w jednym z tutejszych budynków i jeszcze jakieś inne. Przybyła do Bergen, by je spieniężyć, lecz nie dogadała się jeszcze co do ceny.

– Rozumiem...

Nim wróciłem do domu pana Edwarda, było już późno. Hans siedział przy oknie i korzystając z resztek dziennego światła, czytał Biblię pożyczoną zapewne od pryncypała.

– Udany dzień? – zapytał. – Książkę z gabinetu gospodarza wam, panie Marku, przyniosłem. Tak do poczytania.

Uniosłem leżący na moim posłaniu tomik. Otworzyłem na stronie tytułowej. „Konfesja Augsburska".

– *Apage* – mruknąłem.

Wyjechali z Bergen świtem, traktem na wschód, ku Oslo. Sadko i Borys dosiadali wynajętych koni. Były to krępe norweskie fiordingi, ponoć potrafiące łazić nawet po drabinie. Maksym na swojej klaczy zamykał kawalkadę. Minęli leprozorium i kościółek, dawniej pod wezwaniem Świętego Jerzego.

– Ruiny klasztoru! – Sadko wskazał rozwaliska na wzgórzu.

– Wiem! – odkrzyknął Kozak. – Imponujący musiał być...

– Pamiętamy, jak przed laty wyglądał – westchnął Borys. – Teraz to już nawet nie zostało wspomnienie. Wszystko zniszczone, wszystko luterańskie diabły zaprzepaściły... A i kamienia z roku na rok ubywa. Ludzie na budowę biorą.

Dzień był paskudny. Lodowaty wiatr pędził ciemne, ciężkie chmury. O dziwo, nie padał śnieg. Traktem leniwie sunęło kilka wozów z towarem, zaprzężone do nich woły człapały apatycznie. Poganiacz jednego z zaprzęgów wpółdrzemał na koźle, gdy go mijali. Niebawem zjechali ze szlaku i wąwozem wydostali się na płaskowyż. Wiatr stał się jeszcze bardziej dokuczliwy. Kozak dokładniej opatulił się w huńkę, obaj Rosjanie mocniej ściągnęli pasami kaftany.

Dłuższą chwilę jechali przez brzozowe zagajniki. Zajęcy było tu sporo. Maksym parę razy walił z procy, za każdym razem zabijając jednego. Zdobycz wieszał u łęku siodła. Wreszcie, przemarznięci na wylot, znaleźli się u progu rozległej doliny. Kilka dni deszczu spłukało pierwsze śniegi. Maksym w milczeniu patrzył na wrzosowiska i usypiska głazów. Tu i ówdzie złociły się jesienne trawy. W miejscach, gdzie pokrywa gleby była grubsza, rosły zagajniki lichych brzózek i świerki.

– Widzisz ciemną plamę? – krzyknął Sadko, pokazując coś w dole. – To tam!

Ruszyli stępa w dół. Uwagi obu Rosjan nie uszła zmiana w zachowaniu Kozaka. Stał się czujny. Naciągnął kuszę i przewiesił ją sobie przez ramię. Co chwila popatrywał w niebo. Dotarli do spalonego szałasu. Opodal wznosił się kopczyk kamieni. Wetknięty weń krzyż przechylił się, lecz oplątana rzemieniem beleczka ciągle jeszcze trzymała się na swoim miejscu. Maksym, nie zsiadając z konia, długo przyglądał się ziemi.

– Nie odwiedzaliśmy tego miejsca przez wiele miesięcy – wyjaśnił Borys. – Wczesną wiosną ostatnio.

Kozak zeskoczył na ziemię. Zajrzał pod zwęglone belki, wygarnął niedopalone szczątki torby ozdobionej tłoczonym wzorkiem oraz resztki bębna modlitewnego.

Miejsce dawnej eksplozji było wyraźnie widoczne. W glebie odbił się nawet rant pojemnika.

– Dotoczył beczkę tu, a potem spróbował odbić wieko – rzekł po namyśle. – Zajrzał do środka i wtedy ciecz zapaliła się jak dziegieć albo mocna wódka.

– A jak już wybuchło, to chlapnęło wokoło. Stąd te plamy i szałas też uległ spopieleniu.

– Takaż i moja wiedza – poparł Borysa brat. – Nic więcej, przyjacielu, tu nie znajdziemy. To trop stary i wystygły.

– Być może, dręczy mnie jednak pytanie, skąd beczkę tę przytoczono. Bo ten, kto ją zostawił, nie chciał chyba, by spoczywała tak pod gołym niebem...

Przybysze z Nowogrodu wymienili spojrzenia pełne uznania. Kozak zaczął obchodzić obozowisko coraz szerszymi kręgami. Przypatrywał się przy tym uważnie glebie. Znalazł kilka niedużych kawałków aluminiowej blachy. Wreszcie wypatrzył miejsce, w którym krawędź toczonej beczki zostawiła głęboki, widoczny nawet po upływie roku ślad. Teraz ruszyli we trzech, z nosami niemal przy ziemi. Zagłębili się w świerkowy zagajnik. Na dłuższą chwilę stracili trop, lecz później zauważyli, że niektóre drzewa miały przycięte gałęzic, jakby dla poszerzenia przejścia.

Wyszli z lasku. Rozległy teren oczyszczono z drzew i krzewów, usunięto też większe kamienie i posypano wszystko drobnymi kamyczkami, tworząc krąg o średnicy około stu stóp.

– To tutaj – szepnął Kozak.

Obaj Rosjanie bez słowa skinęli głowami. Utwardzona ścieżka prowadziła w stronę ściany skalnej. U jej podnóża czerniał wylot jaskini. Maksym zajrzał do wnętrza. Na namulisku wyraźnie widać było odciśnięte ślady kilku beczek.

– Jak myślisz, byli tu raz, dawno temu, czy odwiedzają to miejsce od czasu do czasu? – zapytał Sadkę.

Ten poskrobał się po głowie.

– Na pewno przygotowanie tego wszystkiego – wskazał plac – zajęło im sporo czasu i kosztowało niemało wysiłku. Przygotowali to solidnie, można powiedzieć, na całe lata. Bywali tu pewnie kilkakrotnie... Przed kilku miesiącami Saam wykradł im beczkę.

– Byli tu niedawno – odezwał się Borys. – Metal nie zdążył zaśniedzieć...

Spojrzeli nań pytająco. Rozwarł pięść wielką jak bochen. W dłoni trzymał dwa dziwne metalowe przedmioty, puste w środku tulejki.

– Do czorta! – zaklął Maksym. W jego oczach błysnęło podniecenie. – Tuleje! Teraz mam pewność, to oni!

– Co to jest? – Sadko ujął w dłoń jeden egzemplarz. – Cuchnie jakby prochem, ale ostrzej...

– Ataman nazwał tę broń wielopałem – wyjaśnił Kozak. – W miejscu zbrodni w chutorze Osipa znaleźliśmy takie same! – Wyjął z woreczka trzymanego przy pasie identyczną łuskę.

– Lecz wiedzieć nie możemy, czy jeszcze się tu pojawią, a jeśli tak, to kiedy – mruknął Borys. – Nie da się tu zasadzić, boć na tym pustkowiu człek zimy nie przetrzyma, a i z żywnością będą problemy...

– Coś wykoncypuję – mruknął Maksym. – Bo dopaść ich muszę. Dobrze, że znaleźliście to miejsce. To cenny ślad. Najlepszy, na jaki natrafiłem od miesięcy...

– Skoro przylatują tu z daleka, oznacza to, że gdzieś tam mają swoją główną siedzibę... – rozważał Sadko.

– Skoro przylatują właśnie tu, wnioskuję, że mają jakieś interesy w Bergen – odparł twardo Kozak. – Zatem nie muszę oczekiwać tutaj, wystarczy, że wytropię ich, gdy przybędą do miasta. Potem zaś ruszę za nimi i śmierć im zadam.

– A o to – Borys podrzucił łuskę w dłoni – zapytamy przy najbliższej okazji Markusa. Ciekaw jestem jego miny. Ale jeśli znowu będzie kręcił... – zasępił się – tym razem paluszków mu nie przytniemy.

– Przelał krew, stając ramię w ramię z nami – rzekł stanowczo Sadko. – Tedy torturować go nie wypada. Pomnij, że to ty pierwszy nazwałeś go bratem. Ale artefakt pokazać mu trzeba.

Hela wyszła na skraj lasu. Widziała szeroko rozlany przestwór rzeki Nidelwy, ogrody, resztki murów obronnych. Miasto... Stras?liwe znużenie odbierało jej dech w piersiach. Odnalazła ściczkę, ruszyła w dół zbocza. Plecak ciążył, ale nie zdecydowała się ukryć go w jakimś wykrocie. Nad rzeką po obu stronach cumowało kilka łódek. Wrzuciła plecak do najbliższej, odwiązała sznur. Machając ostro krótkim, szerokim wiosłem, wypłynęła na rzekę. Zaczynał się odpływ, lecz prąd na szczęście był słaby, nie groziło, że poniesie w morze. Przybiła do pomostu. Mur przekroczyła po gruzowisku koło śmietniska.

Weszła w uliczkę zatylną. Dom introligatora odnalazła po dłuższej chwili, na szczęście zapamiętała wygląd furtki. Zmierzchało się. Zastukała. Nikt nie odpowiedział. Psi flak! Stary z pewnością jest w domu, nie usłyszy. Nie może głośno łomotać, bo posesja kata jest blisko. Zbyt blisko. Przerzuciła plecak górą, a potem, podciągnąwszy stopę, postawiła ją na klamce i wywindowała się do góry. Po chwili zeskoczyła na znajome podwórze. Odczuła wzruszenie, jakby wróciła do domu. W oknie widać było ciepły poblask świecy. A zatem stary jeszcze nie pojechał na wieś.

Zapukała do drzwi. Czuła się kompletnie wypalona. Zasypiała na stojąco. Gdzieś z daleka dosłyszała szczęk rygli i jedno skrzydło odemknęło się, pozbawiając ją oparcia. Poleciała do przodu w ciemność. Tego, że pan Nils zdołał ją w porę złapać, już nie poczuła.

Obudziła się na znajomym łóżku w pracowni. Przez okno sączył się blask. Dzień...

– Witaj. – Pan Nils krzątał się przy nalepie, rozpalając ogień.

– Dzień dobry... To już ranek?

– Przespałaś dwa dni.

Teraz dopiero poczuła suchość w gardle i ból kompletnie pustego żołądka. Stary podał jej czerpak pełen piwa. Wychłeptała pospiesznie kilka łyków. Ból zelżał. Nadal miała na sobie gorset i majtki, suknia wisiała obok na oparciu fotela. Stary musiał rozebrać ją do snu, ale nie odczuwała z tego powodu żadnego skrępowania.

– Co ze Staszkiem? – zapytał introligator. – Wróciłaś sama, ale w jego butach i wdzianku...

– Nie żyje – wychrypiała. Z trudem usiadła i oparła się o ścianę. – Zginął w górach.

Na wszelki wypadek wolała nie podawać szczegółów.

– A ty zdołałaś powrócić sama.

– Tak. Jakoś...

– Leż, wypoczywaj. Zaraz nagotuję rosołu.

Z wdzięcznością przymknęła oczy. Odpływała... Ponownie ocknęła się, gdy stary dotknął jej ramienia. Wypiła podaną jej miskę zupy. Rosół rozgrzał, przyjemnie zaciążył w żołądku. Usiadła ponownie na łóżku. Poruszyła nogami. Teraz dopiero poczuła, że ma starannie zabandażowane stopy.

– Maścią nasmarowałem – wyjaśnił. – Odmroziłaś. Albo w dwa dni skóra zlezie, albo się wygoi.

– Dziękuję.

– W mieście dzieją się niedobre rzeczy – powiedział introligator poważnie. – Otto ściągnął żołnierzy, aby wzmocnili posterunek w forcie. I ruiny na wyspie obsadzone. Więźniów tam przewieźli, coś budują, może cele w starym klasztorze szykują, bo widziałem, że dach nowy kładli. Boję się, że szykuje się walna rozprawa z Bractwem Świętego Olafa. Tu zostać nie możesz, ale ulokuję cię u mojego siostrzeńca na wsi. Tam bezpiecznie doczekasz wiosny.

Pokręciła głową.

– Panie Nils – mówiła cicho – muszę dostać się do Markusa. Do Bergen.

Stary zasępił się wyraźnie.

– Najlepiej byłoby morzem – powiedział. – Problem w tym, że to dopiero wiosną.

– Jak to?

– Sezon żeglugowy już się skończył.

– To znaczy, że statki już w ogóle nie pływają?!

– Niektóre pływają; jeśli kilka dni pod rząd jest dobra pogoda, odważni żeglarze puszczają się w drogę. Ale na razie mamy prawie codziennie sztormy. W Bergen ogłoszono zakaz wychodzenia z portu aż do wiosny.

– Co zatem pan radzi?

W milczeniu grzebał w papierach, aż wyciągnął złożoną mapę. Rozłożył ją na stole.

– Powiem, ale najpierw, moja panno, powinnaś wstać. Wyjdę na chwilę, abyś mogła się ubrać w spokoju – powiedział, zamykając za sobą drzwi.

Hela podniosła się z łóżka. Była jeszcze osłabiona, lecz siły szybko wracały. Założyła suknię.

Gdy spała, stary wypakował jej plecak, wyprał i wysuszył wszystkie ubrania, rozwiesił śpiwór, żeby wysechł. Buty, obie pary, też wyschły, stojąc opodal ciepłego pieca. Wciągnęła pończochy, stopy wsunęła w chodaki. Odwiedziła jeszcze wychodek na podwórzu...

Pochylili się we dwójkę nad mapą.

– Jedyna możliwość, by dostać się do Bergen, to szlak nadmorski – wyjaśnił. – O tej porze roku mało kto wypuszcza się w drogę, lecz jeszcze przez parę tygodni powinien być przejezdny.

– Którędy biegnie?

Pokazał jej, wymieniając miejscowości, które przecina.

– Przez fiordy można się za opłatą przeprawić łodzią – ciągnął. – Po drodze kilka musisz przebyć...

– To daleko – oceniła odległości. – Siedem, może dziesięć dni konno. Pieszo jeszcze dłużej.

– Konno – zasępił się. – Koń jest drogi... Wystarczy ci pieniędzy, żeby kupić własnego?

– Ile kosztuje dobry koń pod siodło?

Wymienił kwotę, która zmroziła jej krew w żyłach. Zagryzła wargi, przeliczając w pamięci oszczędności swoje i te z sakiewki po przyjacielu.

– Za drogo. – Pokręciła głową. – Jeśli tyle kosztuje dobry koń, to nie stać mnie nawet na zdychającą chabetę.

– Cena poszła w górę – westchnął. – Duńczycy skonfiskowali wiele klaczy, trzeba lat, by odtworzyć stada...

– Chłopi nie hodują?

– Na wsi bardziej przydają się woły. Tylko ci, którzy zajmują się handlem, trzymają fiordingi do wożenia towarów. Te są trochę tańsze, bo mniejsze i nie mają tak szlachetnego wyglądu jak dosiadane przez możnych. Ale za to jedzą byle co i w górach dobrze się sprawują.

– Jako juczne – domyśliła się. – Też kicpsko, taki nieprzyuczony nosić jeźdźca...

– Myślę jednak, że za dwudziestą część tej sumy będziesz miała podwody do samego Bergen – uspokoił ją.

Spodobał jej się ten pomysł.

– Będę musiała ufarbować włosy – stwierdziła z żalem. – Po nich najłatwiej mnie rozpoznać.

– Ufarbować włosy? – zdziwił się. – Ale czym?

– Może farbą do barwienia skóry na okładki książek? – zamyśliła się. – Nie wiem. Jeżeli pan pozwoli, utnę jakiś kosmyk i zrobimy próbę. Tylko czy to nie wypadnie za drogo?

Poniedziałek... Dopiero co wstawał świt. Nie miałem żadnych obowiązków. Mógłbym wylegiwać się choćby do południa, a nie mogłem zasnąć. Wygodny, gruby siennik nabity nie słomą, a trawą morską. Luksusy w postaci prześcieradła i poduszki. Kapa z kawałków skóry grzejąca jak pierzyna... Wszystko na nic.

Agata... Zastanawiałem się, co takiego w niej dostrzegłem. Uroda? Przeciętna. Figura? Trudno ocenić, jak wyglądałaby po wyłuskaniu z szatek, ale chyba nic takiego. A mimo to zabujałem się jak nastolatek.

Dawnoś baby nie miał, roześmiał się mój diabeł stróż, i cię wzięło. Zapomnij, za wysokie progi, a do łóżka bez ślubu też jej nie zaciągniesz, nie ta epoka.

Przewróciłem się na drugi bok. Diabeł miał rację. To bez sensu. Jestem bezrobotnym nędzarzem, który ma wprawdzie kilka groszy w sakiewce, ale żadnej roboty, ani nawet widoków na jej znalezienie. Nie umiem powiedzieć kobiecie żadnego sensownego komplementu. Nie mam też powodu, by iść do niej z wizytą...

Ale czemu tak mnie wzięło? Co sprawiło, że tracę rozum? Gracja ruchów? Hmm... Inteligencja? Cóż, głupia nie była, ale daleko jej do bystrości Heli. Figlarne spojrzenie? Ciepły uśmiech? Tak, to chyba to... Coś w niej było. Wewnętrzne światło, dobroć, optymizm. Wyglądała na osóbkę pewną siebie, twardo stąpającą po ziemi, ale jednocześnie obdarzoną czymś, co wyróżniało ją z tłumu.

Z tłumu facetów wyróżnia ją głównie płeć – diabeł znowu musiał wtrącić swoje trzy grosze.

Może miał rację. Może gdyby stanęła wśród innych kobiet, nie zwróciłbym na nią nawet uwagi? Westchnąłem i znowu przewróciłem się na drugi bok. Nie wypadało pytać damy o wiek, ale gryzło mnie to trochę. Ci ludzie dojrzewali inaczej. Ileż ona może mieć lat? Dziewiętnaście? Dwadzieścia trzy? A po cholerę mi to wiedzieć? Diabeł tym razem milczał.

Czy jest coś, czym mogę tej dziewczynie zaimponować? Przeszukiwałem pamięć, lecz bezskutecznie. Po raz kolejny doszedłem do wniosku, że wszystko, co potrafiłem w mojej epoce, stało się bezużyteczne. Nie skonfiguruję jej komputera, nie zaproszę do kina ani do teatru. Nie pójdziemy razem na koncert... A co w zamian? Nie potrafiłem niczego wymyślić.

Może dać jej prezent? Tylko jaki? Przypomniałem sobie rozmowę ze Staszkiem. Parasole... Zrobię dziewczynie parasol. Zima idzie, śnieg będzie padał, deszcze dokuczają tu prawie każdego ranka... Wreszcie zmęczony walką z myślami zapadłem w sen.

Obudziłem się, gdy Hans stawiał miski na stole. Zwlokłem się z łóżka, ochlapałem twarz lodowatą wodą. Szorstki płócienny ręcznik ze śladami zapranych plam. Mydło posiadające ślad koloru i kwiatowej woni przebijającej się przez ostry zapach. Ivo musi się jeszcze nagłowić, nim osiągnie lepsze rezultaty. Ubrałem się. Było paskudnie chłodno, więc na koszulę założyłem jeszcze serdak. Przeszedłem do pomieszczenia obok i siadłem do stołu.

Pan Edward akurat kroił ser. Popatrzyłem w okno. Znowu deszcz. Widać wiatr znad morza rozbija się o góry. Teren wokół Trondheim był bardziej płaski, więc i pogoda lepsza? Nie byłem pewien.

– Muszę kupić sobie jakiś płaszcz – powiedziałem. – Mógłby mi pan polecić jakiegoś krawca?

– Hans pana zaprowadzi – odparł gospodarz. – Zima za pasem. Śniegu należy się spodziewać już wkrótce... Idzie chłód – dodał po chwili. – Coś niedobrego dzieje się ze światem. Coraz dłuższe zimy, coraz wcześniej kończy się lato. Gdyby nie polska pszenica, w Europie nastałby powszechny głód.

– Mała epoka lodowcowa – za późno ugryzłem się w język.

– Co powiedzieliście? – zainteresował się.

– To taki długi cykl ochłodzenia – wyjaśniłem. – Wikingowie nazwali Grenlandię zieloną ziemią. Kiedyś było cieplej, teraz przez sto lat może będzie chłodniej, a potem znowu się ociepli. Zimy staną się krótsze, lata dłuższe.

– Możliwe.

Nie wiedziałem, czy wierzy, czy mówi tak tylko dla świętego spokoju. W ogóle nie mogłem go rozgryźć. Często wydawało mi się, że duma nad jakimiś skomplikowanymi sprawami. Co tak bardzo nurtowało jego myśli?

Z pozoru wydawał się całkiem bezbarwny. Przeważnie siedział w swoim gabinecie jak puszczyk w dziupli. Co robił? Zapewne czytał, nawet u starego introligatora w Trondheim nie widziałem tak wielu książek. Na miasto wychodził jakby niechętnie. Nigdy nie mówił, dokąd się udaje.

Był raczej mrukliwy i zamknięty w sobie, ale sprawiał wrażenie dobrego człowieka. Swoich dwóch uczniów traktował po ojcowsku, choć za niedopatrzenia potrafił i smagnąć rzemieniem przez plecy.

Początkowo wydawało mi się, że dużo pije, ale pierwsze wrażenie było chyba mylące. Owszem, od czasu do czasu lubił sobie pociągnąć, ale nie widywałem go pijanego czy na kacu. Przypomniałem sobie starego introligatora. On też żłopał anyżówkę. Może w ten sposób chronili się przed zimową depresją? Może alkohol miał ich rozgrzewać? A może tak byli przyzwyczajeni? Zresztą też mi wódka. Ten ich bimber miał tyle mocy, co dobry jabol. Z drugiej strony, jeśli pił codziennie...

⁂ Szedłem obok Hansa. Drewniana podkładka stukała. Dobrze byłoby ją podbić gumą. Tylko skąd ją wziąć? Brazylię odkryto chyba jakoś na początku XVI stulecia... Ciekawe, czy ktoś już bada właściwości żywicy drzew kauczukowych?

Doszliśmy do granicy Bryggen.

– Myślałem, że kupimy gdzieś tutaj...

– Mamy niewielu rzemieślników – wyjaśnił. – A gotowe ubrania drogie. Lepiej kupić u partacza.

– Partacza?

– No, u rzemieślnika, który nie należy do cechu.

Maszerowaliśmy teraz przez miasto. Rozglądałem się ciekawie wokoło. Przypominało trochę Trondheim. Nieduże, ciasno stłoczone drewniane domki. Mała odmiana. Domy w Bryggen były do siebie bliźniaczo podobne.

Pamiętam, że w poprzednim życiu planowałem kiedyś wyprawić się do Norwegii. No i jestem w Norwegii. Chciałem obejrzeć fiordy i pozwiedzać muzea. Fiordy już widziałem, tylko z tymi muzeami problem. Jeszcze ich nie wynaleziono. Ale nie mam chyba powodów do narzekania, gdziekolwiek się rozejrzę, widzę zabytki z XVI wieku. W dodatku zamiast gapić się przez szybę, mogę pomacać przedmiot w kramiku...

Minął nas człowiek ubrany w biały płaszcz z kapturem. Odprowadziłem go spojrzeniem. Co, u licha? Zakonnik? Przecież nie ma luterańskich klasztorów?

– Trędowaty – wyjaśnił mi Hans. – Jesteśmy niedaleko leprozorium. Ze trzydzieścioro chorych tam mieszka.

– Aha... I wolno im tak chodzić po mieście?

– Muszą nawet. Nowy namiestnik zabrał im resztę uposażeń, to chodzą po kupcach i proszą o datki albo coś z towarów. To i ludzie ich wspomogą. Dawniej było inaczej. Pola mieli, kto miał siłę, ten szedł kosić siano i zboże, ogród mieli i wirydarzyk. Katolickie zakonnice opiekowały się szpitalem i tymi, co na siłach podupadli. – Zniżył głos: – Ale Duńczycy to wszystko zniszczyli. A ten cały Rosenkrantz to wariat! Jeszcze gotów ich wymordować.

– Rosenkrantz – powtórzyłem. – Namiestnik Norwegii?

– Taaa... Jakiś czas temu król go tu przysłał, na naszą zgubę chyba. Norwegom z Bergen też dokucza. Jak czyrak na karku.

Odprowadziłem chorego wzrokiem. Trąd. Ciekawe, kto go tu zawłókł i kiedy... Krzyżowcy wracający z Ziemi Świętej? Nie, przecież w średniowieczu w Europie to było powszechne schorzenie...

Rozejrzałem się wokoło. Domy wyglądały kiepsko. Obite dranicami ściany, pozapadane dachy. Większość kryta była gontem. Budynki już z daleka wydawały się ciasne i brudne. Syf...

– Jak się tu ludziom żyje? – zapytałem. – Bo wygląda to gorzej niż w kantorze.

– No wiecie, panie, bieda... Jeszcze jak kto ma warsztat rzemieślniczy, to sobie dom kupuje albo kawałek ziemi i coś tam stawia. Ale ubożsi byle kąt wynajmować muszą. A jak kto wyrobnik, to już zupełnie źle. Po kilkunastu na jedną izbę się zrzucają. Czasem, jak kto oszczędny, to choć na stare lata coś kupi, jednak niewielu tu takich.

– Brudno...

– Bo to nie nasi – odrzekł z dumą. – W kantorze są przepisy, że uliczki trza zamiatać, śmieci nie wyrzucać i nocników przez okna nie wylewać, a każdy ma obowiązek domu swojego doglądać, smołować deski i na zimę wszystko opatrywać. U nas, Niemców, jest porządek...

Westchnąłem. *Ordnung muss sein.* Dobrze pamiętałem z opowiadań dziadka, jak wyglądał ten niemiecki „porządek".

Stanęliśmy przed domkiem ozdobionym czymś w rodzaju prymitywnego szyldu. Spojrzałem na drewniane nożyce huśtające się na wietrze i uśmiechnąłem się do swoich myśli.

Weszliśmy do ciemnej, niskiej izby. Było tu ciasno, pośrodku królował stół zawalony rozmaitymi kawałkami tkaniny. Kupony sukna i płótna wisiały na drągach pod sufitem. Pod ścianami piętrzyły się drewniane skrzynie. Krawiec, drobny, rudy, trochę zezowaty człowieczek, był może dwa lata starszy od Hansa.

– Czego szanowny pan sobie życzy? – Zgiął się w ukłonie. – U mnie wszystko najtańsze i najlepszego gatunku.

Mówił po norwesku, choć innym dialektem niż ten, z którym osłuchałem się w Trondheim.

– Potrzebuję dwu lub trzech koszul i płaszcza – przeszedłem odruchowo na jego język.

– Takiego długiego i obszernego, z podbiciem, jak Niemcy w Bryggen noszą – dodał Hans.

Sądziłem, że będę musiał zamówić, ale on otworzył skrzynię i zaczął wyciągać koszule. Przymierzyłem jedną. Idealna... Płaszcze były za krótkie.

– Miarę wezmę i jutro proszę odebrać. – Zmierzył mój wzrost, szerokość ramion i długość rękawów za pomocą kawałka sznurka z zawiązanymi supłami. – Jaki kolor wielmożny pan sobie życzy?

Położył przede mną kilkanaście ścinków sukna nanizanych na sznurek. Zacukałem się.

– Co byś radził? – zapytałem chłopaka.

– Ten. – Wskazał grube sukno ciemnogranatowej barwy. – Będzie ciepły, a barwy takiej, że długo można nosić, a brudu po nim nie widać... I kilka prań w ługu znieść powinien.

– Zatem taki – poleciłem krawcowi. – Z kapturem.

– Oczywiście. – Skłonił się. – Szanowny pan powinien jeszcze wybrać sobie...

Podsunął mi skrzynkę pełną zapinek. Wybrałem.

Spojrzałem krytycznie na poplamione, straszliwie poprzecierane i wystrzępione portki mojego towarzysza.

– Jeszcze spodnie dla chłopaka – zadysponowałem.

Hans zaczął się wzbraniać i protestować.

– Gdy obok mnie idziesz, to musisz po ludzku wyglądać, bo mi wstyd – uciąłem. – Jeszcze kto pomyśli, żeś moim sługą i że o swoich zadbać nie potrafię. A w niedzielę do kościoła i lutrowi wypada przyzwoicie wyglądać...

Krawiec, udając, że nic nie słyszy, znalazł pasujące porcięta. Zapłaciłem dukata i dostałem garść srebra jako resztę. Rzemieślnik zwinął nasze zakupy razem i oplątał sznurkiem. Dałem paczkę Hansowi. Niech niesie.

– Czegoś jeszcze potrzebujesz, panie? – zapytał, gdy znaleźliśmy się ponownie na ulicy.

– Nieprzyjemnie mi chodzić bez broni. Mój kord przepadł w czasie bitwy z piratami.

– To do kowala – zadysponował. – Niedaleko, trzy ulice stąd. Wnet dojdziemy.

– Chyba do płatnerza? – zdziwiłem się.

– U kowala taniej będzie. – Puścił oko. – A to dobry fachowiec i dba o reputację.

– Skoro tak uważasz...

Warsztat kowalski leżał zupełnie na uboczu, w zasadzie poza miastem. Gdy nadeszliśmy, zwalisty mężczyzna w skórzanym kubraku właśnie pracował nad kłódką. Patrzyłem dłuższą chwilę, jak zręcznie operuje wielkim młotem. Wreszcie odłożył gotowy wyrób do skrzynki.

– Potrzebuję czegoś, żeby u pasa zawiesić – powiedziałem. – Kord albo szabla byłyby najlepsze.

– Szabla? – zafrasował się. – Taka jak niewierni i Polacy noszą?

No proszę. Nasi tu byli...

– Czasu by trzeba na wykucie – powiedział wreszcie. – Ale jak pilna robota, to mogę spróbować. Mam odpowiedniej szerokości klingę, tylko przekuć ją trza i wygiąć. Widzieć takie już widziałem, jeno długości nie znam.

Zamyśliłem się na chwilę. Taka normalna będzie chyba za długa. Siedemdziesiąt centymetrów?

– Mniej więcej tyle. – Pokazałem odległość od mostka do końca palców wyciągniętej ręki.

– Mnie już wracać pora – zafrasował się Hans. – Pan Edward zły będzie, jak polewki nie nagotuję. A i mąkę zaczynić na chleb muszę, bo tamten już pleśnią będzie obrastał.

– To wracaj – przyzwoliłem, hamując mdłości. – A ja zostanę i sam do domu trafię. Jedzcie, nie czekajcie na mnie.

Zniknął, zabierając paczkę z ubraniami. Siadłem na zydlu i patrzyłem, jak kowal bierze się do roboty. Ze skrzyni wyciągnął wąski, długi płaskownik. Umieścił go w palenisku i zawołał dwóch łebków, może dziesięciolatnich. Malcy zgodnie zabrali się za pompowanie powietrza wielkim miechem. Kowal dorzucił w węgle jeszcze zwitki brzozowej kory i kawał żelaza. Patrzyłem zafascynowany, co robi. Rozklepał rozżarzone żelazo na odpowiednią szerokość. Następnie bijąc równo młotem w jedną krawędź, rozklepał ją tak, że całość wygięła się w półłuk. Sprawdził, czy krzywizna faktycznie jest częścią okręgu. Jednego łebka przerzucił na nowy front pracy. Dzieciak zakręcił korbą, wprawiając w ruch ogromny kamień szlifierski...

Wreszcie broń była gotowa. Machnąłem na próbę. Nieźle leżała w dłoni. Za radą kowala zaszedłem jeszcze obok, do rymarza, gdzie za parę groszy zamówiłem pochwę z dwu pasów grubej skóry połączonych małymi mosiężnymi nitami oraz żabkę, by wygodnie zawiesić broń u pasa. Zadowolony z zakupów pomaszerowałem do kantoru.

Szedłem nabrzeżem w nowej koszuli, kożuszku bez rękawów i z szablą u pasa. Wyglądałem niczego sobie. Ni to wiejski dziadek, ni to zbir z portowej tawerny...

– Fit, fit, a cóż to za wojna się szykuje?! – dobiegł mnie wesoły głos po polsku.

Odwróciłem się. Artur wraz z Agatą musieli wyjść z któregoś z kantorów.

– Witaj, pani. – Ukłoniłem się kurtuazyjnie, starając się ukryć nagłe zmieszanie.

– Witam, panie Marku. – Uśmiechnęła się. – Widzę, że oręż nabyliście. Na cóż wam taka sztuka w spokojnym mieście?

– Mus nam będzie wiosną w drogę ruszyć, lepiej być zawczasu na wszelkie przygody gotowym – wyjaśniłem. – A i w spokojnym mieście nie brak rzezimieszków.

– Przesadzacie, panie. Ostatni rozbój w Bryggen notowano dobre dziesięć lat temu. Bójki w tawernie zazwyczaj szybko gasną, a i to kułacze boje, gdzie nikt po nóż nie sięgnie, mając na uwadze surowość tutejszych sądów.

Kułacze? A, na pięści...

– Po mieście się przeszedłem – wyjaśniłem.

– A na co? – zdziwił się Artur.

Czy on musi być aż tak ciekawski, pomyślałem, popatrując na dziewczynę. Czy wydawało mi się, czy naprawdę się zarumieniła?

– Raz, dla ciekawości zaspokojenia, dwa, że warto czasem podpatrzyć to, co dobrze wymyślone, i do ojczyzny przenieść – odparłem. – Od mądrzejszych trza się uczyć. Ludziom na pożytek.

– Intencje wasze szlachetne – rzekła Agata z uśmiechem. – Dokąd podążacie?

– Z przyjemnością dotrzymam wam, pani, towarzystwa w przechadzce.

Nie byłem pewien, czy moja propozycja nie jest zbyt śmiała, ale na szczęście została przyjęta.

Dziewczyna ucieszyła się wyraźnie. Jej brat też chyba nie miał nic przeciwko.

– Miejsce to dla przechadzek niezbyt sposobnym – odezwała się. – Nawet oczu odmienną formą budynków nie sposób nacieszyć, gdyż wszystkie wedle jednego wzoru postawione.

– Ktoś tak zaplanował?

– Hansatag. To stare prawo, wiele stuleci sobie liczy – rzekł Artur. – Wszystkie kantory tak budowano, by ograniczyć niosącą chaos zawiść, a i dla oszczędności, by nikt próżno nie wydawał fortuny, byle tylko złoconą fasadą sąsiadom zagrać na nosie.

Zadekretowana urawniłowka. Jak w Chinach za czasów Mao... Dobrze, że nie wpadli na pomysł ubrania wszystkich w jednakowe stroje.

– Zwyczaj ten może i pożytek niesie – odezwała się wdówka. – Ale mnie większą radość daje podziwianie gdańskich kamienic, gdzie każdy dom od sąsiada swego odmienny...

– Takież i moje zdanie. – Ukłoniłem się. – Świat, gdzie wszystko jest takie samo, i smutny, i nudny.

Gawędząc tak, sztywno i drętwo, odprowadzili mnie aż do końca nabrzeża i pożegnawszy się, zawrócili. Mimo iż towarzystwo Agaty sprawiało mi przyjemność, nagle okazało się, że trudno dostosować się do ich sposobu myślenia i mówienia. Nerwy cały czas miałem napięte, żeby nie zdradzić się z moją kompletną ignorancją, jeśli chodzi o realia obecnej Polski.

Przystanąłem. Przed sobą miałem rozległą przestrzeń między budynkami kantoru a wałami i murami twierdzy. Zbudowano tu pochylnię oraz potężny koło-wrót. Stocznia remontowa? Okręty podparte drągami stały w kilku rzędach... Co to może być? Parking strze-żony? Camping dla hanzeatyckich kupców? A może po prostu na zimę wyciąga się mniejsze jednostki na ląd, aby lód nie niszczył burt?

Ruszyłem, patrząc na mijane okręty. Nawet ze zwi-niętymi żaglami wyglądały dumnie, choć i trochę smut-no... Nagle zamarłem w pół kroku. Trzeci z kolei stał okręt, który wydał mi się jako żywo znajomy. Od są-siadów różnił się odrobinę kolorem. Był też niższy, jak-by bardziej przysadzisty. Cofnąłem się, by lepiej ocenić jego sylwetkę. Tak... Miał wprawdzie na tylnym kaszte-lu godło przedstawiające gryfa, ale nie myliłem się. To „Srebrna Łania" z Visby.

A zatem kapitan Hansavritson musiał porzucić swój okręt w Bergen. Dlaczego? Albo „Łania" została uszko-dzona podczas ataku piratów, albo obawiał się płynąć nią przez Sund. Pewnie to drugie. Zmiana nazwy mogła wprowadzić w błąd co głupszych urzędników celnych, lecz po starciu z lensmannem z pewnością za ściganie Petera zabiorą się najwyższej klasy fachowcy.

Zmarszczyłem brwi. Oko Jelenia. Piraci go nie zna-leźli. Najprawdopodobniej kapitan zabrał tajemniczy przedmiot ze sobą, ale kto wie... Wejść na pokład i po-szukać? Myśl była kusząca, odbierała zdrowy rozsądek. Postanowiłem obejść statek dookoła, znaleźć sposób do-stania się na górę. Wszedłem między dwie jednostki i po-wędrowałem w stronę rufy. Na spłachetku lichej trawy pasł się krępy konik. Była też drabina oparta o burtę. Położyłem na niej rękę, przymierzyłem nogę do pierwszego stopnia i... nagle świat fiknął koziołka. Coś pochwyciło mnie za kołnierz i obaliło na glebę. Leżałem na wznak rzucony w błoto. Szkapa, która przed chwilą grzecznie skubała trawę, stała nade mną, opierając kopyto o moją pierś. Leżałem jak przygwożdżony do ziemi. Uniosłem ręce, by uwolnić się spod końskiej nogi, ale zwierzątko tylko na mnie popatrzyło i zarżało donośnie. W jego wzroku wyraźnie wyczytałem: „Nawet nie próbuj".

Cholerną tresowaną klaczkę postawiono tu chyba zamiast psa stróżującego. Zza burty wyłoniła się łysa głowa. Skinhead? Dresiarz? Nie, co za bzdury, to przecież nie ta epoka... Właściciel głowy zbiegł po drabinie i wtedy zgłupiałem do reszty.

Stanął nade mną Kozak, wyglądający, jakby się urwał z planu filmu „Ogniem i mieczem". Odziany był w szerokie szarawary i haftowaną koszulę. Na piersi wisiał wyszmelcowany woreczek ze skóry. Stopy obuł w buty plecione z łyka. Łysa glaca na głowie lśniła jak wypolerowana, tylko z czubka zwisał mu długi oseledec zawinięty fantazyjnie za lewe ucho.

Nieznajomy jednym płynnym ruchem wydobył ze skórzanej pochwy długą, szeroką szablę. Nawet nie zdążyłem się przestraszyć ani sięgnąć po moją broń. Zresztą surrealizm tej sceny kompletnie mnie oszołomił.

– No i co tam? – dobiegł z góry głos.

Poznałem Borysa. Tym razem mój organizm zareagował gwałtowniej. Mało nie posikałem się ze strachu. Aaaa! To ten oprawca też tu jest?! Palce u stóp zabolały mnie na samo wspomnienie.

– Pludrak jakiś! – odkrzyknął Kozak mową zbliżoną do rosyjskiego. – Węszył tu i drabiny chciał spróbować, skoro go konik sponiewierał. Nakopać w zad i pogonić?

– Niechaj go! – usłyszałem kolejny znajomy głos i ten kurdupel Sadko wyjrzał zza burty. – To nasz druh Markus!

O, w mordę...

– Zapraszamy na górę! – Borys wyszczerzył zębiska.

Miałem ochotę zwiać, ale nie było jak... Kozak podał mi rękę i postawił jednym zgrabnym pociągnięciem. Spojrzałem na niego z góry. Był ode mnie o głowę niższy, lecz niezwykle silny.

Ruszyłem po wąskiej drabinie na górę. Jestem idiotą... Przecież to oczywiste. Peter musiał zostawić „Łanię" pod czyjąś opieką. Kto najlepiej nadawał się do tego zadania? Dwaj najwierniejsi słudzy, fachowcy od zabijania wrogów Hanzy...

– Witaj, *bratok*! – Borys uścisnął mnie serdecznie, aż poczułem wszystkie żebra.

– Jużeś zdrów! – Konus wyszczerzył zęby. – Szybkoś się wylizał. Za szybko, rzekłbym. Ale pan Kowalik to przewidział. Mówił, że sługusów łasicy trudno zabić, a jak ranisz takiego, to jeśli nie kipnie od razu, po trzech dniach tańczyć na własnym weselisku może.

– O, to i on tu jest? – Robiłem dobrą minę do złej gry, choć czułem, jak kiszki związują mi się w supły.

– Jechać do Gdańska musiał, ale prosił, by pozdrowienia serdeczne przekazać. Wiosną liczy na kolejne spotkanie... Wiele jeszcze spraw chciałby z tobą obgadać.

Cudnie. Do wiosny ten zdolny człowiek opracuje pewnie specjalny czterdziestoośmiogodzinny program tortur.

– A ten... – Spojrzałem na ich kompana, który właśnie wgramolił się w ślad za mną.

– To nasz druh Maksym. Z okolic Kijowa do Bergen przybył. Zachodź, pogadamy.

Pchnął drzwi. Weszliśmy do kajuty. Rżenie konia musiało przerwać im biesiadę, bowiem na stole stał kamionkowy dzban i kubki, nakrojono też chleba oraz mięsiwa. Zachęcony zająłem miejsce na zydlu. Zaraz też nalali mi wina.

– Dzielnieś sobie, *bratok*, poczynał wtedy, gdy nas Duńczycy opadli – powiedział olbrzym. – Wprawy w robieniu bronią nie stało, ale odwagi widać nie braknie, skoroś w najgorszą ciżbę wrogów od razu ruszył.

Nie próbowałem mu tłumaczyć, że nie brałem nigdy udziału w takich awanturach, to i poniosło mnie tam, gdzie najłatwiej oberwać...

– Odwaga w bitwie najważniejsza – dodał uczenie Kozak. – Ważne, żeby rozum w sobie zdusić, wtedy samotrześć na setkę wrogów iść można. A i przeżyć czasem się uda.

Sądząc po szramach na czole i bliznach znaczących tors, mówił z własnego doświadczenia.

– Rozglądać się na boki w takiej chwili niesporo, ale ludzie mówili, żeś Kowalikowi życie uratował i Petera mieczem w chwili ostatniej od ciosu osłoniłeś.

– Traf szczęśliwy, nie moja zasługa. – Wzruszyłem ramionami. – Zresztą niewiele by nam z tego przyszło, gdyby nie Björn. Zgnilibyśmy w dyby zakuci, albo i na szafocie w Kopenhadze.

– Może tak, może nie – odezwał się Kozak. – Ścieżki losu naszego splątane, a i Bóg nad chrześcijaninem czuwa. Mogło być tak albo inaczej.

– Z nieba nam spadasz – rzekł Sadko. – Przyjaciela naszego pytanie dręczy. Tyś człek uczony i mądry wiedzą, którą niesie daleka przyszłość. Posiadłeś umiejętności właściwe dla czasów, które dopiero nadejdą...

– Co chcecie wiedzieć? – przerwałem.

Zdumiewało mnie ich podejście do problemu podróży w czasie. Gdybym spotkał człowieka, który urodził się czterysta lat później niż ja, pewnie bym umarł z wrażenia. Oni rewelacje Kowalika przyjęli całkowicie naturalnie, jako coś dziwnego, lecz zupełnie prawdopodobnego. Ktoś przybył z przyszłości i tyle.

Ciekawe, jak zareagowaliby na lądowanie kosmitów?

Nie wiedziałem, czy to głupota, ciemnota, czy wręcz przeciwnie – mądrość pozwalająca przechodzić do porządku dziennego nad sprawami, które mnie zmusiłyby do wielogodzinnych przemyśleń.

– Znasz coś takiego? – Podał mi kawałek blachy. – Dręczy nas pytanie, co też to za metal być może, bo my takiego nie znamy...

Obejrzałem uważnie odłamek. Lekki, niezbyt twardy, srebrzysty. O, do diabła...

– To aluminium – wyjaśniłem.

Oczy Kozaka drgnęły. Patrzył na mnie głodnym wzrokiem, jakby oczekiwał dalszych wyjaśnień.

– Ma zatem swoją nazwę – mruknął Borys. – Myśmy nazwali to lekkim srebrem, lepiej to brzmi.

– Z jakich rud się to wytapia? – zapytał Maksym.

– Z boksytów... Z niektórych odmian gliny. Ale nie potrafię powiedzieć z których.

– Z gliny się to robi? W piecu? Tak jak garnek wypalać? – Kozak drążył temat.

– Niezupełnie w ten sposób – zaplątałem się. – Najpierw glinę trzeba obrobić chemicznie... Sztuką alchemiczną wydobyć z niej metal, potem dopiero topić. Nie potrafię tego dokładnie wyjaśnić. Sam nie umiem tego zrobić. Ale w moich czasach aluminium używaliśmy często.

– Nie umiesz? – zmartwił się Sadko. – Szkoda. Lepszy grosz byśmy za to mogli wziąć.

– To skomplikowana sztuka. Sami wiecie, jak czasem bywa. Weźmy na przykład tkaniny. Wiecie, że barwi się je farbą, ale sami zrobić jej pewnie nie potraficie. To sekrety cechów farbiarzy. U nas było trochę inaczej, ale nigdy nie nauczyłem się sztuki robienia tego metalu.

– Rozumiem. – Maksym pokiwał głową.

– Alchemik potrafi – odparłem. – W Nidaros widziałem kubek, który zrobił.

– Gdzie tam umie, to myśmy mu wiosną trochę tego sprzedali – prychnął Sadko. – A właśnie, zapomniałbym. Przybyłeś do Bergen, aby go odszukać? On tu jest, tylko zmienił imię i zajęcie. Pytaj o mydlarza Iva, siedzi za kantorem w domku, tam gdzie kobiety upadłe mieszkają. Zresztą jak chcesz, to zaprowadzę. Może pomoc w rozmowie się przyda. – Pogładził się znacząco po rękojeści kozika. – Przecież nie odmówimy.

– Już go odnalazłem – wyjaśniłem.

Obróciłem w palcach kawałek blachy. Cholera. Prawdziwe aluminium. Ktoś je wytworzył w tej epoce?

– Skąd to macie? – zapytałem.

– Znaleźliśmy w górach – wyjaśnił Borys.

– Jest jeszcze coś, o co chciałbym zapytać – odezwał się Kozak. – Co to jest?

Sięgnął do woreczka i wydobył niewielki przedmiot. Patrzyłem nań głęboko zdumiony. Łuska. Łuska od kałacha. W czasie służby wojskowej widziałem takie niezliczoną ilość razy... Ale skąd coś takiego w tej epoce?! Uszczypnąłem się, lecz widziadło nie znikało.

– Jak...? – wykrztusiłem.

Sadko położył obok drugą, trochę zaśniedziałą. Borys dołożył trzecią, nowiutką.

– Mów, *bratok*, przecież widzę, że wiesz.

– To łuski od karabinu...

Odpowiedziało mi uważne, pytające spojrzenie trzech par oczu.

– Już tłumaczę. Każdy z was widział hakownicę. Widzieliście też pewnie muszkiet... Hakownica to broń ciężka, nieporęczna, wymagająca długiego nabijania i trudna w użyciu.

– Arkebuz o niebo lepszy – potwierdził Kozak. – I niesie lepiej, i lekki...

– Nabijaliście kiedyś coś takiego?

– Owszem.

– Sami wiecie, ile czasu to zajmuje. Jeszcze na wiele lat przed moim urodzeniem wymyślono, że w czasie bitwy bardzo ważna jest szybkość, z jaką można oddawać kolejne strzały. Dlatego my nie ubijamy w lufie prochu, przybitek, kul i tak dalej, ale umieszczamy pocisk. Kulę, proch, spłonkę i tak dalej już gotowe, ubite w takiej metalowej tulejce.

– Sprytne – mruknął Sadko. – I po wystrzale wystarczy tulejkę na nową, już napełnioną wymienić?

– Tak. Z tym że konstrukcja naszego oręża jest tak przemyślna, że gdy jedna łuska już pusta, komorę... lufę otworem z boku opuszcza, a od razu na jej miejsce wchodzi nowa, napełniona. Dzięki temu możemy w jednej chwili wiele razy pod rząd wypalić.

– Mieliście rację – Kozak zwrócił się do przybyszów z Nowogrodu. – Przyszłość niesie wielką mądrość.

– Trza by z tym do pana Kowalika... – zadumał się olbrzym. – Taka broń, mogąca oddać kilka strzałów jednocześnie, byłaby bardzo przydatna w naszej robocie.

– Gdzie to znaleźliście? – zapytałem. – Też w górach?

– Tak – uciął Borys. – Maksym, pokaż mu jeszcze szkic.

Tym razem omal nie spadłem z zydla. Z trudem zdusiłem przekleństwo.

– Helikopter... – wykrztusiłem. – To niemożliwe...

Zamrugałem oczyma. Helikopter... Niewprawnie narysowany, ale pomyłka była wykluczona.

– Ma zatem i to swoją nazwę – odezwał się Sadko. – Służy zaś do latania.

– Tak...

– To ktoś z twoich czasów? Z mileniów, które dopiero nadejdą? – zagadnął Borys.

– Tak mi się wydaje. W mojej epoce już takie były.

Ująłem w dłoń pałeczkę ołowiu i uzupełniłem szkic, dodając tylne śmigiełko.

– Powiedz nam, *bratok*, czego oni tu szukają. Czemu miast tkwić tam, gdzieście się urodzili, znaleźliście się tutaj.

Nie umiałem ubrać myśli w słowa. Zapadła krępująca cisza.

– Wydaje mi się, że sytuacja... To nie tak, jak myślicie – powiedziałem wreszcie. – My, słudzy łasicy, zostaliśmy przeniesieni tu tylko z tym, co mieliśmy na grzbiecie. Ci ludzie przybyli chyba w inny sposób. Mydlarz Ivo miał pewne podejrzenia, ale dopiero gdy pokazaliście mi te znaleziska, nabrałem pewności, że to ludzie z moich czasów.

– Ty nie wiedziałeś o nich, ale czy oni nie wiedzą o tobie? – zapytał z powagą Maksym.

Zamyśliłem się.

– Sądzę, że mogli tu przybyć, aby mnie zabić albo by badać tę epokę.

– Ależ po co? – zdumiał się Kozak.

– Zapewne dla tej zapomnianej mądrości, którą może dać przeszłość. – Sadko ryknął śmiechem. – Napijmy się.

Hela zwinęła namiot i oplątała linką. Staszek miał naprawdę dobry pomysł... Jeden pakunek, a w kilka minut można mieć całkiem przyzwoite schronienie.

Przebyła wczoraj kilkadziesiąt wiorst. Podróż szła jak z płatka, błysk monety sprawiał, że bez większych trudów najmowała furkę i woźnicę, dzięki czemu szybko docierała do kolejnej wioski... Tylko w ostatniej osadzie noga jej się trochę powinęła, młodzi poszli z końmi do pracy przy drewnie, a pozostali w chatach staruszkowie doradzili jej, by przeszła pieszo szlakiem kolejny odcinek.

Pora ruszać dalej. Przytroczyła śpiwór do plecaka. Czeka ją męczący marsz. Kolejna osada oddalona jest o jakieś pół dnia drogi, a tam znajdzie wreszcie podwodę. Uklękła na skale, by pomodlić się przed wędrówką.

Końskie kopyta zastukały na kamieniach.

– Jest, suka...

Drgnęła spłoszona, odwróciła się. Na dwu jasnych konikach siedzieli Marv i Onofria. Hela nerwowo przełknęła ślinę. Skąd oni się tu wzięli?! Pachołek kata miał na czole ledwo zabliźnioną ranę. Musiała w ciemności i pośpiechu uderzyć go tępą stroną nadziaka... Co za głupi błąd.

– A ty co, zdziwiona? – parsknął chłopak.

Rozejrzała się wokoło. Ściany skalne otaczające kotlinkę były zbyt strome. Na trakcie nie ucieknie przed jeźdźcem. I naraz poczuła, jak ogarnia ją chłodna determinacja. Gdzieś z głębin umysłu podniosła się osobowość Estery. Żydówka spojrzała przez jej oczy.

Nie są szczególnie dobrze uzbrojeni, poradzisz sobie, usłyszała Hela w myślach.

– Załatw ją! – poleciła katówna swojemu towarzyszowi. – Tylko tak, żeby ta wywłoka czuła, że umiera. Jeśli zdołasz ją obezwładnić, możesz się jeszcze przedtem zabawić.

Uśmiechnął się obleśnie.

– No to do dzieła. – Odczepił od siodła krótki miecz. – Zaraz się napijemy jej krwi...

Hela poczuła, jak stygnie. Lęk odpłynął. Wiedziała już, co ma zrobić. I miała pomysł, jak tego dokonać.

– Miejcie litość – jęknęła, klęcząc. – Nie chcę umierać. W zamtuzie wam odpracuję, ładna jestem, dużo na mnie zarobicie...

– Zabiłaś mojego ojca! – prychnęła Onofria. – Krew za krew!

Upajała się sytuacją.

– A i mnie próbowałaś. I straszyłaś, że chory będę, a ja w dwie niedziele do zdrowia wróciłem... – Marv podszedł niedbałym krokiem, nonszalancko ciągnąc koniec miecza po ziemi. Lekceważył ją. Dureń.

Jak to wyzdrowiał? – zdumiała się.

A potem przypomniała sobie, co mówił Marek. Ta choroba po pierwszych objawach może się pozornie cofnąć, przechodząc w postać utajoną... Czyli chory jest, tylko teraz żre go od środka.

– Miejcie litość – powtórzyła, mrugając powiekami jakby dla odpędzenia łez.

Onofria zaśmiała się i zeskoczyła z konia. Hela poczuła, jak ten śmiech znosi jej ostatnie opory. Pachołek zrobił jeszcze dwa kroki. Błyskawicznym ruchem wyrwała szablę z pochwy przytroczonej do plecaka. Uderzyła tylko raz, nisko. Klinga zaświszczała w powietrzu. Cięła na odlew, na oślep niemal. Ostrze uwięzło w biodrze, ale zaraz je wyrwała. Podniosła się. Marv, brocząc strasznie krwią, padł na wznak. Macał niezdarnie

dłonią, usiłując upchnąć wnętrzności z powrotem do rozprutego brzucha, ale nie zdołał... Onofria wrzasnęła, a potem porwała upuszczony miecz.

– Ty gnido!

– Odejdź – powiedziała Hela spokojnie, patrząc jej w oczy. – To nie jest jeszcze odpowiedni dzień, byś miała umrzeć.

Marv jęknął i ostatecznie oddał ducha. Jelita parowały w chłodnym górskim powietrzu. Krew pachniała żelazem.

– Ty bydlę skończone! – syknęła Onofria. – Ty ścierwo... Zabiłaś go, suko.

– Za to on niby święty? Wiesz, ile razy mnie zgwałcił? Wiesz, co ze mną wyrabiał? Jasne, że wiesz, na twoim podwórku mnie katowali. A teraz co? Zamordować mnie chciał...

– Zabiję cię, plugawa wywłoko. Trzymanie cię w zamtuzie to zbytek łaski!

Natarła z furią. Nie potrafiła walczyć. Hela czuła, że katówna pierwszy raz w życiu trzyma oręż w dłoni. Parowała ciosy albo robiła uniki, lecz przychodziło jej to z coraz większym trudem. Szał odbierał Onofrii resztki rozsądku.

– Ustąp – poprosiła szlachcianka. – Nie chcę cię zabijać.

– Ty szmato...

Odsłoniła się głupio już co najmniej pięć razy. Helena nie miała sumienia wykorzystywać sytuacji... Jednak ręka jej słabła. Trzeba skończyć tę zabawę. Poważne zranienie będzie chyba najlepszym wyjściem z impasu.

Cięła nagle, ostro, z nadgarstka. Chciała rozorać tamtej przedramię, ale spudłowała. Nie przewidziała tak szaleńczego ataku, przeciwniczka sama się nadziała, a potem szarpnęła rozpaczliwie w bok, pogarszając tylko sytuację... Miecz wypuszczony z osłabłej dłoni brzęknął na kamieniach.

Hela cofnęła dłoń. Onofria patrzyła, jak na jej jasnej koszuli wykwita szkarłatna plama, jak w sięgającej płuca ranie pojawiają się bańki krwi i powietrza. Upadła na kolana, a potem cicho westchnąwszy, zwaliła się na bok.

Dziewczyna spojrzała na córkę kata i zacisnęła zęby. Przeciwniczka jeszcze oddychała, ale nie trzeba było medyka, aby ocenić, że zostały jej już tylko minuty. Wykrwawiała się.

– Taki widać los nam pisany, że tylko jedna z nas mogła pozostać przy życiu – westchnęła Hela. – Przykro mi...

– Był dobrym ojcem...

– Możliwe – zgodziła się szlachcianka. – Ale czy naprawdę sądzisz, że to wystarczy?

– Miałam prawo go pomścić...

– I wykorzystałaś je tak dobrze, jak potrafiłaś. Nie będę się w każdym razie śmiała, widząc, w jaką biedę popadłaś... Czy wybaczysz mi, że pozbawiłam cię życia?

– Idź się... wyswaźbnić, suko! – Na wargach rannej pojawiła się krwawa piana.

– Szkoda... – westchnęła Helena. Nie jest dobrze, gdy umierający przeklnie swego zabójcę. – Będę się za ciebie modlić – obiecała.

Oczy Onofrii raz jeszcze spojrzały na nią z pogardą, a potem zgasły. Hela położyła dłoń i zamknęła jej powieki.

– Spoczywajcie w pokoju... – wyszeptała nad ciałami.

Ułożyła zwłoki katówny i pachołka w niewielkim zagłębieniu. Zadumała się nad kolejami ludzkiego losu. Co łączyło tych dwoje? Co sprawiło, że razem ruszyli jej tropem? Wspólna nienawiść, czy może jakieś głębsze uczucia?

Układała na trupach głazy, największe jakie mogła udźwignąć. Myślała o latach, które nadejdą. Zimowe mrozy, wiosenne słoty... Kości będą kruszyć się na pył. Nikt nad nimi nie zapłacze ani nie odmówi słów modlitwy. Przypomniał jej się dziadek. Uczył wnuczkę robienia szablą w nadziei, że kiedyś podniesie broń przeciw wrogom Polski. Chyba w najczarniejszych snach nie sądził, że dzięki jego naukom będzie mogła ocalić swoje życie w starciu z takimi parchami. A przecież to też byli ludzie. Kochali, nienawidzili, szukali zemsty.

Wreszcie uznała, żc wystarczy. Zwierzęta nie powinny dobrać się do truchła. Ścięła mieczem brzózkę, nacięła głęboko drewno i zmontowała niewielki krzyż. Wytrzyma może kilka dziesięcioleci, potem zbutwieje.

Choć była bardzo zmęczona walką, zmusiła się do przejrzenia zawartości juków swoich ofiar. Tobołków Marva nawet nie dotknęła, nie chciała głupio ryzykować. Pamięć zarażenia była ciągle bardzo żywa. Ubrania Onofrii były na nią w sam raz. Przepatrzyła je pospiesznie i zdecydowała się zatrzymać giezła, gorset, dwie koszule zdobne srebrnymi spinkami oraz spódnicę. Resztę cisnęła w krzaki. Broń... Niewielka elegancka kusza myśliwska i kołczan. Miała szczęście, że zamiast strzelić jej z daleka w plecy, chcieli najpierw nasycić się zemstą. Obejrzała obydwa konie. Małe fiordingi, kiepskie pod wierzch, ale gdy się nie ma innego wyjścia... Nakrapiana klacz była spokojniejsza.

Dziewczyna objuczyła drugie zwierzę plecakiem, przywiązała do uzdy znalezioną w bagażu linkę i wskoczyła na siodło. Klacz trochę kładła uszy po sobie, Hela okiełznała ją bez trudu. Niebawem była znowu na szlaku. Słońce stało już wysoko. Nim zajdzie, trzeba odjechać jak najdalej się da...

Uderzyła konika piętami w boki. Droga biegła prosto jak strzelił. Sądząc po śladach kopyt, ktoś tędy przejechał, może dziś świtem, może wczoraj. Zagryzła wargi. Jeśli jeźdźcy spotkali na szlaku Onofrię i Marva, mogą rozpoznać konie. Przypomniało jej się, jak w dzieciństwie słyszała o koniokradach. Skrzywiła się. Nieciekawy los, jeśli ją złapią.

Fiordingi niezmordowanie dreptały po kamieniach. Nigdy wcześniej nie zetknęła się z tą rasą, ale spodobały jej się od razu. Były bardzo wytrzymałe. Nie potykały się, nie skręcały na widok wody czy kępek trawy.

Droga przeszła w wąską, stromą ścieżkę. Szlak najwyraźniej biegł z wąwozu na field. Dziewczyna dłuższą chwilę patrzyła w górę. Konno po takiej stromiźnie? Odpada. Zeskoczyła z siodła i ruszyła pieszo, prowadząc klacz za uzdę. Wspinaczka trwała przeszło dwie godziny. Zwierzęta poradziły sobie bez większego trudu.

Na przełęczy był staw, a wokół niego rosło sporo trawy, pożółkłej już nieco na końcach, lecz zachowującej przynajmniej część soków. Hela rozkulbaczyła koniki i pozwoliła im napełnić żołądki tą lichą strawą.

Nim zaszło słońce, minęła trzy osady. Nie zatrzymywała się, nikt też jej nie zaczepiał. Przed wieczorem znalazła ślady ogniska, a kawałek dalej drogi się rozwidlały. Jej poprzednicy skręcili w lewo. Zawahała się. Ścieżka wyraźnie odbijała od głównej drogi. Podążyła nią i przejechawszy kilka mil, zobaczyła zjazd do doliny, w której snuły się dymy niewielkiej osady.

Zawróciła na szlak. O zmroku zjechała z drogi i ukrywszy się w rozpadlinie, rozłożyła na nocleg. Koniom zadała po miarce owsa, sama przeżuła kawałek wędzonki.

Rozpaliła ogień. Powietrze, przez większą część dnia ciepłe, teraz pachniało mrozem. Rozstawiła namiot, a następnie wczołgała się do śpiwora. Szablę położyła w zasięgu ręki. Nie da się zaskoczyć. Poza tym ma konie, a w tych górach żyją wilki. Przypomniał jej się Staszek i uczuła ciepło na sercu. Z jedną szablą stanął naprzeciw całej watahy. Był dobrym człowiekiem. Odważnym, gotowym poświęcić życie i zginąć w walce. W walce... Poczuła łzy pod powiekami. Tylu ludzi odeszło... Przypomniała sobie brata i jego wyrżnięty oddział.

Długo wierciła się i patrzyła w ciemność, nim udało jej się zasnąć.

Wiatr jeszcze chichotał pomiędzy granitowymi głazami, aż wreszcie, zmęczony, też udał się na odpoczynek.

W nowiutkim płaszczu, czystej płóciennej koszuli, wysokich butach i z bronią u pasa wyglądałem niezwykle szykownie. Ubiór zmienił mnie na tyle, że odważyłem się wyjść poza kantor. Gdy szedłem wczesnym rankiem nabrzeżem Bergen, wyłapałem kilka powłóczystych spojrzeń miejscowych dziewcząt. Pełny żołądek, ciepło i wygoda, dach nad głową, sakiewka w kieszeni. Ba, nawet kawałek mydła od Iva dostałem. Czego jeszcze chcieć od życia?

Hm, no tak... Parę rzeczy by się przydało. Księgarnia, laptop z dostępem do Internetu, kino, żeby było dokąd pójść z Agatą... Warto też pomyśleć, co dalej. Wiosną udam się na Gotlandię... A teraz przyjmijmy, że udało mi się wypełnić zadanie. Łasica zabrała Oko i odeszła, a ja muszę sobie dalej radzić sam.

Jak ułożyć sobie życie? Zostać kupcem? Cholernie trudne... Przedarcie się przez system cechowy wymaga czasu oraz determinacji. Igry Bergeńskie... Brrrr! No i pieniędzy na zakup własnego statku lub chociaż udziałów w jakiejś krypie. Trzeba by na to jakoś zarobić. Otworzyć kawiarnię? Cukiernię? Kawę można sprowadzić z krajów arabskich, ziarno kakaowca z Brazylii, herbatę z Indii. Tylko jak zachęcić ludzi, by odwiedzali tak dziwny lokal? A, zaraz, Brazylia... To chyba trochę drogo wyjdzie.

Więc może jakieś rzemiosło, które nie jest objęte systemem cechowym? Tylko jakie? Poduczyć się robienia mydła u Iva i założyć filię jego manufaktury? A może kursy językowe – olśniło mnie. Siadam sobie w Gdańsku i szkolę kupców w posługiwaniu się obcą mową.

Nie, odpada, pomyślałem. Oni tu wszyscy uczą się języków od małego... Po prostu od rówieśników na podwórku. Lingua franca basenu Morza Bałtyckiego jest niemiecki, lecz jego znajomość jest zbyt powszechna, by dało się coś zdziałać.

Westchnąłem ciężko. Wczorajsza rozmowa, choć usilnie starałem się wypchnąć ją z pamięci, ciągle wracała. Helikopter. Radio, którego sygnały wyłapywał Ivo... Targały mną kompletnie sprzeczne uczucia. Z jednej strony fakt, że trafił tu ktoś z mojej epoki, budził nadzieję. Z drugiej lękałem się. Przypominały mi się książki czytane jeszcze w podstawówce, te wszystkie „patrole czasu" i inne płody umysłu amerykańskich grafomanów. Kim byli ci ludzie z helikoptera? Jak się tu znaleźli? Czego szukali? A jeśli takich jak ja?

– A pan, panie Marku, znów zamyślony – z zadumy wyrwał mnie głos Artura.

– Jakież to ponure myśli zaprzątają pańską głowę? – dodała Agata.

Przywitałem się.

– Zastanawiam się, co powinienem zrobić dalej ze swoim życiem – wyjaśniłem.

– Czyżby zbliżała się pora, by zdobytą w pludrackich krainach wiedzę wykorzystać? – zaciekawiła się wdówka.

Nie odpowiedziałem, zainteresowany grupką jeźdźców kłusujących wzdłuż nabrzeża. Czterej w jednakowych kaftanach wyglądali mi na ochroniarzy. Piąty, jadący pośrodku, ubrał się tak pstrokato, aż oczy bolały. Przyjrzałem mu się dokładniej i poczułem dreszcz na plecach. Natychmiast cofnąłem się głębiej w cień. Dobrze zapamiętałem tę mordę. Lensmann z Trondheim, Otto. Czego, u diabła, tu szuka?

– Cóż waści się stało? – zapytała dziewczyna z niepokojem.

– Wspomnienie mnie koszmarne naszło z czasów, gdym na północy przebywał – nie widziałem powodów, by kłamać. – Wyimaginujcie sobie, iż człowiek, który tam jedzie, to lensmann miasta Nidaros...

– Sława jego ponura już do nas dotarła. – Artur zmarszczył brwi. – Ponoć to szaleniec, gwałtownik i okrutnik...

– Powiadają, że za uwiedzenie żony jednego szlachcica wykastrowany został, to odebrało mu radość, jaką ludzie z życia czerpią, i uczyniło go zgorzkniałym – uzupełniła Agata. – Brat zaś jego za zabójstwo miał być powieszonym, ale na stanowisku kata *vacat* nastąpił, tedy wyroku uniknął, je obejmując.

– Co ma wisieć, nie utonie – zauważyłem filozoficznie. – Ktoś miał żal do niego i obwiesił go w jego własnym warsztacie.

Roześmiali się oboje. Znowu poczułem przepaść dzielącą mnie i tych ludzi. Byli inni. Inaczej myśleli, mieli zupełnie odmienne poczucie humoru.

– Pożegnam was. – Ukłoniłem się. – Posiłku pora nadchodzi, a ja jeszcze w ważnej sprawie zajść muszę.

– Złóżcie nam wizytę, proszę, przed wieczorem – zaproponowała Agata. – Nawet jeśli ten typ ma do was jakiś żal, to przecie nie będzie polował w zaułkach kantoru. Tam prawo Hanzy was chroni.

– Uczynię, co w mojej mocy.

Rozstawszy się ze znajomymi, ruszyłem szybkim krokiem w stronę twierdzy. Myśli, już przed spotkaniem z Agatą ponure, teraz stały się czarne jak noc. Otto w Bergen. Czego tu szuka? Mnie? Chyba nie. Jestem płotką, nie będzie sobie zaprzątał głowy byle oberwańcem. Nic o mnie nie wie. Ale Sadko, Borys, „Srebrna Łania"... Oni są w niebezpieczeństwie.

Dotarłem do granicy zabudowy. I tu zawahałem się. Twierdza... Jeśli Otto łazi po murach z lunetą w łapie... Nie, co za pomysł! Zsunąłem kapelusz, by nieco lepiej osłaniał mi twarz, i przebywszy kawałek odkrytej przestrzeni, wszedłem pomiędzy statki. „Łania" wyglądała jak wymarła. Tylko ta złośliwa chabeta stała koło rufy i udając, że się pasie, łypała na mnie podejrzliwie. Zastukałem w burtę pięścią. Gdzieś na górze skrzypnęły drzwi.

– Włąź! – zawołał Borys, spuszczając drabinę.

Po chwili, siedząc w ciepłej kuchni statku, składałem relację z tego, co widziałem.

– Tak więc mogą być poważne problemy – zakończyłem.

– Ach, nie wiesz... – mruknął Sadko. – Oficjalnie „Srebrna Łania" odpłynęła z Bergen zaraz po naprawieniu usterek. Rosenkrantz bardzo się palił, by pogadać z kapitanem Peterem w zacisznym loszku twierdzy, więc przyjaciel nasz pospiesznie zniknąć musiał.

– Jeśli ja rozpoznałem wasz statek, to chyba Otto też może tego dokonać. – Wzruszyłem ramionami.

– Owszem. Jest takie niebezpieczeństwo. Jednak tutaj chroni nas Hanza. Oczywiście jeśli lensmann się zorientuje, że tu siedzimy, to nie będzie się przejmował żadnymi przepisami, tylko wyśle siepaczy, żeby nas zarżnęli na kojach.

– Ale jakby co, jesteśmy gotowi – wyjaśnił Borys. – Koń Maksyma nas pilnuje.

– Że co?

– Przecież widziałeś. Kozacki konik, uczony do walki i sztuczek. Pożyczyliśmy go na trochę. Póki ktoś chodzi wokoło statku, nic się nie dzieje. Gdy dotknie drabiny, zwierzę atakuje lub wszczyna raban.

Przypomniałem sobie moje spotkanie z tą koszmarną chabetą. No cóż, ci ludzie nie mieli elektronicznych alarmów, a za to byli cierpliwi i pomysłowi...

– A jakby ktoś jednak wlazł na górę, to na pokładzie leży mata, a pod nią kilka bawidełek.

– Jakich bawidełek?

– Potrzaski na niedźwiedzia. Do tego kusze, podczepione od środka do wszystkich luków, jak ktoś chce podnieść, to dostaje bełtem prosto w pierś. Wiele innych niespodzianek też tu naszykowaliśmy. Nie martw się o nas.

A ja planowałem się włamać...

– A o siebie?

Zamyślili się na chwilę.

– Lepiej nie idź mu na oczy, *bratok* – odparł poważnie Borys. – To nie jest dobry człowiek, a ciebie dobrze sobie zapamiętał. Zresztą tak myślę, że dzień lub dwa zabawi u Rosenkrantza, rozkazy otrzyma, raporta zda i do domu będzie wracał.

– Lądem będzie wracał – powiedział jakby w zadumie Sadko.

✁ Maksym siedział przed swoją chatą i szybkimi ruchami zagiętego noża obrabiał solidny kawał brzozowego pnia. Będzie miska jak się patrzy. Dość miał jedzenia kaszy z kamionkowych naczyń, w których łyżka ślizgała się po dnie. Nie ma to jak drewno...

Cichy szmer nie uszedł uwadze Kozaka. Błyskawicznym ruchem sięgnął po szablę i poderwał się z miejsca, od razu unosząc dłoń do ciosu. Borys wyszczerzył zęby – musiał przewidzieć reakcję kompana, bo zastawiał się przed nieoczekiwanym ciosem dechą ze starego koryta.

– Witaj. – Gospodarz opuścił szablę.

– Witaj.

– Co dobrego cię sprowadza?

– Los nie zawsze bywa dobry. Ten, który mi w najbliższych dniach pisany, może być lepszy lub gorszy, ale na pewno ktoś umrzeć będzie musiał – powiedział Borys poważnie.

– Jeśli konieczność zachodzi, by mu w tym dopomóc...

– Sadko przysłał mnie z pewną prośbą.

– Mów zatem. Oddaliście mi wielką przysługę, macie zatem prawo żądać przysługi w zamian.

– Nie chcemy żądać. Sadko przysłał mnie, abym poprosił.

– Serce w mej piersi bije w takt z waszymi.

– Do Bergen przybył bardzo niedobry człowiek. Człowiek, który wiele zła uczynił i który dużo więcej może jeszcze uczynić. Droga jego usiana trupami chrześcijan, a i nasze, gdyby nie losu szczęśliwe zrządzenie, tam by spoczęły. Zatem szlak ten ciałami znaczony musi zaprowadzić też do jego grobu.

– Kim jest?

– Lensmannem miasta Nidaros.

– Zatem droga jego zakończy się w Bergen. – Maksym wsunął szablę do pochwy. – Was będą podejrzewać? Więc ja go zgładzę. Wy pomożecie mi za to z tymi, którzy latają stalowym komarem.

– Nie możemy go zabić w Bergen. To by ściągnęło na miasto wielkie zagrożenie ze strony namiestnika.

– Zatem zabić trzeba też Rosenkrantza? Śliska sprawa – zachmurzył się przybysz z Ukrainy.

– Zbyt śliska. Dlatego umyśliliśmy naszego gościa zaciukać, dopiero gdy miasto opuści.

– Wiecie, dokąd się uda?

– Tak sądzimy. Znamy przejścia przez góry, stary szlak, którym przy odrobinie wysiłku zdołamy przeciąć mu drogę.

– Zatem wyruszyć trzeba natychmiast?

– Sadko właśnie stara się nająć dla nas dwa konie. Jak szybko możesz być gotów?

– Już jestem gotów. A moja klaczka?

– Pasie się za tamtymi drzewami. Przyprowadziłem.

Maksym wszedł do chaty, z kołka wbitego w ścianę zdjął skórzaną torbę. Podniósł siodło leżące w kącie.

Uzupełnił uzbrojenie o niewielki tatarski łuk. Odczepił ikonkę wiszącą nad drzwiami, ucałował i przewiesił przez szyję. Na drzwiach poświęconą kredą narysował krzyż, by szczęśliwie tu powrócić. Przerzucił torbę przez ramię.

– Zatem, jak każe wasza tradycja, siądźmy i pomilczmy chwilę przed podróżą – zaproponował Rosjanin.

Nim słońce zapadło za horyzont, jechali już szlakiem wiodącym na zachód. Ku fiordom...

🜲 Po obiedzie siadłem z Hansem do jego rachunków. Przepytałem go z tabliczki mnożenia, pokazałem, jak dzielić nad kreską. Zapisałem kilka ćwiczeń i sprawdziłem wyniki. Miał dryg do matematyki, był szybki, dokładny, umiał sumować w pamięci nawet czterocyfrowe liczby.

Przyszedł pan Edward, przydźwigał jakieś stare księgi rachunkowe. Ułożyliśmy kilka zadań. Jaki będzie zysk na kilkunastu łasztach pszenicy przewiezionych z Gdańska do Londynu, jeśli na Sundzie Duńczycy zedrą cło. Nasz gospodarz, jak się okazało, był prawdziwym fachowcem, jego zadania uwzględniały zarówno koszt pracy załogi, jak i amortyzację statku... Jednak chłopak sobie i z tym radził, co tu ukrywać, lepiej ode mnie. Gdy tylko pryncypał wyjaśnił mu raz, jak dokonać obliczeń, zaraz stosował to w kolejnych zadaniach.

Po dwu godzinkach matematycznej orki daliśmy wreszcie spokój i postanowiłem wyjść do miasta. Głowa pękała mi od tych wszystkich miar, wag, walut i ceł.

Skręciłem w długi, wąski zaułek. Przyczaiłem się w cieniu i czekałem. Chyba nikt mnie nie śledzi. Zapuściłem się w boczny pasaż i powtórzyłem obserwację. W porządku... Zresztą martwiłem się chyba na wyrost. Otto raczej nie miał szans mnie rozpoznać. Ubrany byłem zupełnie inaczej niż wtedy w Horg czy na „Łani". Niegolona od tygodni broda zasłoniła mi policzki. Z drugiej strony, niezależnie od tego, jak układały się stosunki między Hanzą a namiestnikiem, Rosenkrantz musiał mieć tu swoich ludzi. Musiał wiedzieć, co dzieje się na podległym mu terenie. Pirat Magnus napadł na morzu „Srebrną Łanię". Dwa okręty pokoju wychodzące z portu na pewno nie uszły uwadze duńskich władz. Potem przyholowano statek Hansavritsona. Zniesiono mnie na brzeg. Czy Otto mógł wiedzieć, że to ja zostałem raniony? Ba, niewykluczone, że to on do mnie strzelał! Czy ktoś wie, że ozdrowiałem? Edward, Hans, ten drugi chłopak, Klaus. Rozgadali? Kto wie. Trzeba na siebie uważać.

Jeszcze dwa zakręty i stałem już pod domem Agary. Zaprosiła mnie, pomyślałem. Pewnie nudzi się i towarzystwo rodaka stanowi dla niej miłą rozrywkę. I tyle. Nie znam tej epoki, jej zwyczajów, nie poflirtuję nawet...

Zapukałem. Wdówka siedziała, czytając jakąś książkę z obrazkami, chyba niemiecki zielnik. Artura oderwałem od studiowania map. Otworzył mi i zaraz wrócił do stołu. Powiesiłem płaszcz oraz kapelusz. I naraz ogarnęło mnie dziwne zniechęcenie. Posiedzimy i pogadamy? O czym? Po co? Naraz zrobiło mi się żal czasu.

Ci ludzie mają go nadmiar. Marnują go dzień po dniu na bezsensowne zajęcia, jak gra w kości czy... Nie, otrząsnąłem się. A w mojej epoce niby było lepiej? Ile setek godzin siedziało się bezproduktywnie przed telewizorem? Poza tym, jeśli teraz sobie pójdę, to co będę robił w domu? Sprawdzę Hansowi rachunki i pójdę spać czy uchleję się z panem Edwardem tym podłym bimbrem?

– A pan znowu smutny i zamyślony, czyżby jesienna melancholia ogarnęła? – Wdówka uśmiechnęła się lekko. – Może wina kieliszek dobrze wam zrobi?

– Może i zrobi – odparłem z wymuszonym śmiechem.

Posłała brata gestem. Wrócił po chwili z alkierzyka, niosąc kamionkową butlę. Nalał nam po kielichu, sobie skromnie kilka kropli na dno...

– Lepiej? – zapytała z troską, gdy upiliśmy kilka łyków.

– Rozkwitam w waszym towarzystwie, pani. – Skłoniłem się.

Z udawaną złością uderzyła mnie wachlarzem po ręce.

– Jestem porządną kobietą – powiedziała, ale oczy dziwnie jej lśniły.

Zatem trafiłem. Komplement, choć ułożony na poczekaniu, chyba sprawił Agacie przyjemność.

– Na piwo do szynku bym poszedł – mruknął Artur.

Rzuciła mu złe spojrzenie. Nie rozumiałem tej sceny. Nie wiedziałem, co się dzieje. Chłopak chciał nas zostawić samych? W moich czasach pewnie dałaby młodszemu bratu na kino...

– Jesteście uczonym, panie Marku – zwrócił się w moją stronę. – Wiedza daje zaś bogactwo...

– Nie zawsze. Jestem biedny jak mysz kościelna.

– Fortuna kołem się toczy – odezwała się jego siostra. – Ale tego, co w głowie, nikt nie odbierze i los też się odwróci.

– Bo tak dumam, jak by tu majątek swój pomnożyć – podjął wątek chłopak. – W tych północnych krainach niespodziewanie trudnym się to wydaje.

No proszę, najpierw Hans mnie o to pyta, teraz on... Cudowna epoka, wystarczy trochę poudawać wykształconego, by wszyscy z szacunkiem pytali o radę.

– Kupcy nabywają tu skóry, suszone dorsze, olej wytoczony z ryb – zauważyłem.

– By zdobyć prawdziwe bogactwa, nie wolno iść cudzą ścieżką, należy szukać własnej drogi – powiedział poważnie.

– Widzicie, panie, mrzonki mu w głowie – burknęła Agata. – Od małego wszystko chciał robić inaczej niż inni.

– Złota ani srebra w tych stronach chyba nie ma – wyjaśniłem. – Drewno do Gdańska wozić to jak...

– Drewno do lasu – weszła mi w słowo.

– Rzekłaś, siostro. – Ukłonił się. – Wielorybów w Polsce prawie nie bywa, a północne wody się od nich roją, jednakowoż transport tego mięsiwa dla szybkiego jego psucia nieopłacalnym się zdaje...

Zamyśliłem się.

– Daleko na północy w krainie Saamów wielkie złoża rud żelaza leżą – powiedziałem. – Na wyspie zwanej Spitsbergenem węgiel kamienny dobywać można. Może też futra białych niedźwiedzi w Polsce można by sprzedać?

Machnął lekceważąco ręką.

– Nie mam pomysłu. Myślałem miodowe wino z żółtych malin produkować, ale to też na nic... Pożądam idei szalonej i genialnej. A powiedzcie, panie, wyspa Thule, Islandią zwana. Jest tam co?

– Nigdy tam nie byłem, ale z tego, co wiem, ani metali ciekawych, ani kruszców ziemia ta nie rodzi.

– A do krain Nowego Świata Hiszpanie niechętnie obcych dopuszczają – westchnął.

– Myślę, że największe zyski można wyciągnąć z handlu nie surowcem, ale precyzyjnymi wyrobami różnych ludów – powiedziałem, wyjmując znowu z kieszeni zegarek. Rozłożyłem go i zamknąłem.

– Może to dobra idea – westchnął. – Jednak cech złotników w Gdańsku równie potężny, co i w innych portowych miastach.

– Po prostu rób swoje i pomnażaj majątek rodu spokojnie i bez ryzyka niepotrzebnego – prychnęła Agata. – Na co być tak wyrywnym? Tylko po łbie dostać można.

– Tacy jak on zapewniają światu postęp i rozwój – wziąłem chłopaka w obronę.

– Gdzie tam, to wszystko mrzonki i fantazje. Buja w obłokach, a tu trzeba się z rzeczywistością brać za bary. Zresztą kto mu da statek na te wyprawy czort wie gdzie?

Artur spochmurniał. Milczałem. Nie mogłem mu pomóc. Ile razy w dziejach świata powtarzał się ten scenariusz? Ile zgaszonych pomysłów, podeptanych ambicji...

– Popełniacie błąd, pani – powiedziałem.

Wstałem i zarzuciwszy na ramiona płaszcz, wyszedłem bez pożegnania. Nie dbałem o to, że zachowałem się jak gbur. Pogoda, jeszcze po południu niezła, popsuła się. Od zatoki wiał lodowaty wiatr. Chmury lada chwila mogły obrodzić deszczem lub śniegiem.

Błąkałem się pustymi zaułkami kompletnie bez celu. Minąłem szynk. Przez chwilę walczyłem z pokusą, by wejść, siąść w cieple w sali pełnej ludzi, wypić kufel jasnego pszenicznego piwa.

– Za dużo piję! – mruknąłem.

Albo za mało! – zaśmiał się mój diabeł stróż.

Życie znowu wydało mi się puste i jałowe.

To depresja, poinformował mnie kusiciel. Alkohol ją wyleczy.

Puściłem te podszepty mimo uszu. Może rzeczywiście depresja. Błędna biochemia mózgu, zbyt słabe wydzielanie endorfin. Westchnąłem. Ciekawe, jak sobie radzą Staszek i Hela? Gdzie są teraz? Gdybym mógł podać im adres, może przekazaliby przez jakiegoś kupca list... Napisać do starego introligatora? Lepiej nie, jeszcze naprowadzę kogoś na jego trop.

Pomyślałem o Sadce i Borysie. A może złożyć im wizytę i pogadać o czymś? Nie, nie miałem jakoś ochoty.

Ci dwaj i ich kumpel Kozak byli zbyt nieobliczalni, dzicy, nie czułem się dobrze w ich towarzystwie. To wilki w ludzkiej skórze. Tresowane wilki Hanzy, które rozszarpią na jej rozkaz każdego. Mnie też. Może potem nawet będą mieli wyrzuty sumienia, ale rozszarpią. Spece od mokrej roboty to kiepskie towarzystwo. Alchemik? Zaraz zamkną furtki i nie zdołałbym już wrócić na teren kantoru.

– Gówno, gówno, gówno! – mruczałem, czując, jak wiatr przewiewa mnie na wskroś.

A może to wszystko złudzenie? – rozpaczliwie wracałem do starych rozważań. Może faktycznie uczniowie zaprawili mnie czymś, od czego mam halucynacje? A może w oprogramowanie mojego matriksa wkradł się błąd?

– Panowie programiści, poprawcie to, bo zaraz kota dostanę – szepnąłem w przestrzeń. – Zróbcie coś, żebym się zbudził we własnym łóżku, a nikomu nie powiem, co tu przeżyłem...

Deszcz rozpadał się na dobre. Stałem w wąskim pasażu pod wysuniętą płaszczyzną dachu i słuchałem, jak krople biją w ciemności o deski trotuarów, jak pluszczą, spływając strużkami do beczek i kałuż. Zmrok zapadał powoli.

To idiotyzm, mruczałem do siebie. Co ja tu w ogóle robię? Uganiam się za kobietą, która i tak nigdy nie spojrzy na mnie poważnie...

A za kim niby mógłbyś się uganiać? – zaśmiał się mój diabeł. Masz do wyboru jeszcze Helę. Za pedofilię cię nie wsadzą, jeszcze nie wymyślili, że to karalne.

Wzdrygnąłem się. Nagle poczułem, jak bardzo mam dość tego wszystkiego. Jak bardzo brakuje mi elektrycznego światła, reklam, neonów, jak bardzo chciałbym przejechać się autobusem lub tramwajem przez nocną Warszawę. Popatrzeć na ludzi, którzy są czyści i po ludzku ubrani.

– Dlaczego ja? – rzuciłem pytanie w przestrzeń, a potem wzruszyłem ramionami. – Dlaczego to ja tu trafiłem, a nie historyk czy archeolog? Przecież dla nich to byłby raj, a dla prostego informatyka piekło.

A może umarłem? Może to tylko czyściec? Przypomniałem sobie „teologiczną" dysputę odbytą kiedyś ze Staszkiem. Może tu mam odpokutować swoje grzechy? Może to, co robię, zostanie jakoś ocenione? Za chwilę znów śmiałem się z własnych przemyśleń.

Deszcz nie ustawał, ale wiedziałem, że trzeba iść. Nie mam latarki, a po zmroku łatwo skręcić nogę na tych dechach. Wokół mnie zapadała ciemność. Sam nie wiem, jak długo biłem się z myślami, zanim narzuciwszy kaptur, pospieszyłem do domu pana Edwarda.

Wczesnym popołudniem Hela dotarła wreszcie nad fiord. Stała długo, chłonąc widok, oczarowana niezwykłym krajobrazem. Granitowe ściany opadały ku zatoce, ciemne i ponure, tu i ówdzie tylko upstrzone plamami pożółkłej trawy rosnącej na wąskich półkach skalnych. Woda wydawała się prawie zielona.

Z tego miejsca wioska była ledwo widoczna. Tylko dymy z kominów i kurnych chat unosiły się w chłodnym powietrzu. Łodzie zacumowane koło pomostów wydawały się zabawkami... Ścieżka prowadząca w dolinę była wąska i kręta. Dziewczyna co jakiś czas zeskakiwała z konia, by poprowadzić go za uzdę.

Niezwykłe miejsce, pomyślała, rozglądając się wokoło. Przypomniała sobie rozmowy prowadzone ze Staszkiem. W jego epoce byli ludzie, którzy spędzali czas, jeżdżąc po świecie i oglądając miejsca podobne do tego. Podróżnicy, turyści... A ona? Dwa razy była na pielgrzymce w Częstochowie. Poznała Lublin, była u przyjaciółek w Chełmie i Krasnymstawie. Raz pojechała z dziadkiem do Zamościa. Nigdy nie widziała Tatr, nigdy nie odwiedziła Krakowa. Nigdy w życiu nie była nad morzem. Nigdy jej tego nie brakowało. Dopiero teraz, gdy spotkała Marka i Staszka, gdy sama zakosztowała włóczęgi, obudziły się w jej sercu tęsknoty, z których istnienia nawet nie zdawała sobie sprawy.

Wjechała do wsi spokojnie, z dumnie uniesioną głową. Nad brzegiem fiordu stała karczma. Dziewczyna zatrzymała się przed drzwiami. Nie zsiadała z konia. Czekała. Karczmarz zorientował się po chwili. Wyskoczył i uniżonym ukłonem pomógł jej stanąć na ziemi.

– Potrzebuję łodzi – powiedziała po duńsku, wskazując gestem drugi brzeg fiordu.

– Ale, pani...

– Mam na mię Onofria, jestem bratanicą lensmanna Trondheim. – Dumnie uniosła brodę.

Karczmarz zgiął się w pokłonie.

– Pani ludzie...

– Towarzyszący mi sługa zginął w górach. – Wskazała gestem drugie zwierzę.

– To, proszę o wybaczenie, nierozsądne tak wypuszczać się samotnie przez te dzikie okolice.

– Wilków się nie boję.

– Ludzie bywają gorsi od zwierząt...

– A kto mnie tknie? – Uśmiechnęła się pogardliwie. – Zbójcy nie ośmielą się podnieść na mnie ręki. Nie są głupi, wiedzą, że za coś takiego mój wuj gotów jest spalić i trzy wsie.

– Ach... no tak. Pani, widzę, że spieszno wam w drogę, łódź może być za chwilę. Jeno problem jest...

– Słucham.

– Koni przewieźć nie możemy. Większa barka w zeszłą niedzielę zatonęła przy sztormie.

Zmarszczyła brwi.

– Czy na tamtym brzegu można wynająć podwodę? Albo konie pod wierzch? Muszę się jak najszybciej dostać do Oslo. – Uznała, że nie od rzeczy będzie zostawić mylny trop, na wypadek gdyby ktoś jednak ruszył jej śladem.

– Tak.

– Sprzedam tu zatem moje zwierzęta.

– Możecie je, pani, tu zostawić, a wracając, odbierzecie. Tanio policzę za opiekę, a mam dobrą stajnię i owsa też im nie pożałuję.

– Nie wiem, ile czasu przyjdzie mi spędzić w Kopenhadze. – Wydęła wargi. – A jeśli królowa nadal będzie zadowolona z moich posług, może i lat kilka przyjdzie mi spędzić na dworze.

– To rzeczywiście kłopot. Może bym i kupił w takim razie. A ile wielmożna pani sobie liczy?

Podała mu cenę, którą usłyszała od starego introligatora. Karczmarz długo kręcił głową, a potem zaczął się targować. Wreszcie stanęło na mniej więcej trzech czwartych początkowej kwoty. Pobiegł do chaty, wrócił po chwili z kilkoma sakiewkami. Odliczył należność. Posługacz pobiegł do wioski po przewoźnika. Hela, korzystając z okazji, uzupełniła zapasy żywności.

Łódka rzeczywiście nie była duża. Przeprawa na drugą stronę fiordu zajęła kilka godzin. Było zimno, skały promieniowały chłodem, słońce stało zbyt nisko, by jego promienie dotarły do powierzchni wody. Wiosła pracowały miarowo, skrzypienie dulek uspokajało.

Jeszcze tylko dwa, może trzy dni i będę w Bergen, pomyślała dziewczyna. Mam nadzieję, że uda mi się szybko odnaleźć Marka...

Powiodła wzrokiem po niedostępnych skalnych ścianach, wznoszących się na setki arszynów w górę. Z zaskoczeniem spostrzegła na jednej z półek skalnych niedużą drewnianą chatę.

– Tam ktoś mieszka? – zdziwiła się.

– Tak, wielmożna pani – odparł przewoźnik. – Ziemi uprawnej niewiele, więc niektórzy osiedlili się na skale.

– To z czego żyją?

– Wypasają owce i kozy tam, gdzie tylko trochę trawy rośnie. Niekiedy przychodzi im zwierzęta na plecach po drabinach wnosić, albo i na linach spuszczać. Siano na zimę takoż wycinają, gdzie tylko się da. Bywa i tak, że wyłowione wodorosty płuczą w słodkiej wodzie, a potem kładą w rozpadlinach, by zgniły, i tak po kilku latach mają dość ziemi, by coś już na niej wyrosnąć mogło.

– Zdumiewające.

– Kraina nasza biedna, pani. Ale żyć jakoś trzeba.

Przebyli odnogę, wypłynęli na szerszą. Wiatr był dokuczliwy, lecz woda nie była bardzo wzburzona.

– Za tymi górami biegnie szlak z Bergen do Oslo. – Mężczyzna wskazał jej pasmo stromych ścian skalnych.

Zaraz też skierował łódź w kolejny wąski przesmyk. Wreszcie dobili do brzegu. Tu nie było wsi, jedynie samotna karczma stała nad wodą. Hela zapłaciła należność i łódź zawróciła. Dziewczyna zeszła ze skały, ściągnęła z siebie elegancką zieloną suknię, nago zanurzyła się w lodowatej wodzie. Wypłukała starannie włosy, używając odrobiny ługu. Przejrzała się w lusterku. Farba zeszła chyba bez śladu. Wytarła starannie głowę i nakryła chustką. Założyła giezło katówny, ściągnęła się w talii gorsetem. Przypasała spódnicę, jeszcze peleryna... Przejrzała się w tafli wody. Wyglądała teraz nie jak dama, ale jak bogata mieszczka. Ubranie było trochę wygniecione, lecz przecież w podróży to normalne.

– Sprytna ze mnie koniokradka – mruknęła do siebie.

W żołądku solidnie jej zaburczało. Trzeba zajść do karczmy, posilić się przed dalszą drogą, może i zanocować, a jutro ruszy w góry. Odnajdzie szlak, powędruje na zachód i niebawem dotrze do Bergen.

Gdy ponownie stanęła na przystani, spostrzegła, że przed zajadem stoją trzy wierzchowce. Weszła do wnętrza. Spora sala była prawie pusta.

Helena powiesiła płaszcz na kołku, zzuła przemoczone buty i postawiła je przy piecu. Usiadła za stołem, opierając się wygodnie. W ciepłym, zadymionym wnętrzu poczuła, jak napięcie uchodzi z niej całkowicie. Potarła zziębniętymi stopami, czując, jak wraca krążenie. Teraz dopiero rozejrzała się po karczmie. Kamienna podłoga wydeptana przez tysiące stóp. Ściany z grubych, poczerniałych belek. Okna zaciągnięte błoną. W kącie na nalepie płonął chrust. Wstawiono weń gliniane patelnie na trzech nóżkach. Woń rozgrzanego tłuszczu i pieczonego mięsa sprawiła, że dziewczynie ślina obficie napłynęła do ust.

Karczmarz z ukłonem postawił przed nią miskę kaszy z grzybami, obok położył cynową łyżkę. Po chwili wrócił jeszcze z niedużym dzbankiem piwa i kubkiem.

W kącie pod oknem siedzieli dwaj mężczyźni. Zajadali golonkę z kapustą, przegryzając tłusty posiłek czarnym, postnym chlebem. Ich twarze częściowo ukryte były pod szerokimi kapturami. Otaksowała ich wzrokiem. Odwzajemnili spojrzenie. Nie czuła z ich strony żadnego zagrożenia. Ot, zwykli ludzie, strudzeni daleką drogą, postanowili coś zjeść i pokrzepić siły kubkiem piwa... A może wędrują tam, skąd przybyła?

Jeśli stary introligator miał rację, za tymi górami leżała dolina i fiord, nad którym rozłożyło się miasto Bergen. Wystarczy wspiąć się szlakiem na przełęcz, a potem wędrować wzdłuż rzeki prosto na zachód. Ale najpierw zajdzie do wsi i zapyta o jakąś podwodę. Przecież pieniędzy ma dosyć. Podróżująca samotnie dama, nawet jeżeli podaje się za wdowę, budzi pewne zainteresowanie. Jadąc w towarzystwie chłopa na furmance, będzie wyglądała znacznie naturalniej. Tak, nie ma sensu głupio oszczędzać. A może... Może zamiast ruszać już jutro, zostanie tu ze dwa albo trzy dni? Wyśpi się, wypocznie. Nie, to zbyt ryzykowne.

W dodatku musi jak najszybciej odnaleźć Marka. Trzeba mu opowiedzieć o wszystkim i ostrzec. Najpierw obowiązki. Potem będzie czas, by odpocząć.

Usłyszała tupot końskich podków na zewnątrz karczmy. Widać ktoś jeszcze przybył. Rybak, który ją przewiózł, popełnił błąd, odpływając tak szybko na drugą stronę. Niezły zarobek przejdzie mu koło nosa. Drzwi otworzyły się i do wnętrza wmaszerowali trzej mężczyźni. Na ich widok zamarła. Lensmann z Nidaros, Otto, i dwa draby o tępych, jakby małpich gębach. Patrzyli prosto na nią.

Wiedziała, że minęło sporo czasu. Zmieniła się. Wychudła przez ostatnie tygodnie. Ubrana też była zupełnie inaczej. Gdyby nie kolor włosów, miałaby szanse uniknąć rozpoznania...

– Mam cię, suko! – syknął namiestnik.

W jego głosie dosłyszała zdziwienie, triumf i sadystyczną uciechę. Poczuła, jak coś w niej pęka na kawałki, niczym uderzona kułakiem porcelanowa waza. Z przerażenia dostała dreszczy.

– Brać ją! – krzyknął Otto do swoich podkomendnych.

Czar zaskoczenia prysnął. Wyrwała obuszek przytroczony do plecaka i jednym susem skoczyła na stół. Jeśli ma się bronić, jeśli ma odeprzeć trzech dorosłych mężczyzn, sama musi atakować z góry. Zamierzyła się na tego z mieczem. W następnym ułamku sekundy deski umknęły jej spod stóp. Poleciała do tyłu prosto na ścianę. Uderzyła całym ciałem o belki, aż powietrze uciekło z płuc. Zobaczyła świeczki w oczach. Chwilę potem zwaliła się na kamienną posadzkę. Czekanik stuknął głucho o podłogę, przewrócona ławka uderzyła obok. Drewniana miska toczyła się, gubiąc lepkie drobinki kaszy.

Nie przewidziała tego... Sądziła, że mebel jest znacznie solidniejszy, tymczasem blat leżał luźno na dębowych krzyżakach. Wystarczyło, że kopnęli go od spodu.

Nie straciła przytomności. Sięgnęła do pasa po nóż. Za późno, dostała takiego kopniaka w brzuch, że zwinęła się z bólu. A oni byli już przy niej. Wykręcili jej ręce do tyłu, czuła gruby rzemień, którym krępowali przeguby. Nogi w kostkach też. Widać nie lubili niespodzianek. Lensmann podszedł i oparł but o jej pierś.

– Powieszę cię wreszcie, wywłoko! – syknął.

– Za co? – prychnęła wściekle i spróbowała szarpnąć się w więzach. – Co wam zrobiłam?

Kopniak w żebra znów odebrał jej dech. Zauważyła kątem oka, że dwaj mężczyźni, siedzący dotąd w kącie, wstali. Wieśniacy chcący nacieszyć oczy jej poniżeniem? Nie. W ich ruchach była jakaś niepokojąca celowość. Obaj zdjęli kaptury, odsłaniając twarze.

– Za mojego brata! – Urzędnik splunął Helenie w twarz. – Oko za oko, głowę za głowę, życie za życie.

– Brata? – zdziwiła się.

– Mistrza Leifa – podpowiedział jeden z ceklarzy.

Och, naturalnie. Zapomniała, że kat z Nidaros był bratem tej mendy. Lensmann nie mógł wiedzieć, że to ona go powiesiła, lecz najwidoczniej próbował znaleźć przyczynę śmierci oprawcy i przynajmniej tu zgadł. A skoro Marv doszedł do siebie, to i mógł po prostu wszystko wygadać...

– Ależ, panowie! – zaprotestował karczmarz. – Nie godzi się czynić samosądów na ziemi podległej prawom naszego namiestnika, czcigodnego Erika Rosenkrantza. Prawo...

– Milcz! – ryknął Otto. – Jestem lensmannem Trondheim. Ja tu jestem prawem! Ja tu jestem Danią! Ta suka jest wywołaną niewolnicą, zbiegłą z mojego miasta, a do tego papistką i morderczynią!

Niższy łapacz przerzucił postronek przez belkę i sprawnie zadzierzgnął pętlę.

– Pani pozwoli – zakpił, stawiając pod stryczkiem kulawy zydel.

Hela z przerażeniem patrzyła na dyndający sznur. Miała ochotę się uszczypnąć. To niemożliwe. To tylko jakiś koszmar. Pięć minut temu siedziała tu w cieple, bezpieczna, a teraz...

– Ależ wieszać w karczmie się nie godzi... – jęknął właściciel zajazdu. – To nawet nieszczęście przynosi. Jeśli to niewolnica, kupię ją od was! Toż dziecko jeszcze prawie, na co ją zabijać...

– Milcz, psie – warknął Otto.

Poderwali ją na równe nogi. Szarpnęła się, próbowała ukąsić któregoś, lecz nic to nie dało. Ich ręce zaciskały się na ramionach jak stalowe cęgi.

ANDRZEJ PILIPIUK

Tak nie może być! – coś rozpaczliwie krzyczało w jej duszy. To niesprawiedliwe!

Czy po to przeżyła napaść wilków w górach, czy po to wiele dni brnęła przez śniegi, czy po to zaszlachtowała Marva i Onofrię, by umrzeć ze stryczkiem na szyi tak blisko celu? I to jeszcze z ręki takiego niegodziwca? Karczmarz miał minę, jakby chciał ją ratować, ale nie odważył się zaatakować dwu uzbrojonych zbirów. Spojrzała z rozpaczą na gości. To jedyna szansa...

I wtedy zobaczyła ich oblicza. Ten mniejszy przypominał w jakiś sposób zadziornego koguta. Miał trójkątną, lisią, zawadiacką twarz, oczy błyszczały mu zuchwale. I co najważniejsze, uśmiechał się do niej. Uśmiechał tak zwyczajnie, przyjacielsko, jakby chciał dodać otuchy. Jego towarzysz, wyższy o co najmniej pół arszyna, szeroki w barach niczym gdańska szafa, miał minę wiejskiego głupka, lecz jego oczy ukryte pod krzaczastymi brwiami patrzyły mądrze i z uwagą. Ręce dziwnie założył do tyłu. Helena była gotowa przysiąc, że coś tam trzyma.

– Chwileczkę, panie lensmannie i panowie zbrojni, istotnie tak nie można. – Drobniejszy mężczyzna zrobił krok do przodu. – W karczmie, gdzie kogoś niesłusznie zabito, piwo potem kwaśnieje, wino staje się jak ocet, w mące robaki się lęgną, a łoża pluskwy rodzą każdą szparą. Zwłaszcza że planujecie powiesić niewłaściwą osobę – mówił po niemiecku, rozumieli go bez trudu.

– Kim ty, do czarta, jesteś i jak śmiesz wtrącać się w nasze sprawy? – Otto spojrzał na niego z pogardą.

A potem zamarł.

– To ty? – bąknął zdumiony, ale zaraz się ocknął. – Ty tutaj! Ha, oto najszczęśliwszy dzień w moim życiu. Bóg sam wydał cię na moją pomstę. Będziesz wisiał, hanzeatycki psie! Brać ich!

Ceklarze puścili dziewczynę i... Coś brzęknęło jak struna harfy. Hela, nagle pozbawiona podparcia, z trudem utrzymała równowagę. Obaj łapacze runęli na wznak, każdy z końcówką bełtu malowniczo sterczącą z piersi. Drugi przybysz opuścił dwie małe myśliwskie kusze. Najwyraźniej to tę broń aż do tej pory miał ukrytą za plecami.

– Panie Otto – niższy zwrócił się do zmartwiałego możnowładcy – pozwoli pan. – Przesadnie uprzejmym gestem wskazał stołek pod kołyszącym się stryczkiem.

– Bo co?

– Bo jak nie, to mniej grzecznie waszmości poprosimy – warknął wielkolud.

Odłożył kusze na stolik i zacisnął pięści. Otto dobył kordu.

– Nie ośmielicie się – syknął, bardziej widać oburzony niż przestraszony. – Jestem królewskim urzędnikiem, jestem lensmannem Trondheim! Ja tu stanowię prawo, a moja obecność jest widomym symbolem wiecznego duńskiego...

Ośmielili się. A ponieważ nadal nie miał ochoty włazić na zydel i wkładać głowy w pętlę, zgodnie z zapowiedzią poprosili go mniej grzecznie. A następnie...

– Pozwoli panienka. – Olbrzym jednym cięciem kozika uwolnił dłonie Heli, przeciął drugi sznur, krępujący nogi. – Ależ ścierwa to zacisnęli. Rozetrzeć, proszę, bystro, bo brzydko to wygląda i jeszcze martwina w palce pójdzie – doradził.

Kompletnie oszołomiona Helena posłusznie wykonywała jego polecenia. Młodszy stanął przed namiestnikiem. Otto ze stryczkiem na szyi nagle stracił całą pewność siebie. Na czole i skroni perlił mu się pot, kolana drżały. Spojrzeniem strzelał na boki.

Ktoś trzykrotnie stuknął w okno, ale nie wszedł do środka.

– A może zamierzasz o ratunek wołać? – rzekł z uśmiechem konus. – Zdaje się, panie, poczet twój czterech ludzi liczył. Wielce nierozsądne zadzierać z Peterem Hansavritsonem, jeśli potem nie można dla swej ochrony powołać całej armii. Nie jest dobrze zadrzeć z Hanzą, bo wtedy i armii może być mało...

– Co was łączy z tym przybłędą? Mam pieniądze! – bąknął lensmann. – Dużo pieniędzy. Nigdy takich sum na oczy nie widzieliście. Starczy wam obu do końca życia... I nikt wiedzieć nie musi...

– Popełniliście, panie, zbrodnię, za którą może być tylko jedna kara powiedział konus. – Kara śmierci.

– Jaką zbrodnię? – Lensmann pisnął falsetem. – No, jaką? Wszystko, co robię, jest zgodne z prawem.

– Zdobyliście „Srebrną Łanię" abordażem i zakuliście nas w dyby. W dodatku, aby dopaść Petera Hansavritsona, zmówiliście się z piratem ściganym od lat za mordy i rabunki.

– Chwytałem niebezpiecznego buntownika i heretyka spiskującego na terenie, który z rozkazu króla mi podlega.

– Trzeba go było chwytać na lądzie. Potem musiałby stanąć przed sądem w Nidaros, gdzie mielibyście okazję dowieść mu winy. Takie jest wasze prawo. Tymczasem zatrzymaliście kupca na morzu. A prawo Hanzy stanowi jasno: ten, kto żegluje, jest wolnym. Kto zaś łamie prawa Hanzy, umrze.

– A czemu niby mam uznawać jakieś wasze postanowienia? Jestem urzędnikiem króla Fryderyka II i tym samym...

– Władcy Danii, zawierając roku Pańskiego tysiąc trzechset siedemdziesiątego w Strzałowie pokój wieczysty z Hanzą, obiecali respektować prawa ustalone przez hansatag. A za to, dla wypełnienia swych zobowiązań, od blisko dwustu lat karmimy was polskim zbożem, poimy reńskim winem, odziewamy we flamandzkie sukno oraz zapewniamy zbyt waszych towarów po naprawdę uczciwej cenie.

Wielkolud przycisnął głowę dziewczyny do swej szerokiej piersi. Usłyszała tylko stukot toczącego się stołka i zduszony jęk, który dobył się z gardła wisielca.

– Daruj, dziecko, tego nie powinnaś oglądać – powiedział jej do ucha olbrzym.

– A piwo jednak kwaśnieć będzie – westchnął ze smutkiem karczmarz.

Hela poczuła zamęt w głowie. Za dużo tego wszystkiego. Jeszcze pięć minut temu to ona miała skonać na stryczku. Teraz trafił tam jej prześladowca...

– Pani. – Konus ukłonił się przed nią szarmancko. – I po co było się lękać? Już po wszystkim. Jesteśmy zaszczyceni, mogąc zwrócić wolność tak uroczej osobie.

– Dziękuję wam – szepnęła, wstając. – Uratowaliście mnie w ostatniej chwili.

– Gdzie tam w ostatniej, jeszcze z pół pacierza by się waszym nieszczęściem cieszył... – zażartował makabrycznie nieznajomy.

Olbrzym podszedł do zmartwiałego karczmarza i z uśmiechem przyłożył mu ostrze majchra do szyi.

– Sam rozumiesz, bracie – powiedział. – Stało się wielkie nieszczęście, że w twoim domu poniósł śmierć urzędnik króla. Lecz jeśli się nad tym dobrze zastanowić, to kto powiedział, że cokolwiek się tu stało? Może ci pechowcy, jadąc brzegiem fiordu, spadli i śmierć w jego toni ponieśli? Może nigdy ich nie widziałeś?

Opuścił ostrze.

– Nie widziałem nikogo. Ani ich, ani was, ani ich sakiewek. Pół na pół? – jakby się upewnił. – Tej dziewczyny też nigdy tu nie było. Będę milczał jak grób.

– Cieszę się, żeśmy się tak w pół słowa zrozumieli. – Niższy odciął trupa. – Żal byłoby zabijać kucharza, który tak dobrze świnię pekluje i który tak smakowite piwo warzy. Zresztą dobry z ciebie człowiek, skoro dziewczynę ratować próbowałeś. Bywaj zdrów. Tylko dobrze ich zakop, coby kto nie wywąchał ścierwa!

– Się wie.

Olbrzym, zanim przerzucił sobie skórzaną torbę lensmanna przez ramię, przejrzał ją szybko. Wewnątrz znalazł kilka zapieczętowanych czerwonym lakiem dokumentów.

Oberżysta obszukał trupy. Wysypał zawartość trzech sakiewek na stół. W świetle padającym od okna zabłysła garść cienkich srebrnych blaszek oraz cztery lub pięć talarów.

– Wasza...

– Zatrzymaj wszystko – mruknął olbrzym. – Obyczaje naszego ludu mówią, że złoto trupowi zabrane pecha przynieść może.

Wyszli przed karczmę. Leżało tu jeszcze dwóch martwych siepaczy. Hela rozejrzała się zdezorientowana. Kto ich...? Kozak odziany w szarawary i wyszywaną soroczkę czyścił szablę kawałkiem szmatki. Zimowe norweskie słońce odbijało się od wygolonej na łyso czaszki, wiatr dmący od fiordu szarpał za oseledec.

A ten skąd się tu wziął? Dziewczynę aż zamurowało ze zdziwienia. Przecież Ukraina jest tak daleko...

– Ostań w zdrowiu, dziecino – powiedział konus. – To bydlę lensmann jest martwy i nie będzie cię już niepokoić... Nam pora w drogę – zwrócił się do Kozaka.

– Zaczekajcie – odezwała się Hela. – Zdążacie do Bergen? Mogłabym udać się z wami?

Zamyślili się na chwilę.

– Płynęli panowie na „Srebrnej Łani" – dodała szybko. – Jestem przyjaciółką Markusa. Znacie go zapewne, podróżował z wami. Jadę do Bergen właśnie po to, by go spotkać...

Atmosfera zwarzyła się w jednej chwili. Poczuła to, jeszcze zanim zobaczyła strach w ich oczach.

– *Gospodi, pomiłuj!* Jedna z nich – powiedział konus w dialekcie nowogrodzkim. – Służąca demona o kształtach łasicy.

– Zabić? – niepewnie zapytał Kozak.

– Chyba trzeba. – Olbrzym najwyraźniej nie był przekonany do tego pomysłu. – Toż głowy nam pourywać może...

– Jak niby chcesz tego dokonać? – fuknął konus. – Markusowi zrobiło dziurę w czerepie, że pięścią nie zatka, a po tygodniu już chodził... *Spasi Boże!* – Zakrył dłonią usta. – Ona też ma dar języków, rozumie nas!

– Rozumiem – potwierdziła Helena. – Proszę, zabierzcie mnie ze sobą do Bergen – dodała w ich narzeczu. – Nie stanowię dla was zagrożenia, życie mi uratowaliście, wdzięczna wam za to dozgonnie jestem.

Maksym, słysząc, jak płynnie przeszła z języka na język, przeżegnał się trzykrotnie. Mężczyźni wymienili niepewne spojrzenia.

– Jedźmy – podjął decyzję niższy. – Teraz czas niedobry i oddalić się musimy. Rozmówimy się później. Nie macie, pani, konia?

– Niestety.

– Weźcie zatem tego.

Wielkolud uprzejmie podsadził ją na siodło jednej z ceklarskich klaczy i ruszyli ścieżką pod górę. Jechali szybko, lecz Hela, nawykła do konnej jazdy, mogła spokojnie zebrać myśli. Przymknęła oczy, analizowała sytuację, przypomniała sobie, co powiedziała.

Wiedzą, że Marek jest podróżnikiem w czasie. Nie. Tego nie muszą wiedzieć. Wiedzą tylko tyle, że otrzymuje rozkazy od łasicy. Wiedzą też, że ich rozumie. Popłynęli na „Łani", a teraz są tutaj. Co powiedzieli? Otto zatrzymał ich na morzu? Marek został ciężko ranny... Czy to oznacza, że „Łania" została zdobyta przez piratów?

A lensmann...? Ci dwaj najwyraźniej wiedzieli, że będzie jechał na północ, zastawili tu na niego pułapkę i gdy tylko się pojawił, zamordowali. Nie. Nie zamordowali. Wykonali na nim wyrok.

Z drugiej strony to chyba dobrzy ludzie, skoro bez wahania wyrwali ją z ceklarskich rąk. Co więcej, nie wzdragali się zaszlachtować trzech mężczyzn w biały dzień, a karczmarza zostawili przy życiu, choć dla zapewnienia sobie bezpieczeństwa powinni zabić też wszystkich świadków. Ciekawe... Jednak kilka rzeczy psuło Helenie humor. Po pierwsze, byli to Rosjanie. Po tym, co przeszła, jakoś nie była w stanie darzyć przedstawicieli tej nacji zaufaniem. Zwłaszcza że ci dwaj mają na rękach ludzką krew. Po drugie, widać było, że się jej po prostu boją...

Uderzyła konia piętami i dogoniła jadącego na przedzie.

– Mam na imię Helena – powiedziała.

– Jestem Sadko, a mój brat nazywa się Borys – wyjaśnił. – Miło nam pannę poznać – dodał i zaczerwienił się. Kompletnie nie umiał kłamać. – Nasz towarzysz to Maksym, z Siczy tu przybył.

– Taki kawał drogi? – zdziwiła się, przechodząc na ukraiński. – Czegoż tu, Kozacze, szukasz?

Pobladł lekko, ale zaraz się opanował.

– Nasz batko ataman Bajda rozesłał Kozaków, by krainy dalekie badali, a raporta mu sporządzili – wyjaśnił. – Tedy i ja przybyłem w te strony obaczyć, jak się tu ludziom żyje. Albo i nie żyje. – Klepnął się po rękojeści szabli.

– Jak daleko jesteśmy od Bergen, panie Sadko? – zwróciła się do tego, w którym wyczuwała wodza drużyny.

– Dwa dni drogi. Głównym szlakiem byłoby wygodniej, ale nie chcemy rzucać się w oczy – wyjaśnił. – Jadąc w tę stronę, zajeździliśmy konie niemal na śmierć, lecz musieliśmy wyprzedzić tę gnidę. Teraz trza dać szkapom odpocząć. Tedy wolniej trochę pojedziemy.

Kiwnęła głową na znak zgody. Wspięli się na przełęcz. Borys wyciągnął zza pasa mosiężną lunetę i obserwował karczmę.

– Co widzisz? – zapytał jego brat.

– Wywlókł trupy i zakopuje teraz na polanie daleko od domu. Wygląda na to, żeśmy dobrze zrobili, ostawiając go przy życiu.

– Takież i moje zdanie. Droga nasza i tak nazbyt już trupami usiana...

Zaobozowali wysoko w górach. Znaleźli sporą kotlinkę, na której dnie rosło trochę długiej, podeschniętej trawy. Przypalikowali konie, aby się pasły. Hela zmiotła cieniutką warstwę świeżego śniegu i rozstawiła swój namiot, Sadko i Borys wznieśli szałas, Maksym, pokręciwszy głową nad takim zniewieścieniem, rzucił sobie derkę koło ogniska. Dziewczyna ukroiła słoniny i wędzonki, olbrzym uczynił na bochenku chleba znak krzyża i nakroił grubych pajd.

– Waćpanna, widzę, z szablą podróżuje – zagadnął Kozak. – Tak mnie ciekawość naszła, a robić nią umiecie?

– Dziadek trochę mnie uczył – wyjaśniła.

– Uczynicie mi zaszczyt i kunszt swój pokażecie? – zapytał. – Chwilę jeno, dawno z nikim broni nie skrzyżowałem, ręka odwykła.

– Jak sobie życzycie, panie...

Słońce już zachodziło, gdy skończyli kolację. Kozak dobył swojej szaszki. Ukłonił się dziewczynie. Oddała ukłon. Złożyła się do pierwszego sztychu. Skrzyżowali klingi. Przez moment wymieniali lekkie, przyjacielskie uderzenia, próbując wyczuć przeciwnika. Hela znudziła się pierwsza. Podpuściła Maksyma nieco bliżej i doskoczyła, niespodziewanie omijając zastawę.

Sama nie mogła w to uwierzyć. Kozak wywinął się jakimś cudem i stał teraz za jej plecami. Szaszkę miała przy szyi. Na szczęście przyłożył tępą stroną.

Ze śmiechem cofnął się i gestem zachęcił, by nie ustępowała pola. Starli się ponownie. Tym razem to on nacierał. Szabla chodziła mu w dłoniach jakby sama, klinga błyskała to po lewej, to po prawej. Hela spróbowała kilku sztuczek, ale efekt był podobny. Tym razem wytrącił jej rękojeść z dłoni.

– Jesteś lepszy – pochwaliła. – Nie dam wam rady. Zakończmy tedy...

– Jak sobie życzysz, pani. – Podniósł broń dziewczyny i podał jej z ukłonem. – Tak więc sami widzicie, bracia – zwrócił się do przybyszów z Nowogrodu. – Lęki nasze rozwiane. Nie jest wprawiona w robieniu orężem. Nawet jeśli ma złe zamiary, nie zagrozi nam.

Poczerwieniała z oburzenia. A więc po to ją sprawdzał?

– Talent znaczny waćpanna posiadasz. – Ukłonił się ponownie. – Jeśli zechcesz, kilka nowych sztychów z przyjemnością wam zaprezentuję. Jeśli do Bergen podążacie, czas jakiś w jednym mieście przyjdzie nam spędzić. Markus też często w gościnie u nas bywa.

– Dziękuję.

Tarcza słoneczna ostatecznie ukryła się za górami. Udali się na spoczynek.

Przyjemnie było siedzieć nad kubkiem wina przy ciepłym blasku świecy i słuchać, jak zimowy norweski wicher wyje w ciemności między domami. Budynek trzeszczał trochę pod jego naporem. Hans i Klaus poszli już spać. I na mnie niebawem pora.

– Wiara... Jak to wszystko się pokomplikowało – westchnął Edward. – Bractwo Świętego Olafa...

Drgnąłem.

– Wiem, że czujesz się zaskoczony. – Uśmiechnął się kącikiem ust. – Należę do niego tak jak i ty. Wybrałem w młodości naukę Lutra, ale... – Zamyślił się. – Moja wiara jest w oczywisty sposób lepsza, czystsza. Jednak...

– Narzucono ją siłą. I utrzymuje się w Norwegii i Szwecji terrorem – uzupełniłem.

Nie znał oczywiście tego słowa, ale przecież zrozumiał.

– Właśnie. Wygnanie biskupa Engelbrektssona, rzeź chłopów w Smålandii, mordy, pogromy, represje. Śmierć twojego towarzysza Jona. To błąd. Niepotrzebne okrucieństwo, czasem zwykła nadgorliwość sprawiły, że powstał opór. Gdyby ludzie sami wybrali, nie byłoby wojen o wiarę. Duńczycy, niszcząc i prześladując katolików, obudzili tylko ich nienawiść. Potrzeba całych pokoleń, by wygasła. Potrzeba grubych pokładów kłamstwa, by zatrzeć nikczemności popełnione w imię nowego obrządku.

– I tak nie zatrzecie. Pozostają dokumenty, zapisy w księgach, relacje. Wreszcie stele na grobach biskupów. Gdy księgi zamilkną, przemówią kamienie.

– Masz rację – przyznał. – Choć nie do końca. Wiele świadectw przepadnie na zawsze.

– Ziemia jak księga gromadzi prochy ludzi i okruchy przeszłości – odparowałem.

Ale musiałem w duchu przyznać, że miał wiele racji. Przypomniałem sobie dzieciństwo spędzane u dalekich krewnych w miasteczku opodal Płocka. Przed wojną mniej więcej jedną trzecią ludności stanowili tam Żydzi. Gdy wędrowałem zaułkami, nie widziałem żadnych ich śladów. Synagogę spalili Niemcy, kamienne macewy z kirkutu poszły na budowę szosy. Szyldy sklepików zamalowano... Był naród i znikł bez śladu. Zostało trochę przedwojennych zdjęć, kilka kawałków strzaskanych nagrobków na pagórku pod lasem, kielich kiduszowy służący ciotce jako wazonik do kwiatów. Czy tu w Norwegii podobnie zatrą się ślady katolicyzmu?

– A w Gdańsku i Rzeczpospolitej żyją obok siebie chrześcijanie różnych wyznań i żydzi nawet, a nikt nikomu krzywdy nie robi – podjął rozważania. – Tu w kantorze została garstka katolików i też nie ma z tym problemów. Niech każdy wybierze, a potem co najwyżej ci, co źle wybrali, trafią do piekła. Poza tym Dania jest naszym wspólnym wrogiem.

Zaskoczyła mnie jego postawa. Taki zwolennik ekumenizmu w tej epoce? Jak on się tu uchował?

– Bóg osądzi, kto miał rację – powiedziałem.

– Nie jesteście bez grzechu. Ale my też nie. Może kiedyś, na początku, intencje były czyste, lecz potem ogarnęło ludzi szaleństwo. I nas, i was... Zresztą nie wszystko, co wymyśliliście, złe było – dodał pojednawczo. – Klasztory, gdzie wielu biedaków na starość osiąść mogło, siostry zakonne, które chorymi się opiekowały, beginaże, domy dla pielgrzymów. Komu to przeszkadzało?

– By stworzyć nowy świat, najpierw trzeba unicestwić stary – mruknąłem.

– Sądzisz, że Luter był aż tak sprytny?

– Niewiele o nim wiem.

– A ja aż za dużo – westchnął. – Także kapitan Hansavritson miał wątpliwości rodzące się z tego, jak Luter postępował... A jednak w naszej wierze wytrwał.

Zawiesił mi się matrix.

– Kapitan Peter jest luteraninem?

– Nie wiedziałeś?

– Przecież Bractwo Świętego Olafa...

– Owszem. Bractwo Świętego Olafa to pomocna dłoń, którą Hanza wyciągnęła, by wesprzeć papistów.

– Ale...

– To skomplikowana gra, cudzoziemcze. Norwegia pod protektoratem Danii jest nam wroga i wrogom naszym siłę zapewnia. Norwegia katolicka to ogromny problem i dla Danii, i dla Szwecji. A gdy wrogowie są zajęci swymi problemami, nam lżej się oddycha.

– Zatem by wbić Danii nóż w plecy, luteranin organizuje wielką katolicką konspirację...

– Nisko go oceniasz – westchnął. – Kapitan jest kupcem. Jak my wszyscy wie, że wojny, bunty i rewolty dają fortunę nielicznym, ale nędzę pozostałym. Polskie zwyczaje są dobre. Gdy razem żyją nasi, papiści, żydzi i ci, którzy wschodnią wiarę wyznają, gdy napięć nie ma, a w dyspucie o wiary zasadach co najwyżej pięści w ruch pójdą, wtedy handel można prowadzić... Gdyby obyczaj taki w krainach wokół Bałtyku zaprowadzić... – westchnął.

– Na razie jedynym wynikiem jego działań jest przysporzenie Kościołowi męczenników – rzekłem z goryczą.

– To też niezwykle istotne, gdyż postawa ich bunt podtrzymuje, a ludzi utwierdza w oporze.

Poczułem dziwną niechęć. Do tej pory widziałem tylko tę szlachetniejszą stronę medalu. Edward odsłonił mi ukrytą sieć powiązań. A może się myliłem w ocenie? Jeśli luteranin wspierał katolików, musiało być w tym coś więcej niż tylko chłodna kalkulacja. Może umiłowanie wolności tak silne, że przezwyciężające różnice dogmatyczne.

Hela obudziła się przemarznięta niemal na wylot. Rosjanie i Kozak właśnie zwijali obozowisko. Borys rolował derki, Sadko szykował śniadanie.

– Leż jeszcze, odpocznij – zaproponował Maksym. – Ciężka droga dziś przed nami. A i śnieg chyba spadnie. – Spojrzał na ciemne chmury. – Osiodłam ci konika...

Podziękowała uśmiechem. Zawiesiła płaszcz u wejścia do szałasu i ubrała się. Sadko spakował jej śpiwory i przytroczył do kulbaki. Plecak zawiesił dla równowagi po drugiej stronie.

– Zechcesz, pani, śniadać z nami? – zapytał.

Jedli chleb ze smalcem, tylko Maksym się wymówił.

– W wyprawie wojennej lepiej nie jeść, jeśli potrzeby nie ma – wyjaśnił. – Gdy kiszki puste, łatwiej ranę w brzuch zadaną przeżyć. A droga przed nami daleka i różnie być może.

Nie namawiali go. Popili odrobiną wina rozcieńczonego pół na pół z krystalicznie czystą, zimną wodą płynącą z górskich lodowców. Wreszcie byli gotowi do drogi. Z doliny wiał silny, przenikliwy wiatr. Mgły rozwiewały się, odsłaniając niebo pięknego, głębokiego koloru.

– Jedziemy? – Hela przymierzyła się do strzemienia

– Kuso – mruknął Kozak. – Coś niedobrego się zbliża...

Konie dziwnie przestępowały z nogi na nogę. Sadko spojrzał na Maksyma.

– Twoja klacz po kozacku uczona...

– Od małego do walki i wypraw układałem. Ludzie? – zapytał swego wierzchowca. – Nie wiem. – Rozłożył ręce. – Może człeka wyczuła albo zwierza, albo i co innego. Nie poznaje. Coś w każdym razie ją stracha... – Popatrzył po skałach niepewnie. – Może lawina zejdzie?

– Cśśś. – Borys uciszył go gestem.

Niespiesznie sięgnęli po broń. Nasłuchiwali we czwórkę. Hela zacisnęła dłoń na rękojeści szabli. Nieoczekiwanie gdzieś z daleka usłyszeli odgłosy kopyt.

– Koń... – szepnęła. – Ścigają nas?

– Nie... Za wolno idzie, jakby był chory czy co. – Kozak pokręcił głową. – I jakoś tak nierówno... – dodał po namyśle. A potem zmarszczył nos. – Śmierdzi, jakby tu coś zdechłego w krzakach legło – powiedział niepewnie.

Borys naciągnął obie kusze i położył bełty w łożach. Stukot kopyt był coraz głośniejszy. Sadko wyciągnął kord, Maksym poprawił szablę i oplątał rzemień wokół dłoni, by móc dobyć broni jednym ruchem. Upiorna trupia woń była coraz silniejsza. I nagle to zobaczyli.

– *Spasi Boże!* – Kozak otrząsnął się pierwszy.

Zza skały prosto na nich wyszedł trup konia. Hela zamarła z otwartymi ustami. Zwierzę musiało być martwe od wielu tygodni, mimo to jakimś cudem poruszało się. Skóra pokryta plamami rozkładu pękła w kilku miejscach, odsłaniając szare, gnijące już mięśnie. Oczy wypłynęły. Istota szła sztywno niczym nakręcana zabawka. Ani na chwilę nie zmieniała straszliwego, mechanicznego rytmu kroków. Gazy gnilne rozerwały brzuch, a trzewia wypadły i zgubiły się już dawno...

Borys bez słowa szarpnął oba spusty kuszy. Dwa bełty uderzyły bydlę w pierś. Hela wiedziała, że przynajmniej jeden utkwił w sercu, ale na chodzącym trupie szkapy nie zrobiło to żadnego wrażenia. Szedł prosto na nią. I nagle zrozumiała. To ją ściga...

– Maar! – krzyknęła.

Przypomniała sobie makabryczną opowieść Marka. Gdy siedział pod łódką, też nawiedziło go coś podobnego! Strach kompletnie ją sparaliżował. Ale na Kozaku spotkanie oko w oko z kroczącą grozą nie zrobiło dużego wrażenia.

– *Spasi i sochrani!* – Maksym przeżegnał się i z obnażoną szablą doskoczył do monstrum.

To był piękny cios. Od jednego uderzenia głowa bydlęcia została prawie całkowicie odcięta. Zwisała teraz na pozostałym pasku skóry i mięśni. Zwierzę jednak nawet nie zwolniło. Szło nadal prosto na Helę. Kozak złożył się do ciosu, Sadko doskoczył z drugiego boku. Ujrzała dwie srebrzyste smugi, gdy uderzyli z dwu stron, odcinając tylne nogi. Zad truchła uderzył w ziemię, kręgosłup trzasnął, ale przednie kończyny ciągle jeszcze przebierały, zanim kolejne cięcia oddzieliły je od tułowia.

Kozak obejrzał zewłok, a potem chlapnął nań odrobiną cieczy z blaszanej manierki. Na żywym trupie nie zrobiło to najmniejszego wrażenia.

– Woda święcona nie działa? – zdziwił się. – A to najmocniejsza przecież, w dzień Jordanu z Dniestru zaczerpnięta... Szabla też srebrem pociągnięta i batiuszka Ihor z monastyru przy Ławrze Peczerskiej na ołtarzu ją u Askoldowej Mohiły poświęcił...

– Pani? – Sadko spojrzał na Helę uważnie. – Czy umiesz nam to wyjaśnić? Tyś sama jest sługą demona... Sprawy takie znasz i rozumiesz zapewne.

– To nie demon. – Opanowała przerażenie i mogła już bez lęku patrzeć na powaloną bestię. – Ludzką ręką go uczyniono. W mózg jego druty wprawiono, by słuchał rozkazów niesłyszalnym językiem wydawanych. Takoż pewnie martwe mięśnie ożywiono siłą elektrycznością zwaną, która też po drutach biegnie.

Zauważyła na twarzy Maksyma napięcie, chłonął każde jej słowo. Odniosła wrażenie, że on tylko gra. Że kiedyś już zetknął się z czymś takim, że teraz udaje, a jego zainteresowanie w rzeczywistości jest dużo większe, niż to okazuje...

– Sprawdzimy... – Borys rozpłatał martwy łeb siekierą. – I co my tu mamy?

Mózg był już w stanie silnego rozkładu, z roztrzaskanej czaszki wylała się breja niosąca jeszcze kawałątki nie do końca rozłożonej tkanki. Na nich wyraźnie widoczna była sieć przewodów, resztki elektrod i kilka kryształów. Sadko tymczasem oprawiał nogę, odsłaniając kolejne metalowe elementy, jakieś druty ciągnące się wzdłuż ścięgien, szczoteczki metalowych nitek wbite w mięśnie.

– Prawdę pani powiedziałaś.

– Tfu! – Kozak splunął finezyjnie. – A dużo w tych pludrackich krainach tak ohydnych dziwów macie? – zainteresował się.

– To pierwszy, który widzę... – wyjaśnił Sadko i przeniósł wzrok na Helę.

– Towarzysze moi tak faszerowanego żelazem niedźwiedzia zabili w górach Trøndelagu, a potem z przyjacielem odparliśmy atak watahy szkolonych wilków – wyjaśniła. – To zwierzę, gdy żyło, zostało naszpikowane metalem i pouczone, by szukało takich jak ja. Kiedy padło, rozkazów nie odwołano, tedy choć martwe, bezrozumnie nadal szukało mnie i moich towarzyszy... Tak sądzę, choć należałoby o to Markusa zapytać. On mądrzejszy ode mnie...

Maksym zmrużył oczy i poruszył ustami, jakby chciał dobrze utrwalić słowa Heleny w pamięci. A potem podszedł i dźgnął bez przekonania bok monstrum.

– Auć! – wrzasnął nagle, puszczając szablę.

– Co się stało? – Borys doskoczył.

– Żelazo mnie oparzyło! – Kozak patrzył na zaczerwienioną dłoń. – Albo i ugryzło raczej!

– Wyciągnijmy to lepiej. – Rosjanin owinął dłoń połą płaszcza i wyszarpnął oręż.

– *Spasybi.*

Z dziury szedł dym.

– Odsuńcie się – poradziła Hela. – Coby jakiegoś gorszego nieszczęścia...

Z nacięcia strzelił płomień. Truchło zaskwierczało, a potem powoli zajęło się ogniem. Sadko wykorzystał sytuację i dorzucił na wierzch uciętą głowę oraz wszystkie cztery nogi.

– No i dobrze, ogień nie takie klątwy oczyszcza – odetchnął z ulgą jego brat. – Niech się smaży, na nas pora... Jak nas na przełęczy zadymka nie zaskoczy, wieczorem będziemy w Bergen.

Uspokoili konie, po czym ruszyli na szlak. Za nimi jeszcze długo widać było słup czarnego dymu, a echo kilkakrotnie przyniosło huk tajemniczych wybuchów.

Przetoczyłem ostatnie beczki. Ciężkie były jak diabli. Tran? Sadło wytopione z ryb?

– No i załatwione – westchnął Hans z ulgą.

– Co załatwione? – Spojrzałem na niego.

– No, praca – tłumaczył mi jak komuś niezbyt rozgarniętemu. – Skrzynki jeszcze tylko zbijemy i aż do wiosny, do Igr Bergeńskich i otwarcia żeglugi, nie musimy nic robić, tylko codzienne obowiązki domowe. Czasem ktoś przyjdzie coś sobie dokupić, ale tak to nic.

– Aha – zrozumiałem.

– No i więcej czasu na naukę mi zostanie. – Popatrzył na mnie z nadzieją.

Kiwnąłem głową, a on uśmiechnął się. Czułem zmęczenie, lecz bardziej doskwierał mi Weltschmerz.

Zbijaliśmy skrzynie. Nawierciliśmy deski śmiesznym ręcznym wiertełkiem, nabiliśmy je kołkami, połączyliśmy, teraz piłką i dłutem nacinaliśmy na końcach „grzebień". Deski spasowane zaciosami nie rozejdą się tak łatwo. Odstawiliśmy gotową na stos. Popatrzyłem na beczki i paki. Każda była odrobinę innej wielkości. Niewymiarowe.

Produkcja chałupnicza, pomyślałem. Zmechanizować, wprowadzić standardowe wymiary, kontenery o znormalizowanych parametrach...

Najlepiej w częściach, pakowane w tekturowe pudła, z dołączonym kompletem śrubek i instrukcją składania, zaśmiał się mój diabeł. I nie zapomnij o kodach kreskowych, magazynach samoobsługowych, europaletach i wózkach widłowych.

Zacisnąłem pięści. Dlaczego bez przerwy roją mi się supermarkety? Czemu nie kina albo lotniska?

Patrzyłem na Hansa. Pracował spokojnie, starając się wykonać robotę szybko i dokładnie. Jednak widać było po nim znużenie. Westchnąłem w duchu. Żal mi się go zrobiło. Był inteligentny i błyskotliwy oraz strasznie uparty. Tylko w tej cholernej kupie desek jego umysł nie znajdzie odpowiedniej pożywki. Niewiele tu książek. Zaharuje się na śmierć, zanim zdobędzie własny statek.

Uwinęliśmy się w miarę szybko. Fajrant... Chłopak wyciągnął składkę kiepskiego papieru.

– Co dziś zrobimy? – zapytał.

– Może dla odmiany coś napiszesz? – zaproponowałem.

– Co na przykład?

– Wiersz? – bąknąłem z braku lepszego pomysłu.

Wytrzeszczył oczy.

– Nie umiem.

– Naucz się. To proste. Trzeba zachować odpowiednią długość wersów i pewien rytm, a na końcu umieszczać wyrazy tak, by powstawały rymy.

– Ale po co mi to?

– Nie spędzisz w kantorze całego życia. Kiedyś wyjedziesz, zobaczysz wielki świat, być może poznasz interesującą pannę i zechcesz zdobyć jej serce. Napisanie dla niej wiersza może przechylić szalę na twoją stronę.

Urwałem i zamyśliłem się. Czy faktycznie moja rada miała jakąkolwiek wartość? Czy w tej epoce ludzie robili takie rzeczy?

– A czemu wy, panie, nie piszecie wierszy? – zagadnął.

– A niby komu?

– Możliwości macie dwie, panna Helena, o której wspomnieliście kiedyś, i pani Agata. – Wyszczerzył zęby w uśmiechu. – Bo nie sądzę, żeby zaciekawiły was francowate sąsiadki mydlarza, zresztą one chyba od wierszy wolą brzęk monety rzuconej na stół. W każdym razie częściej zobaczyć was można koło domu na nabrzeżu niż w uliczce za kantorem.

– O, do licha...

– A może plan wasz ambitniejszy jeszcze?

– Co masz na myśli?

– Z daleka przybyliście, a wszak powiadają, że w krainach pogańskich nawet dwie żony mieć można – błaznował.

Parsknąłem śmiechem.

– Prawdziwy sowizdrzał z ciebie, język masz niczym żądło zanurzone w jadzie. – Zmierzwiłem mu włosy. – Panna Helena jest moją podopieczną – wyjaśniłem. – Tedy nie mogę mieć w stosunku do niej żadnych planów. Jest zresztą o wiele za młoda jak dla mnie. No i przebywa z naszym towarzyszem daleko na północy. Pani Agata jest dla odmiany o wiele ode mnie bogatsza. Za wysokie progi.

– No tak – zadumał się. – I dlatego wierszy nie piszecie?

– Zajmijmy się lepiej matematyką... – westchnąłem. – Ludzie o tym gadają? – zmieniłem temat.

– To jedyna kobieta stale mieszkająca w kantorze, więc siłą rzeczy ludzie plotkują. Ale nikt złego słowa nie powie, ot tyle, że smali pan cholewki. To spore miasto – dodał. – A przybysze budzą powszechną ciekawość.

– Toż cudzoziemców macie tu na pęczki!

– Sezon żeglugowy już zamknięty – przypomniał mi. – Obcy powrócą wiosną. A wy, panie, i tak ciekawość byście budzili.

Poczułem delikatne ukłucie niepokoju, jak wtedy w Trondheim, gdy zorientowałem się, że kamuflaż, który uważałem za doskonały, w rzeczywistości jest do kitu.

– W czym niby jestem taki interesujący?

– Zniesiono was ze statku ciężko rannego po strasznej bitwie na morzu. Nieczęsto zdarza się, by człowiek żyw uszedł z rąk piratów, a kapitan Hansavritson nie tylko przeżył, ale statek i swoich ludzi im wydarł. Wy zaś życie muście uratowali, przyjmując kulę dlań przeznaczoną. Śmierć jest towarzyszką kupca, ale czyn to wielki. Jeśli do szynku wejdziecie, piwo wam postawią w uznaniu odwagi... – filozofował.

Przypadkiem wlazłem gdzie nie trzeba i dostałem kulkę. – Wzruszyłem ramionami.

– Bóg pokierował waszymi krokami. Odwróciliście nieuchronny los mu pisany. To więcej nawet niż odwaga z serca płynąca. A skromność również jest cnotą, którą cenimy wysoko. Pani Agata z pewnością też patrzy na was z podziwem.

– Nie dostrzegłem tego. – Uśmiechnąłem się krzywo.

– Szukam mistrza Markusa! – rozległo się gdzieś z dołu.

Poznałem po głosie Artura. Stał w kantorze i wołał w głąb budynku.

– Tu jestem! – Wyjrzałem przez dziurę.

Zadarł głowę i uśmiechnął się.

– Proszę do nas zajść dziś po południu – powiedział i konspiracyjnie mrugnął. – Pogadać trza, poświętować. A i okazja dziś szczególna.

– No to przyjdę. – Skinąłem głową. – Ubrać się odświętnie?

– No ba... Wszak msza przedtem.

Zniknął bez pożegnania.

🌿 Odświętnie się ubrać... Dusiłem w sobie śmiech, rozwiązując węzełek. Koszula ze sklepu firmowego, błękitne jeansy tylko trochę poprzecierane na kolanach. Na nogi wyglansowane skórzane szesnastowieczne buty i szeroki niemiecki płaszcz z sukna... Wedle standardów mojej epoki wyglądałem jak ostatni debil, jak ktoś, kto poszedł na bal nie do końca przebrany. Wedle standardów Bergen wyglądałem dość niezwykle, ale i godnie.

– Wychodzę, wrócę pewnie późno – powiedziałem do Hansa.

Nasz gospodarz znowu gdzieś polazł. Chłopak kiwnął odruchowo głową.

– Idź, idź, papisto, tyle twego, że sobie poświętujesz, kotły z siarką już w piekle czekają – nie byłem do końca pewien, czy żartuje, czy mówi poważnie.

– Milcz, heretyku, bo gdy tylko polskie krucjaty dotrą do Norwegii, osobiście na stosie cię spalę! – odgryzłem się.

Zgadłem, to był żart, bo Hans parsknął serdecznym śmiechem.

– A... – Machnął ręką. – Wyrwie ktoś panu ten plugawy jęzor, tylko nudno by potem było przez całą zimę...

– Treści obraźliwe i rysunkiem wyrazić mogę – odszczeknąłem, prowokując chłopaka do kolejnej salwy radosnego rechotu.

Na nabrzeżu trwały prace – wyciągano ostatnie statki na ląd. Toczyły się wolno i majestatycznie po drewnianych belkach, by wreszcie znieruchomieć opodal „Łani", podparte kijami.

Ruszyłem wzdłuż drewnianych fasad. Większość kantorów, podobnie jak nasz, zakończyła już przygotowania do zimy. W powietrzu czuć było odprężenie. Ludzie szli jakoś tak inaczej, bardziej sprężystym krokiem. Wakacje, urlop, tyle że zimowy, a nie letni.

Wszedłem w uliczkę i po trzeszczących stopniach wdrapałem się na galeryjkę. Zastukałem do drzwi. Otworzyła mi pani Agata. Ona także wyglądała dziś jakoś inaczej. Założyła czystą suknię z materiału przypominającego aksamit. Włosy upięła i nakryła czepkiem wyszywanym perełkami. Na szyi miała gruby złoty łańcuszek ze szkaplerzykiem.

– W samą porę. – Uśmiechnęła się. – Ruszajmy do kościoła.

– Czy dziś jest jakiś szczególny dzień? – zdziwiłem się.

Artur z trudem powstrzymał wybuch wesołości.

– Piąty grudnia, dziś wigilia Świętego Mikołaja – wyjaśnił z nutką politowania w głosie.

– W nawale obowiązków na śmierć zapomniałem...

Ruszyłem za nimi. Czemu, u licha, obchodzili uroczyście wieczór poprzedzający święto? Weszliśmy do mrocznego wnętrza kościoła...

Słuchałem kazania. Święty Mikołaj... Kojarzyłem, że to ten, co roznosi prezenty. Pojęcia nie miałem, że jest także patronem żeglarzy i panien na wydaniu... A, i jeszcze obrońcą wiary przed herezją.

Ciekawe, kto jest patronem ponętnych wdówek? – diabeł stróż nawet w kościele nie dawał mi spokoju.

Po mszy Artur i Agata zebrali znajomych i poszliśmy świętować dalej. Znikły podziały. Szlachcic siedział przy stole obok kupca, kupiec obok parobka. Niemiec zasiadł koło Polaka, Walon koło Holendra. W tym dniu liczyło się tylko jedno. Byliśmy katolikami. Zebraliśmy się razem, by świętować jak nasi przodkowie. Na stół wjechał drewniany półmisek z pieczoną gęsią, za nim drugi i trzeci. Ptaszyska były ogromne. Nieziemska woń dźgnęła mnie przez nos prosto w mózg. Wystarczy dla wszystkich. Dziś nikt nie wstanie od stołu głodny.

Agata przyniosła całą wiązkę świec. Pojaśniało. Nawet bez żarówek dało się zrobić całkiem uczciwą iluminację. Ktoś postawił na stole dwa duże dzbany reńskiego wina. Poczułem wstyd, że w żaden sposób nie dokładam się do tej imprezy, ale chyba nie oczekiwali tego.

Nieznany mi z imienia kupiec w czerwonej koszuli siadł do szpinetu. Uderzył na próbę kilka razy w klawisze, a potem spod jego palców popłynęła melodia.

Jedliśmy pieczoną gęsinę, zagryzaliśmy jabłkami w cieście, zapijaliśmy winem, które w smaku przypominało mi trochę Sofię. Agata rozochociła się, popatrywała na mnie zalotnie. Chyba miała ochotę zatańczyć, ale w tym ścisku było to niewykonalne. Zresztą głupio by to trochę wyglądało, jedna kobieta i dwudziestu chłopa...

Wniesiono ciasto, coś w rodzaju szarlotki, tylko spieczone po wierzchu i ze spodem twardym niczym beton. Pojawiło się więcej wina, ale jak zauważyłem, ludzie pili bardzo oszczędnie. Ten i ów, wychyliwszy połowę kielicha, dopełnił zawartość wodą. Było też coś w rodzaju ruskiego pieroga, niewielkie bułeczki nadziewane serem z solidnym dodatkiem miodu.

Ktoś zaintonował posępną balladę o żołnierzu, który idzie obszarpany, przymierając głodem. Znałem ją, mój dziadek, jak sobie golnął śliwowicy, też to śpiewał. Zauważyłem jednak, że słowa trochę się różnią.

I w tym właśnie momencie ktoś zapukał do drzwi. Kilka osób wstało i podeszło do kołków, na których wisiała broń. Artur odsunął ostrożnie rygiel i wyjrzał przez szparę.

– Wybaczcie, gospodarzu, Markusa szukam – usłyszałem głos Sadki. – Powiedziano mi, że do was poszedł, nie ośmieliłbym się w takim dniu przeszkadzać, lecz sprawa pilna bardzo...

– Zaraz zawołam.

Poczułem ukłucie niepokoju. Przepchnąłem się pospiesznie do drzwi i wyszedłem na galeryjkę.

– Witaj. – Uścisnął mnie na niedźwiedzia. – Wybacz, że przeszkadzam podczas biesiady, ale to nie może czekać. Sprawa nawet poniekąd gardłowa, w każdym razie trup paść tu zaraz może.

– Mów zatem.

– Pierwsze i najważniejsze zarazem pytanie. Znasz tę dziewczynę? – Z półmroku wyłonił się Borys.

Obok niego kroczyła... Helena! Ze zdumienia rozdziawiłem usta. Co ona tu, u diabła, robi?! Przecież powinna być w Trondheim! A może łasica zmieniła plany i wysłała dziewczynę tutaj? Zaraz, co jest grane? Miała na sobie bluzę Staszka, a na nogach jego adidasy. Dał jej? Przecież za duże...

– Tak. – Kiwnąłem głową. – To moja przyjaciółka... Gdzieście ją spotkali? A może... schwytali?

– Sadko i Borys uratowali mi życie nad Sognefjordem – powiedziała cicho. – Ja... panie Marku... – Ze szlochem przypadła do mojej piersi. – Ja... Staszek... Zabili Staszka.

Zamarłem. Wodziłem po nich wzrokiem, a potem eksplodowała we mnie zimna nienawiść. Odruchowo sięgnąłem po swój kord.

– Nie my przecież! – Konus uspokoił mnie gestem. – Inni jacyś. Zanim ją spotkaliśmy.

Powściągnąłem emocje. Ten nagły wybuch zaskoczył mnie i przestraszył. Moja reakcja była niemal odruchowa. A więc tak to wygląda? Tak niewiele potrzeba?

Wystarczyło kilka razy zabić, by zupełnie stracić nad sobą kontrolę? Poczułem zimny pot na plecach. Borys swoimi łapami wielkości łopat zaczerpnął wody z beczki na deszczówkę.

– Umyj, dziecko, buzię – poprosił.

Ochlapała posłusznie twarz. Widać było, że dłuższy czas trzymała się dzielnie i dopiero na mój widok nerwy jej puściły.

– Dobrze już, dobrze. – Gładziłem plecy Heleny. – Jesteś bezpieczna... Wśród przyjaciół. – Spojrzałem na obu przybyszów z Nowogrodu.

Powiedzmy, że przyjaciół. Te dwa oprychy...

– Weź ją tam między ludzi – polecił Sadko. – Daj jej dużo wina. Nakarm słodkim ciastem. Przenocować może na „Łani". Miejsca mamy dość, i dla niej wystarczy, kajuta Petera pusta. A ona już spała przy nas, więc wie, że nic jej nie grozi.

– Dziękuję wam.

– Nie musisz, *bratok*. Ty potem przyjdziesz pomóc nam... Bośmy ciekawe papiery znaleźli, ale rozczytać po duńsku nie bardzo nam idzie. I kwita będziemy.

– Oczywiście. Pomogę wam. Dziś jeszcze zajdę. Chodź. – Pociągnąłem Helę ze sobą.

– Ale ja...

– Dziś wigilia Świętego Mikołaja – rzekłem z naciskiem. – Ten wieczór trzeba spędzić za stołem.

Jakbym użył magicznego zaklęcia. Jej twarz w jednej chwili rozjaśniła się radością. O, do licha, a skąd jej wytrzasnę prezent?

– To dziś? Tak dawno straciłam rachubę czasu.

Wziąłem ją delikatnie pod rękę i poprowadziłem po chwiejnych stopniach na górę. Agata otworzyła nam drzwi.

– Wszystko w porządku – wyjaśniłem. – To tylko moja kuzynka przybyła do miasta... Musieli mnie odszukać.

– Ależ utrudzona – użaliła się wdówka. – Chodź ze mną. – Nie bacząc na protesty, pociągnęła Helę do swego alkierzyka.

– A to z kraju ojczystego przywiozłem. – Artur z dumą zaprezentował dębową beczułkę. – Najlepszy sycony lipiec.

Co? A, miód pitny, domyśliłem się. Nalałem sobie kubek. Hela wyłoniła się z sypialni Agaty może pięć minut później. Suknię przeciągnięto chyba zwilżoną szczotką, dolny rąbek, uwalany przedtem błotem, zaprano szybko. Miała czystą twarz i ręce, włosy też zaznały grzebienia... W dodatku czymś przyczerniono jej brwi.

Damska solidarność. Jedna kobieta drugiej pomoże w potrzebie, pomyślałem ciepło. Usadowiłem dziewczynę obok siebie, wręczyłem kubek miodu.

– To cię rozgrzeje – poradziłem.

Po chwili pałaszowała ze smakiem tę dziwną szarlotkę. Przyglądałem się twarzy, która przez tak krótki czas tak bardzo się zmieniła. Rysy się wyostrzyły, słońce i mróz silnie spaliły policzki... Wychudła, ale i jakby trochę wyładniała zarazem. Widać było, że jest wykończona psychicznie oraz fizycznie, chciałem, żeby się choć trochę rozluźniła...

Artur siadł do szpinetu i próbował zagrać z pamięci jakiś utwór, ale sobie nie poradził. Hela wstała od stołu i jak zaczarowana podeszła do instrumentu. Ustąpił jej z uśmiechem miejsca. Trąciła najpierw kilka klawiszy, próbując twardość klawiatury. Zmarszczyła brwi, najwyraźniej nie była zadowolona. Położyła na chwilę ręce na kolanach, po czym zaczęła grać.

Znałem to... To chyba był któryś z mazurków Chopina. Jednak wykonywany na szpinecie brzmiał dziwacznie i groteskowo.

Patrzyłem na ludzi słuchających melodii skomponowanej trzysta lat po ich śmierci... Poczucie kompletnego surrealizmu sytuacji pogłębiało się. Alkohol tylko pogarszał sprawę.

Z trudem opanowałem szaleńczy chichot. Słuchacze nie byli zachwyceni. Popatrywali po sobie, krzywiąc wargi. Hela dobrnęła do końca, szybko wstała i podeszła do mnie.

– Straszny instrument – mruknęła. – Klawiatura za krótka, niektórych dźwięków niepodobna zagrać, a i nie nastrojony odpowiednio.

Słuchałem paplaniny dziewczyny, a jednocześnie cały czas niczym zadra tkwiła we mnie informacja o śmierci przyjaciela. Hela chyba też zaczęła popadać w przygnębienie.

– Moja kuzynka drogą utrudzona wielce – wymówiłem się gospodarzom. – Czas na nas.

– To jeszcze strzemiennego. – Artur nalał nam po kubku miodu. – Trójniak uczciwy, takiego to miasto jeszcze nie widziało.

Przepiliśmy do zebranych gości i mogliśmy ruszać. Hela szła z początku odrobinę niepewnie, trunek poszedł jej w nogi.

– A więc tak wygląda Bergen. – Rozejrzała się po zaułku, choć po prawdzie w ciemności niewiele było widać. – Nareszcie... Tyle dni marzyłam, że wreszcie was odnajdę. Zrzucę z siebie to wszystko.

– Jesteś wśród przyjaciół. Sadko i Borys...

– To dziwni ludzie. Dobrzy, szlachetni, a jednocześnie, gdy trzeba, bezwzględni.

– Jeśli im nie ufasz... Bo tak sobie umyśliłem, że przenocujesz dziś u nich.

– Ufam. Zaopiekowali się mną jak rodzeni bracia. To oni boją się mnie... I ciebie też. Wiedzą, że jesteśmy sługami łasicy. Głupio się zdradziłam.

Opowiedziała mi o tym, co zaszło w karczmie nad fiordem. Słuchałem kompletnie zmartwiały.

– Powiesili lensmanna?! Ot tak, w biały dzień?

– Przecież mówię! – Tupnęła nogą.

– A niech mnie.

Wyobraziłem sobie, co by było, gdyby tak w Polsce wyparował bez śladu generał stojący na czele komendy wojewódzkiej policji. Ależ będzie nieziemska zadyma.

Okręt odnalazłem nie bez trudu. O burtę „Łani" oparta była nowa, lepsza drabina. Sam statek wsparto dodatkowo na kilku grubszych belkach.

– Poradzisz sobie? – zapytałem Helę.

Nie byłem pewien, ile wypiła. Choć nie wyglądała na wstawioną, oczy bardzo jej błyszczały. Kurczę, chyba jest trochę za młoda, żeby pić alkohol... Przywykłem traktować ją jak dorosłą, a przecież wiek biologiczny to wiek biologiczny. Fizjologii nie oszukasz...

– Dam radę – uspokoiła mnie. – Gdy byłam mała, całe dnie ja i dzieci służby wspinaliśmy się na drzewa w dworskim parku. To okręt kapitana Hansavritsona?

– Owszem.

– Dlaczego tu stoi? Jego portem macierzystym jest przecież Visby na Gotlandii?

– Został uszkodzony, poza tym nie można przepłynąć nim Sundu, bo Duńczycy się na niego zasadzili. Później dokładniej opowiem, co tu się działo – wyjaśniłem.

Borys i Sadko musieli na nas czekać, gdyż olbrzym wychylił się za burtę i podał dziewczynie rękę, pomagając pokonać ostatni odcinek. Zeszliśmy pod pokład. Dopiero tu, ukryci przed dokuczliwym wiatrem, mogliśmy w spokoju porozmawiać.

– Przenocujecie ją do jutra? – zapytałem. – Potem poszukam czegoś odpowiedniego dla damy...

– Może spać w kajucie kapitana – ponownie zapewnił mnie Sadko. – Choćby do wiosny, tyle że ściany za liche trochę. Mróz zimą zdrowo nam dokuczy.

– Dziękuję – szepnęła.

Weszliśmy do kuchni okrętowej. Paliło się tu kilka świec. Było chłodno, ale w porównaniu z temperaturą na zewnątrz całkiem przyjemnie.

– Bracia – zwróciłem się do nich – towarzyszka moja jest zmęczona, a musimy pomówić, zanim sen ostatecznie ją zmoże. Potem dopiero pomogę wam z czytaniem.

– Oczywiście, niech tak będzie – zgodził się Borys. – Chcecie zostać sami?

– Zostańcie... – Niezręcznie byłoby wyganiać ich na taką pogodę.

– To, co powiem, może być dla was przerażające albo i niezrozumiałe, gdyż ja sama nie wszystko pojęłam... – odezwała się dziewczyna.

– Skontrolujemy towar w ładowniach. – Sadko ujął brata pod łokieć.

– Zostańcie – powtórzyłem. – Sprawy to trudne, lecz i wy macie prawo wiedzieć, co może grozić, póki znajdujecie się w pobliżu nas.

Usiedliśmy przy stole.

– Opowiedz mi teraz o wszystkim, co widziałaś – poprosiłem. – To bardzo ważne.

Opowiedziała o tym, jak opadły ich wilki. O tym, jak Staszek zrobił sekcję, znajdując druty w ich mózgach. Opowiedziała, jak pogryziona dostała gorączki i jak chłopak poszedł po korę. Potem popłakała się gorzko. Nalałem jej kubek anyżówki i zmusiłem, żeby trochę wypiła. Opowiedziała o tym, jak znalazła ciało, i o tym, co zobaczyła. Opowiedziała, jak wróciła do Nidaros i jak Rosjanie zaszlachtowali martwego konia.

Słuchałem wstrząśnięty. Do tej pory hipotetyczni przybysze z przyszłości stanowili ciekawą teorię. Teraz... Myślałem, że najgorsze już za nami. A teraz ten świat, z pozoru spokojny i poukładany, znowu pokazał kły. Dobrze chociaż, że domniemany Maar okazał się wytworem człowieka...

Zaskoczyła mnie chłodna perfekcyjność Heleny. Ta dziewczyna zetknęła się z techniką, której nie mogła ogarnąć rozumem, ale zrobiła wszystko, by możliwie precyzyjnie zgromadzić wszystkie dostępne dane. Nie ufając pamięci, zrobiła dokładne szkice i notatki.

– To mi wygląda na podeszwę wojskowego buta – stwierdziłem, oglądając kartkę.

Przyjrzałem się rysunkowi sytuacyjnemu.

– Znowu... – mruknąłem.

– Co takiego?

– Zupełnie jakby przylecieli helikopterem... – wyjaśniłem.

Sadko drgnął nieznacznie i wymienił porozumiewawcze spojrzenie z bratem.

– Ten krąg na ziemi powstał, gdy podmuch rozgarnął śnieg. Ten – wskazałem naszkicowane przez nią wygniecenie – gdy startował. A to rzeczywiście ślad płóz, tylko że nie sań, a maszyny.

– Darujcie, panie Marku, ale czym jest helikopter?

– Przepraszam – westchnąłem. – Zapominam...

Narysowałem jej pospiesznie obrazek maszyny i wyjaśniłem z grubsza, jak działa.

– To go zabiło. – Podała mi łuskę.

A niech mnie, kolejna!

– Od kałasznikowa... – zidentyfikowałem.

– Zna pan tę broń?

– Tak. Pojawiła się po drugiej wojnie światowej – wyjaśniłem. – Strzelałem z tego, będąc w wojsku.

Ująłem łuskę i odwróciłem, by obejrzeć spłonkę. Była trochę inna niż tamte. Na obrzeżu wybito gwiazd-

kę, dwa chińskie znaczki i datę. Zwykłą datę. Cztery cy-
fry, których znaczenie docierało do mnie powoli i z trudem.

2047. Jak... jak to możliwe?

– Złe wiadomości? – zapytała dziewczyna, marszcząc brwi.

– Helu...

Teraz ja nalałem sobie odrobinę tego cuchnącego
bimbru. Przełknąłem jednym haustem, z obrzydzeniem,
jakbym zażywał lekarstwo.

Obaj Rosjanie w milczeniu dopełnili swoje kubki.

– Posłuchaj... Ci ludzie nie pochodzą z moich czasów. Oni przybywają z mojej przyszłości. To znaczy z lat,
które dla mnie, żyjącego w XXI stuleciu, dopiero miały nadejść.

– Mówił pan, że...

– Wydawało mi się, że wszyscy zginęli. Najwyraźniej
nie. Bardzo niewiele jeszcze z tego rozumiem.

– Proszę powiedzieć, czego się pan domyśla. Jest pan
człowiekiem wykształconym, a ja, wiejska gęś... – roz-
żaliła się nad sobą.

– Przestań tak mówić – ofuknąłem ją łagodnie. –
Widzisz, Ivo... to znaczy Alchemik Sebastian twierdzi,
że w tym świecie są co najmniej trzy nadajniki radiowe.
Urządzenia emitujące niesłyszalną falę, dzięki której
można rozmawiać, nawet jeśli jest się na dwu krańcach
ziemi – trochę uprościłem, żeby mogła zrozumieć.

– Mówiliście o tym kiedyś – przypomniała mi. –
Staszek podejrzewał coś takiego, gdy oglądał te druty
w głowach wilków.

– Sądzę, że miał rację. A więc ci ludzie są tu. W tej epoce. Przenieśli się, cofnęli w czasie o blisko pięćset lat. Zapewne zostali o niebo lepiej przygotowani do wykonania jakiegoś swojego zadania. Są uzbrojeni i wyposażeni w urządzenia, które zaawansowaniem technicznym przewyższają wszystko, co znałem ja. W dodatku, dysponując helikopterem albo podobną maszyną latającą, mogą przemieszczać się na ogromne odległości z nieosiągalną dla innych prędkością.

– Gdy zabiliśmy im wilki, ruszyli, aby nas zabić swoim... helikopterem? Widzę, że dobrze to trudne słowo zapamiętałam. Jak długi dystans mogli przebyć?

Zabiła mi klina. Nie znałem ani szybkości, ani zasięgu śmigłowca. Musieli go zatankować w swojej bazie, bo po drodze nigdzie nie mogli uzupełnić zapasów paliwa... Nie, stop. Kto powiedział, że nie mogą uzupełnić? Może mają gdzieś ukryte składy paliwowe. Ot, kilka metalowych beczek zakopanych tu i ówdzie, oznaczonych za pomocą GPS. Nie, zaraz, GPS działa w oparciu o namierzanie pozycji satelitów, a tu... Cholera, jeśli mają helikoptery, to kto wie czy i na orbicie coś nie wisi.

– Kilkaset mil – zaryzykowałem. – Tak sądzę. Chyba że mają jakieś nowocześniejsze, wydajniejsze paliwa.

– Te druty w głowach. U wilków i u niedźwiedzia. Potem ten koń, martwy, ale jednocześnie jeszcze idący, nie wiem, czy moim tropem, czy po prostu tu, do Bergen... Co to oznacza? Bo mnie się wydaje, iż jest ich tu niewielu.

– Nie rozumiem? – Spojrzałem na dziewczynę zaskoczony.

– Nie mogli zostawić swoich towarzyszy w górach na czatach, więc wytresowali zwierzęta, by pilnowały ścieżek wokół Nidaros i dopadły nas, jeśli zdołają. To oznacza, ze nie są zbyt liczni, a miejscowych nie chcą wtajemniczać. I co więcej, nie potrafią wszystkiego opanować, skoro zdechła szkapa włóczyła się po świecie, mimowolnie zdradzając tajemnice ich umiejętności.

– Masz rację. To prawdopodobne – przyznałem.

– Zwierzę zatem musi zwęszyć jakoś kryształ w naszej głowie. Ina też to potrafi – rozważała. – Zostaliśmy naznaczeni. Zatem i oni – obróciła łuskę w palcach – zapewne mogą nas odnaleźć tym sposobem?

– Nie znaleźli cię, gdy spałaś. Choć przecież byli blisko.

– Około ćwierci mili. Tyle dzieliło mój namiot od miejsca, gdzie siadła na ziemi ich maszyna. Może gdy śpimy, kryształ nie pracuje? A może pagórek jakoś mnie zasłonił, choć przecież z powietrza patrzyli. Ina umiała nas odszukać w Trondheim, choć byliśmy na podwórzu, zatem nawet mur nic jest przeszkodą.

– Nie wiem. Nie jestem pewien. Wydaje mi się to mało prawdopodobne.

– Ina mogłaby się pojawić... Akurat teraz wyjątkowo potrzebujemy jej rady... – Zmarszczyła brwi.

– Nie widziałaś łasicy?

– Ani razu przez całą moją drogę na południe.

Nie było sensu dłużej męczyć Heli. Zaprowadziłem ją do kajuty Petera. Sadko o wszystko zadbał, łóżko było już przygotowane. Obok leżała ciepła narzuta z króliczych skórek. Cztery świece płonęły, odrobinę nagrzewając ciasne pomieszczenie.

– Dobrej nocy.

– I wzajemnie – odparła.

Spojrzałem na nią jeszcze raz i zamknąłem drzwi. Dziwna dziewczyna... Wróciłem do kuchni. Obaj Rosjanie czekali. Wspomniane papiery leżały już na stole.

– Wyjaśnijmy sobie jedną rzecz, *bratok* – powiedział Sadko. – Dziewczyna jest wolna i dobrze to zapamiętaj. Zechce, to pójdzie, nie będziemy jej dla ciebie pilnowali. A skrzywdzisz ją, to flaki na żywca wyprujemy i nim zdechniesz, soli do bandziocha posypiemy. – Uśmiechnął się drapieżnie.

Wiedziałem, że mówi poważnie. Chyba ją polubili. Zresztą jak tu nie lubić tak sympatycznej młodej damy? Wzruszyłem ramionami.

– Mam dokładnie takie samo zdanie na ten temat – powiedziałem. – Dostałem rozkaz zaopiekowania się nią. Jest dla mnie niczym córka.

Odprężyli się wyraźnie. Patrzyłem na nich spod oka i coraz mniej rozumiałem. Ci dwaj... Na rozkaz kapitana bez wahania potraktowali mnie jak wieprzka gotowego do sprawienia. Wyrywali mi paznokcie obcęgami i niewątpliwie byli gotowi popełnić jeszcze gorsze świństwa. Zabijanie ludzi też nie obciążało ich sumień, psychiki, czy co tam pod czaszką mieli. Mieli żal do lensmanna Otto, to go w karczmie powiesili i tyle... A jednocześnie ci dwaj sadyści i mordercy użalili się nad samotną nastolatką spotkaną przypadkiem na szlaku, nakarmili, ogrzali, zabrali ze sobą, chronią...

Oni się nie dziwią. Nie zastanawiają. Zaatakował ich koń martwy od tygodni, wyglądający zapewne przerażająco i makabrycznie. I co zrobili? Bez wahania stanęli do walki. Ja od samego zapachu spieprzałbym gdzie oczy poniosą, a bracia nie bali się, choć dla nich to wręcz czarna magia! Zaczynałem podejrzewać, że nie są zwykłymi marynarzami. Z jakiegoś powodu Peter zostawił właśnie ich na straży „Srebrnej Łani" i zgromadzonego w jej ładowniach dobra. Ba, ufa im na tyle, że nawet kotwica odlana z kilkuset kilogramów srebra nadal leży na pokładzic...

To szpiedzy, pomyślałem nagle.

– Tak i widzisz, *bratok* – odezwał się Sadko. – Jest tu trochę tych pism...

– Hmm... – mruknąłem, patrząc na zwitki grubego papieru. – Ciekawe pieczęcie na nich widnieją.

– Kiedyśmy twoją Helę ratowali z biedy, przy okazji niejako wypadło nam powiesić lensmanna z Nidaros – odezwał się jego brat. – A jak już knur skonał na sznurze, przyszło nam do głowy, że nie bez powodu odwiedzał namiestnika Rosenkrantza. Tedy pogrzebaliśmy w jego sakwach i zabraliśmy trochę papierzysk, wszak trupowi niepotrzebne, a żywym przydać się mogą...

Spalcie to potem, bo jakby ktoś to znalazł w waszych rękach... – Przesunąłem kantem dłoni po gardle.

– Się wie!

Dokumenty były różne. Przeważnie rozkazy. Zebrać podatki podymne oraz pogłówne, zgromadzić daniny kościelne, przekazać na pokład jakiegoś statku, przerzucić czterech kleryków do Reykjavíku, wystawić strażnicę na północnym trakcie przy granicy ze Szwecją celem skuteczniejszego clenia towarów. Przygotować na wiosnę pięćset pni świerkowych...

– Sylabizowałcm głośno i tłumaczyłem na rosyjski. Słuchali z uwagą, czasem coś notowali.

Zrobiliśmy sobie przerwę, popiliśmy anyżówki. Kolejne dokumenty były ciekawsze. Dotyczyły konieczności zakwaterowania w Trondheim pięćdziesięciu żołnierzy i dwustu marynarzy.

– Co oni kombinują? – mruknąłem. – Przecież sezon żeglugowy już się skończył...

– Wyczekają na kilka dni znośnej pogody i popłyną do Nidaros – stwierdził Sadko. – Tam pewnie przezimują. Te statki będą potrzebne wiosną. Tylko ciekawe do czego.

Kolejny dokument był zaszyfrowany. Kartkę pokrywały jakieś hieroglify.

– Dotarliśmy do naprawdę ważnych informacji – stwierdziłem.

– No to koniec – westchnął Sadko.

– Czekaj, może niekoniecznie...

Przypomniałem sobie, jak w podstawówce moją klasę ogarnęła mania na punkcie szyfrów.

– Musicie mi pomóc – powiedziałem. – Czeka nas nieziemska robota... Czytacie łacińskim alfabetem?

– Tak – potwierdził Borys.

– Daj trzy deski i rysiki.

Wypisałem na każdej alfabet, pociągnąłem kreski, tworząc rubryki. Podzieliłem przejrzane wcześniej papiery na trzy stosiki.

– Każdy z was przeczyta teraz to wszystko. Litera po literze. Rozumieć nie musicie, nie o to tu chodzi. Muszę po prostu wiedzieć, ile jest każdej litery, każdego symbolu, który występuje w tych papierach.

Wytrzeszczyli na mnie oczy, ale posłusznie zabrali się do dzieła. Minęła północ, nim skończyliśmy. Zsumowałem wyniki. Teraz zabrałem się za tajemniczy szyfr.

Wynotowałem wszystkie występujące w nim znaki. Wyliczyłem częstotliwość ich występowania i porównałem z wcześnicj uzyskanymi danymi. Podstawiłem litery pod najczęściej występujące. Podejrzewałem, że ciąg znaków pod dokumentem może być podpisem Rosenkrantza. To pozwoliło mi odgadnąć znaczenie jeszcze kilku symboli. Parę wyrazów stało się na tyle czytelnych, że mogłem już uzupełnić znaki, co do których miałem wątpliwości. Hieroglify jeden po drugim odsłaniały swoje tajemnice. Po kolejnej godzinie szyfr był złamany.

– Gotowe – oznajmiłem.

– Jesteś zaiste geniuszem – powiedział Sadko. Mądrość twa głębsza niż pana Mariusa.

Uśmiechnąłem się pod nosem. I jak tu im wytłumaczyć, że nie zrobiłem przecież niczego nadzwyczajnego? Żeby ukryć zmieszanie, zacząłem czytać na głos:

– *Likwidacja kantoru hanzeatyckiego w Bergen pociągnąć może za sobą dalekosiężne skutki. Przewiduję możliwości następujące: walki w mieście i konieczność spalenia budynków dzielnicy Tyska Bryggen oraz blokadę Norwegii przez okręty Hanzy. Mniej prawdopodobna jest akcja przeciw Danii przeprowadzona na Jutlandii siłami książąt niemieckich.*

Dla przeciwdziałania skutkom blokady rozkazuję przezimować w porcie Trondheim flotę dwudziestu okrętów handlowych, które przybędą na dniach z Kopenhagi. Wiosną po ustąpieniu kry udadzą się one do Archangielska celem odbioru zakontraktowanego ziarna. Zboże winno być zmagazynowane w Trondheim i przewiezione na południe partiami. Wobec możliwych aktów piractwa ze strony Hanzy konwoje ze zbożem muszą mieć obstawę okrętów wojennych.

W razie spalenia Bergen i śmierci Niemców teren ich dzielnicy będzie odbudowany przez osadników duńskich. W takim wypadku zajdzie potrzeba dostarczenia piętnastu tysięcy bali drewnianych oraz trzystu wykwalifikowanych cieśli celem wsparcia naszych prac. Likwidacja resztek papistów na południu wymagać będzie jednoczesnego rozbicia bandy spiskowców zwanej Bractwem Świętego Olafa, a grasującej w okręgu Trondheim.

Podpisano Rosenkrantz.

Odłożyłem papier.

– *Gospodi, pomiłuj!* – szepnął Borys.

Siedziałem oszołomiony.

– Co oni planują zrobić? – wykrztusiłem.

– Sam przeczytałeś – westchnął olbrzym. – Te duńskie ścierwa chcą wykorzystać sytuację i położyć łapę na Bergen. Przy okazji niejako pozbędą się Hanzy z Norwegii. A może jeszcze jakieś gorsze działania planują.

– A ta blokada kraju i zboże...

– Hanza nie puści tego płazem. Związek zawsze staje w obronie swoich członków – wyjaśnił jego brat. – Wysłanie armii jest trudne. Lepiej zablokować porty okrętami pokoju, zatopić im kilka statków. Gdy wiosną nie będzie ziarna ani wina, gdy poczują pustkę w kiszkach, będzie można podjąć negocjacje. Ale tu, widzę, zabezpieczenie wymyślili, pewnie w Archangielsku ziarno już kupione...

– Co z tym zrobimy? – Potrząsnąłem papierem.

– Trzeba zawiadomić Petera! – Sadko poderwał się z miejsca. – Niech zwoła hansatag!

– Niby jak? – burknął Borys. – Zimą? Jak dotrą do Visby przez wzburzony Bałtyk?

– Zebrać delegatów w Gdańsku! Albo i w Lubece! Zresztą on coś wymyśli. Trza by też syndyka powiadomić. Ale obezjajcy sprytnie termin obrali... A przede wszystkim trzeba zawiadomić starszych kantoru!

– Problem widzę tu jeden. Iść do nich z tym pismem to jak powiedzieć wprost, że zniknięcie lensmanna to nasze dzieło – burknął wielkolud. – A to by im się bardzo nie spodobało.

– Podrzucić – zasugerowałem.

– Co? – Konusowaty Rosjanin spojrzał na mnie zaskoczony.

– Wziąć kamień, owinąć papierem i wrzucić przez okno – wyjaśniłem łopatologicznie.

– O, to jest koncept!

Wypiliśmy jeszcze odrobinę.

– Odprowadzę cię – zaproponował Sadko. – Raźniej będzie.

Podziękowałem i po chwili szliśmy już zaułkami kantoru.

– Powiedz – odezwał się – zabito waszego towarzysza. Ktoś poznał, że jest sługą łasicy, czy jak?

– Tak. Rozpoznano go. Zrobili to ludzie z przyszłości.

– W dodatku twojej przyszłości – zasępił się. – Dasz radę stawić im czoła?

– Nie wiem... Mają doskonałą broń i chyba są dużo lepiej przygotowani do działania w tej epoce niż ja.

– Będą zabijać...

– Mają do nas widać jakiś żal. Chcą pokrzyżować nasze plany.

Taktownie nie zapytał, co to za plany.

– Czy coś wam grozi?

– Przynajmniej jeden z nich może przebywać w Bergen – wyjaśniłem. – Zabije nas, jeśli zdoła. Miej oczy szeroko otwarte na wszystko, co wyda ci się dziwne.

– Dobrze. Możesz mi zaufać.

Dotarłem do drzwi. Pożegnaliśmy się. Przekręciłem klucz w zamku. Wdrapałem się po schodach na pięterko. Wszyscy dawno już spali. Na mnie też pora. To był szalony dzień, ale wreszcie i on dobiegł końca.

W nocy chwycił nagły przymrozek. Na belkach domostw i linach okrętów osiadła szadź. Edward, zakutany w szeroki płaszcz, odszukał „Łanię" i załomotał ręką w burtę.

Sadko wychylił się z góry.

– Obejdźcie, panie, naokoło, tam jest drabina! – krzyknął.

Po chwili kupiec stał na pokładzie.

– Wezwaliście mnie. – Ukłonił się przed konusowatym Rosjaninem.

Weszli do wnętrza kasztelu.

– Pamiętacie, panie, naszą rozmowę? – zapytał przybysz z Nowogrodu. – Tę o żarnach przeznaczenia i o tym, kogo powierzyliśmy twej opiece? I o zagładzie, która może spaść na Bergen?

– Pamiętam. Czy nadszedł czas?

– Dzisiejszej nocy Markus zdołał odczytać pewne nader niepokojące pismo...

Rozłożył papiery na stole. Kupiec w milczeniu patrzył na ciąg znaków, potem studiował ponuro tłumaczenie.

– Wielki Boże – szepnął wreszcie. – Sądzicie, że ten dokument jest prawdziwy?

– Na to, niestety, wygląda.

– Zgaduję, że nie dotarł do adresata?

– Nidaros chwilowo nie ma lensmanna, ale myślę, że ktoś niebawem zajmie to stanowisko.

Do Edwarda sens słów dotarł po chwili.

– Powiedzieliście, że Nidaros nie ma lensmanna? A Otto?

– Powiedzieliśmy: nie ma! – Borys uśmiechnął się kwaśno. – Sami, panie, rozumiecie, lensmann to człowiek, który prawa strzeże i jego literę zamienia w czyn. Zatem i sam w szczególny sposób powinien go przestrzegać. Gdy zaś zbłądzi tak bardzo, by kupców na morzu ścigać i z piratami zawierać układy, czas jego musi końca dobiec...

– I dobiegł – uzupełnił Sadko.

– Wyście go...

– Bóg jest sprawiedliwy, ale nierychliwy. A my? Jesteśmy tylko mieczem w ręce Hanzy.

Edward milczał wstrząśnięty. Wreszcie przemógł się i wrócił do lektury. Raz jeszcze porównywał słowa oraz hieroglify. Nie było wątpliwości. Wszystko pasowało. Jego tajemniczy lokator zdołał złamać szyfr namiestnika Rosenkrantza. Treść pisma stawiała włosy na głowie.

– A zatem los nasz przypieczętowany – powiedział drżącym głosem. – Przez demona o kształtach łasicy zostaliśmy naznaczeni, a posłańcem złej wieści Markus...

– Nie wydaje mi się. – Sadko pokręcił głową. – Nitki naszego losu trzymają Duńczycy. Gdzie tu miejsce dla łasicy? Jej niewolnik ogromną przysługę nam oddał.

– Co robić?

– Wysłaliśmy pismo do Petera Hansavritsona. Czy możesz, panie, ostrzec syndyka Sudermanna?

– Tak. Ile mamy czasu?

– Może dni kilka. Żaden z nich nie zdoła dotrzeć do Bergen.

– Zawiadomię radę miasta. Bez podania źródła informacji. Zapewne mi nie uwierzą, ale kto wie... Markus nie rozgada?

– Nie.

❧ Zasiedliśmy do śniadania. Polewka parowała w kamionkowych miskach. Ująłem cynową łyżkę.

– Będą kłopoty – myślałem na głos.

Pan Edward ocknął się z zamyślenia.

– O czym mówisz? Co się stało? – pytał wyraźnie zdenerwowany.

– Czy to prawda, że kobiecie żadnej...

– Chodzi ci o tę małą kuzyneczkę, która wczoraj przybyła do miasta? – odgadł.

Wytrzeszczyłem oczy. Skąd wiedział? A, tak. Gorąca polewka na stole, czyli Hans wstał przed świtem, pobiegł do wspólnej kuchni, tam spotkał kumpli, którzy mu opowiedzieli. Nowa dziewczyna w kantorze – taka nowina musiała podziałać na nich elektryzująco. Nic się nie ukryje...

– Tak. Z tego, co wiem, prawa kantoru zabraniają...

– Czy to papistka? – pytanie gospodarza wydało mi się dość dziwne.

– Tak.

– Trzeba zgłosić komuś z rady. To zły czas dla katolików, nawet jeśli są cudzoziemcami. Sądzę, że wystarczy powołać się na prawo azylu. Rzecz jasna, nikomu się to nie spodoba – westchnął ciężko. – Nie jest dobrze łamać odwieczny obyczaj, nawet w trudnych chwilach.

– Czyli pani Agata...

– Oczywiście. Przebywa tu za zgodą władz kantoru, choć nikomu się to nie podoba.

Z kim mam pomówić w tej sprawie? Jak się takie rzeczy załatwia? – zdecydowałem się przejść do konkretów.

– A co ty możesz, człowieku, załatwić? – Uśmiechnął się pobłażliwie. – Kim jesteś? Ani żeś obywatelem kantoru, ani nawet kupcem. Do członków rady nawet cię nie dopuszczą. Ja to muszę wyprosić. – Wytarł resztę zupy skórką chleba.

Już to wydarzenie powinno otworzyć mi oczy. Agata była bogatą wdową posiadającą w Bergen dom po mężu.

Hela, dziewczyna niewiadomego stanu, której cały majątek mieścił się w jednym plecaczku, nie miała żadnych szans, by zyskać przychylność urzędników kantoru. A jednak Edward załatwił jej sprawę od ręki.

Gospodarz wyszedł. Spojrzałem na niebo, wcześnie jeszcze... Postanowiłem odłożyć wyprawę na „Łanię" jeszcze o godzinkę, niech się dziewczyna wyśpi.

– Robiłem wczoraj rachunki, jak pan kazał – zagadnął mnie Hans. – Sprawdzi pan? Wierszy nie pisałem, nie idzie mi.

Odetchnąłem w duchu. Zdążyłem już pożałować mojej wczorajszej propozycji.

– Daj – poleciłem.

Przyniósł kilka tabliczek pokrytych woskiem. Siadłem i przeliczyłem szybko. Zaznaczyłem kilka błędów.

– Robisz duże postępy – pochwaliłem. – Ale i sporo jeszcze nauki przed tobą.

– Czym zająć się teraz?

– Myślę, że handel prowadząc, nie poradzisz sobie bez pomocy bankierów – westchnąłem. – Wieczorem zajmiemy się procentami.

Wyczyściłem buty i powędrowałem na „Łanię". Hela już wstała, Rosjanie ją nakarmili. Wyspała się, odpoczęła. Wyglądała znacznie lepiej niż poprzedniego wieczora.

– Panie Marku – zapytała poważnie – co mam robić? Jakie są nasze najbliższe plany?

– Mamy wakacje. – Wzruszyłem ramionami. – A raczej niezupełnie. Odnalazłem Alchemika. Domyślam się, gdzie jest i czym jest Oko Jelenia. Jednak aż do wiosny nie mamy możliwości opuścić Bergen.

– Rozumiem... Ci, którzy zabili Staszka... Zauważyłam, że nie okazał pan zdziwienia.

– Wiedziałem już wcześniej, że tu buszują.

– Czy ma pan teorię, kim oni są?

– To Chińczycy. Tak wywnioskowałem z oznaczeń na łuskach. Nie sądziłem, że to możliwe, ale najwyraźniej ktoś jednak przeżył zniszczenie powierzchni naszej planety.

Milczała, układając to sobie w głowie.

– Jak duże jest ryzyko, że nas znajdą?

– To nie ryzyko. Wcześniej czy później po prostu tego dokonają. Musimy być gotowi na najgorsze. Co więcej, nie bardzo wiem, co robić w tej sytuacji.

– Powiedzieliście wczoraj, że mają trzy nadajniki radiowe.

– Helu, nie będę cię oszukiwał. Jeden z nich jest tu, w Bergen. To nie są wyłącznie Chińczycy. Prawdopodobnie ktoś w tym mieście dla nich pracuje. Zbiera informacje, handluje, śledzi...

– Wywiadowca?

– Raczej tajny współpracownik. Szpieg.

Zamyśliła się.

– Skoro jest tak źle, czemu nie uciekniemy? Skoro nie można popłynąć statkiem, trzeba nająć konie i ruszyć lądem. Droga jest ciężka, ale tu, na południe od Nidaros, mamy większe szanse przejść przez góry.

– Myślałem o czymś jeszcze innym – westchnąłem. – Zabili Staszka i zabrali jego scalak.

– Owszem.

– Naszym obowiązkiem jest ratować przyjaciela.

– Przecież on nie żyje – zaczęła i naraz w jej oczach rozbłysło zrozumienie. – Ina może go ożywić pod warunkiem, że zdołamy odzyskać kryształ. Myślałam o tym! A więc mamy szansę, lecz trudne zadanie przed nami. Nawet, gdyby dokładnie spojrzeć, dwa zadania.

Oczy jej pojaśniały, usta lekko się ściągnęły. Już się otrząsnęła. Zaczęła planować, dzielić duży problem na mniejsze, łatwiejsze do rozpracowania.

– Maksym ma z nimi porachunki, więc możemy zawrzeć sojusz – stwierdziłem. – Odnaleźć wrogów mamy szansę, chyba tylko podejmując trop tutaj, w Bergen. Niestety, nie mogę cię odesłać w jakieś bezpieczne miejsce...

– Bo skoro zdołali nas odnaleźć wysoko w górach, to znaczy, że bezpiecznego miejsca po prostu nie ma – powiedziała poważnie.

– Tak.

– Zatem najbezpieczniejsza jestem wśród przyjaciół lub sojuszników – westchnęła. – Staszek był odważny. Zastanawiałam się i sądzę, że uratował mi życie. Wtedy gdy zginął – powiedziała cicho.

– Jak to wydedukowałaś?

– Ze śladów. Musiał usłyszeć ten helikopter. Wybiegł z lasu. Nie wiem, czemu do nich pobiegł. Przecież... Chyba że nie skojarzył, iż to oni nasłali wilki. – Zamyśliła się. – Pomyślał, że to ratunek, ludzie z waszych czasów, szansa na powrót tam, skąd przybyliście...

– Był przekonany, że nie ma możliwości powrotu. Że nie ma do czego wracać – powiedziałem cicho. – Że tam nie zostało nic. Aż zobaczył helikopter. Zdziwił się pewnie tak, jak ja na widok łuski karabinowej. A może wylądowali już wcześniej? – podsunąłem. – Zobaczył światło, pobiegł sprawdzić, co to, i wtedy wpadł jak śliwka w kompot?

– Nie. On był na łące pierwszy.

– Skąd wiesz?

– Bo podmuch, gdy siadali, częściowo zawiał śniegiem jego trop.

Zaskoczyła mnie, ja bym w życiu nie zwrócił uwagi na taki drobiazg. Ale cóż, Hela wychowała się na wsi; zimowy las, tropy zwierząt – to wszystko nie było jej obce.

– Strzelali z bardzo bliska – dodała. – Polar jest na piersi lekko osmalony. Sądzę, że przez chwilę rozmawiali. W każdym razie zdążył kilka razy przestąpić z nogi na nogę. Był zakłopotany albo bał się, bo oni stali nieruchomo w miejscu. Jak żołnierze przywykli do postawy na baczność. Myślę, że widzieli nas przez oczy wilków. Wiedzieli, że podczas ataku zostałam zraniona. Jeśli rozmawiali, zamiast zabić od razu, to przypuszczalnie spytali właśnie o mnie. Skoro żyję i stoję przed panem, to znaczy, że musiał zełgać coś niezwykle inteligentnie. Coś, co skutecznie zniechęciło ich do poszukiwań namiotu. Bo byłam blisko. Gdyby tylko ruszyli po jego wyraźnych przecież śladach, zamordowaliby mnie we śnie.

Milczałem porażony.

– Panie Marku, dlaczego nic pan nie mówi?

– Chylę głowę przed twoją przenikliwością – powiedziałem wreszcie. – Wywód, który zaprezentowałaś, jest niezwykle spójny i logiczny. Może mylisz się w jakichś detalach, ale sądzę, że było właśnie dokładnie tak, jak mówisz.

– Potrzebuję trochę ubrań – zmieniła temat. – Przede wszystkim nie mogę paradować po mieście w tym dziwacznym stroju. – Wskazała wiszący na oparciu krzesła polar. – Nie wiemy, co powiedzieli swojemu bergeńskiemu konfidentowi, lecz ten ubiór zwraca nadmierną uwagę.

– Wiem, gdzie jest dobry krawiec. Jeśli chcesz, możemy iść choćby zaraz.

– Chętnie. Giezła i spódnicę mam, ale potrzebowałabym kilka kompletów bielizny i nieco włóczki na pończochy.

– Jak to na pończochy?

– Zrobię je na drutach. – Uniosła ze zdziwienia brwi. – Jakże inaczej?

Ruszyliśmy na przedmieścia po sprawunki. Hela szła, trzymając mnie pod rękę, jakby trochę przestraszona widokiem nieznanego sobie miasta. Milczała i po pewnym czasie dostrzegłem, że jej mina staje się coraz bardziej posępna.

– Co się stało? – zapytałem przyjaźnie.

– Jestem zbrukana...

O, w mordę, znowu ją wzięło.

– Uspokój się – powiedziałem. – Stało się i tyle. Ci, którzy cię skrzywdzili, nie żyją. Ani ja, ani Staszek nie powiemy nikomu ani słowa. Nikt się nie dowie.

– Ja pamiętam... – Spojrzała na mnie ze smutkiem. – Może nikt się nie dowie, lecz przecież ja wiem. Pan i Staszek nie okazujecie obrzydzenia, które w was wywołuję, ale...

– Co? – Spojrzałem na nią kompletnie zbaraniały. – Jakiego, u diabła, obrzydzenia?

– Bo ja...

I naraz błysnęła mi myśl.

– Nie ty! – Pokręciłem głową. – To wszystko spotkało ciało, które już nie istnieje. Łasica zbudowała cię na nowo na naszych oczach. A przecież twoja dusza pozostała czysta...

Hela zamyśliła się.

– Znowu jesteś dziewicą – ciągnąłem. – Znowu jesteś niewinna, cnotliwa, czy jak to nazwać.

Miło było patrzeć, jak smutek znika z buzi dziewczyny.

– Naprawdę?

– Jestem nauczycielem. Nauczyciele nie kłamią – zełgałem gładko.

Hela szła lekko, jakby spadł jej z ramion ciężar. Nic z tego nie kapowałem. Otrząsnęła się z traumy niemal w jednej chwili. Niczym kaczka po deszczu. Psychika tego dziecka rządziła się zupełnie dziwacznymi prawami.

Normalna to ona nie jest, zauważył pogodnie mój diabeł. Skoki nastroju jak przy klinicznej cyklofrenii.

Wyszliśmy przez wschodnią furtę kantoru. Po porannej mżawce zostały kałuże. Niebo przetarło się trochę, spomiędzy chmur tu i ówdzie wyzierał fragment zimnego błękitu. Dziwna zima...

Jarmark rozłożył się między miastem a dzielnicą hanzeatycką. Kramy, wozy zaprzężone w konie, tłum ludzi... Zagłębiliśmy się między stoiska. Przypomniało mi to dziwne połączenie wiejskich jarmarków, które zapamiętałem z dzieciństwa, oraz miejskich targowisk pełnych rozmaitego chłamu. Nagle poczułem, że to szansa, by złapać trop. Wśród stosów towarów wystarczy wypatrzyć coś, co nie pasuje do tej epoki.

Hela obejrzała sukna, stosy skór z jeleni i reniferów, przystanęła przy straganie pasterzy owiec i długo oglądała kłębki szarej, niebarwionej wełny. Kupiła kilka. Pończochy zrobi? Albo jeszcze czapkę, może rękawice?

Patrzyłem na stosy ryb, surowych, suszonych i wędzonych. Woreczki kaszy i orzechów, podkowy i siekierki, tandetna, jakby odpustowa biżuteria. Nic ciekawego. Nic, co na dłużej przyciągnęłoby wzrok.

– Czego pan tak wypatruje, panie Marku? – Hela, dotąd krążąca w pewnym oddaleniu, znalazła się przy mnie.

– Fig, daktyli i czekolady – wyjaśniłem. – Kawy, herbaty, cukru.

– Figlarz z pana. A ja znalazłam kram iglarza. Będę miała czym szyć i cerować. O, jest Maksym.

Kozak maszerował dumnie przez targ, spod papachy, zza ucha, zwisał koniec osełedca.

– Witajcie. – Skłonił się przed nami, aż koniec „śledzia" prawie zamiótł glebę.

Byłem gotów się założyć, że przed pójściem na targ natarł go skórką od słoniny.

– Witaj.

– Czegoż tu szukacie, przyjaciele?

– Tego, co i ty – powiedziałem poważnie. – Nitki, która doprowadzić nas może do Chińczyków.

– Też tak właśnie sobie pomyślałem, widząc z góry to zbiegowisko. Że gdzieś tu może być coś... – powiedział mętnie. – Ale nie mają. Ani alchemicznego lekkiego srebra, ani leków w pudełku z miękkiego szkła. Ani innych cudów. A ja czapeczkę kupiłem. – Wyciągnął zza pazuchy haftowany norweski czepek kobiecy. – Jak do dom wrócę, żonie dam, takiego nikt u nas nie ma. I korale bursztynowe w Gdańsku kupiłem. Niech ma *podarok* z krain leżących przy końcu świata!

Dla niego Norwegia to koniec świata... Ileż może być z Bergen do Kijowa? Dwa tysiące kilometrów? Byłem ciekaw, czy on w ogóle zdaje sobie sprawę, że za morzem jest jeszcze Ameryka i inne kontynenty.

W tłumie mignęła mi jasna spódnica Agaty. Chwilę potem wdówka już się z nami witała.

– Tak się cały ranek głowiłam, gdzie też mogliście, panie Marku, umieścić swoją małą krewniaczkę... – zagadnęła.

Zastanawiałem się przez chwilę, czy jej pytanie nie jest przypadkiem podszyte zazdrością, ale odrzuciłem to przypuszczenie.

– Ulokowałem ją na statku, którego pilnują moi przyjaciele – wyjaśniłem. – Spróbuję wynająć jej pokój u jakiejś rodziny po drugiej stronie zatoki. W uliczce za kantorem towarzystwo trochę nieodpowiednie dla młodej dziewczyny.

– Mam lepszy pomysł. – Uśmiechnęła się lekko. – Idzie zima, dach nad głową i żywność niebawem bardzo zdrożeją. A mnie przydałaby się dziewczyna do posług. Dam pełne utrzymanie, odzieję, a wiosną jeszcze pół talara dostanie.

Poczułem, jak cierpnie mi skóra. Hela, o dziwo, przyjęła propozycję zupełnie spokojnie.

– Nie sprawię kłopotu? – odezwała się do Agaty.

– W czym?

– Prawa obowiązujące w kantorze zabraniają kobietom...

– Pan Edward już to załatwił. Spotkałam go kilka chwil temu. Zresztą te prawa to bardziej obyczaj. Idę też o zakład, że nie wszystkie służące na noc opuszczają Bryggen. – Uśmiechnęła się figlarnie. – Ja w każdym razie mieszkam tu zupełnie oficjalnie i nikt mi złego słowa dotąd nie powiedział. Te przepisy mają chronić przed zepsuciem. Dwie kobiety mieszkające razem są widokiem bardziej moralnym niż jedna, mieszkająca jedynie ze swym bratem...

– Chyba nie ma wyjścia – powiedziała. – Przyjmę tę posadę.

– Jeśli nie chcesz... Mamy przecież pieniądze – wtrąciłem.

– Marku, pieniądze dziś są, a jutro ich nie ma. A ta propozycja pozwoli nam na znaczne oszczędności, a i nawet niewielki zarobek.

– Ale...

– Wiem, jakie są obowiązki i zadania pokojówki – zwróciła się do wdówki. – Poradzę sobie.

Musi tylko karku trochę ugiąć i zapamiętać, że wczoraj na wozie, a dziś pod wozem, zaśmiał się mój diabeł.

– Do licha... – bąknąłem.

– Przesadzasz! – Tupnęła nogą. – Tylko lenistwo jest hańbą. Możemy iść od razu na statek? Zaraz się spakuję.

Zwinęła futrzany śpiwór z koi kapitana, zgarnęła kilka drobiazgów ze stołu, a następnie umieściła je w plecaku. Z boku przytroczyła szablę oraz czekanik. Narzuciła płaszcz na ramiona i najwyraźniej była gotowa.

– Tedy chodźmy. – Dźwignąłem się z krzesła.

Pożegnaliśmy się z Borysem i Sadką, a potem zeszliśmy z „Łani" i powędrowaliśmy nabrzeżem.

– Sam nie wiem, czy dobrze... – zacząłem.

– Przecież znacie ją, panie Marku. Mam nadzieję, że to normalna, wesoła kobieta, a nie jakaś megiera. Szarpać za włosy, kłuć szpilkami ani bić mnie przecież nie będzie, no chyba że coś stłukę. – Zmrużyła oczy na znak, żebym nie brał jej słów poważnie. – Poza tym to służba, a nie niewola. Jeśli będzie mi źle, po prostu odejdę.

– No tak...

Szybko dotarliśmy na miejsce. Agata już na nas czekała. Poszedłem z Arturem do jego pokoju, gdzie nalaliśmy sobie po małym kieliszku obrzydliwej miejscowej anyżówki. Przez uchylone drzwi słuchałem, jak Hela twardo negocjuje zakres obowiązków i warunki. Wytargowała, że wiosną dostanie parę nowych butów.

– To sprytna i zaradna dziewczyna. – Artur pokręcił głową.

– Owszem – przyznałem.

– Aż żal, że mam już narzeczoną. Ale i ona już chyba po słowie?

– Tak – skłamałem.

Trzeba będzie poinformować Helę o „zaręczynach". Nie będzie zachwycona, lecz zrozumie, że to dla bezpieczeństwa.

– Wprawdzie nasz towarzysz zaginął w górach Trøndelagu – ciągnąłem – ale liczymy, że wiosną szczęśliwie się odnajdzie.

– Spójrz na to. – Wydobył zza pazuchy srebrny medalion na łańcuszku. Otworzył i podał mi. Nie sądziłem, że w tej epoce były już miniaturowe portrety. Zajrzałem do środka i lekko zatkało mnie ze zdumienia. To nie był portret. Trzymałem śliczną malutką kameę rzeźbioną w bursztynie. Nieznany artysta wziął płytkę ciemnego jantaru, na nią nakleił drugą, mlecznobiałego, a następnie po mistrzowsku wyrzeźbił profil przedstawiający młodziutką, piękną dziewczynę.

– Ma na imię Anna, jest córką złotnika – wyjaśnił. – To dobra partia, a i dziewczyna śliczna. Pobierzemy się, gdy tylko skończy czternaście lat. Wprawdzie Kościół zezwala, by młodsze wstępowały w związek małżeński, lecz medycy twierdzą, że to niedobrze, gdyż dla dzieci rodzenia ciało bardziej rozwinięte być musi.

Postarałem się zachować przyjemny wyraz twarzy, choć na myśl o czternastolatce w ciąży zrobiło mi się nieswojo.

– Bardzo ją kocham – westchnął. – Gdy przyszło mi jechać z siostrą moją tu, do Bergen, czułem, jak serce w mojej piersi trzepoce się niczym ptak – ciągnął pompatycznie. – Sprawa fatalna z tym sezonem żeglugowym, nijak przez kogoś listów podać... – zmienił ton.

– Wszystko ustalone. – Hela stanęła w drzwiach.

– Wodę ty będziesz nosił – Agata zwróciła się do brata. – Resztę obowiązków domowych Hela przejmie, ty zaś pomożesz mi księgi badać i kwoty zaległości ustalić.

Ukłonił się w milczeniu.

– Do kuchni będziesz jej co dzień towarzyszył, miejsce, gdzie wielu młodych uczniów i czeladników, dla samotnej dziewczyny nieodpowiednie – dodała. – Jej cześć i honor pan Marek naszej opiece powierza. Zawieść tego zaufania nie możemy.

– Wszystkiego osobiście dopilnuję – zapewnił Artur. – Żaden cień podejrzenia paść na nią nie może.

– Zatem pora na mnie. – Wstałem. – Żegnajcie, panie.

Obie uśmiechnęły się na pożegnanie.

꣔ Agata rozebrała się i stanęła przed lustrem. Przeciągnęła się w sposób, który każdy mężczyzna uznałby za kuszący.

– Nie jestem już tak młoda i świeża jak ty, ale czas szczęściem obchodzi się ze mną łaskawie.

– Jesteście piękna, pani. – Hela pozbierała suknie chlebodawczyni i starannie złożyła je na oparciu krzesła. – Wyglądacie niczym antyczny posąg z marmuru. A wiekiem nie przejmujcie się, proszę. Dwadzieścia dwie wiosny to dopiero próg dojrzałości.

– Prawie dwadzieścia i trzy... Wdzięki moje już przywiędły.

– Mylicie się, pani.

Wdowa w samej tylko kusej koszuli wśliznęła się do łóżka. Dziewczyna zdjęła gorset, obnażając swoje drobne piersi, i rozpuściła włosy. Poluzowała lekko tasiemkę majtek, by nie cisnęły jej w czasie snu. Ściągnęła pończochy. Zdmuchnęła świecę i zręcznie wcisnęła się do skrzyni. Zasunęła klapę, by ciasne wnętrze mogło nagrzać się od ich oddechów. Legła z cichym westchnieniem u boku kobiety, otuliła się ciepłą pierzyną.

– Wreszcie będzie mi ciepło – szepnęła.

– W młodości, towarzysząc ojcu, przebywałam lat kilka w Italii – odezwała się Agata. – Napatrzyłam się tam na szaleństwa miejscowych arystokratek. Wyobraź sobie, że dziewczęta z dobrych rodzin mają tam w zwyczaju chłostać się wzajemnie rózgami do krwi...

– Szukają we wspólnym przeżywaniu bólu i poniżenia sposobu na zacieśnienie swej przyjaźni? – wymamrotała Hela. – Słyszałam, że i w Polsce się to zdarza... Ale w tych południowych krainach, gdzie krew gorętsza, z pewnością i zwyczaje odmienne...

Ugryzła się w język. No tak, słyszała o tym na pensji, a przecież ich epoki rozdzielał szmat czasu... Uśmiechnęła się do swoich wspomnień. W ich klasie była Magda, córka oficera przybyłego z Warszawy. To ona opowiedziała im o podobnych praktykach, ale gdy zaproponowała zaszczepienie tego dziwacznego zwyczaju w Lublinie, została bezlitośnie wykpiona. Chodziła potem przez kilka tygodni naburmuszona, obrażona głęboko na „głupiutkie wiejskie gąski", aż jej ojciec dostał przydział do twierdzy w Zamościu i problem rozwiązał się sam.

– Młodziutka jesteś jeszcze i niewinna, nie wiesz tedy zapewne, że podniety nerwowe, których doznają w trakcie takich praktyk, sprawiają, iż ogarnia je wścieklizna macicy. Jedne szukają ukojenia w ramionach amantów, ale inne posuwają się do tego, iż łączą się między sobą w sposób przeciwny naturze, tak szukając słodkich, acz zakazanych przez Boga, Kościół i prawo rozkoszy – ciągnęła wdowa. – Twierdzą, że praktyki te niosą przyjemność, wzmacniają przyjaźni więzi, oczyszczają ciało z humorów, przynoszą ukojenie i spokój duszy. Nie obraź się, moja droga, ale od czasu, gdy o tym się dowiedziałam, odczuwam przemożny lęk, kładąc się do łoża z kobietą. Musisz mi zatem obiecać, że nigdy... – urwała, słysząc równy oddech służącej.

Dziewczyna spała już głębokim snem.

Hela obudziła się jeszcze przed wschodem słońca, za oknami dopiero zaczynała się szarówka. Z niechęcią wygrzebała się spod warstwy skór. W szafie spalnej było całkiem ciepło, ciasne pomieszczenie nagrzało się od oddechów, ale w pokoiku panowało zimno. Ubranie wiszące na oparciu krzesła okazało się nieprzyjemnie chłodne w dotyku. Hela ochlapała twarz wodą, odziała się, odnalazła krzesiwo i puszkę z hubką. Zapaliła cztery świece, uporządkowała grzebienie na stoliku. Przeszła do saloniku, przygotowała śniadanie dla Agaty i jej brata. Wytrzepała kilim i poduszkę. A potem, korzystając z okazji, sięgnęła po książkę z żywotami świętych. Gospodyni obudziła się może pół godziny później. Dziewczyna odłożyła książkę.

– Czy dobrze pani spała?

– Taaak... – ziewnęła Agata.

Siadła przed lustrem. Hela ujęła grzebień. Rozczesała jej włosy.

– Jak cię, pani, uczesać? – zapytała. – W warkocz spleciemy, czy może koronę cnoty ułożyć?

– Koronę... Czwarty rok jestem wdową, to chyba za krótko. W naszych stronach prawie nikt tego nie nosił.

– Widać miasto portowe, to i zwyczaje bardziej rozwiązłe – zażartowała Helena. – Z Ukrainy ten zwyczaj przyszedł. Tu i tak nikt nie wie, co oznacza taka fryzura, a ładnie odsłoniłaby twoje uszy, pani, i smukłą szyję... – Szybko i zręcznie podzieliła pasma włosów i zaczęła pleść warkocz wokół głowy.

– Popełniłam błąd. – Agata patrzyła w lustro.

W kryształowej weneckiej tafli odbijały się obie.

– Błąd?

– Gdy widziałam cię w wigilię Świętego Mikołaja, zobaczyłam to, co chciałam zobaczyć. Młodziutkie, zahukane dziewczątko ze wsi. Płochliwe, wciśnięte w kącik. A tymczasem...

– To bez znaczenia, pani. Znam obowiązki i będę ci służyć.

– Kiedyś usługiwano tobie. Jesteś szlachetnie urodzona. Masz delikatne dłonie i...

– To było dawno, pani. – Spuściła wzrok. – To, co minęło, już nie wróci. Wszystko, co mnie spotkało od tamtego czasu, sprawiło, że jestem dziś kim innym.

– Hmm... – Agata zadumała się głęboko. – Tak... Czytać umiesz i szablą w razie konieczności robić. I języki pludrackie znasz, a może i łacinę...

– Znam, pani.

– Szkoda cię na służącą – westchnęła. – Inne zadania ci w życiu pisane. Ale poradzimy sobie z tym problemem.

Zbliżało się południe, gdy gospodyni zastukała do pokoju, w którym Artur siedział nad księgami rachunkowymi.

– Czas iść do kuchni! – poinstruowała go.

– Ja mam iść?

– A kto niby?

– No, służącą mamy, nie? Helka niech idzie...

Agata ujęła się pod boki.

– Panna Helena – zaakcentowała słowo „panna" – jest moją osobistą pokojówką i damą do towarzystwa. Nie będzie latać do kuchni, tylko zostanie tu i poczyta na głos, bo oczy mnie coś dziś dokuczają.

– Aha – zgodził się potulnie.

Wziął dwojaki, przerzucił sznur przez ramię i pomaszerował. Wdówka pociągnęła dziewczynę na galeryjkę.

– Złapmy trochę świeżego powietrza, nim wróci.

Stanęły przy barierce. Poniżej, łomocząc butami na deskach trotuaru, kilku wyrobników toczyło beczki. Niebo widoczne w przerwie pomiędzy dachami było głęboko błękitne...

– To miasto jest straszne – powiedziała Agata.

– Jak sobie życzysz, pani – odparła Hela potulnie.

– Dziecko – wdówka złapała dziewczynę pod brodę i uniosła jej głowę, aż spojrzenia się spotkały – przestań. Grasz służącą tak doskonale, że to po pewnym czasie przestaje być śmiesznym. Przecież widzę, że jedynie udajesz potulną kózkę ze wsi, bo wydaje ci się, że ja tego właśnie oczekuję.

– A zatem, pani – w oczach Heli błysnęły figlarne ogniki – miasto to może nużyć nieco swoją monotonią, ale mnie podoba się bardzo. W przeciwieństwie do Trondheim jest pełne życia, choć ty, pani, porównujesz je zapewne z rodzinnym Gdańskiem i dlatego wydać ci się może niewielkie, szare i smutne. Zważ jednakowoż, iż przyszło nam tu spędzić wyjątkowo ponurą porę roku i że w środku lata, gdy wszystko się zieleni, a po nabrzeżu przetacza się tłum cudzoziemskich kupców, z pewnością wszystko jest weselsze i bardziej kolorowe.

– No widzisz? Nie mogło tak być od razu?

Uśmiechały się do siebie.

– Gdańsk jest, owszem, weselszy – ciągnęła Agata. – Mamy tam na ten przykład teatr, regularnie przybywają też kuglarze czy niedźwiednicy. A na Jarmark Świętego Dominika to dopiero tłumy ściągają! Tu nudą wieje z każdego niemal kąta... Introligator ma książek trochę, jednak to głównie heretyckie pisma kościelne i zbiory przepisów, przydatne jurystom. Księgę ma jedną, która ponoć opowieści ciekawe zawiera, lecz w języku angielskim sporządzona. – Spojrzała wyczekująco.

– Musiałabym obejrzeć i dopiero ocenię, czy czytać ją i tłumaczyć zdołam – powiedziała Hela.

– Zatem w drogę.

❧ Obudziłem się kompletnie nie w sosie. Leżałem w łóżku rozpalony gorączką. Kaszel rozrywał oskrzela. Hans został wysłany po jakieś sprawunki do jednej z okolicznych wiosek, za to po południu pojawił się Ivo.

– Pan Edward wspomniał, że zaniemogłeś? – zagadnął, siadając na krześle. – Co się stało?

– Nie wiem, co to za franca – wychrypiałem. – Wczoraj gardło mnie troszkę bolało, dziś mam już w płucach.

– Influenza.

– Proszę, niech pan nie bredzi. To ja mam gorączkę. Już prędzej uwierzę w zatrucie wąglikiem!

– Influenza – powtórzył. – W naszych epokach była już trochę inna. Nie jesteśmy przyzwyczajeni do tutejszych bakcyli, stąd będzie u nas przechodziła bardzo silnie, a przy odrobinie pecha zapewne i zabić może.

– Grypy nie wywołują bakterie, tylko wirusy – jęknąłem. – Ale to chyba niewiele zmienia.

– Wirusy? – zdumiał się Czech. – Nie słyszałem.

– To czynnik chorobotwórczy mniejszy od bakterii. Nie jestem w nastroju, żeby panu teraz tłumaczyć – warknąłem. – Dlaczego nie działa nanotech? Nie powinienem w ogóle zachorować!

– A bo ja wiem? – burknął. – Nie znam się na tym.

– Za to jest pan prawie alchemikiem. I w lazarecie pan pomagał. Umie pan zrobić polopirynę, aspirynę, coś takiego?

– Aspirynę? Czy tobie się, chłopcze, wydaje, że pracowałem dla firmy Friedricha Bayera? Byłem w zwykłym szpitalu wojskowym i tyle mojej wiedzy, co rękę czy nogę oberżnąć albo nastawić. Jakbym leki umiał robić, to nie babrałbym się w mydle, tylko został znanym farmaceutą. Wiesz, jaki byłby zbyt? – perorował. – Odnoszę wrażenie, że podobnie działa chinina i wywar z kory wierzbowej – dodał już spokojniej.

– Gotów jestem przetestować te środki jako królik doświadczalny – zdeklarowałem się.

– A skąd ja, u diabła, wezmę ci w tym kraju korę wierzbową?! – parsknął. – Czekaj, Marku, niech pomyślę. Nie mam chyba żadnych sensownych wywarów ziołowych. Chyba żeby podskoczyć do Maksyma.

– Czemu do niego?

– To mężczyzna ze stepów. Kozak, zwiadowca. Z pewnością zna się na leczniczych ziołach. Może znajdzie coś, co cię postawi na nogi. Zresztą Sadko też mi wygląda na człowieka, który takie rzeczy potrafi przygotować. Leż i kuruj się, wrócę, kiedy się czegoś dowiem...

Ivo wrócił może po godzinie. Gdy na niego czekałem, gorączka jeszcze wzrosła. Prześcieradła były mokre i lepiły mi się do skóry. Włosy i zarost zwilgotniały od potu. Nagle zapragnąłem zgolić brodę...

– Zbieraj się – powiedział. – Ruszamy do Kozaka.

– Niech Bóg wybaczy panu te bezlitosne słowa... – Z ogromnym trudem wygrzebałem się z posłania.

Choroba osłabiła mnie, ale i ograniczyła częściowo kontakt z rzeczywistością. Nie pamiętałem, jak dotarliśmy na stok góry.

Oprzytomniałem, stojąc w progu jakiegoś domostwa. Rozejrzałem się po wnętrzu chaty. Gorączka telepała mnie strasznie, w płucach grała orkiestra symfoniczna. Kozak musiał znaleźć jakąś opuszczoną chałupę i urządził ją po swojemu. Ściany polepiono gliną, nad głową zamiast dech sufitu leżały świeżo okorowane okrąglaczki. Intensywny zapach siana, który przyprawiał mnie o mdłości, wskazywał, że na strychu leży zapas strawy dla konika, naszykowany już na zimę. Wypatrzyłem wiszącą w kącie ikonkę i przeżegnałem się.

Maksym siedział w kącie, polerując szablę kawałkiem naoliwionej skóry.

– Co się stało? – zapytał na nasz widok.

– Marek coś chory – wyjaśnił Ivo. – Naradziłem się z Borysem i Sadką i pomyśleliśmy, że kozacki *uzwar* go na nogi postawi.

– *Uzwar*? Zaraz nastawię... Siadaj. – Wskazał ławę nakrytą kawałem owczej skóry.

Rozchylił mi koszulę na piersi i przyłożywszy ucho, kazał głęboko wciągać powietrze.

– Choroba głęboko weszła – ocenił – ale zaraz ją wyciągniemy.

– Poczekam. – Mydlarz siadł na zydlu.

– Lepiej niech Markus tu ze dwa dni zostanie. – Maksym pokręcił głową. – Nawet *uzwar* nie leczy od razu. Tu ciepło, a tam wiatr.

– Dobra. Zawiadomię pana Edwarda, że kilka dni zejdzie. – Czech wstał i pożegnawszy się, wyszedł z chaty. Czemu nie został choć chwilę?!

Kozak wydobył zza pieca worek z jakimś suszem.

– Nabierz pełną garść – polecił.

– Garść...

– Na stepie nieczęsto masz przy sobie jakąś miarkę, a ręka zawsze przy tobie. Nawet jak jedną utną, druga powinna być na swoim miejscu – zebrało mu się widać na filozofię. – Poza tym ręce są różne, każdemu inna przypisana. I dłoń pełna to dla każdego zarazem ilość przyrodzona.

Nabrałem i wsypałem do kociołka.

– Co to jest tak właściwie? – Zajrzałem do woreczka.

– Suszone owoce, gałązki, zioła... – powiedział jakby niechętnie. – Proporcje każdy sam dobiera, a i dobrze by na różne dolegliwości różny zrobić... Dobrze, że kowalską wodę mam. – Zalał te paździerze cieczą z kamionkowego dzbana.

– Kowalską wodę? – wychrypiałem zdumiony.

– No.

– Co to jest, u licha?

Taka woda, w której kowal zanurza rozpalone żelazo. Bardzo dobra dla zdrowia ratowania – tłumaczył cierpliwie.

Miałem dreszcze. Kozak podmuchał w żar. W mniejszym garnuszku stopił trochę smalcu, dodał posiekanych suszonych śliwek i kazał mi wypić ten specyficzny kompot. Wypiłem i zaraz zagryzłem podanym chlebem. U... będę miał jutro biegunkę.

– Na płuca tłuszcz jest bardzo dobry – wyjaśnił Maksym. – Osobliwie z tłustej białej suki utopiony.

Tylko z największym trudem utrzymałem „lekarstwo" w żołądku. Woda w kociołku zagrzała się. Maksym mieszał ją ostrożnie, aż wreszcie uznał, że wystarczy. Nakrył naczynie dobrze dopasowaną drewnianą pokrywą i przeniósł je do niewielkiej niszy z boku pieca, która służyła chyba do wypieku chleba.

– Dojść w cieple musi – wyjaśnił.

Wrócił do polerowania szabli. Nad Bergen zapadał zmierzch. Stanąłem na chwilę w progu chałupy, by spojrzeć, jak uliczki pogrążają się w mroku. Jeszcze gdzieniegdzie w oknie błyszczało światło świecy. Ludzie, spiesząc uliczkami, nieśli latarenki. Przypomniałem sobie, jak kiedyś dyrektor liceum wyciągnął mnie na imprezę urzędasów MEN-u do restauracji na szczycie hotelu Marriott... Patrzyłem przez panoramiczną szybę na ocean świateł Warszawy nocą... W porównaniu z tamtym zapamiętanym obrazem Bergen wydawało się niemal zupełnie ciemne, ale jednocześnie czułem się tu prawie swojsko. Przestało mi nawet przeszkadzać, że ci ludzie to Niemcy.

– Obcy świat – powiedział Kozak, stając obok mnie. – Niedobrze tu żyć.

– Dlaczego? – zapytałem.

Po skrajnie prymitywnych warunkach życia pod wrakiem łodzi w Trondheim to miasto wydawało mi się prawie znośne...

– Step cię wykarmi i wyleczy. Da schronienie przed wrogiem. A tu? Ni chudoby wyżywić, ni ziół leczniczych znaleźć, dzikich pszczół też nie ma, a u nas miodu tyle, że choćby czapką zbierać... Całe stada pludraków tu łażą, obca mowa kalecząca uszy. Ani konikiem pogalopować, bo tylu ich łazi tymi ulicami. I ciasno, i ciemno... Zresztą sam wiesz, jak jest. I trąd ich zżera, i choroby płucne, i polska choroba...

— Co to takiego?

— No to, co murwy roznoszą, *syphilismus*...

— Aha. My to nazywamy francą, bo z Francji do nas przyszła... — wymamrotałem.

— A wszystkie te słabości, które zdrowie im odbierają, z tego się biorą, że w duchocie żyją, w domach miast na świeżym powietrzu pod błękitnym niebem. Ziemianka w szczerym polu wykopana lepsza niż te ich chałupiszcza.

— Ziemianka...

— Ziemia dobra. Ogrzeje, wyciągnie choroby, ochroni przed mrozem.

— Ale wilgotno żyć w norze.

— Nie, bo gdy piec dobrze grzeje, glina, którą ściany polepione, sucha. Dobrze się mieszka. Zdrowo.

Przypomniała mi się książka jakiegoś Ukraińca, który przetrwał dziewięć lat po wojnie, ukrywając się w bunkrze wykopanym w lasach. Może oni tak mają? Może im to nie szkodzi? Twardego chłopa nie powali ani reumatyzm, ani inne choroby...

Kozak zapalił małą lampkę oliwną w kącie przed ikoną, a na stole postawił grubą świecę. Zajrzał do „piekarnika" i uznał, że *uzwar* doszedł. Zaczerpnął warzątchwią, przelał część do drewnianego kubka. Wypiłem. Smakowało ni to jak kompot, ni to jak syrop, którym pojono mnie w dzieciństwie. Siadłem wygodnie i na polecenie Maksyma zawinąłem się w skórę z renifera. I nagle mnie wzięło. Moje ubranie przesiąkło na wylot potem.

Czas zwolnił, a może przyspieszył. Czułem się nieważki, to znów telepało mnie jak w ataku febry. Płomień świecy skakał. Chyba dostałem drugą dawkę, bo pamiętam widok swojej rozszerzonej źrenicy odbijającej się w powierzchni jakiejś cieczy.

Ocknąłem się niespodziewanie. Miałem na sobie cudzą koszulę z grubego płótna. Moja moczyła się w cebrzyku.

– Już myślałem, że wiązać trza będzie – powiedział Maksym. – Doszedł? To jeszcze raz.

– Lepiej nie... – wykrztusiłem.

– Nie po to lek robiłem, żebyś zmarł, nie powróciwszy do zdrowia – uciął.

I cała jazda zaczęła się od nowa. Otworzyłem oczy. Coś było nie tak. Spojrzałem przez otwarte szeroko drzwi. Słońce stało wysoko na niebie, a właściwie chyba chyliło się ku zachodowi. Leżałem na ławie nagi, nakryty tylko skórą. Moje ubranie wisiało pod sufitem, chyba się suszyło. Czułem się byczo.

Dotknąłem wierzchem dłoni czoła. Było chłodne, gorączka minęła. Gardło już mnie nie bolało. Wciągnąłem ostrożnie powietrze i odkaszlnąłem jakąś flegmą. Płuca jeszcze trochę czułem...

– Żyw? – zainteresował się szczerze Maksym, stając w drzwiach.

Przez plecy miał przerzucony łuk, u pasa wisiał mu jakiś ptak. Wolałem nie zgadywać, co to. Widać na polowanie poszedł.

Zioła... Przywykłem je lekceważyć. Zaparzało się mieszanki produkcji Herbapolu, herbatki owocowe, ale w razie poważnej choroby sięgało po sprawdzone leki w tabletkach. Ten człowiek posiadł wiedzę, która została zapomniana, zarzucona. Mówił prawdę, że step potrafi uleczyć. Z całą pewnością Kozak umiał znaleźć roślinki, które umiejętnie zmieszane mogą zabić lub postawić na nogi.

Chciałem wstać, ale pokręcił głową.

– Leż – polecił. – Dychaj chłodem.

Wciągnąłem powietrze. W nosie nie miałem ani śladu kataru. Czułem jednak osłabienie.

– Jakie to były zioła? – zapytałem.

– Zwykłe stepowe. I trochę takich mniej zwykłych. Ważne, że szablą siekane, która się wcześniej bisurmańskiej krwi napiła.

Ekstra. Miałem nadzieję, że dobrze wytarł...

– Nie mogę sekretu zdradzić – wyjaśnił pochmurnie. – Ale nawet gdybyś wiedział które, trza jeszcze rozumieć ile i czego. Dasz za dużo jagód cisu i truciznę uwarzysz, a nie lek. Tak samo z jadem żmii czy piołunem...

– Kiedy wstanę?

– Słabyś. Choroba wygnana, ale lek silny był bardzo, tedy i od niego odpocząć trzeba. Teraz drugi, słabszy dostaniesz.

Wypiłem kubek kolejnego straszliwego wywaru, a Kozak siedział, skubiąc ptaszysko. Wypatroszył i nadziawszy na kawał kija, zawiesił w kominie, żeby się wędziło, dla nas ukroił chleba z serem. Jadłem apatycznie. *Uzwar* pozbawił mnie apetytu, choć czułem, że mam kompletnie pusto w żołądku i w jelitach.

– Opowiedz mi coś o sobie – poprosiłem. – O waszych zwyczajach, o tym, jak żyjecie.

– Ech... – Jego wzrok stał się nieobecny, jakby oczyma duszy patrzył na swoją Ukrainę. – Step... Morze trawy aż po horyzont, tylko gdzieniegdzie przecięte szlakiem, po którym ludzie poruszać się mogą. Koń łódką na tym morzu, wieś tu i ówdzie niczym wyspa, czasem stanica lub chutor jak skalisty ostrów, a dalej znowu morze traw... I wzgórza niczym grzbiety fal, i wąwozy jak... – tu zabrakło mu porównania. – Diabła tam, za rok, może pół wrócę do siebie, mądrzejszy o to, co widziałem w pludrackich krajach. A jak Bóg da, to i przyjaciela pomszczę.

– Stepy...

– To mój dom. Pusto, miejsca starczy dla każdego. Chcesz ziemi po horyzont, bierz, bo to wszystko Bóg stworzył dla ciebie. Ziemiankę sobie kopię, gdzie zechcę, gdzie dobre trawy dla chudoby. W zagajniku brzozy natnę, belkowanie zrobię, darnią pokryję, kilka dni roboty, a lata całe służyć może. Piec wymuruję, cieplej wtedy niż w chacie. Ziół i owoców na *uzwar* się nasuszy, klej z wiśni stepowych z kłączami zagotuję, pszczół tyle w stepie, że świecę co wieczór woskową sobie zapalisz... Wstanie człowiek świtem, słońce pozdrowi, skoczy na konika, strzeli z łuku zajączka czy kuropatwę na obiad. A jak się znajomi zjadą, to dropia ubiję, mięsa na nim tyle, co na dużej gęsi...

Dropie. W moich czasach w zasadzie wyginęły. Raz w dzieciństwie tylko widziałem, będąc u dziadków. Pół wsi się zbiegło, żeby ptaka obejrzeć.

– Gdy w podróż jedziesz do cerkwi czy krewnych nawiedzić, gdzie chcesz nocujesz, wypatrzysz dym, zajedziesz do Kozaków, gość w dom, Bóg w dom, każdy cię nakarmi, horyłką napoi, a jak gospodarza nie ma, drzwi otwarte! Siadaj za stół, jedz, pij, jeno odchodząc, krzyż połóż na stole na znak, że za gościnę dziękujesz. Pana nad sobą nie masz, król za górami, ataman daleko, Bóg wysoko. Żeby nie ta swołocz bisurmańska, co nas napada, jak w raju by się żyło. A gdy sił na starość braknąć zacznie, w monacha się człowiek postrzyże i w klasztor wstąpi. Zresztą kto tej starości dożywa, wir przygody wojennej niejednego wciąga... I dobrze, bo kto by chciał na własnym łożu umierać? A tego, kto w pochodzie na pogan legnie, tego duszę Bóg w raju od razu przygarnie.

Słuchałem oczarowany. Maksym uśmiechał się, widać śmierć nie była dla niego tak przerażająca jak dla mnie.

– Jeno to złego, że jak przyjdzie boleść czy choroba, a sam jesteś, pomocy znikąd – zasępił się nieoczekiwanie. – Gdy zioła ni uzwar na nogi nie postawią, zemrzeć możesz, a ktoś do chaty twej zajdzie i kości ziemi odda, a modlitwę nad mogiłą odmówi...

– Powiedz mi jeszcze jedno – powiedziałem, żeby przerwać te ponure wynurzenia. – Czemu piach w butach nosisz, a jak się wysypie, z woreczka uzupełniasz?

Wyszczerzył zęby w chytrym uśmiechu i zrobił szalenie przebiegłą minę.

– To ziemia moja rodzinna ukraińska.

– Nie rozumiem.

Co go tak cieszyło?

– Jak zły człowiek napadnie, odpór w pojedynkę czy z rodziną nawet dać trudno. Tedy sam rozumiesz... Dał ataman Bajda prawo: za jednego Kozaka wszyscy murem wystąpią. Bo w jedności siła! Kto na jednego uderzy, jakby przeciw wszystkim poszedł. Kto Kozaka skrzywdzi, miejsca spokojnego na ziemi nie znajdzie. Tropić będziem jak wilka, jak psa wściekłego, choćby miesiące i lata minąć miały, aż wytropim i zarżniem. Choćby w krajach pludrackich, choćby w kraju króla Jana, Abisynią zwanym, choćby za wodą, w krainach Nowego Świata. Nikt nie zabije Kozaka i nie będzie żył, by się tym chwalić.

– I po to jest ta ziemia? – Jakoś nie mogłem wyłapać związku pomiędzy moim pytaniem, a jego odpowiedzią.

– Tak. Jak Chińczyki kości rzucą albo wieszczkę spytają, gdzie pościg, każda wróżba powie, że ja jeszcze na swej ziemi stoję! – Uśmiechnął się dumnie.

– Sprytne – przyznałem, choć z trudem dusiłem śmiech. – Sam na to wpadłeś?

– Nie, starcy gadają o człowieku, który zdradził braci Kozaków i ukrył się w Polsce. Miał worożychę, a gdy ona po raz ostatni odczytała, że jeszcze na swej ziemi stoją, oni już pod drzwi jego podchodzili. Chińczycy może mają ze sobą kogoś wiedzącego, a może i nie. Ale zabezpieczyć się trzeba i tak, i od drugiej strony.

Milczałem przez chwilę. Dla mnie to idiotyzm, a dla niego ważny element zwiększający prawdopodobieństwo powodzenia wyprawy wojennej. A może... Biblia zabrania zajmowania się wróżbiarstwem. Może magia jakoś tam działa? Wróciły wątpliwości, które dręczyły mnie na początku misji, gdy nocowałem pod starą łodzią w Trondheim. I nawet fakt, że dowiedziałem się, czym naprawdę był Maar, jakoś nie przeszkadzał. Ci ludzie nie chodzili do szkoły. Nie uczyli się myślenia racjonalnego. Może posiadali jakieś instynkty, które potem stępiła cywilizacja? Może to, co Kozak robi, jest słuszne, bo są tu ludzie umiejący go jakoś telepatycznie namierzyć?

– Skąd tak dobrze znasz niemiecki? – zadałem ostatnie nurtujące mnie pytanie.

– Dzieckiem jeszcze w Kamieńcu za posługacza u Niemców robiłem, a i potem nieraz tę pludracką gadzinę przez step konwojowalim. Kozak wielu ma wrogów; by ciosu uniknąć niespodziewanego, języki znać powinien. Tak w trzech, czterech mówi każdy, kto w stepie żyje, a jak atamanem kogo obrać, to i pięcioma lubo sześcioma gadać musi i pisać greką, łaciną i po turecku luboć ormiańsku czasem wypadnie. Do przyjaciół i do wrogów listy trza przecież wysyłać, jeńców z niewoli wykupić, o pomoc druhów poprosić albo za usługi wszelakie z serca podziękować. Czasem tylko Kozak na umyśle słabszy, to się czytać i pisać nie wyuczy.

A miałem go za dzikusa... Działania nieznanego mi atamana układały się w przerażająco logiczny ciąg. Ma swoich ludzi, swój kodeks honorowy, swoje zasady. Ma jakoś spisanych czy zapamiętanych ludzi takich jak Maksym, młodych, wykształconych, gotowych pojechać na straceńczą misję bez zadawania zbędnych pytań. Przygotowanych do działań dywersyjnych i wywiadowczych, dysponujących zapewne systemami łączności...

I to wszystko wymyślili bez oglądania filmów szpiegowskich w telewizji, bez lektury książek Suworowa. Cóż, otoczeni przez wroga musieli siłę szabli wesprzeć dyplomacją oraz informacjami, nazwijmy to, niejawnymi.

I naraz omal nie roześmiałem się w głos. Uderzyło mnie, jak bardzo podobny los przypadł nam w udziale. Bo przecież ja też dostałem do wykonania idiotyczną, niewykonalną misję. Też trafiłem między obcych. Też gnam przez świat na wariata, bez mapy, z jakimiś groszami w sakiewce... I też nie zadaję pytań, tylko ślepo wykonuję polecenia...

Pogoda, znośna po południu, zepsuła się. Od morza sunął ciężki wał ciemnych, burzowych chmur. Maksym patrzył na nie ponuro, a potem wygasił żar w piecu i zakorkował przewód kominowy grubym zwitkiem siana. Podparł drzwi kijem, zasunął rygiel.

– Łoj, dokuczy nam – mruknął.

– Co z koniem? – Pamiętałem, że trzyma swoją szkapę w grocie obok.

– Jemu nic, on przywykł w śniegu w lesie spać.

🐾 Dziwny stukot wyrwał mnie ze snu. We wnętrzu chaty paliła się świeca. Maksym poderwał się z posłania wyraźnie rozeźlony. Porwał szablę i wyleciawszy na zewnątrz, obiegł dom dookoła. Wrócił z pustymi rękami, rzucił broń na stół.

– *A szob joho złydni obsiły* – miotnął paskudną klątwę. – Choć nie wiem, czy umarłemu krzywdę zrobią – dodał zaraz trzeźwo.

– Komu? – zapytałem półprzytomnie. – To deska jakaś obluzowana na wietrze stuka.

– To on. Ten, co tu mieszkał. Widać nie spodobało mu się, że dom jego zająłem. Ale ja ducha jego uspokoję...

– Z duchem chcesz walczyć? – Uśmiechnąłem się pod nosem. – Może jeszcze szaszką go wypatroszysz?

– Kozak nie boi się ni ducha, ni diabła, ni człowieka – oświadczył buńczucznie.

Przypomniała mi się opowieść Heli. To przecież on pierwszy ruszył na martwego konia z jedną tylko szablą. Wrodzona odwaga? Trudne dzieciństwo? Pranie mózgu? A może zwyczajny brak instynktu samozachowawczego?

– Spać już pójdziem – zaproponował. – Jutro czas będzie z gadem się rozprawić.

– Miłych snów – odparłem z przekąsem.

Zdmuchnął świecę. Zasnął niemal natychmiast. Przez chwilę słuchałem jego równego oddechu.

Tak, wstaniemy rano i wykończymy ducha, zapewne ryjąc na ścianach prawosławne modlitwy, pomyślałem.

Prosty człowiek. Nie prostak, nie prymityw, nie można też nazwać go nieukiem. On jest zwyczajnie prosty. Nie zastanawia się nad problemem, czy helikopter to wytwór techniki, czy magii. Nasłuchał się w dzieciństwie dumek o tym, jak Kozacy z diabłem się wadzili, jak poszli upolować gada Połoza, jak ataman, wisząc na haku za żebro, pluł sułtanowi w twarz. I odniósł to do siebie. Jest Kozakiem, więc wypada mu załatwiać sprawy po kozacku. On nie zaprząta sobie głowy problemem, czy coś jest zwyczajne, czy niezwyczajne. Technika lub magia, jeden czort. On ma dopaść i zabić Chińczyków, i tyle...

Ocknąłem się nagle, chyba od łomotu obluzowanej deski. Wiatr wył, przez izbę ciągnęły podmuchy. Świeca zgasła. Mimo to czułem, wyraźnie czułem czyjąś obecność. Zdrętwiałem. Wydawało mi się, że ktoś lub coś chodzi po izbie. W półmroku majaczyła postać. Może to Kozak wstał napić się wody?

– Maksym?

– *Nu szczo*...? – odezwał się z zupełnie innego kąta.

Ciemna plama wyrosła koło mnie. Wrzasnąłem. Kozak wypalił w sufit z jakiegoś samopału. W rozbłysku ujrzałem jakby niewyraźną sylwetkę stojącą pośrodku izby. Sekundę później szabla zaśpiewała w powietrzu.

– Łoj – sapnął mój towarzysz i zapalił świecę.

Wnętrze chaty było puste.

– Coś widział? – zapytał.

– Nie wiem... Tu stało...

– Gadałem ci. Duch zapewne gospodarza poprzedniego. Normalna to rzecz...

Normalna?! A może po prostu w tym całym *uzwarze* były jakieś ziółka wywołujące halucynacje? Czułem, że oka tej nocy nie zmrużę, ale osłabienie zwyciężyło. Zasnąłem. Obudziłem się, gdy słońce było już całkiem wysoko. Wyszedłem przed dom. Widok na Bergen i zatokę Vågen był nieziemsko piękny. Dachy przyprószyła cieniutka warstewka śniegu.

Gdyby jeszcze ozdobić morze białymi żaglami okrętów... Z zamyślenia wyrwały mnie odgłosy kopania. Spojrzałem za róg budynku i zmartwiałem.

Maksym wyrwał krzyż i odstawiwszy go z szacunkiem na bok, rozkopywał grób. Używał do tego starej drewnianej łopaty. Tylko jej końcówka była okuta metalem.

– Co ty, u diabła, wyrabiasz? – jęknąłem.

– Spać mi cholernik nie daje, to ja mu dam pospać! – powiedział trochę bez sensu.

Wyciągnął kawał przegniłego siennika. W płytkim dole zobaczyłem resztki jakiejś tkaniny, na niej kupkę pożółkłych ludzkich kości. Wzdrygnąłem się.

– Zakłócać spokój zmarłemu? To nie po chrześcijańsku – próbowałem mitygować towarzysza.

– A budzić nas po nocy to po chrześcijańsku niby? – Splunął. – Pierwszy zaczął.

Co on zamierza? – zastanawiałem się. Przeniesie szczątki i pogrzebie gdzieś dalej? Wrzuci do przepaści czy co?

– I czego się tłuczesz, zamiast spać spokojnie? – przemówił po niemiecku do nieboszczyka. – A teraz słuchaj, ja ci nie kat pijunnnje, Napijemy się razem jak przyjaciele serdeczni, a ty już straszyć mnie nie będziesz. Bo przyjaciela straszyć nie wypada.

Nalał z bukłaczka kubek wódki, pociągnął solidny łyk, resztę wlał do grobu. Przeżegnał się i ująwszy łopatę, zaczął zasypywać mogiłę.

Z trudem stłumiłem rodzący się w gardle radosny rechot. Też egzorcyzm wymyślił...

– Jeszcze by mu należało wiązkę makowych główek rzucić – mruknął Maksym. – Ale jak na złość nie mam. No nic, napił się horyłki i to powinno pomóc. Spać teraz w ziemi będzie. Chyba że to nie wódki szukał – zafrasował się. – Ano, to się pomyśli coś innego, jeżeli potrzeba zajdzie. A w ostateczności gwóźdź w czoło wbiję. Ale tak czuję, żeśmy się dogadali... – Poklepał bukłaczek. – Ukraińska horyłka chorego uzdrowi, awanturnego uśpi, a sennego obudzi...

Chorego uzdrowi? To dlaczego leczył mnie *uzwarem*, zamiast dać wódki?

Zasiedliśmy do śniadania.

– Jesteście, panie, uczonym człowiekiem – powiedział Maksym z szacunkiem w głosie. – Powiedz, proszę, jak problem taki rozwiązać. Ten, jak to nazwaliście, helikopter ubić muszę...

– Zapomnij – westchnąłem. – Można by spróbować strącić go z armaty. Ale i wtedy musiałbyś strzelać z zamaskowanego stanowiska i trafić już za pierwszym razem. Jeśli spudłujesz, nie zdążysz nabić ponownie, bo nadlecą nad twoją pozycję i zastrzelą z karabinu. Albo zrzucą kilka granatów.

– Co to takiego?

– Metalowe pojemniki wypełnione prochem, które wybuchając, ranią odłamkami – wyjaśniłem.

– Turcy używają czegoś podobnego. Widziałem. Nie mam puszki, znaczy się armaty – zasępił się. – Z kuszy walić czy jak?

– Niewielkie szanse. Może bełt blachę czy szkło nawet przebije, ale ludzi wewnątrz siedzi zapewne kilku.

– A gdyby celnym strzałem machinę tę uszkodzić? W Gdańsku ponoć ledwie jedno kółko się złamało i wielki zegar na miesiąc stanął. Może i tu wystarczy drobne, acz dotkliwe uszkodzenie.

– Mało prawdopodobne. Helikopter ma wprawdzie wewnątrz różne mechanizmy, ale...

– Gdzie należałoby uderzyć? – Rozłożył na stole niewyraźny szkic.

Pytał najzupełniej poważnie. Kozak ze stepu, wychowany w ziemiance, obeznany z kuszą i może muszkietem, ze śmiertelną powagą pyta, jak zestrzelić wojskowy śmigłowiec. Gdzie się rodzą tacy wariaci? Sojusznik za dychę. Z drugiej strony lepszy taki sojusznik niż żaden...

– Chyba najwrażliwszym miejscem są śmigła. – Postukałem palcem w rysunek. – Gdyby udało się złamać choć jedno... To dla odmiany zapewne dodatkowe zbiorniki paliwa. – Pokazałem, o czym mówię.

– W zetknięciu z ogniem wybucha.

– Tak. Skąd wiesz?

– Borys i Sadko mi powiedzieli.

A tak, mówił przecież. Znalźli rozerwaną eksplozją beczkę i zwęglone ciało Lapończyka...

– Kusza i strzała owinięta płonącymi pakułami nasączonymi oliwą – zawyrokował. – Jeśli żelazo cienkie jest, przebije. Ważne, żeby było sporo żaru, bo płomień pęd powietrza zdusić może.

– To może się udać – powiedziałem – choć zależy, jak daleko kusza pocisk zdoła wyrzucić.

– A co sprawia, że machina ta w powietrze leci? Wszak skrzydeł jak ptak nie ma, jeno ten kręcioł u góry.

– Śmigła.

– Ale to one dają mu siłę?

– Moc daje silnik, to taki mechanizm ukryty tutaj. – Puknąłem odpowiednie miejsce rysunku. – Wprawia śmigła w ruch, a one zagarniają powietrze pod maszynę i ściskają tak, że wypycha ciężar do góry.

– Trudniuśkie. – Poskrobał się po głowie. – Zbudować taki umiałbyś? – zainteresował się nagle.

– Nie. Tylko wiem mniej więcej, jak to działa.

– Szkoda, bo gdyby tak w powietrzu ich dopaść... – rozmarzył się. – W każdym razie to śmigło helikopter do góry ciągnie?

– Owszem.

– Żeby leciał, cały czas musi wirować i wpychać powietrze pod spód? – drążył temat. – Jakby tak w powietrzu znieruchomiały, natychmiast na ziemię runie?

– Zrozumiałeś.

– Kłopot jeszcze jeden mam – powiedział. – Znam miejsce, gdzie wylądują. Nie wiem jednak kiedy. Może jutro, może wiosną dopiero tu przybędą. Może już lotów w tę część świata zaprzestali... By pułapkę zatrzasnąć, trzeba wiedzieć, kiedy się pojawią. Na tamtym pustkowiu zamieszkać niepodobna.

– Nie mam pomysłu. W naszych czasach położylibyśmy tam czujnik. Taką maszynę, która gdy ktoś przejdzie obok, alarmuje nas, nawet gdy jesteśmy daleko.

– Umiesz taką zbudować?

– Niestety nie.

Zamyśliłem się. Skoro zdołali wyśledzić lądowisko Chińczyków, to może najprościej byłoby je zaminować?

Kilka beczek prochu połączonych lontami, na każdej detonator reagujący na nacisk. A potem wystarczy wskoczyć na konia i jechać w góry sprawdzić, kogo się zabiło... Tylko jak to zrobić? Rtęć piorunująca nie jest w tej epoce znana. Nie da się. Krzesiwo? Nacisk krzesze iskrę, ta pada w proch. I bum. Niby możliwe. Tylko że proch w górach szybko zawilgnie. Tak też się nie da...

– Jest tylko jedna możliwość – powiedziałem. – Tu, w Bergen, ci ludzie muszą mieć swojego wspólnika.

– Dlaczego tak sądzicie? – Spojrzał na mnie uważnie.

– A po co tu latają? – odbiłem pytanie.

– U nas na Ukrainie robili interesy... Nie wiem dokładnie jakie, ale na koniec zastrzelili naszego druha i już nie wrócili.

– Ile razy go odwiedzili?

– Kilka. Może pięć? Kazali mu obsiać całe pole makiem, a potem pościnać go, jeszcze zanim dojrzał. Poza tym handlowali z nim towarami. Leki mieli.

– Leki? Jakie leki?

– Małe białe kamyczki, które tłumią każdy ból. I drugie, które silną gorączkę w kilka chwil zbić mogą. A nawet taki, który niegojące się rany zasklepić potrafił.

Sprytne Chinole. Polopiryna, ketonal, antybiotyki albo sulfonamidy... To, o czym myślał Staszek. Sprzedawali, potem pokłócili się ze wspólnikiem i go zastrzelili.

– Myślę, że i tu jest podobnie. Helikopterem nie przylecą do miasta. Ale mają tu wspólnika, który bierze od nich towar i po cichu sprzedaje. Jeśli zdołamy wspólnika wyśledzić, wystarczy go obserwować, bo wcześniej czy później do niego przybędą.

– Jesteście bardzo mądrym człowiekiem.

– Wiesz o nich coś jeszcze?

– Nic. Tyle że na złoto strasznie łasi. Ich medykamenta dobre, ale po cenach takich, że driakiew tańsza mi się wydaje.

– Driakiew?

– Nie znacie tego? To preparat, który u lwowskich kupców nabyć można... Panaceum, na wszystkie choroby pomaga. Powiadają, że kopa najdroższych i najcudowniejszych preparatów nań się składa.

– I jak działa? – zainteresowałem się.

– No, sam żem nigdy nie próbował, gdzie mnie szaraczkowi do tak drogich ingrediencji. Raz u atamana widziałem. Miał trochę i pozwolił mi nawet powąchać...

Chińczycy potrzebowali złota. Po co? Kupują coś? A może potrzebują, by utrzymać agenturę? Ciekawe.

– A jeszcze tak pomyślałem. – Maksym stuknął się kłykciami po ciemieniu. – Co mi się teraz niezwykłe wydało. Druh nasz przepytywał, czy ktoś widział może rzeźbiony zielony kamień zwany Okiem Jelenia.

O kuźwa...

– Pora na mnie – powiedziałem. – Dziękuję za lek i za opiekę.

– Wróg wspólny uczynił nas braćmi... W nogach słabyś jeszcze... Ujdziesz? – zafrasował się.

Uniósł do oka lunetę.

– Szczęście ci sprzyja. Poproszę, by któryś wyszedł ci naprzeciw.

Zniknął w chacie, a po chwili wrócił z niedużym okrągłym zwierciadłem. Puścił parę zajączków w stronę miasta. Patrzyłem na to osłupiały. Powtórzył zabiegi kilkakrotnie, aż wreszcie zdołał chyba zwrócić uwagę naszych kompanów, bo i z dołu dobiegły nas trzy rozbłyski.

Jak, u diabła, byli w stanie trafić zajączkiem światła na taką odległość?!

– Ruszaj. – Uśmiechnął się.

– Zajdź wieczorem na „Łanię" – powiedziałem. – To i owo obgadać trzeba...

Spojrzał na mnie uważnie.

– Bo nie tylko wróg wspólny sprawia, że ścieżki naszych losów przecięte – dokończyłem.

– Będę.

Sądziłem, że spotkam Sadkę albo Borysa, ale gdy znalazłem się już opodal linii zabudowy, zobaczyłem Helę. Siedziała na murku zabezpieczającym ścieżkę. Jej spojrzenie było puste, myślami błądziła gdzieś daleko. W norweskim przyodziewku wyglądała bardzo ładnie. Założyła dwie lub trzy spódnice, gorset i bluzę zapinaną z przodu srebrnymi zapinkami. Na ramionach miała krótki płaszczyk, pasemka rudych włosów wymykały się spod czepka.

Przywitałem się i usiadłem obok.

– Panie Marku, czemu tak mi się pan przygląda? – zapytała nieoczekiwanie. – To do prawdy faux pas tak gapić się na damę.

– Tak się zastanawiam. – Popatrzyłem na Helę. – Wybacz głupie pytanie, ale twoja bielizna...

– Nie będziemy o tym rozmawiać, mój panie! – Zrobiła się czerwona jak burak.

Zmilczałem chwilę, odczekałem, by furia zgasła w jej oczach.

– W naszych czasach kobiety nie ściskały sobie talii gorsetami, uważając, że to bardzo niezdrowe, gdyż deformuje dolne żebra i może upośledzać funkcjonowanie narządów wewnętrznych – powiedziałem, patrząc na miasto. – Wydaje mi się, że wiążesz się bardzo mocno, i niepokoję się o twoje zdrowie.

– Nie używały gorsetów? – Spojrzała na mnie zaskoczona. – Przecież to niewygodne... No i wyglądało pewnie nieprzyzwoicie, gdy się poruszały, bo przecież ich... – urwała i znowu spiekła raka.

– Używały biustonoszy.

Jej spojrzenie zdradzało całkowity brak zrozumienia. Do licha. Kiedy pojawiły się staniki? Nie znała ich, bo mieszkała na prowincji, czy może w jej czasach jeszcze ich nie wynaleziono? Usiłowałem sobie przypomnieć stare obrazy, ale nic mi nie zaświtało.

– Wyobraź sobie dwie miseczki z materiału połączone z przodu, trzymane paskiem z tyłu. A zresztą... – Z sakwy wziąłem kawałek papieru, pałeczkę ołowiu i naszkicowałem. – Rozumiesz?

Rzuciła okiem na rysunek i zadumała się.

– Rozumiem – powiedziała wreszcie. – Ale jak się to dziwadło rozpinało?

– Najczęściej z tyłu. Ale niektóre bardziej ekskluzywne modele miały też guziczki z przodu.

– Ciekawe. Ale nie będziemy o tym więcej rozmawiać.

– Oczywiście, jak sobie życzysz...

Umilkłem.

Chyba mi odwala, gadam z nastolatką o kobiecej bieliźnie... Jednak musiałem poruszyć tę kwestię. Widząc, jak Hela wygląda po zasznurowaniu tego kretyńskiego wynalazku, autentycznie się niepokoiłem. A może niepotrzebnie? Całe pokolenia tak chodziły.

Wyciągnęła z cholewki buta nożyk i w zadumie zaczęła ostrzyć go o kawałek piaskowca.

– A pan znowu milczysz... – Spojrzała na mnie przyjaźnie. – O czym pan myślisz? O swoich czasach?

– Owszem.

– Nie podoba się panu tutaj?

– Za bardzo przywykłem do udogodnień, które zapewniała mi moja epoka – przyznałem. – Brakuje mi radości słuchania muzyki zapisanej na krążkach, ruchomych obrazów, zakupów, naszych frykasów...

– Staszkowi też było ciężko bez tego. Chyba nawet ciężej, bo pan jest mężczyzną, a on w głębi duszy dopiero przestawał być chłopcem.

Zaskoczyła mnie trafność diagnozy.

– Pana melancholia bierze się stąd, że nie potrafi pan znaleźć sobie miejsca ani pomysłu na nowe życie. Ja zresztą też nie – westchnęła. – Wszelkie plany odkładałam na później, na czasy, gdy powstanie wolna Polska. W partii brata było wielu dzielnych młodzieńców, sądzę, że zapałałabym do któregoś afektem. Ale powstanie ciągnęło się miesiąc za miesiącem i koniec był coraz bardziej mglisty. Zaczęłam się obawiać, że zabraknie mi czasu.

– Czasu?

– Niedługo skończyłabym szesnaście lat. Liczyłam, że wyjdę za mąż, mając siedemnaście...

– Rozumiem.

– Marzenia... Boli, gdy rozpadają się w gruzy. A może taka kara jest mi pisana?

– Kara? Za co?

– Za to, że daję się uwieść potędze nienawiści. Że nie potrafię wybaczać. Że szukam zemsty. Przez chwilę myślałam o Staszku. Wtedy w górach. Że może... Że kiedyś on i ja...

– Rozumiem.

– Nie doceniał go pan. Był mądry, oddany, dzielny. Tylko jeszcze trochę dziecinny. Podziwiał pana za zdolność przystosowywania się i chciał panu dorównać. Dowiedział się, że mamy iść do Uppsali, nie załamał się, tylko zaczął z wielką rozwagą planować, jak zwiększyć nasze szanse... Chodźmy. – Podniosła się. – Deszcz idzie. I niech pan nie będzie taki smutny. Przecież lepiej jest żyć, niż zginąć.

Dźwignąłem się ciężko.

– Pan to wszystko mówi, żeby się wyciszyć – dodała po chwili milczenia. – Panie Marku, gryzie coś pana straszliwie. Niechże pan to z siebie wyrzuci.

– Musimy zajść do mydlarni – zmieniłem temat. – A dziś wieczór spotkamy się na „Łani”. Dostaniesz, eeee... wychodne?

– Myślę, że tak, ale w takim razie teraz do pani Agaty wrócić muszę.

Odprowadziłem ją do furtki i zawróciwszy, skręciłem w wesołą uliczkę.

🦎 – Niech to dunder świśnie – zaklął Ivo. – Jesteśmy w żałosnej sytuacji. Beznadziejnej.

– Co ma pan na myśli?

– Sam się zastanów, chłopcze. Gdzieś tam – machnął dłonią w nieokreślonym kierunku – siedzi banda Chińczyków. Mają karabiny, helikopter, radio. Mają warsztat aptekarski. Mają technologię umożliwiającą okablowanie mózgów zwierząt i zamienienie na przykład stada wilków w hordę krwiożerczych... krwiożerczych... – zaciął się, szukając odpowiedniego słowa.

– Biorobotów – podpowiedziałem. – Co więcej, ich technologia jest na tyle dobra, że nawet jeśli zwierzak zdechnie, to lezie dalej w postaci jakiegoś koszmarnego zombie... – uzupełniłem.

– Zombie?

No tak, horrorów to on nie oglądał...

– Martwego ciała, które chodzi. – Machnąłem ręką z niecierpliwością. – Gromadzą też złoto i przez swoich wspólników usiłują odnaleźć Oko Jelenia.

– Wiedzą o nas i za wszelką cenę usiłują wyeliminować – dorzucił.

– Więc...

– To już nie jest kwestia tego, czy nas złapią, tylko raczej kiedy nas złapią – powtórzył niemal dokładnie to, co kiedyś mówiłem Heli.

– Ma pan jakiś pomysł?

– Owszem, ale tobie raczej się nie spodoba. Uważam, że trzeba pomóc Maksymowi w wykończeniu tych drani, zanim oni wykończą nas. Musimy wykonać uderzenie uprzedzające.

– Obawiam się, że może pan mieć rację – przyznałem z przykrością.

– No i, niestety, musimy się poważnie liczyć z tym, że ich towarzysze broni przylecą sprawdzić, co się wydarzyło. Należy więc przypuszczać, że nie będzie jednej potyczki, tylko wojna złożona z wielu krwawych bitew. Nasze siły są nader skąpe, a walczymy wszak z przeciwnikiem, którego możliwości możemy tylko częściowo przewidzieć. – Pokręcił głową z powątpiewaniem.

Zapadło milczenie. Zabijałem już. Zastrzeliłem trzech dresiarzy w chaszczach za biblioteką. Niewykluczone, że mogłem uśmiercić kogoś w Horg, choć chyba nie, bo włączono by ten fakt do listy zarzutów. W szarpaninie na pokładzie „Srebrnej Łani" waliłem na oślep i jednego z piratów ciąłem przez brzuch. Pewnie zginął od razu albo wykończył się później na gangrenę czy tężec. A wcześniej przecież strzelałem z kuszy w ciżbę wrogów. Nie zdołałem zobaczyć, czy kogoś trafiłem, lecz to bardzo prawdopodobne. Czyli mogę mieć już na sumieniu nawet sześć trupów. Ale to była konieczność. A teraz? Teraz muszę na zimno zaplanować, jak unicestwić kilku ludzi.

Czułem, że nie jestem w stanie tego zrobić. Zabili jakiegoś Kozaka? Nie moja sprawa. Próbują mnie dopaść? Proszę bardzo, gdy przyjdą, będę się bronił. Zabiją Helę? Zacisnąłem powieki. Zabili Staszka... Czułem, jak pękają bariery. Jak budzi się we mnie żądza zemsty i poczucie obowiązku wobec kobiety. Ci Chińczycy to zwykli bandyci. Pragną nas wyeliminować, kierując się jakąś swoją racją. Ale co mnie obchodzą ich powody? Nie ma tu sądu, przed którym można by ich postawić, więc należy wziąć sprawy w swoje ręce.

– Pomogę – powiedziałem spokojnie. – Musimy dobrze przemyśleć, jak to zrobić, mają nad nami sporą przewagę techniczną. A może użyć pańskiego radia? Może coś jednak uda się podsłuchać.

– Daj spokój. – Pobladł. – Nie będę go w ogóle włączał. Jeśli prowadzą nasłuch...

– Myślałem raczej, żeby spróbować nadać komunikat. Jakimś prostym kodem, aby go szybko rozszyfrowali.

– I niby co napiszemy? – zapytał rozbawiony.

– Na przykład coś w rodzaju: „Mamy Oko Jelenia, oczekujemy poważnych propozycji" A gdy przylecą, będziemy już czekali. Damy im w łeb i do piachu.

– Hmm... Taka akcja jest możliwa, sugerowałbym jednak podłożenie na lądowisku jakichś materiałów wybuchowych. Nie sądzę, aby mieli ochotę zbyt długo z nami rozmawiać. Lepiej byłoby udaremnić ich plany w zarodku.

– Miałem podobną myśl, No to do roboty. – Uśmiechnąłem się drapieżnie.

– Och, naturalnie – prychnął.

– Czemu nie?

– Chłopcze, zacznij od skonstruowania jakiegokolwiek skutecznego detonatora. Jeżeli zbudujesz ładunek, który można odpalić z odległości większej niż dziesięć metrów, to pogadamy.

– To może naciskowy? Albo naciągowy? – informacje wbite do głowy podczas służby wojskowej pozwalały znaleźć kolejne rozwiązania.

– A z czego zrobisz spłonkę?

– Myślałem o czymś w rodzaju zapalniczki, krzeszę iskrę, ta pada na proch i bum... Tylko nie wiem, jak zabezpieczyć taki układ przed wilgocią. Być może ten ładunek będzie musiał poleżeć w górach kilka miesięcy. W deszczu, na mrozie...

– Woskiem?

– Nie. Może cienka miedziana rurka, dobrze nagwintowana... Niewybuchy z pierwszej wojny światowej niekiedy są jeszcze groźne. Czyli...

– A właściwie ile było tych wojen światowych? – zaciekawił się. – Moja to pierwsza, potem jeszcze jedna... A, nieistotne. Co do twojej miny, musiałby w to wchodzić jakiś sztyft... Trudna sprawa. Beczka z prochem też musiałaby być wykonana z miedzi. No i problem ostatni. Proch. Skąd go weźmiesz?

– Kupimy?

– Nie sądzę. Niektórzy kupcy mają muszkiety na statkach, lecz nikt nie trzyma tu prochu w beczkach. Nikt nim nie handluje, a gdyby nawet, to sam wiesz, jakie Hanza wprowadziła przepisy przeciwpożarowe. To byłby bardzo czarny rynek.

– Ukręcimy sami?

– A wiesz z czego, chłopcze?

– A pan nie wie? Węgiel drzewny i siarka. Z węglem chyba nie będzie problemu.

– Siarki nie ma. To znaczy jest. Ostatnie ćwierć kilograma u mnie. Była niezbędna do produkcji mydeł antybakteryjnych.

– Nikt inny...?

– Nie. Rozpuściłem wici i zaoferowałem naprawdę wysoką cenę. Możesz mi wierzyć, Marku. Mam absolutny monopol.

– Zróbmy zatem trochę prochu... – drążyłem temat.

Ivo westchnął i potarł czoło. Potem wstał, podszedł do kredensu i nalał piwa do dwu kubków. Postawił jeden przede mną.

– Teoretycznie możemy. Pół kilograma prochu, umiejętnie użyte, to nadal spora siła. A znasz proporcje?

– Proporcje? – zdziwiłem się.

Ile czego wsypać. Bo kłopot polega na tym, że jak damy za mało albo za dużo któregoś składnika, to nam się spali i tyle. A nawet jeżeli wybuchnie, to nie uzyskamy odpowiedniej siły. A żeby zrobić proch metodą prób i błędów, mamy za mało surowców.

– To co pan radzi? – zirytowałem się.

– Drogi chłopcze, szukasz rozwiązań trudnych, a łatwe masz pod ręką. Znacznie skuteczniejszy będzie potrzask na niedźwiedzie. Robi je kowal, tu na przedmieściu. Rozłożysz trochę takich, zamaskujesz i Chińczykom nogi połamie. O ile wdepną – zachichotał.

– Pan sobie żartuje!

– Przykro mi, ale to ty pierwszy zacząłeś – zakpił. – Mamy nad nimi tylko jedną przewagę.

– Jaką?

– Nie mogą przeniknąć do miasta niezauważeni. Czyżbyś nie wiedział, że troszkę się od nas różnią wyglądem? Kolor skóry, wykrój oczu...

– W Czechach chyba było ich niewielu, co?

– Nie rozumiem? – Spojrzał na mnie zdezorientowany. – Dużo czy mało, co z tego, ilu ich było?

– Ilu Chińczyków poznał pan osobiście?

– Jeśli mam być szczery, żadnego.

– To był kraj liczący prawie półtora miliarda ludzi. Dzielili się na kilkaset narodowości, poszczególne ludy różniły się znacznie, jeśli chodzi o wygląd... Obok rozmaitych ludów uważających się za Chińczyków żyli tam także Tybetańczycy, Ujgurzy i pewnie dziesiątki innych.

– Czyli fakt, że przybyli z Chin...

– Nic nie znaczy. Mogą wyglądać prawie tak jak my. Mogą być mali i żółci albo wysocy i zupełnie biali. Mogą mieć skośne oczy albo prawie normalne. Mogą mieć zupełnie płaskie twarze albo rysy niemal europejskie. Mogą bez większego problemu udawać na przykład Lapończyków, podobno tu bywają.

– Nieczęsto, ale zdarza się, że przyjadą do miasta większą grupą ze skórami na handel...

– Tak więc nie rozpoznamy ich. Jestem prawie pewien, że na taką ekspedycję wysłali agentów, którzy możliwie dobrze wtopią się między Europejczyków. Jeśli do tego dodamy charakteryzację: maski z lateksu, odpowiednie peruki... Albo szkła kontaktowe zmieniające kolor oczu...

— Nie wszystko pojmuję, ale, zdaje się, chcesz mi powiedzieć, że ich metody charakteryzacji mogą się okazać... zabójczo skuteczne?

— Ano właśnie. Poza tym skoro są w stanie okablować mózg dzikiego zwierzęcia i zmusić je, by słuchało rozkazów, to myślę, że zmiana koloru skóry czy rysów też nie stanowi dużego problemu. Przybywają z czasów odległych od naszych... od moich o kilkadziesiąt lat. Trudno mi nawet wyobrazić sobie, co przez ten czas wymyślili.

— Raczej niewiele – zauważył.

— Od czasów pana do moich też minęło zaledwie kilka dekad – przypomniałem. – A Chiny rozwijały się bardzo szybko. Powiedziałbym: przerażająco szybko.

Siedliśmy w sześcioro w kambuzie „Srebrnej Łani". Patrzyliśmy na siebie ponad stołem.

— Panowie! – powiedziałem wreszcie. – Pani... – Skłoniłem się w stronę Heli. – Zebrałem was razem, by odbyć naradę, gdyż sprawa ta dotyczy nas wszystkich.

— Nas chyba nie, jedynie pomoc Maksymowi obiecaliśmy? – zdziwił się Sadko.

— Was, niestety, też – westchnąłem ponuro. – Nawet nie wiecie, jak bardzo... Siedzicie w naszych sprawach po uszy.

– Mów zatem – poprosił konus.

– Problem to złożony wielce, gdyż jak w gordyjski węzeł splata się tu kilka spraw. Przede wszystkim wiecie, że nasza trójka została wyrwana z czasów, w których przyszliśmy na świat, i wysłana tu w stulecie, które dla nas jest zamierzchłą przeszłością. Abyśmy właściwie wypełnili nasze zadanie, przydzielono nam strażniczkę... Wredną, złośliwą, a przy tym pomysłową i niebezpieczną.

– Łasicę – uzupełnił ponuro Borys. – Zważywszy, iż istota ta posiada niezmierzoną moc, jesteście w sytuacji niewolników, którzy nijak nie mogą się zbuntować...

– Zadanie – podchwycił Sadko – to, jak rozumiem, sedno naszego wspólnego problemu?

Ivo z trudem opanował nerwowy grymas twarzy. Wyglądał, jakby właśnie rozgryzł cytrynę. Nie dziwiłem mu się. To, co robiłem, było szaleństwem.

– Dostaliśmy rozkaz odszukania zielonego rzeźbionego kamienia zwanego Okiem Jelenia.

Obaj Rosjanie mieli miny, jakby w nich piorun strzelił. Borys wybałuszył oczy, usta Sadki zacisnęły się w wąską kreskę.

– Problem drugi wiąże się nierozerwalnie z pierwszym – ciągnąłem. – Chińczycy, którzy zabili Kozaka na Ukrainie, ci sami, których ściga nasz przyjaciel...

– Miał na imię Osip – powiedział ponuro Maksym. – Co z nimi? – zapytał. – Też przybyli z czasów, które nadejdą...

– I, jak sam powiedziałeś, też szukają Oka Jelenia – uzupełniłem.

– To prawda? – Konus spojrzał na Kozaka badawczo.

– Przenajświętsza, choć nie wiem dokładnie, co też to takiego to Oko Jelenia... Klejnot jakiś zielony.

– Opowiemy ci później – westchnął Borys.

– Skoro zabili waszego towarzysza, to znaczy, że nie są sługami łasicy. Ich zadaniem jest ubiec was w poszukiwaniach, a skoro stanęliście im na drodze, postanowili was pozabijać? – wydedukował Sadko.

– Tak.

– Właściwie my też powinniśmy – mruknął Borys. – Za dużo wiecie, a naszym zadaniem jest bezwzględne chronienie sekretu kamienia przed takimi jak wy. Wasza śmierć byłaby przynajmniej na czas jakiś gwarancją bezpieczeństwa pieczęci.

– Na to wygląda – odparłem smętnie.

– Nie możemy jednak tego uczynić. – Sadko pokręcił głową. – Wraz z nami stanąłeś przeciw piratom. Złożyłeś przysięgę Peterowi... Jesteś jednym z nas. Kobiety także zabić nie możemy. Uratowaliśmy jej życie, tym samym jej los z naszym związany.

– Zostałeś tylko ty. – Olbrzym spojrzał na Iva. – Ale mordowanie to grzech... Zresztą w rozgrywce między Hanzą a łasicą i wy, i my jesteśmy pionkami jeno...

– Trza was z mocy demona tego uwolnić, tedy i zadania wykonywać nie będziecie musieli – westchnął Sadko.

Też wymyślił...

– Nie da się – odparł Ivo. – Próbowałem już raz zbudować pułapkę. Nie zdołałem zabić łasicy, choć użyłem wszystkiego, co tylko mogło ją unicestwić. Nie zdołałem zwierzęcia także uwięzić, choć zadbałem, by przywalił go gruby mur. Nie sądzę, by było to w ogóle możliwe.

– Łasica nie wie jeszcze, że trafiłem przypadkiem na trop Oka – powiedziałem. – Problem w tym, że gdy tylko się spotkamy, bez trudu odnajdzie tę informację w moich myślach...

– A w naszych? – zapytał Sadko.

– Chyba nie – powiedział mydlarz. – Wydaje mi się, że czyta myśli jedynie tych, którym w głowach umieściła kryształ. Ale nie mam pewności.

– Pieczęć jest dobrze ukryta – rzekł Borys. – Nawet Peter Hansavritson nie wie, gdzie dokładnie. To najważniejszy przedmiot na świecie. Zabezpieczono go na wiele różnych sposobów przed kradzieżą i przed podrobieniem. Nie musimy was zabijać, bowiem nie odnajdziecie jej prawdopodobnie nigdy. Podobnie jak my, gdybyśmy mieli jej szukać, poświęcilibyśmy całe życie, a nie zbliżyli się nawet do tajemnicy...

– Nawet nam, a zaliczono nas w poczet najbardziej zaufanych, nigdy nic pokazano, jak wygląda – uzupełnił jego brat. – Kapitan Peter twierdził, że jest zielona, ale nawet tego nie wiemy na pewno, bo mógł kłamać dla jej ochrony. Może i łasica goni za mrzonką?

– Nie rozumiem jednego – powiedziałem. – Jeśli nikt nie wie, jak ta pieczęć wygląda, a tylko kilku bądź kilkunastu ludzi wie, że ona w ogóle istnieje, to jak niby jej użyć?

– Okazując ją wtajemniczonym, którzy wiedzą, jak wygląda. To chyba oczywiste?

– Ale jak, u licha, mają odróżnić prawdziwą i fałszywą? – Wzruszyłem ramionami.

– Burmistrzowie, którzy są dopuszczeni do tajemnicy, posiadają odciski w twardym brązie odlane. Jeśli pojawi się przedstawiciel Hanzy, wyjmują je ze skrytki i przykładają do Oka Jelenia. Jeśli pasuje, tożsamość jest potwierdzona, a wtedy zgodnie z przysięgą wykonują ślepo wszelkie jego rozkazy.

– Jak zatem uniknąć jej podrobienia? – zdziwił się Ivo.

– Brat mój źle się trochę wyraził – mruknął olbrzym. – Nikt nie ma całego odcisku. Tylko kawałek krążka, wycinek, niczym cząstka kołacza. Wystarczy, aby dopasować. Nawet gdyby wszyscy burmistrzowie zebrali się i złożyli swoje odciski, to i tak nie utworzą one całości, bo jedną cząstkę zachowano nieodlaną. Zresztą najpierw trza by listę dopuszczonych do tajemnicy zdobyć, gdyż nawet oni nawzajem nie wiedzą, kto do nich należy. Wreszcie kilku otrzymało odlewy, które do Oka nie pasują. Ten, kto ma prawdziwe Oko, wie, by do nich nie iść. Gdyby ktoś wydarł nam pieczęć i chciał się nią posłużyć, to wcześniej czy później powinie mu się noga. Żaden z nich nie wie, czy odlew jest z prawdziwej, czy z fałszywej. A zasada jest prosta. Gdy pieczęć do odlewu nie pasuje, okaziciela należy natychmiast uwięzić.

– I powiadomić o tym fakcie jednego z zaufanych ludzi, których tożsamość też jest starannie ukrywana. On dopiero decyduje, co zrobić ze schwytanym i kamieniem, który okazał – uzupełnił jego brat. – Oczywiście wódz Hanzy wie, kto ma fałszywe odlewy... Chyba wie. Bo może i tu pułapka jakaś czeka.

Pokręciłem głową z głębokiego zdumienia. Ależ sprytnie to wymyślili! System genialny w swej prostocie, elegancki, niezawodny. Musieli nad tym myśleć naprawdę mądrzy ludzie, i to bardzo długo. Bo z tego, czego się do tej pory dowiedziałem, Oko Jelenia było czymś, co mógłbym porównać do słynnej walizeczki z kodami do głowic atomowych...

– Pieczęć oddaje w jedne ręce władzę nad niewidzialnym imperium skupiającym czterysta najbogatszych miast Europy – powiedział Sadko. – Pozwala narzucić wolę kilku milionom ludzi jednocześnie. To wielka siła i ogromna odpowiedzialność. Dlatego raz na pokolenie wybiera się jednego tylko człowieka, by mógł ją okiełznać. Musi być prawy, odważnego serca, nieznający lęku, skromny, uczciwy i nieobdarzony rodziną, by w żaden sposób nie uległ szantażowi.

– Musi być gotów w razie potrzeby bez wahania oddać swe życie dla zachowania tajemnicy – dodał Borys. – Nie może mieć własnych celów ani własnych planów, jego serce jest sercem Hanzy. Jego myśli są myślami Hanzy.

– I, jak zauważyłem na pokładzie „Łani", towarzyszy mu ekipa ludzi gotowych na wszystko, byle tylko go chronić... – dodałem w zadumie.

– Nie tylko. Mamy zadanie zabić go, gdyby cele jego i Hanzy stały się rozbieżne – wyjaśnił Sadko. – Albo gdyby zechciał wykorzystać Oko dla własnej korzyści lub, nie daj Bóg, dla korzyści wrogów związku.

Uuuu... No to miał biedak przesrane. Życie jak w klasztorze i cały czas pod kontrolą najlepszych fachowców od tortur i zabijania...

– Część naszych celów jest wielce różna – odezwał się Ivo. – Ale część wspólna. Chińczycy zagrażają i wam, i nam. Proponuję siły nasze połączyć i wspólnie z tym zagrożeniem się zmierzyć. A co potem, zobaczymy.

– Zgoda – Sadko podjął decyzję. – Niech będzie i tak. Co o Chińczykach wiemy? – Powiódł spojrzeniem wokół.

– Bywają tu od czasu do czasu, a przynajmniej bywali – powiedział poważnie Maksym. – Przybywają swoją machiną, która w powietrzu się unosi. Są śmiertelnie niebezpieczni.

– Potrafią nas odnaleźć, być może wyczuwając kryształy, które mamy w głowie – dodałem.

– Są w stanie kierować żywym zwierzęciem, a nawet z ogromnej odległości patrzeć jego oczyma – dodała Hela. – Mogą rozmawiać ze sobą za pomocą dźwięków, których ludzkie ucho nie słyszy, a które i setki mil przebywają...

– Przeciwnik to straszliwy. Ciężko będzie takiemu pola dotrzymać – westchnął konus. – Ale do takich właśnie zadań nas przeznaczono... – zasępił się.

– Nie wiemy, kiedy tu przybędą, lecz jest prawie pewne, że mają tu, w Bergen, swoich ludzi – powiedział Ivo. – Albo zostawili tu kilku swych towarzyszy, albo zwerbowali kogoś z miejscowych.

– Pilnować cały czas miejsca, gdzie przybywają w górach, niepodobna – zauważył Maksym. – Co dwa, trzy

dni mogę tam pojechać na koniku i okolicę przepatrzyć...
Tedy tak myślę, trza by odszukać ich przyjaciół w Bergen
i tych obserwować, a wcześniej czy później i na Chińczyków trop wpadniemy.

– Nie będzie to łatwe – westchnąłem.

– Ten twój przyjaciel Hans – zauważył Sadko. –
Przepytaj go dyskretnie. My się trochę rozejrzymy, jest
tu kilku ludzi zaprzyjaźnionych z kapitanem Hansavritsonem.

– Ja się spróbuję czegoś wywiedzieć od sąsiadek –
dodał Ivo. – Ostatecznie przez ich łóżka przewala się
pół miasta.

Hela zaczerwieniła się z oburzenia.

– Towary – powiedziałem. – Jeśli mają tu agentów,
mogą im płacić złotem albo na przykład lekami.

– Zajdę do starszych kantoru – obiecał Sadko. – Zapytam, kto czym handluje i czy ktoś czegoś niezwykłe-
go na składzie nie ma. Dziwne metale, kryształy, leki,
co jeszcze?

– Tkaniny takie jak moja koszula. Plastiki, można
je wytworzyć stosunkowo tanio, a dla nich to rewelacja.

– Plastiki? – Borys powtórzył nieznany wyraz.

– Coś, co wygląda jak tafle giętkiego szkła. Przej-
rzyste, ale daje się na przykład zwinąć jak płótno – tłumaczyłem.

– Celuloid? – zaciekawił się Czech.

– Nie tylko. Zastosowań jest masa. Na przykład bardzo lekkie, nietłukące się butelki – uzupełniłem. – Do
tego wyjątkowo mocne barwniki do tkanin...

– Zastanawia mnie taka rzecz – powiedziała Hela, marszcząc czoło. – Jeśli my wiemy, jak znaleźć ich, to może i oni myślą, jak znaleźć nas, ale z jakiejś przyczyny nie są w stanie.

– Do czego zmierzasz?

– A gdyby tak zrobić publiczny pokaz jakichś sztuk? Coś, co dla was jest normalne, ale ich natychmiast zaalarmuje?

– Żarówkę zrobić... – mruknąłem. – Może to i niegłupi pomysł.

– Już próbowałem – westchnął Ivo.

– Jak zdobyłeś wolfram?! – Wytrzeszczyłem oczy.

– Żarówki systemu Swana – wyjaśnił. – Na bazie włókna węglowego. Tylko że działało tak może przez pięć sekund, a i z jasnością były pewne problemy. To znaczy udało mi się zrobić mniej więcej dziesięciowatową...

– Kilka watów przez kilka sekund... To faktycznie mało zachęcające. Łukową zróbmy – zaproponowałem.

– Ma to ręce i nogi – przyznał. – Dobra, spróbujemy coś wymyślić...

– Warto by dom niemiecki odwiedzić – powiedział Sadko. – To będzie twoje, Markusie, zadanie. Nas tam wpuszczą, ale nam ludzi prostych udawać przykazano. W szynku raczej ucha nadstawimy.

– Mam wleźć do sali, gdzie kupcy gadają przy piwie, i rozpytać? – zdumiałem się. – Niby jak? Nie jestem obywatelem miasta. Nie mam prawa wstępu.

– Cudzoziemiec, kantoru rezydent, przybyły na pokładzie „Srebrnej Łani", uczony mąż. Będą zachwyceni.

Zresztą jest prosty sposób, byś tam trafił, nie budząc niczyjego zdziwienia. Ktoś musi cię wprowadzić – powiedział Borys. – Twój gospodarz Edward nie jest tam mile widziany, poprosimy zatem pana Artura. On często bywa w domu niemieckim.

– Jak niby?

– Ja to uczynię – powiedziała przyczajona w kąciku Hela. –

– Jak? – powtórzyłem bezradnie.

– Zapytam go, czy mógłby zabrać was ze sobą, bo dawno nie byłeś w łaźni, a kości chcesz wygrzać i robactwo dokuczliwe przepędzić. To nie wzbudzi niczyich podejrzeń.

Agata przeciągnęła szczotką włosy służącej. Zgniotła między paznokciami zabłąkaną wesz.

– Jesteś piękna jak marzenie senne – powiedziała w zadumie. – Niejeden mężczyzna poczuje szaleńcze pożądanie, patrząc na ciebie. Brat mój szczęśliwie zakochany jest po uszy w swojej Annie, a ci dwaj Rosjanie, słudzy kapitana Hansavritsona, żyją na jego okręcie, jakby złożyli śluby czystości...

– Pan Marek odczuwa ku mnie jedynie ojcowską troskę. – Hela błyskawicznie odgadła, w jakim kierunku biegną myśli wdowy. – To człek wyjątkowej moralności.

– Rozumiem – uśmiechnęła się Agata i zaczęła zaplatać Heli warkocz. – Jak myślisz? Wyczuwam w nim coś: drżenie głosu niczym niewypowiedziana tęsknota, niczym wezwanie...

– Nie wiem, pani. Jesteście jedyną kobietą mieszkającą na terenie Bryggen, więc z pewnością budzicie silniejsze emocje niż gdzie indziej. Nie wydaje mi się, by was pożądał, ale chyba polubił.

– Nie wiem, jakiej kondycji to człowiek – westchnęła. – Ale i jam nie była bogata, gdy pojął mnie za żonę człowiek majętny i stateczny... Czy to szlachcic?

– Pokrewieństwo nasze dalekie – wykręciła się Helena.

– Piersi ci się zaokrągliły, na łonie już dawno pojawił się włos... – Wdowa skończyła swoją robotę i teraz krytycznie oceniała fryzurę. – Ciało zaczyna odczuwać pewne tęsknoty. Spoglądasz na mężczyznę, czujesz w głębi jestestwa drżenie, myśli, wcześniej klarowne, stają się dzikie i splątane, jakbyś nie była sobą.

– Nie patrzę na niego z pożądaniem. Moje serce należy do naszego zaginionego towarzysza... – szepnęła.

Urwała zaskoczona własnymi słowami. Staszek... Stygnące, na pół zamrożone ciało leżące w śniegu. I dziura w czerepie, skąd tamci wyjęli kryształ. Zabrali duszę, jak w starych kresowych dumkach, które śpiewała jej do snu niańka. Legendy i wiedza, przez pana Marka nazywana technologią, splatają się tu w jedno. Bo rozwiązanie problemu jest identyczne w obu przypadkach. Wystarczy odszukać ich kryjówkę, wykraść kamień, potem uprosić Inę, by na powrót tchnęła weń życie.

Spojrzała w lustro. Jej włosy lśniły w blasku świec niczym ogień. Przypomniała sobie staloryt ilustrujący jedną z opowieści. Dziewica niosąca dzban żywej wody do chutoru złego czarownika.

– Pora udać się na spoczynek – powiedziała Agata.

– Dołączę do was za chwilę, pani – szepnęła Hela.

Patrzyła na swoje odbicie, nie przejmując się, że w zwierciadlanej tafli może ujrzeć diabła albo *liko*, twarz dawno zmarłego człowieka. Gdzieś w jej umyśle leniwie poruszyła się Estera. Hela czuła jedynie dalekie echo obcych myśli. Położyła się pod ciepłą pierzyną.

– W Gdańsku mam porządne szerokie łoże z baldachimem – westchnęła wdówka. – Deski nie zastąpią porządnej tkaniny, która ciepło zatrzyma, a powietrze dopuszcza.

– Macie rację, pani.

– Tęsknota za rodzinnym miastem i ojczystą ziemią myśli mi zaprząta... – Ziewnęła rozdzierająco. – Tedy i towarzystwo rodaków jest mi tu szczególnie miłe.

🜚 Łaźnia... W tej epoce mężczyźni chodzą do łaźni. Nieczęsto, ot tak, raz na dwa tygodnie, czasem raz na miesiąc, ale przed świętami to już obowiązkowo. Weszliśmy z Arturem przez pomalowane na zielono drzwi, na lewo od głównego wejścia budynku mieszczącego wspólną kuchnię. Pierwsze pomieszczenie było czymś w rodzaju przebieralni. Nie myśleć, naśladować... Zzułem buty. Ściągnąłem łachy i powiesiłem na kołku, pozostając tylko w gatkach. Doszło jeszcze paru mężczyzn. Część kupców rozebrała się do naga, inni pozostali w przepaskach czy kalesonach. Weszliśmy głębiej. W głównej sali w kadziach chlupotała woda, na ławce pod oknem cyrulik kogoś golił, obok zawodowa iskarka czyściła ludziom włosy gęstym grzebykiem. W cebrzykach namakały miotełki, było też mydło – chyba produkcji mojego znajomego. Wleźliśmy z Arturem do sauny. Do otworu w podłodze wrzucono kilka silnie rozgrzanych głazów, na które chlusnął wodą z cebrzyka, i powietrze wypełniło się tumanami pary.

Usiedliśmy na ławce. Zaraz też dołączyli do nas inni, ktoś przyniósł pękaty dzban wina. Naczynie poszło w krąg, pociągaliśmy po małym łyczku. Artur przedstawił mnie jako wędrownego zbieracza mądrości. Wszyscy dobrze się znali, zaraz też nawiązały się błahe rozmowy o pogodzie. Marynarze. Patrzyłem na ich umięśnione łapska i torsy, na blizny szpecące skórę. Silni, zahartowani w codziennym trudzie, zaprawieni w walkach z piratami. Oni też popatrywali na mnie. Wyglądałem inaczej. Skóra zbyt czysta, bez szram. Mięśnie układały się w inny sposób. No i miałem wszystkie zęby.

– Co cię, panie, sprowadziło akurat do Bergen? – zagadnął jasnowłosy, z kwadratową teutońską szczęką i potężnym zezem.

– Przypadek. Ranę na morzu odniosłem i podróż na Bałtyk przerwać musiałem – wyjaśniłem.

– Ha, mądrości wielkiej pan w mieście tym nie znajdziesz.

– Czemu nie? – zdziwiłem się. – Może patrzeć nie umiecie, ale na przykład mydlarz Ivo posiada znaczną wiedzę, skoro tak ciekawe produkta wytwarza... – podpuściłem rozmówcę. – Warto spojrzeć, co robią wasi złotnicy, słyszałem o łyżkach z alchemicznego srebra, a kto wie jakie jeszcze ciekawe i niezwykłe towary rodzi ta ziemia.

– Wosk tu niezły, ale polski lepszy znacznie i tańszy – wtrącił ktoś ukryty za kłębami pary. – Skóry z reniferów darte, dorsz suszony, olej z ryb... Jednak człowieka żądnego wspaniałości, które tworzy mądrość, towar ten obejść nie może.

– A może coś by się jednak znalazło? Spójrzcie w swoją pamięć – zachęciłem.

Zafrasowali się.

– Rok temu rybę z rogiem, czyli narwala złowiono – powiedział któryś. – Róg ten z czaszki wyłupany może jeszcze na sprzedaż pozostał. A raz ptaszysko zwane sępem w klatce tu z południa przywieziono. I figurkę starożytną wielce...

– Albo na ten przykład łońskiego roku była do kupienia prawdziwa mumia w malowanej skrzyni, na podobieństwo człowieka uczynionej – dodał któryś. – Ale dawno ją już na lekarstwo z oliwą starto.

– Słyszałem o takich praktykach – rzuciłem, by podtrzymać dyskusję. – Jednak w moc tych leków wierzyć mi się nie chce. Już raczej chorobę sprowadzić mogą, bo nie wiemy, od czego pomarł człek, którego ciało tak zachowane zostało.

Swoją drogą, co za czasy zdziczałe, żeby egipskiego nieboszczyka mielić na pył...

– Zęby morsa rzecz to zwyczajna i ciekawości waszej nie wzbudzi. Raz trup prawdziwego Murzyna w łódce morze wyrzuciło, lecz skąd on tutaj? – Jeden z kupców wzruszył ramionami. – Był ponoć alchemik w Trondheim, ale uszedł przed gniewem demona, którego podczas swych odrażających praktyk obudził.

– Słyszałem o nim i nawet miejsce widziałem, gdzie bój stoczył z demonem o kształtach łasi...

– Ćśśś! – Zezowaty uciszył mnie gestem. – Lepiej głośno imienia tego nie wymawiać nawet.

Butelka zatoczyła kolejne kółeczko.

– A to alchemiczne srebro? – drążyłem.

– Niewiele go było i całe poszło do przerobienia – wyjaśnił ktoś. – Ciekawy to metal, nie powiem, nie czernieje i lekki, ale w palcach się gnie jak cyna. Na łyżki czy kubki od biedy się nada, lecz nożyka z niego nie zrobi. Ciekawostka to tylko i zabawka dla możnych, spragnionych rzeczy niezwykłych, żadnej w tym mądrości.

No cóż, może wy nie widzicie zastosowania, za to ja... Pomyślałem o Staszku i samolotach.

– Leki były takie wiosną u aptekarza – przypomniał sobie drobny, smagły człowieczek siedzący cicho w kącie. – Białe jakby krążki utoczone, zawinięte w coś, co do cieniutkiego szkła było podobne, ale ściśnięte nie pękało.

Tabletki w foliowym opakowaniu?

– Co nimi leczono?

– Wszystko – powiedział z przekonaniem. – Gorączkę w jeden dzień zbijały, trudno gojące się rany mogły zasklepić... Silny to środek.

A więc Chińczycy i tu sprzedawali swoje wyroby, albo i zapasy przywiezione z przyszłości.

– Skąd pochodziły te cudowne medykamenta? – wypytywałem. – Bo chyba nie ukręcił ich sam?

– Kto go tam wie – odparł jasnowłosy. – Zawsze trzymał z dziwnymi ludźmi. Może od cudzoziemców jakich kupił? Bo jakby sam zrobił, to przecież owo szkło miękkie zaiste niezwykłe było.

Ciepło, ciepło... Teraz wystarczy ustalić adres i trochę przycisnąć aptekarza. Może to właśnie na zapleczu apteki stoi sobie nadajnik radiowy?

Artur uznał, że wystarczająco się wypociliśmy. Wybiegliśmy z sauny, roztaczając wokół kłęby pary, i wpadłszy do drugiej sali, zanurzyliśmy się w kadziach z wodą. Była lodowata, aż mnie zatchnęło...

Naciągnąłem suche, ciepłe, nagrzane przy piecu ubranie. Czułem się po prostu byczo. Rozgrzałem się, alkohol poprawił mi humor i chyba wreszcie do czegoś dochodziłem w poszukiwaniach. Weszliśmy po schodkach do głównej sali.

– Taki nasz obyczaj, przyjacielu – powiedział Artur. – Zbieramy się w długie zimowe wieczory przy ogniu i piwie, by pogawędzić o dalekich szlakach i obcych wodach... Zresztą co będę mówił, wszak Gdańsk odwiedzałeś, więc i Dwór Artusa jest ci znany.

– Owszem.

Dwór Artusa... No cóż, widziałem go. Budynek za posągiem Neptuna... Ale nigdy nie interesowałem się, co to za budowla ani jakie było jej przeznaczenie.

– Twój gospodarz nie lubi tu bywać – kontynuował chłopak.

– Dlaczego?

– Długi ma takie, że gdzie siądzie i na współbiesiadników spojrzy, tam mu się humor zaraz warzy. A i pytań o termin spłat nikt przecież nie lubi.

– Rozumiem...

Sala była rozległa, wyglądała trochę jak stodoła mojego pradziadka. Nie miała stropu, nad rzędami belek wznosiła się konstrukcja dachu. Podłogę wyłożono dechami. W kącie stał piec zbudowany z żelaznych blach połączonych grubymi nitami. Biło od niego przyjemne ciepło. Siedliśmy przy ciężkim stole. Pośrodku w cynowych lichtarzach płonęły grube świece.

Wzorem pozostałych biesiadników powiesiłem płaszcz na kołku wbitym w ścianę.

Artur otworzył schowek umieszczony poniżej blatu i wydobył dwa cynowe kufle. Jego przyjaciele powyciągali podobne ze swoich skrytek. Zauważyłem, że naczynia były ozdobione gmerkami.

– Hazard jest tu od lat zakazany – powiedział jasnowłosy.

Widząc, że rozglądam się po sali, opacznie zrozumiał moje zainteresowanie.

– Nasi dziadowie grali jeszcze w kości, ale za dużo było o to zwad i awantur – uzupełnił inny marynarz, który dosiadł się po drugiej stronie Artura. – Wiosną obstawiali, kiedy sezon władze kantoru otworzą, ale i to dobre nie było, bo jak się w puli dość pieniędzy zebrało, zaczynali przekupywać starszych Hanzy...

Jego uwaga wywołała powszechną wesołość przy stole. Nie widziałem w tym nic szczególnie śmiesznego, ale na wszelki wypadek też wydałem z siebie ponury rechot. Skoro wszedłem między wrony, trzeba krakać jak i one.

– Zgaduję, że z braku kobiet i muzyki tańców też nie będzie? – zagadnąłem.

– Jak to: z braku muzyki? – obraził się jasnowłosy i wyciągnął z rękawa flecik.

Zagrał niezwykle udatnie całkiem skomplikowaną melodyjkę. Jego palce dosłownie biegały po fujarce.

– Poczekaj, niech się bracia zejdą. – Artur odebrał z rąk usługującego chłopaka kamionkowy dzban z piwem i polał nam szczodrze. – Pośpiewamy sobie do zdarcia gardeł.

– Dobre piwo Norwegowie warzą, lepsze niż to, które piłem w Kiel – rzucił zezowaty blondyn.

Drugi spojrzał na niego koso, z urazą, a może tylko mi się tak wydawało.

– Przyjedziesz, to cię napoję.

Nie wiedziałem, czy to obietnica, czy pogróżka raczej, w każdym razie wszyscy znowu się roześmiali.

Tego wieczora zrozumiałem wiele rzeczy. Po pierwsze, słuchając, jak jasnowłosy improwizuje wiersze na zadane tematy, pojąłem, że Bergen jest wspaniałym miejscem, gdzie kwitnie zapomniana w moich czasach sztuka słowa i literatura. Po drugie, śpiewając wraz z tłumem podochoconych Niemców pieśni o Dylu Sowizdrzale i lisie Reinecke, zdałem sobie sprawę, że muzyka zajmuje w ich życiu ważne miejsce. Po trzecie, widząc, jak jeden z kupców chwali się obrazkami zakupionymi od flamandzkiego malarza, doceniłem gust i smak tych ludzi rozmiłowanych w pięknie.

Siedziałem przy stole w towarzystwie bandy germańców i czułem, jak niechęć do tej nacji powoli mi mija.

Nieczęsto było mi tak dobrze. Nieczęsto czułem, że istnieję, każdą komórką mojego ciała. Przeszłość i przyszłość stały się nieważne. Istniała tylko ta chwila, ten wieczór. Nie byłem mieszczaninem, nie byłem stałym mieszkańcem kantoru. Zaprosili mnie tylko do swego grona, ale to wystarczyło. Ujrzałem, czym jest ich gildia. Czym jest braterstwo ludzi dzielących jeden los. Czasem ponura, czasem wesoła, pełna znoju i niebezpieczeństw dola hanzeatyckiego kupca...

Aptekarz stał za ladą. Przed nim na szerokiej desce spoczywały jakieś ochłapy, które szatkował tasaczkiem.

– Spocznijcie, proszę, muszę ten lek przygotować, zaraz przyjdzie posłaniec...

Spocząłem na drewnianym krześle, niewygodnym jak diabli. Ujął kolejny ochłap i zręcznie przerobił go na sieczkę.

– Wyczytałem o tym w starych księgach – rzekł z dumą, widząc moje zainteresowanie. – Są choroby, które złagodzić można, części zwierząt podając. Tu na ten przykład lek dla kobiety cierpiącej z powodu wola przygotowuję. Gdy kilka razy w tygodniu spożyje surowej siekaniny z gruczołów, które w gardle świńskim się znajdują, cierpienia jej znacznemu złagodzeniu ulegną. Podobnież jądra byków drobno rozbite starcowi wigoru dodają...

– Posiadacie zaiste zdumiewającą wiedzę – wykrztusiłem.

Zamurowało mnie po prostu. Ten koleś ni mniej, ni więcej, tylko przygotowywał kurację hormonalną... Hormony tarczycy. Te świńskie są pewnie podobne do ludzkich i jakoś to działa. Zapewne nie najlepiej, bo nie są identyczne, że o dawkowaniu nie wspomnę, lecz sama metoda jest prosta i może nawet w pewnym stopniu skuteczna. Ciekawe, jak do tego doszli.

– Czym mogę służyć? – rzekł, gdy zakończył już swoją pracę.

– Mieliście, panie, lek, panaceum, skuteczny przeciw chorobom, wobec których medycy są przeważnie bezradni – zaatakowałem wprost.

– Owszem. – Skinął głową. – To oczywiście przesada z tą skutecznością, choć rany niegojące się zasklepiał w kilka dni, a i u syfilityków poprawę znaczną obserwowałem. Lepszą niż po leku z rtęci kręconym... Niestety, skończył się.

– Ciekawym tego medykamentu bardzo. Kiedy można spodziewać się kolejnej dostawy?

– Bóg raczy wiedzieć – westchnął. – Może kupcy ci przybędą niedługo. Może dopiero wiosną.

Poczułem, że niepotrzebnie tu przyszedłem. Za wcześnie. Nie przygotowałem się do tej rozmowy, nie umiałem aptekarza odpowiednio podejść. Pożegnałem się i ruszyłem do domu mydlarza.

– Nie chcę cię martwić, chłopcze – mruknął Ivo, wysłuchawszy mojej relacji – ale rzeczywiście źle to zaplanowałeś.

– Źle? Fatalnie...

– Nie przejmuj się jednak. Wszedłeś, żeby zapytać o leki, co w kantorku aptekarza jest czymś zupełnie zwyczajnym. Każdemu wolno pytać o leki i niepokoić się, że ich nie ma. Nie rozpoznał cię przecież, nie przedstawiłeś się nawet... Jeśli naprawdę ma na zapleczu apteki radiostację, to nie popędzi od razu i nie zda relacji swym mocodawcom.

Odrobinę mnie uspokoił.

– Czy widziałeś w jego sklepiku coś dziwnego? – ciągnął.

– Czy ma pan na myśli kable anteny, zegarek na ręce sprzedawcy, elektroniczną wagę do ingrediencji, autoklaw do sterylizacji strzykawek...

– Słucham?! – Wytrzeszczył oczy.

– Tylko wyliczam, co mógłbym zauważyć – prychnąłem. – Nie było tam kompletnie nic. Siekał za to świńskie tarczyce, żeby leczyć kogoś z wola.

– Aptekarza warto dalej obserwować – rozważał – choć szybciej byłoby się do niego włamać i poszukać nadajnika.

– Ale...

– To oczywiście ostateczność – zastrzegł. – Ten człowiek mieszka na terenie kantoru, podlega tak jak i ty prawom Hanzy. A ze złodziejami tu się nie patyczkują.

– Rękę ucinają?

– Ucinają głowę. Albo wieszają. Albo topią w zatoce. Kupcy nie tolerują złodziejstwa w żadnej postaci. A prawa mają tu tak surowe, jak surowe jest ich życie.

– Co zatem powinniśmy zrobić? – zapytałem z rozpaczą. – Wymyślić nowe, lepsze pytania?

Zadumał się.

– Mamy jakiś trop – stwierdził. – Teraz zastanówmy się, co z tego wynika.

– Nie rozumiem.

– To Maksymowi zależy na tym, by dopaść i pozabijać Chińczyków. A my? Dla nas stanowią zagrożenie. Może lepiej byłoby nie próbować ich zwęszyć, tylko wręcz przeciwnie, przyczaić się?

– Tak po prostu? Ogon pod siebie? – prychnąłem.

– A czemu nie? Niewiele o nich wiemy. A to, co wiemy, nie nastraja zbyt optymistycznie.

– Hmm...

– Maksymowi też wypadałoby zwrócić uwagę. Jeździ po kantorze w szarawarach i haftowanej rubaszce...

– Soroczce – poprawiłem.

– Pies nazwę trącał. Każdy, kto choć raz widział Kozaka, od razu wie, co to za jeden, jeszcze zanim papachę podniesie, by „śledź" mógł pooddychać. Mówiłeś, że ich ataman mądry, a nie powiedział swym ludziom, że czasem trzeba się jakoś zamaskować i wtopić w tłum.

– Myślisz, że... Może to prowokacja? Może chce ich wywabić z kryjówki.

– Załatwią go, zanim zdąży mrugnąć. Zastrzelą z zasadzki. Ale i tak, chłopcze, nam gorszy los przypadł w udziale. Maksym nie ma w głowie nic, co można by namierzyć na odległość.

Pożegnałem się i poszedłem. Musiałem zebrać myśli. Nogi same zaniosły mnie w stronę katedry. Drzwi były uchylone. Wszedłem do wnętrza. Budynek miał już kilka wieków. Potwornie grube mury z kamienia, półkoliście sklepiony strop... Światło wpadało do środka przez okna szklone chyba płytkami bezbarwnej miki.

Wyznawcy nauk Lutra zostawili sporą część wystroju,
tylko w niektórych miejscach brakowało pojedynczych
rzeźb. Usiadłem w ławce naprzeciw ołtarza. Z daleka
ktoś mógłby pomyśleć, że tkwię pogrążony w modlitwie,
ale ja jedynie rozmyślałem. Musiałem poukładać sobie
to wszystko w głowie.

Chińczycy. Coś przetrwało te bombardowania an-
tymaterią. Jak może wyglądać nasz świat? W każdym
razie skądś przylecieli.

No właśnie, jak przylecieli? Skrat wysłał Inę w prosz-
ku, w tej epoce odbudowała się i zaczęła funkcjonować.
Potem odtworzyła nas z materii organicznej. Oni mają
helikopter. To może oznaczać, że ekspediowanie w przeszłość większej masy nie stanowi dla nich problemu. Pytanie, czy mogą wrócić?

Z drugiej strony nie mam żadnej gwarancji, że Ina
mówi prawdę. W dodatku gdzieś ją wcięło.

Co z resztą? Maksym chce wykończyć Chińczyków.
To cenny sprzymierzeniec. Nie, wróć. Kozak strzelają-
cy z łuku to żaden sprzymierzeniec w starciu z helikopterem pełnym uzbrojonych bydlaków. To nie jest film
o przygodach Rambo. To rzeczywistość.

Borys i Sadko z jakichś powodów chcą mu pomagać.
Pewnie wiążą ich interesy kapitana Hansavritsona... To
na razie sojusznicy, ale jeśli uznają, że stanowię zagrożenie, zabiją. Jeszcze ten cały Kowalik. Ma wobec mnie jakieś zamiary. Wie, że przybyłem z innej epoki, i zapewne
chce mnie podpytać o to i owo. Jest cholernie inteligentny, a przez to i niebezpieczny. Kazał mnie torturować.

No i Staszek. Jeśli żyje, to znaczy jeśli uda się odnaleźć jego scalak i łasica łaskawie zechce go odtworzyć. Mając przy sobie Staszka i Helę...

I nagle poczułem narastającą niechęć. Po co to wszystko? Jaki w tym sens? Znaleźli sobie ludzie zielony krążek, zrobili z niego pieczęć. Od kilkuset lat za jej pomocą gaszą konflikty lub bronią swoich praw. Jakie mam prawo im ją kraść? Dość tego. Pora znowu stać się panem własnego losu. Do diabła z tym całym zadaniem. Łasice na futro, ślimaki do francuskiej marynaty! Jeśli to futrzane bydlę się nie pojawi, to znikam i tyle. Biorę Helę i jadę do Gdańska. Zostanę księgowym albo kupcem. Znam języki i umiem liczyć. Z głodu nie zginę.

Wyszedłem z katedry i oniemiałem. Dwadzieścia minut temu, gdy przekraczałem bramę, placyk przed kościołem był pusty. Teraz kłębił się tu tłum ludzi. Zacząłem rozglądać się za kimś znajomym, kogo mógłbym podpytać, co to za zbiegowisko, i prawie wpadłem na wdówkę. Wyglądała na bardzo podekscytowaną.

– Co się dzieje? – zapytałem.

– Okazanie trędowatego będzie – wyjaśniła Agata. – Chodźmy i my zobaczyć.

Nie miałem pojęcia, co to za impreza, ale znając specyficzne poczucie humoru tych czasów, spodziewałem się najgorszego. Dziewczyna złapała mnie za rękę i pociągnęła za sobą.

Na placyku przed katedrą stało drewniane podwyższenie, coś jakby szafot. Na wyściełanych krzesłach siedzieli trzej czarno odziani mężczyźni. Wokół zebrał się gęsty tłum. Przeważali Niemcy z Bryggen, ale sporo było też mieszkańców miasta. Zbiegowisko gęstniało z minuty na minutę. Wreszcie dwaj pachołkowie miejscy wprowadzili na podwyższenie trędowatego odzianego w białą szatę obwieszoną symbolem nieczystości – ogonami kuny.

– Co to za ludzie? – zapytałem.

– Ci w czarnym to lekarze.

– Co zrobił ten nieszczęśnik?

– Nie bądźcie niemądrzy, do zdrowia wrócił i chce się okazać, by od konsylium poświadczenie o oczyszczeniu z lepry otrzymać.

Patrzyłem na chorego. Stał nieporuszony, słabe podmuchy wiatru znad zatoki szarpały jego odzieniem.

Jeden z lekarzy powstał z krzesła.

– Ulv zwany Skotnikiem – oświadczył gromko. – Z miasta Mora dziś przybyły mniema, iż od trądu został uzdrowionym i po badaniu w mieście rodzinnym o drugie oględziny wniósł prośbę...

Szmer przetoczył się nad placem i ucichł. Spostrzegłem jeszcze kilku chorych stojących z dala od reszty ludzi. Twarze ich okrywały kaptury, ale byłem prawie pewien, iż wbijają wzrok w towarzysza niedoli ciekawi efektów badania.

– Rozdziej się – polecił lekarz.

Mężczyzna zrzucił odzienie i mimo mrozu stanął przed nimi jedynie w przepasce na biodrach. Jego tors oraz część twarzy pokrywały blizny po rozległych ranach. Doktorzy otoczyli go i długo deliberowali nad poszczególnymi śladami. Wreszcie jeden wziął szpilę i nakłuwał w kilku miejscach skórę. Widziałem, że byli wyraźnie poruszeni, a wręcz rzekłbym – zakłopotani. Wreszcie przewodniczący komisji przemówił:

– Człek ten do zdrowia powrócił, rany jego zagojeniu uległy! Ogłaszamy tedy, że z trądu został całkowicie oczyszczony i do domu powrócić może, my zaś stosowny dokument mu wystawimy... Kto zaś zechciałby jakimś datkiem na nowej życia drodze go wesprzeć, niech tu do skarbony rzuca. – Wskazał skrzynkę na brzegu podium.

Ludzie zaczęli przepychać się w tamtą stronę, wytarte groszaki hojnie zabrzęczały o dno. Jakiś grubas zdjął z siebie płaszcz i okrył ramiona ozdrowieńca. Ktoś inny wręczył mu spodnie oraz buty.

Podeszliśmy i my. Wyłuskałem z kieszeni grubszą monetę i dorzuciłem na całkiem już pokaźny stosik. Przy okazji przyjrzałem się oczyszczonemu.

Blizny na twarzy wyglądały jak po ospie, skóra zapadła się lekko na sporej powierzchni.

To było jak nagły rozbłysk światła w ciemnym pomieszczeniu. I już wiedziałem wszystko. Byłem pewien, całkowicie pewien...

Tylko Chińczycy mogli podać temu człowiekowi lek, który poradził sobie z tak zaawansowanym stadium choroby. Może ten mężczyzna oddał im jakieś usługi i w zamian dostał cudowne tabletki? A to oznacza...

– Odprowadzicie mnie, panie, do domu? – zapytała Agata. – Brat mój gdzieś w tłumie zaginął, kobiecie mojej kondycji niesporo samotnie wędrować.

– Poczytam to sobie za zaszczyt. – Ukłoniłem się uprzejmie.

Po kwadransie stanęliśmy przed drzwiami jej mieszkania. Pociągnęła za klamkę, a potem, marszcząc brwi, zabrzęczała w kieszeni kluczami.

– Pozwolicie, pani, że się oddalę – bąknąłem.

– Dziękuję wam za odprowadzenie...

Na jej twarzy odbiło się dziwne napięcie. Nie rozumiałem, co jest grane. Wstydzi się zaprosić mnie do środka, czy może przeciwnie, boi się, że zechcę wejść? Szczęknęła zasuwka. W drzwiach stanęła Hela. Była strasznie rozczochrana, a oczy miała jakby trochę zapuchnięte.

– Wybaczcie, pani, spałam – szepnęła cicho. – Nie usłyszałam, że do drzwi pukacie.

– Ależ nic nie szkodzi, moja droga. – Agacie chyba ulżyło. – Może wejdziecie, panie Marku, na chwilę?

A więc o to chodziło, brak przyzwoitki?

– Z przyjemnością bym wstąpił, lecz prośbie pani odmówić muszę... Ważkie sprawy mnie wzywają. Może odwiedzę panią, gdy zmrok nastanie?

– Zapraszam. – Uśmiechnęła się jakby zalotnie.

Pożegnałem się i pomaszerowałem w stronę statku. Wdrapałem się po drabinie. Szkapa Maksyma tym razem nie próbowała mnie powstrzymywać. Załomotałem w drzwi tylnego kasztelu.

– Wiem już, kto może pracować dla Chińczyków – wysapałem prosto w twarz zaskoczonego Borysa.

Obaj Rosjanie spojrzeli na mnie z uwagą.

– Kto? – zapytał wreszcie olbrzym. – Ivo mówił, że pewnie aptekarz interesy z nimi robi. Podejrzewasz kogoś jeszcze?

– Trędowaci z leprozorium. Pomyślcie sami, krążą po całym mieście, mogą śledzić i zbierać informacje. Bez przeszkód zachodzą nawet na dziedziniec twierdzy żebrać o coś do jedzenia. Ludzie się ich boją, ale i pomagają.

– Czy masz jakieś dowody? – zapytał wreszcie Sadko.

– Prawie. Dziś jeden z trędowatych przybyły z Mory stanął przed konsylium i uznano go za zdrowego.

– Czasem tak bywa – powiedział Borys. – Niekiedy pojawiają się choroby do trądu podobne, a one się cofnąć mogą. Ponoć niektóre biorą się z jedzenia chleba pieczonego ze złej mąki, inne mogą mieć różnorakie przyczyny. Bo prawdziwy trąd to ciężka sprawa, nawet potężne relikwie zazwyczaj są bezsilne...

– W moich czasach umiano leczyć trąd. Nie jest to trudne, potrzebny tylko odpowiedni lek – wyjaśniłem.

– Dali im medykamenty, silne, cudowne medykamenty, które mogą przywrócić zdrowie, i w zamian za to zażądali... Hmm... No właśnie, czego? Trędowaci nie bywają na zebraniach Hanzy – dumał jego brat.

– Czyli mogą mieć wspólników także wśród kupców – powiedziałem. – Na przykład kogoś, kogo syn zachorował na trąd. Leczą dziecko, a on im dostarcza informacji?

– Kto wie... – mruknął konus. – Z pewnością są i tacy. Mydlarz mówił coś o tych waszych wynalazkach, o dźwięku, którego nie słychać, a któren z metalowego drutu miotnięty może w jednej chwili przebyć z Norwegii na Ruś... Może warto, byśmy we czwórkę Maksyma odwiedzili?

– Po co? – zdumiałem się.

– Bo z chaty jego całe miasto jak na dłoni widać, a przez perspektywę dach leprozorium obejrzeć można. Może te druty do miotania magicznego słowa wypatrzymy?

Wspinaczka pod górę ostro dała mi się we znaki. Ścieżka była śliska, pokryta tu i ówdzie lodem i cienką na razie powłoką śniegu. Na półce skalnej, gdzie mieszkał Kozak, wiatr smagał wyjątkowo ostro. Ale za to widoczność była pierwszorzędna.

– Czego mam wypatrywać? – mruknął Ivo, wyciągając z torby lunetę.

– Wszystkiego, co wyda się panu podejrzane – wyjaśniłem. – Anten przede wszystkim. Sam nie wiem.

– Gdzie jest to leprozorium? – zrzędził, przesuwając tubus. – Widzę dach kościółka, czyli to...

Zamilkł.

Co się stało? – Dałem mu sójkę w bok.

– Tam jest coś dziwnego.

Przejąłem lunetę.

– Anteny zbiorcze wzdłuż gzymsów dzwonnicy, przynajmniej jeden nadajnik satelitarny, a całość zasilana chyba z baterii słonecznych rozłożonych na dachu szpitala...

– Wierzę ci na słowo, chłopcze.

– Nie jestem pewien, bo nie były w Polsce szczególnie rozpowszechnione – ciągnąłem – lecz z pewnością nie jest to twór współczesny. – Oddałem mydlarzowi przyrząd.

– Snuje się tam kilku ludzi, ale wszyscy wyglądają na białych. Sam zresztą mówiłeś, że możemy mieć problemy z identyfikacją. Cóż zatem powinniśmy zrobić?

– Włamać się... – zasugerowałem niepewnie. – Od tych anten biegną pewnie kable do jakiegoś pomieszczenia. Tam stoi komputer, rejestrator, cholera wie co.

– I chciałbyś to sobie obejrzeć z bliska? – zagadnął Ivo. – Bo widzę, że planujesz dostać się do środka. A wolno mi, chłopcze, zapytać: po co?

– No przecież... – urwałem.

– Zabić ich – zaproponował Maksym. – A wcześniej pomęczyć, żeby się dowiedzieć, gdzie reszta. Bo latającej machiny tam nie ma – zasępił się.

– Zabić – powtórzyłem bezradnie. – A może jakoś...

– Paktować chcesz? – Czech uśmiechnął się pobłażliwie. – Nie wydaje mi się, by byli do tego skorzy. Pozostaje ustalić moment ataku – powiedział poważnie. – Sadko?

Rosjanie i Kozak podeszli bliżej.

– Wejść do środka możemy – powiedział konus – lecz ja bym po cichu zbadał, jak się rzeczy mają. Gdy wszystko wiedzieć będziemy, decyzję podjąć można, czy mordować od razu, do niewoli brać, czy może na ich towarzyszy się zasadzić. Nocą wejść się nie da, bo warta czuwa, aby żaden chory nie uciekł. Myślę, że jutro będzie najlepiej. Koło południa.

– Oszalałeś?! – Wytrzeszczyłem oczy.

– Nie. Będzie niedziela. Wszyscy trędowaci zejdą się na mszę do kościółka. Wtedy wleziemy od tyłu oknem i sporo czasu będziemy mieli, by pobuszować.

– To głos rozsądku – potwierdził Maksym. – Kto pójdzie? Mój nóż od dawna nie pił krwi...

– Ja, bo umiem zamki i kłódki otwierać, a i w robieniu nożem niezły jestem. – Sadko wyszczerzył zęby w drapieżnym uśmiechu. – Ponadto Markus, bo takie *aparatusa* w przyszłości zbudowane obsługiwać umie i rozpozna, co jest do czego.

– A ja? – obruszył się Ivo.

– Za dużyś. Złodzieje powinni być mikrej postury. – Wskazał na siebie. – Jak chcesz, to możesz iść zamiast Markusa. Dwóch nas do tej roboty będzie aż nadto.

– Nigdy jeszcze nigdzie się nie włamywałem – bąknął Ivo.

Chyba stracił cały zapał.

– Ja też nie. – Wzruszyłem ramionami.

– A ja? – Maksym palił się do czynu.

– Pod oknem zostaniesz, by pleców nam pilnować, a w razie czego pospieszyć na ratunek – zadecydował konus.

Spojrzałem na słońce. Zbliżało się już do horyzontu. Czwarta po południu może. Co będę wiedział jutro o tej porze?

Po drodze zaszedłem do kupca handlującego winem. Nabyłem dzbanek reńskiego, choć właściciel interesu namawiał mnie usilnie na całą beczkę.

Wino już masz, zaśmiał się diabeł. Teraz trzeba jeszcze wygrzebać spod śniegu kwiaty, a z Brazylii sprowadzić trochę ziaren kakaowych na czekoladę...

Otworzyła mi Hela. W norweskim przyodziewku wyglądała bardzo ładnie. Zauważyłem też, że jakby wydoroślała, jakby zbliżała się do tej nieuchwytnej granicy dzielącej dziewczynę i młodą kobietę.

Siedzieliśmy nad kubkami z winem, jedliśmy pieróg nadziewany słodkim serem. Agata opowiadała jakieś anegdotki o chłopaku, który sprzedawał w Gdańsku mapy nieistniejących wysp z zaznaczonymi miejscami ukrycia skarbów...

Wypiłem trochę. Alkohol ośmielił mnie na tyle, że odważyłem się nawet puścić do wdówki oko, na co ona spiekła raka, ale odpowiedziała uśmiechem.

Wreszcie zjedliśmy, wypiliśmy i trzeba było iść. Hela odprowadziła mnie na galeryjkę.

– Panie Marku...

– Mów, proszę.

– Mnie pan nie oszuka. Coś niedobrego się szykuje?

– Jutro spróbujemy dopaść ludzi, którzy zabili Staszka, albo ich wspólników. Jeśli dobrze pójdzie, wyrównamy część rachunków.

– A jeśli pójdzie źle? Może ja...

– Biorę ze sobą najlepszych. Jeśli nam się nie uda, nawet nie próbuj sprawdzać, co się stało.

– Dobrze – powiedziała niby potulnie, lecz z jej miny wynikało, że na pewno spróbuje. – Pomodlę się za was.

Pocałowałem ją w czoło i odszedłem.

Po niebie wiatr przewalał chmury ciężkie od śniegu. Milczałem ponuro, maszerując rozmiękłą drogą w ślad za konusem. Maksym, pogwizdując beztrosko, kroczył obok mnie.

– Dobra pogoda – ocenił Sadko – choć najlepiej włamywać się w czasie burzy.

– Szalony plan – mruknąłem.

– Owszem, ale nie mamy lepszego – skwitował. – To znaczy mamy, można pochwycić jednego z mieszkańców leprozorium i torturować, aż powie wszystko, co wie. Potem trzeba by go, niestety, uciszyć na wieki i dobrze ukryć trupa.

Wzdrygnąłem się.

– Pomysł ten jednak szereg wad posiada – mruknął Maksym. – Po pierwsze, nie wiemy, kogo łapać, a wielce prawdopodobnym, iż nie wszyscy zostali wtajemniczeni. Po wtóre, niedobrze męczyć niewinnego człowieka, którego sam los naznaczył straszliwym cierpieniem ciała i duszy. Po trzecie, zetknięcie ze skórą i krwią chorego może być bardzo niebezpieczne. A przy torturach to normalne, że coś na boki chlapnie. Zresztą sam wiesz, jak to bywa...

– Masz rację – przyznałem.

Minęliśmy leprozorium. Z miasta wiatr przyniósł dźwięk dzwonów. Pora. Przesadziliśmy murek otaczający ogród i przez chaszcze podkradliśmy się do ściany budynku. Przywarliśmy plecami do kamieni spojonych lichą zaprawą i czekaliśmy. Jeśli ktoś nas zauważył, zaraz podniosą alarm. Patrzyłem na bezlistne badyle wokół nas. Co to w ogóle jest? Porzeczki?

Sadko wyjął dwie pary rękawiczek z cienkiej cielęcej skórki. W pierwszej chwili sądziłem, że po to, aby nie zostawiać odcisków palców, ale zaraz zbeształem się za tak niedorzeczną myśl...

– Załóżcie to – polecił. – Gadają, że lepra przez skórę dłoni przejść może.

Nie protestowałem, bo sam czułem się dość nieswojo w tym siedlisku choroby.

– Podsadźcie mnie – polecił szeptem Sadko.

Okna były wysoko. Splotłem dłonie w koszyczek. Wybił się, potem ukląkł mi na ramionach. Nie ważył dużo, może ze czterdzieści pięć kilogramów. Przylgnął twarzą do szybki i dłuższą chwilę obserwował, co dzieje się wewnątrz. Ja nerwowo patrzyłem na boki. Wszędzie panował jednak idealny spokój. Chyba nikt nie domyślał się naszej obecności.

Uspokojony Sadko sięgnął po nożyk i po chwili wyłamał jedną płytkę miki. Przyczaił się, nasłuchiwał dźwięków dobiegających z wnętrza domostwa. Wreszcie wsunął dłoń do środka i otworzył okno. Wdrapał się do wnętrza jak kot, a potem podał mi rękę.

Maksym kucnął pod ścianą z szablą ściśniętą między kolanami. Ubezpieczenie... Lepsze takie niż żadne.

Pokoik, w którym się znaleźliśmy, kompletnie mnie zaskoczył. Czegoś tak dziwacznego nie widziałem w życiu. Klitka nieznacznie tylko przewyższała rozmiarami pojedyncze łóżko w hanzeatyckim domu. Wymiary pomieszczenia wynosiły może dwa na dwa metry. Dwie prycze pod ścianami, wąskie przejście przez środek. Pościel szarej barwy, nieprawdopodobnie sprana, pokryta gęsto łatami. Pod łóżkami skrzynki z jakimś dobytkiem. Za pręt nad posłaniami zatknięte gliniane miski... Używano ich od lat, bo polewa na dnach była starta. Niski sufit wisiał tuż nad głową.

– Bieda z nędzą – mruknąłem ponuro. – Komfort niższy niż kuszetka w PKP...

– Przynajmniej z głodu i zimna nie zdechną i leki dostają, które objawy choroby nieco łagodzą – odparł Sadko, choć, rzecz jasna, nie mógł zrozumieć drugiej części mojej wypowiedzi. – Nora, bo nora, ale są i tacy, którzy by się z chęcią zamienili.

Wszystko cuchnęło brudem, stęchlizną i jakby trochę prosektorium. Sadko przyłożył ucho do drzwi, a potem łokciem nacisnął klamkę. Wyjrzał i ponaglił mnie gestem.

Pomieszczenie było wysokie na dwie kondygnacje. Spora sala oświetlona przez rząd okien od strony dziedzińca. Rozglądałem się w milczeniu. Stół, ciężkie krzesła, jakieś łachmany rzucone w kącie. Ani książek, ani telewizji, siedź i nudź się człowieku, latami czekając na nieuchronną śmierć... Wzdrygnąłem się. Leprozorium nawet widziane z zewnątrz przygnębiało. Tu w środku wszystko wydawało się jeszcze gorsze, pełne beznadziei.

Mnogość drzwi sugerowała, że celi podobnych do tej, którą opuściliśmy, było kilkanaście. Wzdłuż ściany, na wysokości pierwszego piętra, biegła galeryjka, z której podobny rząd drzwi prowadził zapewne do identycznych klitek. W budynku było paskudnie zimno. Oszczędzają na opale? Sadko miał niewyraźną minę. Popatrywał na jedyne w tym pomieszczeniu rzeźbione drzwi. W ascetycznym wnętrzu wydawały się zupełnie nie na miejscu.

– Przejście do kościoła – szepnął.

– Wewnątrz budynku?

– A czemu nie? – zdziwił się zupełnie szczerze.

– Ktoś może wejść?

– Nie. Nie o to chodzi. Powinno być słychać odprawiane nabożeństwo. Chyba że zebrali się gdzie indziej. Niedobrze...

Spojrzałem do góry i z trudem powstrzymałem gwizd. Pod sufitem biegło kilka kabli w kolorowych izolacjach. A zatem jesteśmy na dobrym tropie.

Mój towarzysz nacisnął kolejną klamkę. Znowu łokciem, czyżby bał się zarażenia mimo rękawic? Rozległa sień wyłożona została płytkami szarego kamienia. Wyjście na zewnątrz, schody na górę, przejście dalej. Ruszyliśmy na piętro. W budynku nadal panowała cisza. Stopnie głośno skrzypiały. Na pięterku był tylko jeden pokój. Weszliśmy i zamarłem zdumiony. Ze ściany sterczał kłąb kabli. W blatach szerokich drewnianych stołów wycięto okrągłe otwory. W ścianie znalazły się nawet cztery gniazdka elektryczne, podobne trochę do naszych. Ale... żadnego sprzętu. Komputery przypuszczalnie jeszcze niedawno stały na podłodze, monitory i klawiatury na stołach. Otwory były niezbędne, by przepuścić kable.

– Nie rozumiem – mruknąłem. – Coś jest bardzo nie tak.

– Zabrali, co do nich należało, i odeszli? – szepnął. – To tylko resztki, nieprawdaż? Coś ich spłoszyło? A może zadanie swoje jakieś wykonali?

– Przecież nie zostawiliby nadajnika na dachu ani baterii słonecznych...

Tknięty myślą popędziłem na parter i nie bacząc na ryzyko, wybiegłem na dziedziniec. Spojrzałem na dach. To wszystko, co widzieliśmy zaledwie wczoraj, znikło. Trzasnęły drzwi i podbiegł do mnie Sadko.

– Co ty robisz, głupcze! – syknął przez zęby. – Zaraz trędowaci wrócić mogą, a jak zobaczą i chmarą opadną...

– Kto? – warknąłem. – Popatrz, nad kominami ani śladu dymu. Zimno wewnątrz jak w psiarni. Tu nikogo nie ma i od wielu godzin nie było.

Zadumał się na chwilę.

– Masz rację – powiedział wreszcie. – Chińczycy się wynieśli... Zabrali dużo rzeczy – rozważał. – Swoim stalowym komarem nie mogli w tajemnicy usiąść tutaj, a zatem zapakowali kilka wozów rozmaitego dobra i jadą w góry... Albo już dojechali. Ścigać ich musimy, natychmiast! – błyskawicznie podjął decyzję.

– A trędowaci? Co z nimi? A może ich też od dawna nie było, może to Chińczycy od miesięcy krążyli po mieście ubrani w ich szaty?

– Tak by się nie dało, bo leprozorium raz w tygodniu medyk miejski wizytuje i chorych dogląda, licząc nowych i zmarłych – odparł Sadko. – Potem sprawę zdaje namiestnikowi lub lensmannowi. Może zamknięto ich w jakiejś piwnicy? Zostań i spróbuj ich odnaleźć. Przyślę tu Maksyma.

– A ty?

– Biegnę po Borysa i Iva. Weźmiemy konie. Może zdołamy ich dopędzić na szlaku. Będziemy niebawem przejeżdżali obok szpitala, czekajcie w pobliżu bramy.

– Dobrze.

Wręczył mi toporek i zniknął. Średnio uśmiechało mi się myszkowanie po tym budynku, ale nie miałem wyjścia, gdzieś tam mogli siedzieć uwięzieni ludzie.

Maksym pojawił się po kilku minutach. Zbadaliśmy pospiesznie budynek i przyległą kaplicę. Nie znaleźliśmy żywego ducha, nie natrafiłem też na wejście do piwnic. Wdrapałem się na dzwonnicę. W kamiennym murze tkwiły plastikowe kołki rozporowe, coś tu przymocowano do ściany. Były też następne gniazdka elektryczne. Kozak w tym czasie penetrował kuchnię.

– Musieli przebywać tu bardzo długo – rozważałem. – Przekupili trędowatych, ulokowali w leprozorium swój sztab. Może ktoś stale tu siedział, może przeszkolili do pracy tubylców... Tak czy inaczej, wczoraj doszli do wniosku, że pora kończyć ten projekt. Zabrali urządzenia, ale zostawili instalacje, może na przyszłość, może były dla nich bez wartości, a może po prostu nie chciało im się ściągać. Świadków zapewne wymordowali.

Zszedłem na dół. W sieni spotkałem Maksyma.

– Ani żywego ducha, trupem też nie śmierdzi, krwi śladów nie widać – zameldował. – Jakby się ziemia pod nimi rozstąpiła.

Przeszliśmy przez dziedziniec. Budynki po drugiej stronie były na wpół zrujnowane. Znalazłem tu kolejną kuchnię, jadalnię z zapadniętym już dachem, pomieszczenie, które mogło być niegdyś ambulatorium. Wreszcie wypatrzyłem drzwi wiodące do piwnicy. Wysunąłem solidny skobel i otworzyłem je.

– Jest tu kto?! – krzyknąłem.

Odpowiedziała mi cisza.

– Nie mamy pochodni – powiedział Maksym. – Iść świec poszukać? Widziałem jakieś w ich celach.

– Idź – przyzwoliłem. – Czekaj, nie bierz ich gołą ręką. – Ściągnąłem rękawiczki i podałem mu.

– *Błagadariu!*

Choć jeszcze nie miałem światła, ostrożnie zszedłem po kilkunastu stopniach, zostawiając drzwi otwarte na oścież. W półmroku spostrzegłem zarysy krypty lub rozległej piwnicy. Czekałem, aż oczy przywykną do ciemności. Nieoczekiwanie mój nos złowił intensywny zapach, który przypominał mi podrabiany koniak nabyty kiedyś nieopatrznie od Ruskich. On też woniał na kilometr esencją migdałową.

Co jest grane? Może wytwarzano w tym lochu jakieś leki albo... Wspomnienie przyszło nagle. Obozowe opowieści dziadka w jednej chwili ożyły mi w głowie. Już wiedziałem. Cyklon B. Albo podobne świństwo zawierające cyjanowodór!

Wybiegłem na dziedziniec. Czułem tępy ból w skroniach. Wykonałem kilka głębokich wdechów. Spokojnie, to draństwo jest nietrwałe. Zapach jeszcze się utrzymuje, ale nie powinno być już toksyczne. Powąchałem rękaw. Woń nie została na ubraniu.

Wrócił Maksym ze świecą w ręce.

– Cóż się stało? – zapytał, widząc moją minę.

– Chyba znalazłem... Ale...

– Może ja wejdę? Do widoku trupów przywykłem.

– Nie w tym rzecz. – Pokręciłem głową. – Boję się, że powietrze tam zatrute.

– U nas na Ukrainie w jaskiniach czasem tak bywa – powiedział. – Jak widzisz, że świeca gaśnie, uciekać musisz. A tu – pociągnął nosem – jakby pestkami śliw gniecionymi albo migdałami pachnie...

– W moich czasach istniał silny jad o tej woni – powiedziałem. – Niewidoczny dym, który zabijał wszystko, co żyje.

– Tam do kata – mruknął, odsuwając się o krok. – Zatrujemy się?

– Nie jestem pewien. Po pewnym czasie zjadliwość tracił.

– Liną mnie pod pachy obwiążesz i do loszku zejdę, gdybym umarł albo czucie stracił, wyciągnij – wymyślił rozwiązanie.

– Ja zejdę – powstrzymałem go. – Powietrze na tę chwilę wstrzymam. Gdybym padł, nie będziesz schodził, by mi pomóc. Mnie nie uratujesz, a sam zginiesz.

Zagryzł wargi, ale skinął niechętnie głową.

– Niech i tak będzie... Świecę weź.

Odpalił ją krzesiwem. Zaryzykować? Zaczerpnąłem powietrza i wstrzymując oddech, zszedłem do piwnicy. Czułem dreszcze, wewnątrz narastała panika. Spokojnie, jeszcze tylko kilka stopni... Muszę wiedzieć, czy trędowaci tu leżą, czy też mam ich szukać dalej...

Jeden rzut oka wystarczył i już mogłem uciec na świeże powietrze. Czułem szok i głębokie przerażenie. Przeszłość wróciła w najgorszy możliwy sposób. Największa ohyda, najpotworniejsze zbrodnie dwudziestego wieku zmaterializowały się na moich oczach. Zatrzasnąłem drzwi i długo stałem oparty o ścianę. Kozak stał obok, milcząc.

– Wszyscy nie żyją – powiedziałem wreszcie.

Wyszedłem przed bramę. Od strony miasta co koń wyskoczy pędzili nasi towarzysze. Za sobą na lince prowadzili klacz Maksyma i luzaka. Patrzyłem na nich. Ludzie. Normalni żywi ludzie. Na szczęście nie było z nimi żadnego mieszkańca Bryggen, bo w tym momencie nie panowałem nad sobą. Wiedziałem, że tę zbrodnię popełnili Chińczycy. Mimo to miałem szaloną ochotę zaszlachtować natychmiast jakiegoś Niemca...

Osadzili wierzchowce.

– Marku – odezwał się Sadko – Ivo nie żyje. Dopadli go...

Rozchylił dłoń i pokazał mi garść łusek od naboi. Poczułem gwałtowny skurcz serca. Zaschło mi w ustach. Ubiegli nas. Wyśledzili mydlarza i uderzyli pierwsi. A jeśli nie tylko jego?

– Rozbili mu też głowę i chyba zabrali kryształ w niej ukryty – dodał Borys.

– Co z Helą? – wykrztusiłem.

– Bezpieczna u Agaty. Ostrzegliśmy, że coś się szykuje i poprosiliśmy jednego znajomka, żeby miał na nią oko – uspokoił mnie olbrzym. – Gdy najmowaliśmy konie, powiedziano nam, że trzej ludzie o skośnych oczach wynajęli cztery zwierzęta dziś wczesnym rankiem. Ciało Iva już było zimne i sztywniało. Musieli dopaść go w nocy. Potem zabrali co swoje, zapakowali na wozy i ruszyli. Mają nad nami dużą przewagę. Wskakujcie na koń! – polecił.

– Pojechali wozami? – upewniłem się.

– Tak, brali konie pociągowe. Nie uciekną!

– Znalazłeś trędowatych? – zapytał mnie Borys.

– Nie żyją. Chińczycy zagnali ich do piwnicy i wydusili gazem – odparłem.

– Gazem? – nie zrozumiał.

– Sprawili, że powietrze stało się trujące – wyjaśnił Maksym.

– Wielkie nieba! – Konus spojrzał na mnie, jakby szukając potwierdzenia niepojętej informacji.

– To metoda, którą czasem stosowano w mojej epoce i wcześniej zresztą też... – wyjaśniłem.

Patrzył na mnie zdumiony, nic dziwnego, nigdy wcześniej nie słyszał o takim sposobie uśmiercania...

Niezdarnie wdrapałem się na siodło. Towarzysze patrzyli na mnie z rozbawieniem.

– W drogę! – krzyknął Maksym.

Dopiero czwarty czy piąty raz w życiu siedziałem na koniu. W panice usiłowałem sobie przypomnieć te kilka lekcji, które wziąłem jeszcze w liceum. Złapałem cugle. Koń ponoć czuje niedoświadczonego jeźdźca... Stopy odnalazły strzemiona.

– Coś nie tak? – zaniepokoił się Maksym.

– Dam radę! – uspokoiłem ich.

Pocwałowaliśmy ku wyjściu z doliny.

Wszystko układa się w logiczną całość, myślałem, z trudem utrzymując równowagę na grzbiecie zwierzęcia. Chińczycy musieli przybyć tu już dawno. Co ich zwabiło? Zapewne radio Alchemika. Może próbowali namierzyć scalaki, może łasicę, a może po prostu wszedł na ich pasmo? To ich zaalarmowało. Tylko że nie bardzo byli w stanie go „namacać".

Namierzyli, poszli, zlikwidowali, potem zwinęli bazę, wymordowali do nogi świadków... Nie. To się nie trzyma kupy. Tyle zachodu dla jednego Iva? Bez sensu.

Nie liczyłem na to, że zdołamy ich dopaść. Gnaliśmy kompletnie na wariata. Na szczęście załapałem rytm, zgrałem się ze zwierzęciem. Już nie musiałem poświęcać całej uwagi, by utrzymać się na końskim grzbiecie. Oderwałem spojrzenie od dłoni zaciśniętych kurczowo na wodzy. Powiodłem wzrokiem wokoło. Pędziliśmy kamienistym traktem na wschód. Droga wiodła wąską, lecz głęboką doliną. Szlak musiał być uczęszczany, miejscami trafialiśmy na koleiny wyrzeźbione w glebie przez koła wozów. Parokrotnie przejeżdżaliśmy oblodzone mostki z drewnianych kłód, przerzucone nad wąskimi strumykami, woda w nich jeszcze nie zamarzła, ale z korzeni drzew zwisały grube sople. Na trakcie wyraźnie odznaczały się ślady kół dwu lub trzech wozów.

– Cholernie piękny kraj... – mruknąłem pod nosem.

Jadący na przedzie olbrzym skręcił na wąską półkę biegnącą wzdłuż zbocza. Konie posłusznie szły za przewodnikiem. Zwolniliśmy kłus. Ścieżka była stroma i wąska. Dolina została po prawej. Starałem się nie patrzeć w coraz głębszą przepaść.

Z zadumy wyrwał mnie nagły wstrząs. Szkapy zatrzymały się. Maksym zeskoczył ze swojej klaczy i badał kupkę końskich pączków leżących na ścieżce.

– Ciepłe jeszcze – powiedział.

Rosjanie ponaglili konie. Wyjechaliśmy na przełęcz. Przed nami otwierała się rozległa piarżysta dolina. Cyrk lodowcowy... Śniegu było tu niewiele, wiatr zdmuchnął go, tworząc niewielkie zaspy. Patrzyłem w milczeniu na złomy skalne i zagajniki lichych drzewek.

Wiedziałem, co możemy zobaczyć, ale mimo to uszczypnąłem się w udo. Daleko przed nami na prowizorycznym lądowisku stał nieduży helikopter. Konie wyprzęgnięte z wozów pasły się opodal, skubiąc zeschnięte resztki jakichś traw. Trzej ludzie pakowali do maszyny jakieś skrzynki.

– I oto sam Bóg wroga na moją zemstę wydał – wycedził Kozak.

– Ku nim, szykujcie broń! – polecił konus. – Zaraz ich dojdziemy. Jednego brać żywcem...

Zauważyli nas. Ujrzałem, jak jeden z Chińczyków wyciąga z kokpitu coś długiego. Kałasznikow?

– Kryć się! – wrzasnąłem, zeskakując z siodła.

Rosjanie w jednej sekundzie runęli na ziemię, przypadając do ośnieżonego podłoża. Maksym dziwnym ruchem przewrócił swoją klacz. Sekundę później niebo

spadło mi na głowę. Poczułem miękkie uderzenie, zrobiło się ciemno, coś mnie dusiło, coś wgniatało w żwir...

Doszedłem do siebie po chwili. Okazało się, że kula trafiła mojego konia. Borys i Sadko zdołali zepchnąć zwierzę w bok i wyciągnęli mnie spod niego.

– *Bratok*, on z takiej dali ustrzelić nas może? – zdumiał się olbrzym. – Samopał jakiś narychtował...

– Tak. To broń z moich czasów. Jesteśmy za blisko.

– Jak szybko nabić ją może?

– To wielopał. Wypali wiele razy bez potrzeby ponownego nabijania... W dodatku chyba ma lunetkę, która ułatwia trafienie na wielką odległość.

Olbrzym użył wyrazu, którego nawet scalak nie zidentyfikował. Sadko złapał ostrożnie za cugle i czołgając się, przeprowadził ocalałe zwierzęta za skałę.

Borys położył bełt w łożu kuszy, starannie wycelował, szarpnął za spust. Za daleko, bełt upadł wprawdzie blisko celu, ale widać było, że doleciał tam siłą rozpędu. Jeden z Chińczyków stał koło śmigłowca z karabinem przy twarzy i najwyraźniej usiłował nas wypatrzyć. Pozostali dwaj spokojnie nosili skrzynki do luku.

– Ucieknę – powiedziałem ze złością i szpetnie zakląłem.

Chińczyk z kałasznikowem wystrzelił znowu kilka razy, usiłując nas „namacać". Jedna z kul trafiła nie dalej niż kilka metrów. Helikopter włączył rotor, śmigła obracały się coraz szybciej. Zajęli miejsca w kokpicie. Ten z bronią raz jeszcze zlustrował okolicę i wskoczył do maszyny.

– Musimy uciekać – warknąłem. – I to natychmiast.

– Dlaczego? – zdziwił się Sadko.

– Zaraz uniosą się w górę. Zawisną nad nami i wystrzelają jak kaczki – wyjaśniłem.

– Nie uciekną – uspokoił mnie Sadko. – Maksym działa. Powinien już być na miejscu.

– Maksym?

Rozejrzałem się. Kozak zniknął, jakby się rozwiał w powietrzu. Musiał to zrobić, gdy ja leżałem pod końskim bokiem.

– Co on kombinuje? – zdumiałem się.

– Przecież przybył tu, by ich pozabijać – rzekł z uśmiechem konus. – Dobrze, że strzelali do nas, miał więcej czasu, by się podkraść.

Wyobraziłem sobie Kozaka, jak z szablą w ręce wskakuje do helikoptera, i zachciało mi się śmiać. To nie filmidło o wojownikach ninja. Przecież zabiją go, gdy tylko pojawi się na otwartej przestrzeni. Nie ma broni palnej, a wokół maszyny jest równy plac. Nijak podejść.

Borys skończył nabijać muszkiet. Złożył się do strzału. Flinta huknęła. Chińczyk uchylił szerzej drzwi i znowu do nas walił, siedząc na fotelu.

– Twoja kula chyba nawet nie doleci – zauważyłem.

– Nawet jeśli nie, rozzłoszczę ich trochę – powiedział pogodnie olbrzym, ponownie nabijając swoją armatę. – I zwracam ich uwagę na nas, podczas gdy przyjaciel działa...

Sadko też wygarnął z jakiegoś samopału. Chińska kula uderzyła w kamień opodal naszego stanowiska i odbiwszy się rykoszetem, gwizdnęła nad moją głową. Czytałem kiedyś o snajperach. Trzeba by przygotować sobie kilka zamaskowanych stanowisk ogniowych i regularnie zmieniać pozycję...

Jak to pięknie brzmi w teorii. Przyczajeni na przełęczy mogliśmy co najwyżej kryć się za martwym koniem. Kamienie leżące wokół nie nadawały się do budowy prowizorycznych szańców, były albo za duże, albo za małe. Zresztą jak tu sypać wały, gdy podniesienie wyżej głowy grozi jej odstrzeleniem?

Borys wygarnął ponownie z muszkietu. Tym razem Chińczyk naprawdę się przyłożył. Pierwszy pocisk uderzył w brzuch zabitej kobyły, drugi trafił w rondo kapelusza Sadki i zerwał mu go z głowy. Przyczajeni przeczekiwaliśmy ostrzał.

– Nie wychylać się – instruowałem szeptem. – Wstrzelał się w naszą pozycję. Musimy się przesunąć w tył i w bok...

Poczołgaliśmy się. Ostrzał urwał się nagle. Wyjrzeliśmy ostrożnie. Helikopter oderwał się od ziemi. Poczułem straszliwy zawód. Zwiewali.

I nagle usłyszałem łoskot. Z zagajnika wypadł dziwny, ciemny kształt, a po chwili drugi i trzeci. Bolas. Bolas wykonane z kilkunastokilogramowych kamieni powiązanych długimi, cienkimi łańcuchami. Jedna wiązka głazów śmignęła obok maszyny, dwie kolejne trafiły w samą dychę.

Helikopter wydał dziwny dźwięk, po czym śmigło zatrzymało się z upiornym zgrzytem dartego metalu i urządzenie runęło ciężko na bok. Uszczypnąłem się, ale widziadło nie znikało. I naraz ogarnął mnie nieopanowany, histeryczny śmiech. Ten dzikus, ledwo co piśmienny Kozak, wychowany całe życie na stepie, zestrzelił właśnie chiński helikopter. Z katapulty. Z trzech katapult, które sklecił w zagajniku i starannie zamaskował.

Spryciula... Nie walił od razu, nie atakował bez sensu. Poczekał, aż oderwą się od ziemi, wiedział, że wtedy będą najbardziej podatni na ostrzał.

– Naprzód! – syknął konus, porywając muszkiet.

Popędziliśmy w dół. Na miejsce przybyliśmy oczywiście grubo za późno. Maksym zrobił już swoje. Jeden Chińczyk spoczywał zaraz obok wraku zdekapitowany, drugi, cięty przez brzuch i ramię, bił piętami w agonii. Pozostał ostatni.

– Zostaw, przesłuchać go trzeba! – krzyknął Sadko, widząc, że Maksym szykuje się, by wypatroszyć jeńca szablą.

Wyminąłem ich i wskoczyłem do kabiny częściowo zgniecionej maszyny. Przekręciłem kluczyk w stacyjce. Ekrany i zegary kontrolne zgasły. To powinno uchronić nas przed niebezpieczeństwem eksplozji. Rozejrzałem się po wnętrzu, ciesząc oczy rozmaitym dobrem... I naraz zobaczyłem jeszcze jeden ekran. Płonęły na nim wściekłą czerwienią cztery chińskie znaczki. Poniżej przeskakiwały cyferki.

Shit! Jedna cyfra, za nią dwie przeskakujące co chwilę. Minuty i sekundy? Zaraz pieprznie!

– Uciekajcie, to wybuchnie – krzyknąłem do towarzyszy.

Pospiesznie przetrząsałem kokpit, wrzucając za pazuchę wszystko, co leżało w skrytkach. Rzuciłem raz jeszcze wzrokiem na wyświetlacz. Mniej niż minuta! Wyskoczyłem ze śmigłowca i rzuciłem się do ucieczki. Sadko przywołał mnie gestem. Skoczyłem za wielki głaz leżący na skraju zagajnika. Olbrzym stalowym chwytem przyduszał jeńca do ziemi. Trzydzieści metrów... Co oni tam wsadzili? Miałem nadzieję, że nie bombę atomową...

Pieprznęło, aż ziemia się zatrzęsła. Sadko chciał wyjrzeć, lecz przytrzymałem go uściskiem ręki. Nie myliłem się. Druga eksplozja, trzecia... Wreszcie wszystko ucichło. Wiatr niósł do nas woń spalonej benzyny. Wyjrzałem ostrożnie. Z helikoptera został krąg niewielkich kawałków metalu i szkła. Tylko silnik, dziwnym trafem prawie nietknięty, odrzuciło dalej.

– Chyba jest już bezpiecznie – powiedziałem – ale na wszelki wypadek siedźmy tutaj.

Stanąłem nad jeńcem. Wiedziałem, że taka rana brzucha jest śmiertelna. On chyba też to rozumiał. Patrzyliśmy sobie w oczy.

– Sługa łasicy, jeden z tych pętaków, którzy pracują dla Skrata – zidentyfikował mnie.

Mówił po rosyjsku.

– Dlaczego to wszystko? – zapytałem w tym samym języku. – Dlaczego próbujecie nas pozabijać?

Milczał. Tylko wargi wygiął w uśmiechu. Nie wiem, czy dobrze odczytywałem wyraz jego twarzy, ale chyba okazywał nam w ten sposób pogardę.

– Umierasz – powiedziałem. – Masz prawdopodobnie krwotok wewnętrzny i inne obrażenia. Został ci może kwadrans. Ale kwadrans to bardzo dużo czasu, by poczuć ból tortur. A tak się składa, że mam pod ręką najlepszych fachowców w tej części Europy.

– Owszem, umieram. To bez znaczenia. Moja śmierć niczego nie zmieni. Wygraliście niewielką potyczkę, ale to my wygrywamy wojnę. Ale nie doczekacie tego... My zresztą też nie... To było mi pisane: w tych czasach zginąć. Szkoda tylko, że z rąk tego dzikusa. – Spojrzał z niesmakiem na Maksyma.

– Jak to? – zdziwiłem się.

– Misja w czasie to skok w jedną stronę. Nie ma możliwości powrotu. Wytłuczemy was i umrzemy tu w tych czasach.

– Chcę poznać prawdę!

– Prawdę? – Popatrzył na mnie z kpiną w oczach. A potem spoważniał nagle.

– Co... chcesz... wiedzieć...? – powiedział z wysiłkiem i przymknął oczy.

Z brzucha pociekło więcej krwi.

– Dlaczego planowaliście nas zabić? Czego szukacie w tej epoce? Skąd w ogóle się tu wzięliście!?

– Oko Jelenia – wyszeptał. – Musimy je odzyskać i dostarczyć im. A zabić was, bo tak trzeba. Służycie Skratowi.

– Wiesz o tym?

– Przywlekli go na Ziemię. Powiedział...

– Co?! Kto przywlókł?

– Istoty jego rasy. Na sąd. On... Zabijał całe cywilizacje, by kraść ich skarby. Ziemia... Jak trup leżący w krzakach. Ciało przechodnia ograbionego na gościńcu... Nie przewidział, że przeżyjemy. Nie przewidział, że mu się przyglądają.

– O czym ty mówisz?

– Pracujecie... dla mordercy własnego gatunku. Zabicie was jest sprawiedliwym odwetem. A my...

– A wy jesteście bandą ścierw. Nawet jeśli uważacie, że zabicie nas było usprawiedliwione, to po co wydusiliście gazem mieszkańców leprozorium? Czemu zabiliście Kozaka i jego żonę? Ile jeszcze trupów zostawiliście za sobą?

Zaczerwienił się jak panienka.

– Bezpieczeństwo misji tego wymagało. Nasz cel jest zbyt ważny, by ryzykować.

Stara śpiewka...

– Ci z rasy Skrata cofnęli się w czasie, by uratować naszą planetę? – zapytałem.

– Nie. Podobno religia im zabrania. Mamy to, co mamy. Skażenia, niedobitki ludności żyjące w schronach, budujemy dopiero izolowane kopuły, które w ogóle umożliwią nam życie na powierzchni planety.

– Czym jest Oko? Powiedzieli nam, że to scalak. Zapis osobowości kogoś z rasy Skrata.

– Tak też i jest. Tylko że to dowód przeciw niemu. Zabił badacza swojej rasy... Oni badają... cywilizacje. Ostrożnie, dyskretnie... Spotkali się, a Skrat nie miał prawa odwiedzać Ziemi. Scalak to zapisał. Chcą odzyskać scalak, by ożywić tamtego podróżnika. Skrat szukał Oka, by go zniszczyć.

– Co się stało ze Skratem?

Zachichotał, a łzy stanęły mu w oczach z bólu.

– Spaliliśmy łajdaka żywcem. Powiedz, jak wyglądał księżyc? Podobno był piękny...

– Widziałeś na filmach – zbyłem go.

Czułem, że próbuje mnie zagadać. Analizowałem jego opowieść, nie bardzo trzymała się kupy.

– Gdzie jest scalak Staszka? – zapytałem.

– Zniszczony. Zniszczyliśmy wszystkie.

Byłem prawie pewien, że kłamie. A może nie? Scalak Iva mógł zostać zniszczony... No cóż, pora na pytania trochę bardziej konkretne. Skinąłem na Borysa, żeby był gotów.

– Gdzie jest wasza baza? – zapytałem.

– A dlaczego niby miałbym ci powiedzieć? – Ponownie wygiął pogardliwie wargi. – I tak nie zdołasz nas pokonać. Triumfować będziemy my. Wy już przegraliście. W tych czasach i w tych, które dopiero nadejdą. Przegapiliśmy cię, ale co to zmieni? Zdechniesz wcześniej czy później, jako ostatni podróżnik w czasie. Z naszej ręki albo i z innej przyczyny.

Wymieniłem spojrzenia z towarzyszami. A więc dranie nie wiedzieli, że Hela żyje. Dobra nasza!

– Powiesz, powiesz – mruknął Sadko. – Nie tacy mówili. Borys, do roboty! Szybko i ostrożnie, żeby nie zdechł przed czasem. Maksym, palikuj.

Przywiązali mu nadgarstki i kostki stóp do czterech brzózek. Olbrzym szybkim ruchem zastrugał kilka patyków. Zamknąłem oczy. Zatkanie uszu dużo nic dało, torturowany wył jak zwierzę. Marius Kowalik miał rację. Tortury, którym poddano mnie na „Łani", to była w zasadzie tylko przyjacielska pogawędka. Do tej pory sądziłem, że Sadko i Borys, dręcząc mnie, wykazali się straszliwym sadyzmem. Teraz dopiero zobaczyłem, co to są prawdziwe męki. Wbicie drewienek pod paznokcie nic nie dało. Rosjanin naszykował więc kolejną gałązkę, ujął kozik i zajął się kolanami więźnia.

Odszedłem w krzaki, żeby zwymiotować. Chińczyk darł się, prawie nie robiąc przerw na zaczerpnięcie oddechu. Wróciłem. Miałem szaloną ochotę, by to przerwać, wiedziałem, że mnie posłuchają, ale jednocześnie zdawałem sobie sprawę, że nie mogę tego zrobić. Potrzebowaliśmy tych informacji.

– Gdzie jest wasza baza? – zapytałem ponownie. – Bądź rozsądny, i tak to z ciebie wydusimy, a po co masz cierpieć?

W odpowiedzi tylko splunął krwią. Borys rozciął spodnie i umieścił jądra więźnia pomiędzy dwoma kijami.

– Sam tego chciałeś... – mruknąłem.

Chińczyk zacharczał w odpowiedzi.

– Nie damy rady – rzucił Sadko ze złością. – On już się kończy... A tu by jeszcze czasu trzeba.

Borys ścisnął kijaszki. Myślałem, że zemdleję, słysząc ten wrzask, ale wytrzymałem i to.

– Ne byj, ne woloczy, u horylci jazyk namoczy, to usiu prawdu skaże – zażartował ponuro Maksym.

Nie znęcać się, tylko namoczyć język w wódce, a prawdę powie? Ech, gdyby to było takie proste...

– Powiedz, gdzie jest baza! – zażądałem od Chińczyka. – Podaj współrzędne!

Jeniec spojrzał na mnie ocalałym okiem. Z drugiego nie zostało wiele, spod powieki ciekł strumyczek krwi.

– Przegraliście – wycharczał. – Jesteś ostatni... Twoi towarzysze ziemię gryzą: i ten młody, i dziewczyna, i mydlarz...

– Powiedz – poprosiłem. – I tak to z ciebie wyciśniemy, a po co masz bez sensu cierpieć?

– Bez sensu? Ty... Ty... morderco! Pracujesz... dla tego, kto zniszczył Ziemię...

– Łżesz!

– Obyś... był przeklęty!

– Odpowiadaj! – ryknąłem.

Czułem obrzydzenie do samego siebie. Zdawałem sobie w pełni sprawę, że uczestniczę w wyjątkowo ohydnym mordzie. Że tego, co robię, nie zmyje zwykła spowiedź, że na zawsze już zbrukałem sumienie. Czy miałem prawo chronić swoje życie kosztem cudzego?

– Jeszcze raz – poleciłem olbrzymowi.

Ale już było za późno. Przez pokrwawione ciało przebiegły drgawki. Rzęził. Maksym odsunął mnie ręką. Stanął nad konającym z metalową butelką w dłoni. Chlapnął na krzyż.

– Ja ciebie chrzczę *wo imia Otca i Syna, i Swiatohogo Ducha...*

Zbaraniałem. Chińczyk raz jeszcze wierzgnął nogami i znieruchomiał. Kozak zakręcił flaszeczkę.

– A to za Wieroczkę! – Kopnął trupa, aż trzasnęły żebra. – I za Osipa! – Wpakował kopa z drugiej strony.

Nie wierzyłem w to, co widzę. Po prostu mój mózg nie wczytywał obrazu. Nie analizował, zawiesił się, wyświetlając komunikat o błędzie. Co ten człowiek robił?! Musiałem mieć strasznie głupią minę, bo Kozak uśmiechnął się szeroko.

– Życie wieczne jest przeznaczeniem człowieka – powiedział poważnie. – Poganin czy nie, dobry czy zły, skoro mogliśmy mu bramy raju otworzyć, trza było o to zadbać...

– Słusznie – przytaknął Sadko. – Dobrześ zrobił...

Stałem, kontemplując scenę. Rozległa dolina, szare skały, długie, pożółkłe trawy poprzecinane zaspami śniegu usypanymi przez wiatr. Delikatnie oszronione gałęzie drzew.

I tylko ten mdlący zapach krwi w powietrzu... Smród palonej benzyny. Ci trzej popaprańcy i trup człowieka, który na mój rozkaz wyzionął ducha wśród strasznych męczarni. Nie powinienem był na to pozwolić. Być może zasłużył na śmierć, ale nie na tortury... No cóż, miał wybór. Mógł nam przecież powiedzieć, gdzie jest ta cholerna baza. Nie. Nie mógł. Ta informacja to życie jego przyjaciół, podwładnych, dowódców.

Wyrzuciłem skarby zza pazuchy na rozścielony płaszcz i przeszedłem do miejsca eksplozji. Z helikoptera nie było co zbierać. Kadłub musiał być chyba napakowany termitem, bo spore partie w ogóle się stopiły. Jedyną wartość miało aluminium i miedź ze spalonych kabli. Sukinsyny dobrze się zabezpieczyli. Silnik? Korpus chyba cały... Może dałoby się go nawet uruchomić. Tylko po cholerę mi silnik od helikoptera w świecie, gdzie nie ma kropli benzyny?

Oba trupy trochę osmaliły się po wierzchu. Bez większego przekonania zacząłem przeszukiwać im kieszenie. Długopis, notes wypełniony zapiskami po chińsku, kilka dukatów, dwie paczki papierosów, legitymacje. Niestety, scalak milczał. Znalazłem też zielony kryształ. Może to ten, który został wyrwany z głowy mydlarza? Ciekawe po co? Próbują odczytać dane? Tak czy inaczej, jest szansa, że Staszek żyje. To znaczy że uda się go ożywić.

I nagle... To było tak oczywiste, że naraz zapragnąłem zatańczyć. Jeden z martwych pilotów miał na głowie hełmofon. Słuchawki! A w nich głośniki! Będzie na czym słuchać radia, które zbudował Ivo!

Odpiąłem też szelki taktyczne z rewolwerem i drugie, z kaburą pistoletu. Na odchodnym zabrałem jeszcze zegarki. Wróciłem do towarzyszy. Sadko właśnie przymierzał ściągnięte nieboszczykowi oficerki. No cóż, co kraj i epoka, to obyczaj... I znowu naszły mnie gorzkie myśli. Jak szybko to poszło. Jeszcze niedawno wahałem się, czy mogę zabierać rzeczy po zmarłym złotniku. Dziś oskubuję trupy ludzi, których pomogłem wykończyć.

Teraz dopiero zacząłem przeglądać skarby. Opakowanie leków opisane po chińsku. Może aspiryna, może coś zupełnie innego. Scalak i tym razem nic mi nie podpowiedział. Paczka sucharków, plastikowy grzebień, dwa magazynki do kałacha, kalkulator, czysty notes. A co najważniejsze, składana mapa turystyczna Skandynawii! Rozłożyłem ją trzęsącymi się z podniecenia dłońmi. Niestety. Piloci nic na niej nie zaznaczyli... Mimo wszystko był to bezcenny skarb!

– *Bratok*, tak dumam, umiesz może z takiego wielopału strzelać? – zapytał Maksym.

Spojrzałem na niego zaskoczony. Dopiero w tej chwili zobaczyłem, że przewiesił sobie przez ramię... zmodernizowany karabin AK-47 z celownikiem optycznym i laserowym wskaźnikiem celu.

– Nauczę cię – obiecałem, zapinając na przegubie zegarek. – Jak się będziemy dzielić? – Wskazałem łup.

Oglądali po kolei przedmioty i kiwali głowami, najwyraźniej nie wiedząc, co do czego przypasować. Zatrzymali zegarek i rewolwer, by pan Kowalik mógł to sobie zbadać, Borys zainteresował się grzebieniem. Kozakowi daliśmy oba magazynki do kałacha. Sadko zadowolił się zapalniczką. Mnie przypadły pistolet, mapa i dziwne gogle. Zabrałem też hełmofon pilota i notes. Podzieliliśmy znalezione pieniądze.

❧ Zawlekliśmy trupy Chińczyków do lasu i przywaliliśmy kamieniami. Silnik oraz pozostałe szczątki helikoptera ukryliśmy w jaskini, starannie maskując wejście głazami. Sadko chciał wrócić tu wiosną po aluminium, obiecał, że każdy z nas dostanie swoją dolę. „Lekkie srebro" budziło jego szalone podniecenie.

Do Bergen dotarliśmy późnym wieczorem. Zwróciliśmy konie w zajeździe i poszliśmy do chaty mydlarza.

Spodziewałem się zastać trupa leżącego na podłodze, toteż niepomiernie się zdziwiłem, widząc otwartą trumnę opartą na krzyżakach, kilka świec oraz Helę, Agatę i Artura. Zdenerwowałem się. Dlaczego tu przyszli? Po co niepotrzebnie się narażają?! Ale byłem zbyt wypruty, by robić im wymówki.

Twarz nieboszczyka nakryto kawałkiem tkaniny, powietrze cuchnęło krwią. Kolejny przyjaciel przemknął przez moje życie i zniknął. Niechciane, nieoczekiwane łzy zapiekły mnie w kącikach oczu.

– Zdołaliście ich dogonić? – zapytała dziewczyna.

– Tak – odparłem. – Zabiliśmy ich, ale, niestety, to nie wszyscy.

Stojąc przed Helą, czułem obrzydzenie do samego siebie. Byłem brudny jak świnia, przesiąkłem ostrą wonią końskiego potu... Ale jeszcze gorsze było głębokie przekonanie, że zbrukałem swoją duszę. Śmierć tych ludzi... Nie ja ich zabiłem. Ja tylko asystowałem. Ale winny jest ten, kto odnosi korzyść.

Pospieszyłem do szopki. Niestety, Chińczycy zniszczyli wszystko. Patrzyłem w bezsilnej złości na strzaskane lampy i inne elementy aparatury. Ile czasu wymagało wyklepanie miedzianych i żelaznych blaszek na cewki? Tyle ludzkiego wysiłku poszło na marne! Nawet kostki mydła porozrzucali.

Podniosłem jedno i przeszedłem do kuchni. Umyłem się, wypłukałem włosy. Zimna woda pozwalała ochłonąć, zebrać myśli. Mam scalak alchemika. Przyjdzie czas i Ina go ożywi. O ile sama żyje.

– Jeśli pozwolicie, panie Marku, udamy się już na spoczynek – powiedziała Agata. – Niebawem zmrok zapadnie i furtę kantoru zamkną.

– Oczywiście. Dziękuję bardzo, że się tak wszystkim zajęliście... – wybąkałem.

– Czuwajcie spokojnie przy zwłokach, ksiądz rano przyjdzie i na cmentarz go wyprowadzi. Panna Helena na trumnę dała...

– Zwrócę jej.

Poszli we trójkę. Sadko zniknął, wrócił po półgodzinie, niosąc dzbanek wina.

– Zmarły się przecież nie obrazi, a czuwać całą noc na sucho trudno – wyjaśnił.

Znalazły się cztery kamionkowe kubki. Polałem. Wino było kwaśne w smaku, ale wypić się dało. Zapadła noc. Zapaliłem dwie świece. Borys zaryglował drzwi.

– Obiecaliście mnie nauczyć... – Maksym gestem wskazał stojącą w kącie broń. – Strzelać tu nie będziemy, ale...

Rozłożyłem karabinek, przetarłem wszystkie elementy szmatką namoczoną w oliwie. Wytarłem do sucha. Złożyłem. Pokazałem, jak się wymienia magazynek. Wyjaśniłem, jak przełączyć ogień z pojedynczego na automatyczny.

– Broń to bardzo zacna. – Sadko śledził w skupieniu moje czynności. – Warto by panu Kowalikowi pokazać, kopie wykonać. Wielopał taki bardzo by się przeciw piratom przydał. Ileż to razy wystrzelić można? Do nas z siedem kul posłał.

– Trzydzieści. Nie zrobicie kopii – zaznaczyłem. – To zupełnie inny rodzaj stali, wytrzymuje ogromne naprężenia. Waszą rozerwie przy pierwszej próbie.

– Czegoś się do niej dodaje przy wytopie? Tak jak brąz może być twardy i kruchy albo bardziej kowalny? – dociekał. – Może problem ten ominąć się uda?

– To specjalna stal rusznikarska. Ale nie wiem, czego do naszych stopów dodają.

– Może damast by tu pomógł? – odezwał się Kozak. – Albo bułat raczej, bo w okrągłej lufie skręcone warstwy lepsze.

– Pomyślimy nad tym – mruknął Sadko.

🪲 Czuwanie przy zwłokach... Przypomniały mi się opowieści dziadków. W miastach ten zwyczaj podupadł już dawno, po wsiach utrzymał się dłużej. Otwarta trumna, zapach śmierci w powietrzu... I kubek z winem. Płomyk świecy odbijał się w ciemnej powierzchni cieczy. Popatrywałem co jakiś czas na fosforyzującą tarczę zegarka. Świadomość, że mogę mierzyć upływający czas, dawała mi niezwykłą przyjemność. Wymknąłem się na chwilę za dom i w ciemności założyłem chińskie gogle. Moje podejrzenie okazało się słuszne. To było coś w rodzaju noktowizora. W każdym razie widziałem dzięki nim w ciemności. Wróciłem do towarzyszy.

– Powiedz, *bratok*, jak to z wami jest, on martwy czy ożyje jeszcze? – zapytał Sadko, wskazując gestem nieboszczyka.

– Nie wiem – odparłem. – W kieszeni jednego z Chińczyków znalazłem scalak.

– Kamień taki, jaki słudzy łasicy noszą w głowach... – powiedział konus. – Kryształ, w którym zapisać można ludzką duszę. Diabelski iście przedmiot. Wszak duszę taką łatwo skraść. Włożyć by go w jego głowę można? Zanadto rozbita mi się wydaje, choć i ty miałeś kość potrzaskaną, aleś dychał jeszcze, a ten, gdyśmy go znaleźli, zimny był i sztywniał już...

– Tego ciała ożywić się już nie da – odparłem ze smutkiem – lecz łasica może uczynić nowe.

Maksym przeżegnał się po trzykroć, Borys splunął z obrzydzeniem na podłogę. Tylko twarz Sadki zachowała normalny wyraz.

– Jesteś zatem prawie nieśmiertelny – powiedział. – W każdym razie póki ktoś kryształu nie strzaska.

– Nie wydaje mi się. Przede wszystkim jestem zależny od woli łasicy. A jej od dawna nie widziałem... Chińczyk mówił, że jej pan osądzony został i stracony. Nie wiem jednak, czy to oznacza, iż rozkazy dla mnie zostały odwołane.

– To nad łasicą jeszcze wyższa władza stała? Może zatem już wolny jesteś? – Olbrzym polał nam do kubków cierpkiego cienkusza.

– Złe to czary – mruknął Kozak. – Nie demonom cuda boskie czynić... Nie ludziom... Wielkie nieszczęście z tego być może, bo Bóg spojrzy, co wyrabiacie, i się rozgniewa. Przepadniecie wraz z tym miastem jak mieszkańcy Sodomy i Gomory, a kto wie czy nowy potop całej Europy nie spłucze...

– To nie czary – zaprzeczyłem. – To nauka. Wiedza i technika tak doskonałe, że wydają się magią. Gdy godziłem się zostać niewolnikiem, nie wiedziałem jeszcze, jak to wszystko będzie wyglądało. Może więc i moja wina nie jest wielka?

– Co teraz zrobimy? – Konus spojrzał mi w oczy.

– Ciało towarzysza oddamy ziemi. Jeśli ten kryształ należy do niego, będę czekał na przybycie łasicy i poproszę, aby go ożywiła. Jeśli się to nie uda, kiedyś i tak spotkamy się w niebie.

– Albo w piekle. – Maksym ponownie się przeżegnał.

– Albo w piekle – przyznałem.

– Towarzystwo będziemy tam mieli zaiste doborowe – zarechotał Borys. – Bo i ja z bratem zapewne tam trafimy. Od pięciu lat zabijamy w imieniu Hanzy.

– Dlaczego to robicie? – zapytałem. – Dziwi mnie wasz los...

– Powiedz raczej szczerze, że budzi odrazę. – Jego brat uśmiechnął się drapieżnie.

Milczałem, ale cóż, trafił w sedno...

– Jeszcze pacholętami byliśmy, gdy przyszło nam Nowogród opuścić – powiedział Borys. – Nasz świat umarł... Od dziadów jedynie słyszeliśmy, jak miasto to wyglądało kiedyś, jak żyło, jakie prawa w nim ustanowiono. Pożądaliśmy wolności. Pożądaliśmy morza aż po horyzont oraz krain za horyzontem. Tu też skała Norwegii uwiera w zadki, rozkołysany pokład stokroć lepszy niż kamień pod stopą, bryza o poranku daje większą radość niźli zaduch chaty. Gorączka wędrówki pali żyły jak ogień... – Omal się nie rozpłakał.

Pomyślałem o swoim życiu. Jesień, zima, wiosna, lato. Rok za rokiem. Codziennie rano po tej samej ulicy do tej samej szkoły. Codziennie te same nudne obowiązki. Potem film czy książka i do wyra. Czasem jakaś spódniczka zamajaczyła na horyzoncie i przeważnie zaraz znikała. W kółko obracanie tego samego kieratu. Tylko myśl o wakacjach dodawała mi sił, by przetrwać.

Latem ruszałem w świat. Czechy, Chorwacja, raz zapuściłem się do Egiptu, raz była Grecja, Kreta, Cypr, Santoryn... Hotele, zabytki, pola namiotowe, kempingi. Dopiero gdy mogłem każdego dnia położyć głowę w innym miejscu, czułem, że żyję. Kiedyś padł system, siedziałem z uczniami, pogadaliśmy szczerze. Oni też czekali lata... A ci ludzie, kupcy, marynarze, włóczyli się po świecie większą część roku. Wolni, swobodni... Do ciężkiej cholery! Czemu nie zostałem marynarzem?

Bo się wody boisz, a pływać to się dopiero w wojsku nauczyłeś, zaśmiał się diabeł stróż.

– Hanza dała nam wszystko, co kochamy. Wolność i wędrówkę. To jakby nowe życie – zakończył olbrzym uroczyście.

– W zamian oczekiwała ślepego posłuszeństwa i eliminowania jej wrogów – uzupełnił Sadko. – To uczciwa cena. Ale i zarazem...

– Świadomość cierpień naszych bliskich zatruwa nam myśli dzień po dniu – mruknął ponuro Borys. – Ale najgorszy jest brak nadziei. Zanim opuściliśmy Nowogród, rozmawialiśmy z wieloma ludźmi. Rody kupieckie przechowują pamięć dawnych dni. Tam wielu liczy, że Hanza się o nas upomni. Że niemieccy kupcy powrócą do Peterhofu i znowu kościół Świętego Piotra zawalą towarami po dach.

– Co? – zdziwiłem się.

– Kupcy trzymali towary tam, gdzie najbezpieczniej, pod okiem Boskiej Opatrzności, a i kamienne mury solidniejsze niż drewniane ściany spichrzy – wyjaśnił jego brat.

Interesujące...

– Marzyliśmy, że nasze towary znowu spłyną rzeką Wołchow i przez morze ruszą na targi do Visby, Lubeki i Bremy... Liczyliśmy, że opowiemy o losie miasta na hansatagu, i dopięliśmy swego. Wysłuchano nas. A potem przyszło wiecznie czekać na niemożliwe. Hanza jawiła nam się jako niezmierzona potęga obalająca trony i strącająca królów w pył, siła zdolna upokorzyć cara... A zamiast tego ujrzeliśmy garstkę starców karmiących się, jak i my, wspomnieniami.

– Hanza zatraciła zdolność walki – powiedział konus. – Już nie wystawia własnych armii. Jej bronią są już tylko tacy jak my, skrytobójcy usiłujący karać tych, którzy łamią dawne prawo. Ostatni i nieliczni. Jest jeszcze kilka okrętów pokoju, starych i wysłużonych. Można patrolować nimi brzegi i od czasu do czasu odgonić piratów. Jednak gdyby pojawili się znowu większą gromadą, jak niegdyś Bracia Witalijscy, nic nie wskóramy. Jeśli dobrze odczytałeś dokumenty Rosenkrantza, tej zimy może spaść na Hanzę cios ostateczny... A jeśli Hanza padnie, dla naszego miasta nie będzie już żadnej nadziei.

– Dla nas też nie – mruknął Borys. – Zbyt długo graliśmy potęgom na nosie. Już dziś jesteśmy wywołani, tylko miasta związku gwarantują nam jeszcze wolność i schronienie...

Cóż, taki widać los wielokrotnych morderców, pomyślałem markotnie.

– Furda! – Maksym przerwał im te smutne rozważania. – W gościnę do mnie zapraszam. Na stepie nikt was nie odszuka, a i przygoda ludzi dzielnych i w walce zaprawionych nie minie. Pohulamy we trzech na Czarnym Morzu, przypieczemy boczków poganom. Łupy bogate weźmiem, a gdy kostucha przyjdzie, z bronią w ręce umrzemy, a nie w łóżkach czy w więziennej celi.

– Rozważymy twą propozycję. – W oczach Sadki błysnęło rozbawienie.

Zadumałem się. Ci dwaj otarli się o największe tajemnice związku kontrolującego sporą część Europy. Świat Maksyma nie był już dla nich atrakcyjny. Tak jak dla mnie, człowieka przyszłości, cały ten szesnasty wiek wydawał się wielką kupą łajna...

– Tak i świat z jednej strony kurczy się, z drugiej coraz bardziej rozrasta – powiedział w zadumie Sadko.

– Jak mam to rozumieć? – zdziwiłem się.

– Naszym przodkom z Nowogrodu wystarczało, że wypuścili się na Bałtyk. Zabierali skórki wiewiórek i innych zwierząt, miód i wosk, rozmaite dobra z lasów północy i z wybrzeży Morza Białego. Załadowali statek, popłynęli rzeką Wołchow do jeziora, które Finowie zwą Ładoga, a potem na morze. Dobili do Gotlandii, sprzedali skórki, kupili różne piękne dobra zachodnich krain i hajda z powrotem. Hanza była wtedy inna. Im morze po kolana, docierali do Nowogrodu, Londynu, pływali na zachód ku Niderlandom. Ale dziś jakby zadyszki dostali...

– Możesz mi to wyjaśnić?

– Pan Kowalik i Peter mówili jednym głosem. Rozwój albo upadek. To taka stroma ścieżka w górach po piargu. Możesz iść tylko do przodu; jeśli nie przestawisz nogi, jeśli na chwilę się zatrzymasz, runiesz w przepaść. Hanza osuwa się żlebem, usiłując złapać równowagę. Straciła kantor w Londynie. Potem Iwan Srogi podbił Nowogród. Książęta Rzeszy Niemieckiej urośli w siłę i wiele praw na południowych szlakach anulowano. Dania jest silniejsza niż kiedykolwiek. Otwarcie łamie swoje przyrzeczenia względem nas. Tymczasem Hiszpanie i Portugalczycy pływają do Indii i Nowego Świata. Włosi i Grecy handlują z Turcją oraz krainami nad Morzem Śródziemnym. Anglicy mają już niezłą flotyllę, a ich okręty opłynęły Norwegię, od północy docierając do Rosji. Trzeba było wyjść na zewnątrz.

– Na zewnątrz?

– To my powinniśmy zakładać kantory w Nowym Świecie, na Islandii, ba, może w Indiach nawet. To nasze okręty powinny dumnie pruć oceany. Tymczasem nasz handel to Bałtyk, kilka miast niemieckich, tu w Norwegii Bergen jedynie. Przegraliśmy. Jesteśmy ostatnim pokoleniem. Po nas Hanzy już nie będzie. Może czas jakiś jeszcze do obcych portów nasze statki wpuszczane będą. A potem... – Spuścił wzrok.

– Chyba że zrobicie coś, by temu zaradzić...

– Pan Peter i pan Marius wciąż próbują. Ale sił naszych mało. A i noga się powinąć może. Jak wtedy, gdy opadli nas piraci.

Umilkł.

– Brak wam idei i charyzmatycznego przywódcy – powiedziałem.

– Heinrich Sudermann jest odpowiednim człowiekiem. Tylko że jest sam... A jeden człowiek wiele nie zdziała.

– W moich czasach historycy spierali się, co ważniejsze: jednostka czy grupa. Badali, czy jeden człowiek samodzielnie, tylko z pomocą swojej żelaznej woli, może pchnąć świat na inne tory, czy też potrzeba i dążenie grupy ludzi sprawia, że na ich czele pojawia się wódz...

– Nie pojmuję, co mówisz, Markusie – odezwał się Borys. – Używasz słów, które dla mnie obce są i niezrozumiałe. Jedno wszakże możesz nam zdradzić. Żyłeś w czasach odległych o blisko połowę milenium od naszych. Wiesz więc, czy Hanza przetrwała. – Spojrzał mi w oczy. – Powiedz, co nas czeka.

– Hanza upadła. Nie wiem nawet, kiedy i z jakiego powodu. Dla mnie to była zamierzchła przeszłość, a nie interesowałem się szczególnie historią. Nigdy nie słyszałem o Hansavritsonie czy Sudermannie. Nigdy nie słyszałem o Fryderyku II czy tym popaprańcu Rosenkrantzu. Wasz świat odszedł w zapomnienie.

– W głowie się nie mieści... – Sadko popatrzył na mnie głęboko wstrząśnięty i zarazem jakby z wyrzutem. – A Visby czy Bergen?

– Straciły na znaczeniu tak dalece, że nie wiedziałem nawet, gdzie leżą. O Bergen słyszałem jedynie, że w Norwegii, nie wiedząc nawet, w której jej części.

– A Nowogród czy Brema?

– Prowincjonalne miasta gdzieś w Rosji i Niemczech. Nie tam bije puls świata.

Milczeli.

– Gdańsk?

– Spore miasto nad Bałtykiem. Marny port i stocznia, która sromotnie zbankrutowała.

– A więc to, co budowano przez pokolenia, odejdzie w niebyt. Pozostanie tylko cień dawnej świetności...

– I dla Polski przyjdą ciężkie czasy – dodałem. – Ta, w której żyłem, to gdzieś piąta część zaledwie tej, którą znasz ty czy Maksym. Od stuleci nie jesteśmy już mocarstwem.

– A Ukraina? – zainteresował się Maksym.

– Kraj wolny, lecz biedny. Ludzie stamtąd uciekają do Europy Zachodniej.

– Wolne żarty! – Spojrzał na mnie dziko.

– Zatem próżne nasze wysiłki – westchnął Sadko. – Bo twoja przeszłość to nasza przyszłość. Choćbyśmy wycisnęli siódme poty, już tego nie zmienimy. Peterowi i Mariusowi się nie powiedzie.

– Nie wiem. Może tak. A może nie. Wszystko zależy od tego, czy historia, którą znam, może potoczyć się inaczej. To, co dla mnie jest przeszłością, dla was dopiero nadejdzie.

– Spróbujemy... – powiedział. – Jeśli historia nie ma się zmienić, po prostu zginiemy, próbując.

Piliśmy wino, siedząc wokół ciała Iva. Wreszcie w oknie pojawił się blask świtu nowego dnia. Dziewiąty grudnia roku Pańskiego tysiąc pięćset pięćdziesiątego dziewiątego... Ta data z niczym mi się nie kojarzyła. Nie uczyłem się o niej w szkole. A nawet gdybym się uczył, z pewnością bym zapomniał.

Ksiądz przyszedł może pół godziny później. Odmówił modlitwę i dał nam buteleczkę święconej wody. Zaraz też zniknął. Bał się opuszczać teren kantoru.

Wreszcie nakryliśmy trumnę i na własnych barkach ponieśliśmy ją w góry. Ziemia była zamarznięta, zatem wykopaliśmy grób w gruzowisku opodal ruin klasztoru.

– Jeśli nie powstaniesz z martwych na rozkaz łasicy, spoczywaj w pokoju – powiedział Kozak, gdy staliśmy nad dołem.

Pomodliliśmy się i zasypaliśmy dziurę. Nieprzespana noc sprawiła, że opuściły mnie siły. Oparłem się o kawał muru i przymknąłem oczy. Wydawało mi się, że opuściłem powieki tylko na chwilę, ale gdy je uniosłem, słońce stało już wyżej. Spojrzałem na zegarek. No proszę, już po jedenastej. Spostrzegłem, że moi towarzysze stoją na krawędzi skarpy i gapią się na coś, podając sobie lunetkę.

– Co się dzieje? – zapytałem.

– Kupcy idą do twierdzy. Rosenkrantz zaprosił ich dziś w południe na rozmowy – powiedział Sadko.

– Przeczucie mi mówi, że zechce im zakomunikować nowinę, którą poznaliśmy z zaszyfrowanego papieru... – dodał Borys. – A drogą w tę stronę ciągnie oddział wojska. Chodźmy, coś niedobrego się szykuje.

🪨 – Panowie kupcy! – Rosenkrantz wszedł do dawnej sali tronowej norweskich królów w towarzystwie sekretarza. – Wezwałem was powodowany głęboką miłością bliźniego i niechęcią do przelewania krwi.

Delegaci popatrzyli po sobie z niepokojem. Słowa namiestnika zabrzmiały dziwnie, a jego cyniczny uśmieszek nie wróżył dobrze.

– Miłościwie nam panujący władca, król Danii i Norwegii Fryderyk II, odkąd osiągnął wiek męski, z niepokojem patrzył, jak Norwegia cierpi niedostatek. Zaczął dochodzić przyczyn jej nędzy i odkrył pewien trop. Mądremu mężowi wystarczy przecież spojrzeć. U chorego na ciele często pojawia się gruczoł, który szybko wysysa z organizmu najżywotniejsze soki, sprawiając, że człowiek marnieje w oczach, aż wreszcie umiera. Taką zdegenerowaną naroślą na ciele Norwegii jest kantor hanzeatycki w Bergen!

Zebrani wymienili zaskoczone spojrzenia. Przez salę przebiegł szmer.

– Monopol na handel zbożem, który dzierżą kupcy z Tyska Bryggen, monopol na wywóz niektórych towarów, zwolnienia podatkowe, blokowanie dostępu norweskich żeglarzy do niemieckich portów – wyliczał, kolejno zaginając palce. – To wszystko przyczyny upadku ekonomicznego tej prowincji. Bogacicie się niepomiernie kosztem poddanych korony. Naszym kosztem!

– Hanza zapewnia wam za to płynność dostaw i najniższe możliwe ceny! – krzyknął ktoś. – Bez naszej floty i kontaktów handlowych w ogóle nie bylibyście w stanie sprzedawać swoich produktów!

Namiestnik uciszył go gestem.

– Do tego dodajmy inne grzechy kupców z Bryggen. Po pierwsze, łamiąc prawo, utrzymujecie w swoim kantorze czynny kościół katolicki. Po drugie, ukrywacie papistów, po trzecie, Hanza wspiera Bractwo Świętego Olafa, po czwarte, na terenie kantoru schronienie i pomoc znajdują wrogowie korony i miłościwie nam panującego króla Fryderyka. Gościnę w waszych domach otrzymywali ludzie tacy, jak na przykład syndyk Hanzy Heinrich Sudermann czy ścigany listami gończymi pirat i gwałtownik Peter Hansavritson. Do tego dodajmy niedawne zaginięcie lensmanna z Trondheim. Doszło do niego także w pobliżu Bergen, a wszyscy wiemy, że człowiek ten, ofiarnie wypełniając rozkazy królewskie, nieraz wszedł z wami w otwarty konflikt.

– Nasz kantor cieszy się prawami autonomii, eksterytorialności i prawem udzielania azylu! – odezwał się jeden z radców. – Nie macie prawa mówić nam, jak mamy żyć ani kogo zapraszać pod nasz dach. Nie podlegamy prawom Danii, również rozporządzeniom dotyczącym przyjęcia nauk Lutra.

– Do spraw autonomii przejdziemy za chwilę... – Rosenkrantz uśmiechnął się złośliwie. – Do listy waszych przewin dodam jeszcze ciężką obrazę moralności. Wszyscy wiedzą, że wasze obyczaje zakazują przebywania kobiet na terenie kantoru. Obyczaj ten zresztą łamiecie, gdy tylko jest to dla was wygodne. Tak wielkie nagromadzenie mężczyzn powoduje jednak inne skutki. Wszyscy wiedzą, jaką to profesją zajmują się kobiety i dziewczęta zamieszkujące wzdłuż uliczki za kantorem. Wszyscy wiedzą, kto dostarcza im pieniędzy, sukien i klejnotów oraz jakie usługi w zamian świadczą!

Ten i ów z delegatów zaczerwienił się i spuścił głowę. Pozostali jednak patrzyli na mówcę hardo i pogardliwie.

– A teraz posłuchajcie, co powiem. Władca nasz, obliczywszy, jak wielkie są wasze dochody, jak wiele krwi wysysacie z tej ziemi, w pierwszej chwili zapragnął was wszystkich wyłapać, związać i potopić w zatoce Vågen. Odwiodłem go od tego zamiaru. Doceniam wasz trud i zaradność życiową. Gotów jestem stanąć jako mediator między nim a wami, ale, drodzy kupcy, i wy musicie mi pomóc oraz trochę ugiąć karku.

Starsi kantoru odetchnęli z ulgą. Bywało tak już parę razy. Władca najwyraźniej potrzebuje gotówki. Jednorazowy haracz na długo uspokoi jego zapędy.

– Jakie są konkretne propozycje? – zapytał ktoś.

Rosenkrantz przyozdobił twarz promiennym uśmiechem.

– Udało mi się wynegocjować dla was naprawdę dobre warunki. Król żąda jedynie kilku zupełnych drobiazgów. Pozwólcie, że je wymienię.

Wziął od sekretarza list, teatralnym gestem złamał pieczęć i rozłożył pismo. Odchrząknął dla lepszego efektu i zaczął wyliczać:

– Likwidacja autonomii kantoru hanzeatyckiego w Bergen. Dzielnica Tyska Bryggen zostaje przyłączona do reszty miasta. Wasza rada zostaje rozwiązana, macie jednak prawo wydelegować swojego przedstawiciela do rady miasta. Wszyscy kupcy złożą przysięgę na wierność naszemu królowi. Wasze przywileje zostają anulowane. Począwszy od nowego roku Pańskiego tysiąc pięćset sześćdziesiątego, płacić będziecie też dziesięcinę do skarbca korony. Moi rachmistrze zbadają wasze księgi handlowe i po oszacowaniu obrotów wyliczą należne koronie podatki. Gdyby zaś ktoś księgę zapodział lub okazania odmawiał, zostanie niezwłocznie powieszony. Podobnie postąpimy, gdyby zaszło podejrzenie, iż jakieś jej partie usunięto lub dopisano.

Zebrani milczeli wstrząśnięci i wpatrywali się w namiestnika osłupiałym wzrokiem.

– Żonaci mogą sprowadzić swoje rodziny, wszyscy niezamężni otrzymają kobiety i w ciągu dwu miesięcy mają zawrzeć z nimi małżeństwa – zakończył Rosenkrantz.

– Jakie znowu kobiety?! – wykrzyknął ktoś.

– Ano te, które tak wam się podobały. Komisja z medyków złożona oględzin dokona i te, które zarażone, wygubimy, zdrowe jeno przy życiu pozostawiając.

– To niedorzeczne! – Któryś z kupców poderwał się na równe nogi. – To gwałt!

– A jak ktoś nie zechce przyznanej mu dziwki poślubić? – zapytał hardo jeden z młodszych delegatów.

– Znaczy, że sodomita. – Namiestnik wyszczerzył zębiska w parodii uśmiechu. – Spalimy go na stosie nad zatoką i tyle. Ta zaraza nie dotknie naszego kraju. Tym, którzy się podporządkują zarządzeniom – wrócił do tematu – pozwalamy zachować ich domy i majątek, zarówno w magazynach złożony, jak i gotówkę, weksle i udziały.

– A monopol?

– Zostaje unieważniony. Warunkiem dodatkowym jest też likwidacja kościoła i odrzucenie katolickich zabobonów.

– Mości namiestniku – starszy kantoru wstał – to, coście powiedzieli, to bzdura, jakiej dawnośmy nie słyszeli. Gotowi wszakoż jesteśmy uznać, iż wasza miłość nadużył *aquavitu,* i tym razem w niepamięć te buńczuczne słowa puścimy.

– Dam wam dwa dni czasu do namysłu. – Rosenkrantz ponownie wyszczerzył zepsute zęby.

– Wybaczcie, panie, ale czy wam się wydaje, że pójdziemy jak owce na rzeź? Wielu już zadzierało z Hanzą. Ilu z nich umarło we własnym łożu? Gdyby sporządzić listę ludzi, którym się wydawało, że są od nas silniejsi, powstałaby gruba księga. Władcy Danii zajęliby w niej połowę pierwszej stronicy. Królowie polscy, niemieccy i angielscy zmieściliby się może na kolejnych trzech. Gdybyśmy zechcieli spisać książąt, którzy nam bruździli, pięćdziesiąt kart trzeba by poświęcić. Drobniejsi panowie, rozbójnicy, rycerze, kupcy i piraci resztę objętości by dopełnili... Historia naszego związku liczy sobie cztery stulecia. Wrogowie przychodzili i upadali w pył. My trwamy. Mijają stulecia, a Hanza niczym okręt pruje fale czasu. Za lat pięćset pamięć związku będzie trwać, a wasze, panie, nazwisko uczeni mężowie wymieniać będą tylko dlatego, żeś rękę na nas próbował podnieść. Dzieje twe ludzie zachowają w pamięci jedynie po to, by opowiadać je dzieciom jako krotochwilę o człowieku, któremu się zdało, że starczy odwagi, by stanąć

w polu przcciw byka. Hanza to siła, z którą musi się liczyć każdy...

— To była siła — wszedł mu w słowo Rosenkrantz. — Kiedyś. Kiedyś hansatag zbierał się co roku. Dziś kolejne zjazdy musicie wymuszać, wiele miast nie ma ochoty przysyłać delegatów. Wasz skarbiec świeci pustkami, bo wielu burmistrzów uważa, że nie ma potrzeby odprowadzania składek... Sudermann połowę życia spędza w drodze, peregrynując od miasta do miasta. Bez jego wysiłków wszystko runie. Hanza to starzec stojący nad grobem. Wystarczy podmuch wiatru, by wpadł do wykopanej mogiły. Wasz czas minął. Możecie poddać się i iść dalej z nami albo odejść do grobu wraz ze swym związkiem.

— Jeśli zechcecie taką operację przeprowadzić wiosną, nie przypłynie do Norwegii ani jeden okręt ze zbożem — zagroził jeden ze starszych cechu.

— Nie kpij, kupcze. O to to już zadbałem. Zakontraktowałem dwadzieścia tysięcy łasztów rosyjskiej pszenicy. Czekają w Archangielsku. Mam też statki i dzielnych kapitanów, którzy je w porę dowiozą.

— Hanza przyśle okręty pokoju i zablokuje porty Norwegii — zwierzchnik kantoru rzucił kolejny argument.

— Dla duńskiej floty wojennej wasze stuletnie wraki nie są godnym przeciwnikiem.

— A wreszcie zostaje wam, panie, nasza dzielnica. Masz może trzystu żołnierzy? Jak chcesz się mierzyć z nami? Przejścia między budynkami zabarykadujemy, zmieniając kantor w twierdzę. Dom po domu zdobywać będziecie musieli. Tu pięć tysięcy mężów z bronią stanie. Pamiętasz, co stało się, gdy Bracia Witalijscy z Visby wygnani na Bergen napadli? Z zaskoczenia miasto wzięli, wpadli między domy. Iluż z nich ujrzało świt następnego dnia? Ilu na okręty zbiec zdołało? A wiedz, że byli to ludzie dzielni, uzbrojeni i nawykli do mordowania. Ciężkie straty, jakie w walkach poniesiono, wiele nauczyły naszych przodków. Bryggen odbudowywano już inaczej. Zająć całego się już nie da. Ulica po ulicy. Dom po domu. Tak będzie wyglądała ta walka. Będziecie musieli rąbać belki ścian, by wyłomy uczynić, bez przerwy z każdej strzelnicy rażeni przez bełty i kule z muszkietów. Po trzech dniach armią trupów będziesz dowodził.

– Dwa tysiące jedynie przeciw nam stanie – prychnął namiestnik. – Więcej ludzi nie macie, reszta na zimę do domów wróciła. Ponadto życia moich żołnierzy nie zamierzam narażać. Jeśli nie podporządkujecie się moim rozkazom, zasypię Bryggen pociskami zapalającymi. Może i zamienicic kantor w twierdzę, ale twierdzę z drewna uczynioną w dni kilka spalić można. Zwłaszcza że mam czterdzieści dział na murach zamku. Z czterech studni nie zaczerpniecie dość wody, by pożogę opanować. Ulica po ulicy, dom po domu, a wyłomy w ścianach sami uczynicie, by przed żarem uchodzić.

Zgroza wcisnęła przedstawicieli Hanzy w ławki.

– To gwałt!

– Gwałtem były wasze bezprawne rządy w Norwegii. Ale z Bożą pomocą one się kończą. Tu i teraz.

– Hanza nas obroni! A jak przyjdzie co do czego, pomści! – krzyknął ktoś z końca sali.

– Tak jak obroniła waszych braci z Nowogrodu? – zakpił namiestnik. – Osiem dekad mija od likwidacji tamtego kantoru i jakoś tej pomsty nie widać... Dwa dni czasu do namysłu wam daję – przypomniał. – Potem chcę dostać klucze do kantoru – syknął. – Uchodzić nie próbujcie. Drogi kazałem obstawić.

– To czcze przechwałki – odezwał się starszy. – Nie spalicie, panie, kantoru, bo...

– Spalę. Dlaczego nie? Dzielnica wasza płonęła po wielekroć i za każdym razem była w kilkanaście miesięcy odbudowywana. Tak będzie i teraz, tylko że odbudują ją kupcy z Danii, Anglii, Fryzji... Ludzie lojalni wobec korony. Ludzie rozumiejący, na czym polega potrzeba płacenia podatków. Wasz czas dobiegł końca. Okazuję wam niepotrzebną łaskę, pozwalając pozostać w tym mieście i w tym kraju. W moim mieście i w moim kraju – dodał z naciskiem.

Odwrócił się i wyszedł bez pożegnania.

꙳ Siedziałem w czeladnej i próbowałem doprowadzić do porządku swoje buty. To znaczy zacząłem to robić, ale usnąłem na krześle. Nie mogłem odegnać senności.

Ocknąłem się, gdy na dole skrzypnęły drzwi. Usłyszałem tupot pomieszany ze stukotem drewnianej podeszwy. Hans stanął na progu zadyszany.

– Panie...

– No co tam? – zagadnąłem przyjaźnie.

– Straszne wieści. Kantor będzie zlikwidowany! Namiestnik Rosenkrantz właśnie to ogłosił.

– Co ty mówisz? – zdumiałem się.

– Armaty w Bryggen wycelował, jak się nie ukorzymy, spali nas!

Poczułem chłód. Wyrzucał z siebie zdanie po zdaniu, relacjonując przebieg narady.

– Mamy uciekać?

– Starsi cechu radzą w domu wspólnym. Edward poszedł gadać, ale mówi, że trzeba będzie się poddać. Nie podołamy. I jeszcze takie straszne warunki postawiono.

– Tam do kata...

– A mnie Sadko prosił, żebym was powiadomił, że do pani Agaty zaprasza, bo i wam rozmówić się pilnie potrzeba.

– No to idę...

Dźwignąłem się ciężko z miejsca.

⁂ – To katastrofa – powiedziała Agata. – Zupełna katastrofa...

– To koniec tego kantoru, pani – przyświadczył Sadko. – A zarazem koniec wpływów Hanzy w tej części świata. Tracimy ostatni bezpieczny i przyjazny związkowi port. Tym samym nasi kupcy będą musieli być dużo ostrożniejsi, zapuszczając się tutaj. W dodatku Duńczycy współpracują z piratami, a okręty pokoju przestaną patrolować te wody. Gdy przyjdzie wiosna, wiele statków przepadnie bez wieści.

Nie powiedział o tym, ale domyśliłem się, że likwidacja autonomii Bryggen odbije się też na działaniach Bractwa Świętego Olafa. A Peter Hansavritson? Czy zdoła prowadzić swoją krecią robotę, jeśli nie będzie mógł przybić do żadnego z portów?

Będzie mógł, uspokoiłem sam siebie. Poradzi sobie. Jeśli nawet nie będzie mógł przybyć osobiście, wyśle swoich emisariuszy.

– Ale skąd te pomysły idiotyczne? Śluby kupców z kobietami upadłymi... O co w tym chodzi? – zapytałem. – A może Rosenkrantz zwariował?

– Upokorzenie, cudzoziemcze – odparł Borys. – Człowiek twardy ugnie się przed siłą, a potem do równowagi wróci, by cios w odwecie zadać. Dlatego należy go upokorzyć, bo raz złamany, gdy w błoto padnie i nim się zbruka, już się nie podniesie. To nie obłęd, to wyrachowanie. Kalkulacja chłodna umysłu wielkiego, ale złej sprawie służącego.

– Bronić się? – zaproponował Artur.

– Spalą nas. Jeśli obłożą dzielnicę ogniem z dział, wszystko spłonie w kilka godzin. Nie mamy żadnych szans na obronę – powiedział konus. – Gdyby dachy grubą miedzianą blachą kryte były i gdyby mieć dużo wody, można by próbować opór stawić. Smołowany gont zgorzeje jak papier.

– Czerpać wodę z zatoki? – podsunąłem. – Zlać dachy wodą albo obłożyć zmoczonym płótnem? Naszykować ludzi, by zarzewie gasili w zarodku.

– Z pewnością wyprowadzi na zatokę okręty wojenne, by i od strony wody nas razić. Nikt wody nie zaczerpnie bez narażenia życia. Kto wie, może namiestnik oddziały artylerzystów i na zbocze góry pośle. Od strony zaś miasta zapewne strzelcy zajmą miejsca. Nie da się wykluczyć, że już tam stoją.

– Uciekać? – rzucił Artur.

– Droga w głąb doliny z pewnością jest obsadzona – powiedział Borys. – Dziś żołnierze rozłożyli obóz w ruinach dawnego klasztoru. Z pewnością dostali odpowiednie rozkazy.

– Ja już mam narzeczoną – jęknął chłopak. – Czy też będę musiał...? I to jeszcze z tak zwyobracaną do łoża się położyć...? – Miał minę, jakby miał zaraz zwymiotować.

– Do tego z heretyczką – uzupełniła ponuro Agata. – Poślubioną w ich zborze. Ojciec by się w grobie przewrócił.

Rozumiałem ich aż za dobrze. Nie ma co, milusia perspektywa. Pomysł Rosenkrantza budził także we mnie głębokie obrzydzenie. I nagle błysnęło mi rozwiązanie.

– Nie będziesz musiał – powiedziałem. – Dziękuj losowi, że rada nie przyjęła was w poczet obywateli miasta. Jesteście tu tylko gośćmi.

– Kto ich tam wie, bydlaków. – Agata pokręciła głową. – Jedno prawo już złamali, mogą teraz kolejny raz to uczynić. A i wyjaśnień mogą nie przyjąć. Chyba żeby... – Spojrzała bystro na Helę.

– Nie, pani – odparła stanowczo. – Ślub katolicki na wieki nas zwiąże, a w niczym nie pomoże, gdyż dla Duńczyków ważny nie będzie. Ślub luterański to złamanie pierwszego przykazania.

– Masz rację, wybacz mi – westchnęła wdówka. –
W dodatku te księgi... Są w nich zapisy, których lepiej,
żeby nie zobaczyli.

– Sfałszować – podsunąłem. – Przepisać raz jeszcze,
pomijając wszystko, co może im się nie podobać.

– To na nic. Część transakcji była zawierana z kupcami z Bryggen. Jeśli porównają księgi, to zginiemy.

– Uzgodnić wersje?

– Za dużo zmian, za mało czasu – odparła ze smutkiem. – No i czystą książkę trzeba by zdobyć. To z pewnością trudne wielce, a nim dzień się skończy, będzie
niemożliwe.

– Tkwimy tu niczym myszy w pułapce... – westchnął chłopak. – To wszystko już przepadło. – Klepnął ręką w ścianę. – Mieliśmy sprzedać nasze udziały,
grosz dobry do domu przywieźć, długi popłacić, ale kto
teraz dom ten kupi?

– Chyba trochę przesadzasz – stwierdziłem. – To
nadal jest ogromna fortuna.

– Artur ma rację – powiedział Sadko. – W tak nie-
pewnej chwili może trzecią część wartości by dostali, ale
i to wątpliwe... Przyszłość rysuje się mroczna.

Agata powstała.

– Czas mi się do snu położyć – oznajmiła. – Pożegnam was tedy. Może noc jakąś dobrą radę przyniesie,
a jeśli nie, to choć snem nerwy wzruszone ukoję.

– Ano pora. – Sadko powstał z ławy.

– Jeśli macie życzenie dalej wieść dysputę, nic na
przeszkodzie nie stoi – zaprotestowała. – Ja jeno się po-
łożę...

– Pójdziemy już, pani. – Ja także ciężko dźwignąłem się z zydla. – Pora istotnie późna.

Spojrzałem dyskretnie na chiński zegarek. Dochodziła ósma wieczorem. Po chwili razem z Sadką szliśmy po nabrzeżu. Borys wysforował się do przodu. Lodowaty wiatr od morza zapierał dech w piersi, ale towarzyszący mi Rosjanin szedł, jakby w ogóle nie czuł chłodu.

Zahartowany, twardy jak dębowa decha, pomyślałem. Z tych ludzi można gwoździe kuć...

– Wszystko wraca – powiedział.

– Co masz na myśli?

– Nie mija nawet stulecie, od kiedy wielki książę moskiewski Iwan Srogi zdobył Nowogród. On też kazał zlikwidować kantor, zamknął kościoły katolikom. Jedną czwartą kupców wysiedlił... Dziś moje miasto to już tylko nikły cień dawnej potęgi.

Zrozumiałem, że nawiązywał do nocnej rozmowy przy zwłokach mydlarza.

– Hanza wam nie pomogła?

– I wtedy była słaba... Wrogowie czekają okazji, gdy człowiek chory albo się zagapi. Wtedy uderzają.

– Czyli sądzisz, że przepadło? Już po Bergen?

– Już po Hanzie – powiedział z melancholią. – Bergen było ostatnim źródłem poważnych zysków dla związku. Hanza przegrała przez własną chciwość – dodał po chwili.

– Co przez to rozumiesz?

– Wolność... Wyrwali wolność dla siebie. Prawa Hanzy gwarantowały kupcom należącym do związku przywileje, o jakich inni mogli tylko marzyć. Wolność na morzu, swobodę przewozu towarów, zwolnienia z ceł i podatków. Ale pogubili się w tym wszystkim. Zagarnęli swobody dla siebie i nie chcieli użyczać ich innym.

– Innym?

– Peter Hansavritson tak mówił. Nasze przywileje budzą złość i zawiść tych, których nie objęły. Kupcy szwedzcy, angielscy, holenderscy, francuscy nie są przyjmowani do Hanzy. Niemcy decydują o wszystkich sprawach związku i pilnują starannie swojej pozycji. Hanza działa, bo przywileje chronią ją przed nimi. Gdy gdzie zostają cofnięte, ukazuje się w pełnej krasie rozpaczliwa słabość związku. Wiosną przybędą tu okręty z dziesięciu krajów. Wykupią norweskie towary. Będzie ich wielu, więc kupią futra i ryby drogo. Będzie ich wielu, więc aby sprzedać ziarno, będą musieli zejść z ceny. Część popłynie na północ, kupować towar nie za pośrednictwem kupców z Bryggen, ale gdzie tylko się da...

Milczałem. Rozumiałem jego ból. Ból człowieka, na którego oczach walił się jego świat. Z drugiej strony... Monopol na rynku, zwolnienia podatkowe, eksploatacja tubylców i bogacenie się przybyszów. Mój kraj też padł ofiarą tego samego mechanizmu. I zarazem tego samego narodu, Niemców... Rozbicie hanzeatyckich monopoli będzie dla Norwegów korzystne. Ale jeszcze bardziej skorzysta na tym Dania.

Zadumałem się. Duńczycy... To ci, którzy wyniszczyli katolików, ci, którzy osadzili na stanowisku lensmanna tamto ścierwo, ci, którzy pokumali się z piratami, byle tylko dopaść „Srebrną Łanię". Ale czy Niemcy byli od nich lepsi? Albo ci dwaj Rosjanie? Byłem ich wrogiem, może nawet nie wrogiem, problemem do rozwiązania, tylko fart sprawił, że wylądowałem po tej samej stronie barykady.

To nie jest moja wojna, pomyślałem. Hanza i Dania to dwa psy, skoczyły sobie do gardeł, bo jednemu się trafiła trochę lepsza kość do ogryzienia. Pozagryzają się albo poranione pójdą lizać rany. Nie moje psy. Pechowy splot przypadków wplątał mnie w cudze sprawy.

– Nasyć swe oczy, cudzoziemcze – odezwał się Sadko, wyrywając mnie z gorzkiej zadumy. – Zachowaj te dni w pamięci, bo nieczęsto zdarza się widzieć agonię świata całego... Te wydarzenia przejdą do historii i wnuki twe słuchać będą z podziwem, żeś był w Bergen zimą roku Pańskiego tysiąc pięćset pięćdziesiątego dziewiątego. Żeś widział na własne oczy, co się wyrabiało...

Uderzył ze złością w ścianę mijanego budynku.

– Drewno. Tanie, łatwo dostępne. Ich przodkowie cześć oddali Bogu, wznosząc wielki kościół z kamienia, tym wspanialszy, że stojący obok miasta zbudowanego z pośledniejszego materiału. Potęga Bryggen opiera się na papierze. Kupcy nie mają dużo złota. Musieliby go taskać całe beczki. Wymieniają się asygnatami oraz wekslami... Przyjedzie taki po skóry reniferów i zamiast mieszków z dukatami zostawia papierki.

– Nie rozumiem, do czego dążysz.

– Aby zmiażdżyć Bergen, wystarczy spalić te wszystkie księgi i pokwitowania. I już. – Pstryknął palcami.

– Rozumiem.

– A gdzie tam – warknął. – Nic nie rozumiesz. Tam w twierdzy stoi czterdzieści armat. Co zostanie z kantoru hanzeatyckiego, gdy kanonierzy wystrzelą choćby osiemdziesiąt pocisków zapalających? – zawiesił na chwilę głos. – Tak. Jeden wielki stos pogrzebowy dla naszej wolności i tych, którzy zechcą jej bronić.

Wyobraziłem sobie pożar ogarniający kolejne kwartały zabudowy, płomienie przerzucające się na okręty uwięzione pomiędzy pomostami portu.

– Ta twierdza Hanzy wzniesiona jest z drewna – wrócił do poprzedniej myśli.

– Nie przewidzieli tego...

– To nie tak. Miasto i kantor mogły być drewniane, bo przed wrogiem broniła ich twierdza. Nie dopuszczano myśli, że kiedyś może tam zasiąść człowiek, który będzie wrogiem. Nie przewidziano, że nieprzyjaciel może pojawić się wewnątrz miasta. Że armaty przygotowane, by razić najeźdźcę płynącego po zatoce Vågen, mogą strzelać przez szerokość ulic.

– Drewniana twierdza – powtórzyłem. – Hanza przegrywa przez własną nieroztropność. Gdyby mieli najgłupszy choćby kamienny mur...

– Mury to tylko symbol – odezwał się milczący dotąd Borys. – Prawdziwą twierdzę buduje się z serc i umysłów. Z siły ducha i umiłowania wolności. Hanza przegrywa, bo tego właśnie jej zabrakło. Gdy nadeszła godzina próby, kupcom nie starczyło odwagi, by poświęcić życie w imię wolności. Przegrywa ten, kto pozwoli narzucić sobie wizję lub świadomość klęski.

Staliśmy już pod domem pana Edwarda.

– Jutro wieczorem spotkamy się w waszym kościele – powiedział Sadko. – Są pewne sprawy do obgadania.

– Do zobaczenia zatem.

Odwrócili się i odeszli. Odprowadzałem ich wzrokiem. Dwaj Rosjanie, wyrwani ze swojego miasta, rzuceni w wir wielkiej polityki. Zbrojne ramię Hanzy... Nie, nie zbrojne ramię. Jest ich przecież tylko dwóch. To raczej sztylet gotów do zadania bolesnego ciosu. Szpiedzy. Utknęli w kantorze, który nagle zmienił się w pułapkę. Być może Rosenkrantz już ich namierzył. Być może już wie, kto zarżnął lensmanna Trondheim. Czułem, że nie pójdą jak owce na rzeź...

Dzień jakoś mi się wlókł. Edward pił od świtu. Pił strasznie, tankował podłą anyżówkę małą szklanką. Widać było, że chce się urżnąć do nieprzytomności. Namówił Klausa, żeby mu towarzyszył. Ja i Hans wymówiliśmy się.

– Co teraz będzie? – biadał czeladnik. – Koniec kantoru to koniec interesów...

– Nie dramatyzuj – mruknąłem. – Nie zarzyna się kury znoszącej złote jaja. Będą was grabić podatkami, ale handlować nie zabronią. Może z czasem i restrykcje zelżeją.

– Boję się – jęknął. – A jeśli i mnie każą się żenić? Nie chcę swej cnoty tracić w ramionach pokrytych parchem, nie chcę potem latami zdychać na wstydliwą chorobę...

– Jesteś za młody – uspokoiłem go.

Ale sam nie byłem tego pewien. Jeżeli czternastoletnie dziewczęta wydaje się za mąż... Kto wie co odwali namiestnikowi? Gdy przed wieczorem wyszedłem na miasto, zauważyłem zmianę. Ludzie stali w grupkach po kilku i trwożnie szeptali. Wiadomość musiała spaść na nich jak grom.

Zebraliśmy się w kościele. Ludzie przychodzili ukradkiem. Przypomniałem sobie zebranie członków Bractwa Świętego Olafa w ruinach katedry Nidaros.

– Bracia! – odezwał się proboszcz, stojąc na ambonie. Spojrzał na zbity tłum i chrząknął zakłopotany, widząc liczną rzeszę zwolenników Lutra. – Ciężkie nieszczęście spadło na nas wszystkich. Jutro termin ultimatum mija, a wobec nieprzyjaciela przewagi nieprzemożonej jedną tylko decyzję starszyzna podjąć może.

Zgromadzeni milczeli ponuro.

– Jednakowoż w tym dniu tragicznym jest i nadziei iskierka. Oto przemówić do was chce sługa kapitana Petera Hansavritsona, Sadko z Nowogrodu się wywodzący. Tak jak przed pięcioma wiekami mieszkańcy jego miasta wsparli świętego króla Olafa, tak i on rękę pomocną ku nam wyciąga... – Widać było, że ma ochotę na dłuższą przemowę, ale mimo to ustąpił miejsca Rosjaninowi.

Konus wyglądał komicznie, prawie niknąc za pulpitem. Nikomu jednak nie było do śmiechu.

– Przyjaciele – odezwał się po niemiecku – likwidacja naszego kantoru spada jak cios zadany obuchem. Sił naszych zbyt mało, by opór stawić, czasu, by zaalarmować Hanzę, także nie mamy. Namiestnik i czas, i miejsce ataku dobrał tak, by w jeden sak nas wszystkich pochwycić. Dla wielu spośród was ugięcie karku przed tyranem będzie jedynie początkiem pasma upokorzeń. Dla katolików przejęcie kantoru oznacza przymusową konwersję.

Ci, którzy wolnego są stanu, zmuszeni będą domy i łoża dzielić z kobietami upadłymi. Ci, którzy jak ja i brat mój wolności i praw Hanzy strzegli, uwięzieni i zabici być mogą. Wszyscy zaś ciężkie straty poniesiemy, gdy spadną na nas daniny rozmaite przez króla nakładane. Wreszcie obyczaje nasze, prawa cechu i jego zwyczaje na niepamięć skazane zostaną. Grozę sytuacji raz jeszcze nakreślam nie po to, by lęk w was wzbudzić, jeno by ukazać głębię naszego upadku. Ratunek, który proponuję, jest bowiem zarazem szaleństwem.

– Mówcie! – krzyknął ktoś.

– Pora zimowa to czas, gdy magazyny puste, towar wasz w większości na południe odesłany, mieszki spęczniały od złota, a w skrzyniach weksle wiosny czekają. Proponuję tedy majątek ten zebrać i uciekać. Uciekać jedyną drogą, jaka nam pozostała: przez morze.

Ludzie milczeli w skupieniu, czekając na instrukcje.

– Okręt Petera Hansavritsona „Srebrna Łania" jest do dyspozycji tych, którzy dzisiejszej nocy Bergen opuścić zechcą.

– Dzisiejszej? – ktoś krzyknął ze zdumienia.

– Rosenkrantz nie ma jeszcze w porcie twierdzy żadnego okrętu wojennego. Jeśli zdołamy wymknąć się z zatoki Vågen, nie zdoła nas pochwycić. Jednak już jutro ta sytuacja zmienić się może. Dlatego trzeba decyzje natychmiast podejmować.

– „Łania" jak pozostałe okręty na ląd jest wyciągnięta – zauważył ktoś inny.

– Nie mylicie się, panie, jednak dwa dni wstecz celem nasmołowania przesunięto ją na pochylnię. Liny wystarczy po cichu zluzować i w ćwierć wachty na wodzie stanie. Noc zapowiada się ciemna i deszczowa. Ładownie niemal puste, tedy ludzi nawet i dwie setki na pokład zabrać możemy. Dzień dzisiejszy przepędziliśmy na okręcie opatrzeniu i przysposobieniu do drogi. Za cztery lub pięć dni nabrzeże Bremy zobaczymy – kusił.

– Ale sezon żeglugowy już zamknięty – bąknął jakiś miłośnik drobiazgowego przestrzegania przepisów.

– Prawa kantoru bergeńskiego umarły na naszych oczach – uciął Sadko. – Ponadto ratunek dla życia ludzkiego zawsze był dla Hanzy ważniejszy. Wszak wszyscy pamiętacie, że okręty przed sztormem uchodzące do portów zamkniętych zawsze wpuszczano...

Kiwnęli głowami.

– Tedy ci, którzy wolność chcą zachować, niech nim wachta minie, zbiorą się na nabrzeżu – zakończył.

– Módlmy się, bracia, za misji tej powodzenie – zaproponował ksiądz. – *In nomine Patris*...

Stałem w tłumie jak ogłuszony. Czułem w żyłach gorączkę włóczęgi. Mój wzrok spotkał się ze wzrokiem Heli. Oczy jej błyszczały radośnie. Wolność, przygoda, świadomość, że zagramy na nosie potędze, która nie raz próbowała dobrać nam się do skóry... I cholernie mało czasu na spakowanie!

Wdówka, stojąc przy bocznym ołtarzu, spiskowała nad czymś z Maksymem. Ona też się uśmiechała.

– Biegnijcie po swe rzeczy, ludziska! – rozkazał duchowny. – Noc długa, ale czasu niewiele. Nim świt wzejdzie, wszyscy musicie znaleźć się daleko na morzu.

– A kto żegluje, jest wolnym – szepnęła dziewczyna. – Biegnijcie, panie Marku, mieszkacie wszak dalej niż my.

Wpadłem do kamieniczki Edwarda zadyszany. Gospodarz jeszcze nie spał, siedział nad księgami z kolejnym kubkiem wódki w ręce. Na mój widok uśmiechnął się pod nosem.

– Uciekacie – raczej stwierdził, niż zapytał.

Był pijany jak bela.

– Skąd wiecie, panie? – zdumiałem się.

– To jedyne logiczne i realne wyjście z tej matni – powiedział poważnie. – Życzę powodzenia.

– A wy, panie? Zostajecie? „Łania" zabierze dwie setki ludzi...

– Jestem bankrutem – wyznał. – Ten dom to wszystko, co mi zostało. Hipoteka jest obłożona, ale liczę, że może jeszcze wybrnę... Nie stać mnie, by zaczynać od początku w Bremie czy Lubece. Tu jest moje miejsce. Mój dom... Będzie, co ma być. A może nic nie będzie? Pakuj się.

Wszedłem do czeladnej. Zapaliłem świecę. Mój dobytek... Węzełek z ubraniem z przyszłości, zegarek, niewielka sakwa pełna skarbów odebranych Chińczykom, pieniądze... Wszystko zmieściło się w niedużym worku. Klaus spał już jak zabity, schlał się widać jak prosię. Hans chyba też udał się na spoczynek, klapa jego łóżka była zasunięta. Chciałem się pożegnać, ale nie było sensu budzić chłopaka. A on nie ucieknie. Nie zostawi swojego pryncypała.

Spojrzałem na zegarek. Podświetlany cyferblat zalśnił zielonym blaskiem. Dwadzieścia sześć minut. Pora w drogę. Gospodarz stanął w drzwiach i walcząc z grawitacją, oparł się o framugę.

– Jeszcze strzemiennego, jak to się w Polsce mówi. – Wręczył mi kubek pełen tego cholernego zajzajeru.

Wychyliłem w milczeniu i mocno uścisnąłem jego dłoń.

– Dziękuję serdecznie za gościnę.

– Bóg da, spotkamy się jeszcze kiedyś...

Po chwili biegłem ciemną ulicą w stronę okrętu. Mijałem fasady domów, kałuże lśniły czernią... Będę dobrze wspominał te kilka tygodni spędzone w Bergen. Odpocząłem, załatwiłem niektóre swoje sprawy i teraz mogę z nowymi siłami rzucać się w wir przygody.

Na miejsce zbiórki dotarłem, gdy kończono już przygotowania. „Łania” cicho zsunęła się z pochylni i zakołysała na falach zatoki. Kilku mężczyzn pochwyciło linę, pociągnęło żaglowiec wzdłuż nabrzeża, tak aby ustawił się prawą burtą równolegle do pomostów. Zajęło im to może pięć minut. Nie zakładali cum, nie było na to czasu. Głucho stuknął przerzucany trap. Nasunąłem kaptur głębiej na oczy. Szara mżawka utrudniała widoczność. Mamy zatem szansę... Może zdołamy przemknąć się w ciemności obok twierdzy. A jeśli duńskie okręty czekają gdzieś dalej? Miałem nadzieję, że Rosjanie wiedzą, co robią. Czułem w żyłach gorączkę. Upajałem się życiem. Sadko wyrósł obok mnie. Spod obszernego płaszcza wydobył latarkę i machnął nią trzy razy, dając znak naszym pasażerom. Ludzie, ukryci dotąd w bocznej uliczce, zaczęli wchodzić na pokład. Stałem i patrzyłem, jak dreptczą, niosąc worki i skrzynki. Niewiele zabierali ze sobą. Spostrzegłem Agatę i Helę. Okryte szerokimi jasnymi płaszczami przebiegły lekko po trapie.

– Wolność, cudzoziemcze – powiedział Rosjanin. – Najlepiej czujemy ją w chwili, gdy poświęcamy dla niej zebrane dobra i gdy ryzykujemy własne życie, by ją zachować. Na nas też już czas. Bystro!

Weszliśmy na pokład jako ostatni. Rzucono cumy. Wciągnęliśmy trap, zrywając ostatnie połączenie okrętu z lądem. Bergen. Nie wrócę tu nigdy, a nawet jeśli wrócę, nie będzie to już kantor...

– Od tej chwili chroni nas prawo Hanzy – powiedział Sadko uroczyście. – Ten, kto żegluje, jest wolnym – to zdanie zaczynało mnie powoli wkurzać, zbyt często je ostatnio słyszałem. – Tam jednak siedzą ludzie, którzy to prawo mają w pogardzie...

Prawo Hanzy... Lensmann Otto je złamał i teraz jego trup gnije w płytkim grobie gdzieś nad Sognefjordem. Jeśli zginiemy, czy ktoś wymierzy sprawiedliwość w naszym imieniu?

Stawiano właśnie żagle, kilkunastu mężczyzn pracowało przy wiosłach. Oddaliliśmy się od nabrzeża w prawie całkowitej ciszy. Kilku ludzi wyszło z cienia i pomachało nam na pożegnanie. Rozumiałem ich... Rozdarci między chęcią ucieczki a obowiązkami. Między potrzebą wolności a koniecznością porzucenia dorobku niekiedy kilku pokoleń.

Borys naciągał kusze i kładł na podorędziu. Bez słowa ukląkłem obok niego i zacząłem mu pomagać. Sadko stanął za sterem. Odbiliśmy w głąb zatoki. Deszcz nadal mżył, niestety, robiło się coraz jaśniej. Silny wiatr od lądu szybko napełnił żagle, lecz jednocześnie rozganiał chmury. Księżyc zbliżał się do pełni...

Olbrzym, widząc, co się dzieje, zaklął pod nosem. „Łania" nabierała szybkości. Płaszcz przemókł na wylot, ale nie przeszkadzało mi to. Czułem, że robię coś szalonego, wielkiego, że znajduję się w samym sercu wydarzeń, których doniosłość docenią dopiero kolejne epoki. Przynajmniej przez jakiś czas, zanim o tym definitywnie zapomną...

Odbijaliśmy na środek zatoki. Rozumiałem strategię Sadki. W cieniu tamtego brzegu, byle dalej od twierdzy i jej szalonego gospodarza. Byle dalej od dział, które wytoczył na mury, by upokorzyć zbuntowanych kupców. Ludzie rozlokowali się jakoś. Borys poprowadził ich pod pokład, zostawili swoje tłumoki, część wyległa na pokład. Postawiono resztę żagli. Mżawka, niestety, ustawała. Widziałem wyraźnie pochodnie strażników patrolujących mury i światło w oknach zamku. Lada chwila ktoś mógł wypatrzyć „Łanię" przemykającą się w stronę otwartego morza. Zresztą Rosenkrantz mógł mieć w mieście swoich szpiegów. Zbyt wielu ludzi widziało, jak odbijamy. W tej chwili ktoś mógł biec do twierdzy. Zagryzłem wargi. Cała ta ucieczka była kompletnie szalona... Nie. Szaleństwem było tylko to, że znalazłem się na pokładzie.

Nie jestem kupcem. Nie jestem członkiem Hanzy. Rosenkrantz nawet nie wie o moim istnieniu. Nie musiałem wsiadać na „Łanię". Mogłem się dobrze wyspać, a gdybym chciał opuścić Bergen, powinienem wynająć konia i pomknąć lądowym szlakiem ku Oslo. Jestem Polakiem. Żołnierze dostali rozkazy zatrzymywania Niemców.

Doleciał mnie zapach lawendy. Agata stanęła obok mnie. Powód? Czy puściłem się na morze przez nią? Czy w ogóle myślałem, decydując się w jednej chwili na tak wariacką ucieczkę?

– Panie Marku – odezwała się – los nasz ciągle jeszcze niepewny, ale zakładam, że uda nam się powrócić do domu. Czy zechce pan złożyć nam wizytę w Gdańsku i spędzić z nami zimę? Panienka Helena też będzie mile widziana w naszym domu. A i praca się znajdzie.

– Pani, poczytam sobie za zaszczyt złożyć głowę pod waszym dachem – odparłem ciepło.

To niegłupie. Przezimuję w polskim mieście, a wiosną przeprawię się przez Bałtyk do Visby, tam spotkam się z Peterem Hansavritsonem i... Hm, no właśnie. Oko Jelenia. A może do tego czasu znajdzie się Ina? A jeśli zniknęła na dobre? Tym lepiej... W każdym razie chyba nie ma sensu wysyłać Heli do Uppsali. Poczekamy na instrukcje, a w tym czasie spróbujemy dopaść Chińczyków.

– Nasz przyjaciel z Ukrainy też raczył zaproszenie moje przyjąć – dodała.

– Gdzie jest Maksym? – zdziwiłem się.

Teraz dopiero uświadomiłem sobie, że nie widzę go nigdzie na pokładzie.

– Pewnie dołączy do nas dopiero w Gdańsku. Lecz nie wiem, czy teraz, czy wiosną.

– Myślałem, że wypłynie z nami.

– Zleciłam mu pewne zadanie – wyjaśniła. – Musiał zostać w Bergen. Sprawa to śliska wielce, ale liczę, że jego akurat nikt nie będzie podejrzewał.

Straszliwe przeczucie dźgnęło mnie w serce.

– Zleciłaś mu, pani, żeby zabił Rosenkrantza?

– Ależ nie... Choć pomysł to przedni! Jego zadanie inne. Wysadzi w powietrze nasz dom i kościół. Nie chcę, by jakieś duńskie ścierwa dorabiały się moim kosztem.

– Kościół?!

– Wszyscy katolicy z Bergen są na pokładzie. Przenajświętszy Sakrament, obrazy i sprzęty liturgiczne zostały zabrane. Kozak zniszczy świątynię, by nie sprofanowali jej heretycy.

No cóż, coś z racji w tym było...

– To był prawdopodobnie ostatni czynny kościół katolicki na tej ziemi – powiedziałem w zadumie.

– Tak, panie Marku. Oto na naszych oczach zapada tu noc reformacji... Wierzę jednak, że kiedyś do tego kraju powróci nasza wiara. Bractwo Świętego Olafa urośnie w siłę, a w Piśmie powiedziane jest przecież, że siły piekielne bram kościoła nie przemogą.

– A proboszcz?

– Pozostał. W lud pójdzie ewangelię głosić. Myślę, że palma męczeństwa mu pisana – dodała z melancholią.

Przypomniałem sobie mszę odprawianą w grocie przez księdza Jona. Bractwo... Wiedziałem, że ich szanse są zerowe.

Nagle od strony twierdzy coś błysnęło. Sadko rozpaczliwie zakręcił sterem. Pocisk z działa uderzył w wodę może dziesięć metrów od burty statku. Huk doleciał nas dopiero po chwili. Jak na złość chmura odsunęła się zupełnie, oświetlając wylot zatoki Vågen.

W jednej chwili zrozumiałem, że jednak się nie udało. Nie było istotne, czy ktoś zdradził, czy zauważyli nas sami... Nie zdołaliśmy się wymknąć. Przepadło. Spojrzałem w stronę otwartego morza i omal nie zawyłem z rozpaczy. Zza cypla w naszą stronę sunęło kilkanaście łodzi. Duńczycy musieli mieć je ukryte na zamku. Żołnierze naciskali na wiosła mocno i w zgodnym rytmie. Flota szła w szyku przypominającym wachlarz.

Zrozumiałem, że niepotrzebnie rzuciłem na szalę nie tylko swoje życie, ale także życie Heli. Jak ostatni idiota wsiadłem na pokład „Łani". Popełniłem najgorszy błąd, jaki mogłem popełnić, i zapłacę za to gardłem. Ale to, że zabrałem ze sobą to dziecko, to zbrodnia. Bo umrze za moją głupotę...

Namacałem rękojeść szabli. Potem wyjąłem pistolet, przeładowałem i odbezpieczony wsunąłem do kabury. Przeżyłem już jedną bitwę morską, za chwilę czeka mnie kolejna. Tylko że wtedy walczyliśmy z watahą morskich zbójów, wprawionych wprawdzie w mordowaniu, ale tylko zbójów. Teraz walczyć będziemy z żołnierzami. Wyszkolonymi, zorganizowanymi...

– Ognia! – usłyszałem spokojny głos Sadki.

Zakręcił kołem sterowym, ustawiając „Łanię" bokiem do nadciągającej flotylli. Manewr ten, choć zręczny, pozbawił nasz okręt szybkości.

Spodziewałem się salwy z kusz i muszkietów, a tymczasem okienka przedniego kasztelu plunęły ogniem z co najmniej sześciu działek. Statek rozkołysał się, a po chwili z tylnego kasztelu gruchnęła kolejna salwa. Owiała mnie chmura gorącego, cuchnącego siarką dymu. Agata rozkaszlała się i zasłoniła twarz rękawem.

– Nabijać! – padł kolejny rozkaz.

– Skąd mamy armaty? – krzyknąłem do Borysa.

– Z okrętów pokoju – odparł ze śmiechem. – Przecież nie zostawimy dobrych dział tym duńskim ścierwom na zmarnowanie. Nam w każdym razie przydadzą się bardziej...

– Dwie trafione toną, jedna trafiona ucieka! – usłyszałem czyjś głos. – Reszta idzie na nas.

– Korekta w prawo! Unieść lufy o trzy stopnie!

Spostrzegłem, jak nad murami twierdzy wykwitają fosforyzujące obłoki dymu. Jedna kula strzaskała reję, inna rozbiła reling tylnego kasztelu, reszta szczęśliwie gwizdnęła nam nad głowami. Agata, drżąc, przypadła mi do piersi. Pogładziłem ją po głowie.

– Spokojnie, pani, przedrzemy się – powiedziałem. – Jesteśmy uzbrojeni po zęby.

Sam nie bardzo w to wierzyłem. Pierwsze pociski służyły z pewnością dla ocenienia odległości i ustawienia koordynatów ostrzału. Druga salwa chyba też była próbna. Trzecia pośle nas na dno.

Edward Wacht odłożył lunetę. W nocnych ciemnościach niewiele było widać. Wyglądało jednak, że sprawa jest przegrana. Armaty „Srebrnej Łani" błysnęły raz jeszcze. Huk przetoczył się po wodach zatoki. Kupiec zagryzł wargi.

– Tam powinienem być – szepnął do siebie. – W wirze walki. Tam, gdzie życie i śmierć splatają się w nierozerwalny węzeł...

Rozległ się tupot czyichś kroków po deskach ulicy. Kilkunastu mężczyzn zaopatrzonych w pochodnie pędziło gdzieś w ciemność, roztrącając gapiów. Będą kierować ostrzałem z brzegu czy co?

Głuche uderzenie kompletnie go zaskoczyło. Drzwi na dole padły z trzaskiem. Edward poczuł chłód. Przyszli po niego. A zatem ktoś musiał zdradzić. Doskoczył do skrzyni i szarpnięciem uniósł wieko. Podkute buciory załomotały na schodach. Ktoś kopnął w drzwi, nadłamując cienką zasuwkę. Kupiec uśmiechnął się pod nosem. Teraz, gdy był pewien, że nie ucieknie, pierwszy lęk go opuścił. Wychylił ostatni kubek anyżówki. Skoro to już koniec, trzeba godnie przyjąć śmierć. Tak, by ci, którzy przeżyją, zapamiętali to do końca życia.

Drzwi padły. Wacht spojrzał prosto w oczy siepaczom, a potem z kpiącym uśmiechem uniósł ramię. Duńczycy zamarli w pół kroku. Kupiec dzierżył w dłoni „rękę diabła", pięć luf ułożonych w wachlarz celowało ku drzwiom. Światło świec odbijało się w wypolerowanej stali. Nowoczesny niemiecki zamek kołowy był naciągnięty.

– Dobry wieczór – zakpił gospodarz. – Czemu zawdzięczam tak późną wizytę?

– Edwardzie Wacht, z rozkazu namiestnika Rosenkrantza jesteś aresztowany – oświadczył gromko urzędnik dobrze schowany za plecami ceklarzy.

– A mnie się wydaje, że nie macie prawa mnie aresztować. Autonomia kantoru nie została jeszcze zniesiona, termin ultimatum mija jutro. Wasza władza tu nie sięga. Możecie nazwać to aresztowaniem, lecz dla mnie to jedynie bandycka napaść. A może dowiem się, czym zawiniłem?

– Autonomia została właśnie zniesiona. Namiestnik Rosenkrantz nie będzie się wdawał w rozmowy z wami. Pozwoliliście zbiec ludziom, którzy są wrogami Danii.

Głuchy huk ponownie przetoczył się po zatoce. Tym razem był o wiele silniejszy. Szybki w oknach zadrżały. Edward kątem oka spojrzał w okno. „Srebrna Łania", wcześniej widoczna dzięki rozbłyskom jej działek, znikła bez śladu. Na nabrzeżu stał rząd żołnierzy. Dom był najwyraźniej otoczony.

– Nie mieliście prawa ich zatrzymać. Ten, kto żegluje, jest wolnym – wyszeptał. – Zresztą nie mam nic wspólnego z tą ucieczką.

– Wiemy już, kim byliście: tajnym plenipotentem Hanzy. Waszym zadaniem było zorganizowanie w kantorze sekretnego sprzysiężenia. Tak by w razie aresztowania waszej starszyzny związek nadal miał tu swoich ludzi.

– Opowiadacie jakieś bajki – zirytował się. – Niby jak to sobie wyobrażacie?

– Każdy kantor, każde miasto hanzeatyckie posiadają tajny, równoległy system władzy na wypadek jakiejś katastrofy. Przygotowany zawczasu...

Wacht uśmiechnął się do swoich myśli.

– Rozgryźliście mnie – powiedział ze smutkiem, ale jednocześnie dumnie uniósł głowę. – Tak, jestem jednym z tajnych dyktatorów Hanzy.

– Rzuć broń, a gwarantujemy ci życie. Ujawnisz nam tylko, kto należy do spisku. Jeśli przejdziesz na naszą stronę, król nie tylko cię ułaskawi, ale też...

– Mam wydać, kto pracuje dla Hanzy w Norwegii, Szwecji, Danii, na Islandii, Hebrydach i Wyspach Owczych? – zachichotał.

– Tam też macie swoich ludzi!? – Zdumiony urzędnik wyjrzał na chwilę zza pleców siepaczy.

Syknął proch na panewkach. „Ręka diabła" plunęła ogniem i gradem kowalskich hufnali. Siła odrzutu cisnęła gospodarza w tył, uderzył plecami, miażdżąc sekretarzyk. Dym zasnuł pomieszczenie jak mgła, ale tylko dwie świece zgasły. W blasku pozostałych wyraźnie dojrzał zmasakrowane straszliwie trupy urzędnika i ceklarzy. Słysząc syk, próbowali uciekać, ale już nie zdążyli. Przez klapę w suficie zajrzał zadyszany Hans.

– Czterech szczurów mniej – skwitował Edward.

Dzwoniło mu w uszach, nadgarstek i łokieć pulsowały bólem. W plecach tkwiły drzazgi. Broń zacna, ale trochę nieporęczna.

– Panie, uciekaj, mam tu linę... – Uczeń rzucił w dół zwój sznura.

Przcz ułamck sckundy pragnienie ucieczki przeważyło. Zrobił krok. I zatrzymał się. We dwóch nie mają szans. Zresztą nie zdąży się wspiąć na strych.

– Za późno. Muszę zostać. Ratuj się sam – polecił.

Jeden z siepaczy, najwyraźniej tylko raniony, jeszcze się ruszał. Jego dłoń powoli pełzła w kierunku kolby samopału.

– Tak, panie – chlipnął Hans i posłusznie znikł.

Edward odwrócił się plecami do drzwi. Spojrzał przez okno. Ani śladu „Łani". Zatopili ją, dranie... Może chociaż chłopak się uratuje?

Słyszał kroki na schodach. Tym razem szli ostrożnie, obawiając się pułapki. Edward przeżegnał się. Urzędnik przysłany przez Rosenkrantza miał rację. W Bergen rzeczywiście istniała równoległa tajna rada. Duńczycy odkryli dużo. Bardzo dużo. Po raz pierwszy od kilku wieków ktoś zdołał nadgryźć największą tajemnicę związku. Nie przewidzieli tylko jednego. Obok prawdziwych przywódców było jeszcze kilku takich jak on – ludzi jedynie udających spiskowców... Udających na tyle nieudolnie, by w razie dekonspiracji natychmiast ściągnąć na siebie uwagę. Bo gdy człowiek znajduje w jakiejś sprawie drugie dno, nie będzie już szukał trzeciego...

W odbiciu szybki widział, jak ranny ceklarz, z trudem czepiając się framugi, wstaje i bierze go na cel. Żołnierze, którzy wbiegli z ulicy, kłębili się w korytarzu. A zatem już czas. Umrze, lecz dzięki jego śmierci wrogowie będą przekonani, że pozbyli się najgroźniejszego przeciwnika, a tożsamość prawdziwego dyktatora, prawdziwego wodza kantoru, pozostanie ukryta...

– Poddajcie się, panie – usłyszał. – Wszelki opór jest bezcelowy. Pójdziecie z nami.

Życie jest niczym sztuka kuglarzy, pomyślał. Trudną rolę otrzymałem, ale grać trzeba do końca.

Odwrócił się na pięcie. Zęby zabłysły w drapieżnym uśmiechu. Wyrwał kord z pochwy i skoczył ku nim. Trafili go co najmniej z trzech kusz. Zatrzymał się w pół kroku. Złapał równowagę, czepiając się szafy. Spojrzał przelotnie na bełty sterczące z ciała. Z wysiłkiem uniósł głowę. Dwaj kolejni ceklarze wycelowali, ale jeszcze nie strzelali. Czuł oszałamiający ból, lecz żelazna wola pozwoliła nad nim zapanować. Znowu ściągnął tężejące mięśnie w uśmiech. Rola została odegrana perfekcyjnie. Pozostała ostatnia kwestia przed zejściem ze sceny. Ostatnie spojrzenie pełne pogardy, ostatnia szansa, by okazać im swoją wyższość, nim krew wypełniająca już płuca sięgnie gardła. Nim oczy przesłoni obraz świata po tamtej stronie...

– Przegraliście już w chwili, gdy podnieśliście na nas miecz. Hanza jest jak skała. Przetrwa każdy sztorm. Gdy pamięć o was przeminie, ona trwać będzie jak... – wychrypiał i runął na twarz.

Uderzenia o podłogę już nie poczuł.

🙠 Zza cypla wyszły właśnie dwa duże statki. Domyśliłem się z miejsca, że to duńskie okręty wojenne. Szły prosto na nas... Nie. Jeden odwracał się burtą.

– A zatem nasza droga tu właśnie się kończy – powiedział ze smutkiem olbrzym. – Ale zanim ogryzą nas węgorze, ucieszymy jeszcze oczy widokiem ich bebechów... Zejdźcie, pani, do ładowni, tu będzie naprawdę gorąco.

– Zatopią nas... – szepnęła.

– Nie. Zniszczą olinowanie i przystąpią do abordażu. – Pokręcił głową. – Ale zapamiętają tę noc na długo. Drogo zaprzedamy życie. A ty, pani, jesteś bogata, wezmą żywcem, licząc na słony okup. Przeżyjesz, tylko ukryj się teraz. I Helę weź...

– Powiem, że to moja córka... – zawahała się.

– Za młoda jesteś, pani – odparłem. – Siostra raczej. Uratuj ją, za wszelką cenę. Odwdzięczy się stukrotnie...

– Dobrze.

Pobiegła na przedni kasztel szukać mojej towarzyszki. Działa „Łani" ponownie plunęły ogniem. Na żaglach duńskich statków wykwitło kilka czarnych plam, jeden maszt runął, na pokładzie tego bliższego wybuchło nieliche zamieszanie.

– Dlaczego sądzisz, że będą chcieli dokonać abordażu? A może tak mówiłeś, tylko ażeby ją uspokoić? – zwróciłem się do Borysa.

Podniosłem kuszę, nałożyłem bełt, ale na razie nie strzelałem – odległość była za duża. A gdyby tak z pistoletu walnąć? Za ciemno, za daleko jeszcze. Poza tym broń bardziej się przyda w bezpośrednim starciu...

– Rosenkrantz nie jest głupi, jak o nim gadają. Ścierwo z niego wyjątkowe, lecz będzie chciał odzyskać papiery.

– Jakie znowu papiery? – Spojrzałem na niego kompletnie skołowany. – Przecież te, które zabraliście lensmannowi, do niczego już mu nie są potrzebne...

– Dokumenty kantoru. – Wskazał gestem staruszka siedzącego na solidnie okutym kufrze. – Do tego weksle, czeki, akty własności, zapisy, kwity na towary, dokumenty banków, pokwitowania za złoto. Na tym okręcie jest fortuna, którą liczyć trzeba co najmniej na setki tysięcy albo i... eee...

– Miliony?

– Tak. Słowo mi z języka spłynąć nie chciało. Miliony dukatów. Chyba że spalimy to albo zatopimy, zanim...

Pocisk uderzył w burtę, kolejny upadł na pokład i potoczył się w stronę kasztelu. Z otworu w boku żelaznej kuli dobiegał syk. Zrozumiałem, że za sekundę bomba eksploduje. Jakiś cień przemknął obok mnie. Jeden z kupców porwał śmiercionośny ładunek i rzucił w fale. Zarejestrowałem to dopiero po chwili. Ktoś, widząc śmiertelne zagrożenie, zaryzykował swoje życie. Ot tak, jakby była to najzwyklejsza rzecz pod słońcem. Z głębiny strzelił słup wody i już było po wszystkim...

Burty obu okrętów wojennych okryły się dymem. Musieli wypalić z dziesięciu, może piętnastu armat. A więc Borys się mylił, dla Duńczyków nasza śmierć była ważniejsza niż papiery, weksle i księgi, które ci ludzie mieli poutykane w bagażach. Za chwilę umrę. Przeżegnałem się i wyjąwszy z kieszeni różaniec, założyłem na szyję. I pomyśleć, że mogłem się w niedzielę wyspowiadać...

Nagle zapadła nienaturalna, głucha cisza. Ujrzałem, jak fala zatrzymuje się w miejscu. Okręt znieruchomiał, zamarły chmury sunące po niebie. W świetle księżyca woda wydawała się prawie srebrna. Widziałem wiszące w powietrzu bryzgi piany. Stop-klatka.

Matrix mi się zawiesił, nareszcie... – pomyślałem z ulgą. Zaraz zrobią restart i ocknę się w XXI wieku. Panowie programiści, bardzo proszę, żeby to był Londyn albo Nowy Jork, a przy okazji żebym był ważny i bogaty.

A może po prostu się obudzę? W szpitalu na detoksie albo i w psychiatryku... Tak czy inaczej, miałem rację. To było jedynie realistyczne złudzenie. Durny sen się skończył...

Koniec księgi trzeciej

WYDANIE I

ISBN 978-83-7574-084-4

REDAKCJA SERII Eryk Górski, Robert Łakuta

PROJEKT OKŁADKI Paweł Zaręba

ILUSTRACJE Rafał Szłapa

REDAKCJA Katarzyna Pilipiuk, Karolina Kacprzak

KOREKTA Barbara Caban, Magdalena Byrska

SKŁAD Monika Nowakowska

SPRZEDAŻ INTERNETOWA

merlin.pl

ZAMÓWIENIA HURTOWE

Firma Księgarska Jacek Olesiejuk sp. z o.o.
05-850 Ożarów Mazowiecki, ul. Poznańska 91
tel./fax: (22) 721-30-00
www.olesiejuk.pl, e-mail: hurt@olesiejuk.pl

WYDAWCA

Fabryka Słów sp. z o.o.
20-607 Lublin, ul. Wallenroda 4c
www.fabryka.pl
e-mail: biuro@fabryka.pl

DRUK I OPRAWA OPOLGRAF S.A. www.opolgraf.com.pl